Über dieses Buch

Ein Sonnenaufgang irgendwo an den Mündungen des Nils. Herumziehende Räuber haben eine Anhöhe erstiegen, um nach Beute Ausschau zu halten. Da entdecken sie am Ufer ein überfallenes Schiff: Die Besatzung ist niedergemetzelt, nur ein junges Mädchen »von wunderbarer Schönheit« ist unverletzt und bemüht sich um einen blutüberströmten, wie leblos daliegenden jungen Mann. So beginnen Heliodors ›Abenteuer der schönen Chariklea‹, ein Roman, der für das Raffinement seiner Effekte oft bewundert worden ist. Er schildert eine abenteuerliche Liebesgeschichte am Ausgang der Antike, deren verschlungene Wege vom Zentrum der Alten Welt bis an dessen Peripherie, von Athen bis nach Äthiopien führen.
Heliodor selber berichtet, daß er in Phönizien geboren wurde und einer Priesterfamilie angehörte. Letzteres erklärt manchen Zug von Religiosität, von Kult und Magie in den ›Abenteuern der schönen Chariklea‹. Die genaue Lebenszeit des Dichters ist unbekannt; vermutlich lag sie im dritten nachchristlichen Jahrhundert. Sein Roman aber gilt als der reifste und kunstvollste der ganzen Antike. Er hat ihm viel nachahmende Bewunderung eingebracht und auf so verschiedene Köpfe wie Torquato Tasso, Cervantes und Racine tiefen Eindruck gemacht.

Literatur · Philosophie · Wissenschaft

Bibliothek der Antike
Herausgegeben von Manfred Fuhrmann

Heliodor

Die Abenteuer der schönen Chariklea

Übersetzt von Rudolf Reymer
Mit einer Einleitung und Erläuterungen
von Bernhard Kytzler

Bibliothek der Antike
Deutscher Taschenbuch Verlag
Artemis Verlag

Vollständige Ausgabe.

Oktober 1990
Deutscher Taschenbuch Verlag GmbH & Co. KG,
München

Umschlaggestaltung: Celestino Piatti
Gesamtherstellung: C. H. Beck'sche Buchdruckerei,
Nördlingen
Printed in Germany · ISBN 3-423-02247-7

EINLEITUNG

Am Schluß seines Werkes nennt sich Heliodor selbst namentlich als Verfasser, bezeichnet sich als Sohn des Theodosios, aus dem Geschlechte des Helios stammend, gibt schließlich als seine Heimatstadt Emesa in Phönizien an. Weitere Einzelheiten über sein Leben aus anderen Quellen erscheinen höchst zweifelhaft. So soll er, wie Sokrates Scholastikos in seiner Kirchengeschichte in der Mitte des 5. Jahrhunderts berichtet (5,22), nachdem er in der Jugend seinen Roman geschrieben habe, später christlicher Bischof geworden sein und als solcher in Trikka in Thessalien den Zölibat eingeführt haben. Diese Notiz, die verkürzt auch bei Photios (Bibl. cod. 73) rund 400 Jahre später erscheint, taucht pointiert um 1320 in der Kirchengeschichte des Nikephoros Kallistos auf (12,34): Eine Synode habe an des Bischofs Jugendwerk Anstoß genommen und ihn vor die Wahl gestellt, entweder sein Buch zu verbrennen oder sein Bischofsamt niederzulegen; darauf habe sich der Autor für sein Werk entschieden und auf sein geistliches Amt verzichtet. Alle diese Legenden werden nicht weiter ernst genommen; schwieriger ist die Frage nach der Lebenszeit Heliodors.

Da sie mit der allgemeinen Problematik der Datierung der antiken Romane verknüpft ist, ist hier nur kurz festzuhalten, daß aus inhaltlichen wie sprachlichen Gründen als Lebenszeit des Autors und als Abfassungszeit des Werkes die Mitte oder die 2. Hälfte des 3. Jahrhunderts angenommen wird, jedoch auch Verfechter einer späteren Ansetzung, bis hinein ins ausgehende 4. Jahrhundert, aufgetreten sind.

Heliodors Roman ist nicht nur der längste, sondern auch der am kunstvollsten konstruierte der vergleichbaren antiken Werke. Die Handlung führt unmittelbar *in medias res,* sie setzt spannend zu einem späteren Zeitpunkt im Laufe der Geschehnisse ein und holt in einer Reihe von einander ergänzenden Rückblenden die vorher liegenden Ereignisse nach, so daß man den Anfang der Schicksale der Hauptheldin erst im vierten Buch erfährt. Erst im siebten Buch setzt eine einsträngige kontinuierliche Erzählweise ein, nachdem zuvor mehrere Handlungslinien auf wechselnden Schauplätzen verfolgt worden waren. Die Schulung an der Kompositionskunst der ›Odyssee‹ ist deutlich.

Am Ende seines Werkes hat der Autor auch die Ziele seiner »Erzählweise« skizziert: »Der Wille der Götter hatte wunderbar den Knoten gelöst, die stärksten Gegensätze miteinander ausgesöhnt, Freude und Leid vereint, Lachen und Weinen vermischt und tiefstes Unglück in ausgelassenen Jubel verwandelt. Man lachte unter Tränen, freute sich unter Bekümmerten, fand, was man nicht gesucht, und verlor, was man gefunden zu haben glaubte. Schließlich verwandelte sich auch das erwartete Blutvergießen in fromme Opferhandlung.« Neben der hier charakterisierten, auf Rührung der Affekte ausgerichteten Zielsetzung der Erzählung bleibt auch die im Schlußsatz angesprochene moralische Tendenz bemerkenswert: Das Ende des Romans stellt die Abschaffung der Menschenopfer bei den Äthiopiern ausdrücklich vor Augen und zielt so auf eine ethische Erhebung und Reinigung der Leserschaft.

Heliodors Werk erfreute sich kontinuierlich einer außerordentlich großen Beliebtheit. Bei den byzantinischen Autoren wurde sein Buch wegen seiner erbaulichen Züge hoch geschätzt und in den Versromanen des Theodoros Prodromos (1. Hälfte des 12. Jahrhunderts) und Niketas Eugenianos (2. Hälfte des 12. Jahrhunderts) nachgeahmt. Auf den Erstdruck 1534 folgte 13 Jahre später Amyots französische Übersetzung, die Liebesromane des 16. und 17. Jahrhunderts orientierten sich an ihm, eine Reihe von bedeutenden Autoren modellierte wichtige Gestalten nach seinem Vorbild, so Tasso die Clorinda im ›Befreiten Jerusalem‹, Cervantes gestaltete seinen ›Persiles‹ als christianisierten Heliodor, Calderón folgte Heliodors Spuren in ›Los hijos de la Fortuna‹, Einwirkungen finden sich auch in Goethes ›Wahlverwandtschaften‹ und Verdis ›Aida‹. Rabelais gibt ihn dem Pantagruel als Reiselektüre mit auf den Weg, der junge Racine lernt ihn auswendig, nachdem man ihm zwei Ausgaben des Heliodor verbrannt hatte. Für alle Epochen gilt, was der Autor selbst so formuliert hat: »Erzählt einer von der Liebe zwischen Theagenes und Chariklea, müßte man schon ein Herz hart wie Diamant oder wie Stahl haben, um nicht entzückt zuzuhören.«

HELIODOR

DIE ABENTEUER DER SCHÖNEN CHARIKLEA

ERSTES BUCH

Ein heiterer Tag kam herauf, und die ersten Strahlen der Sonne fielen gerade auf die Berge über der Heraklesmündung des Nils. Da spähten Männer – sie waren wie Räuber bewaffnet – von den Höhen nieder. Eine Weile wanderten ihre Augen über das Meer, das unter ihnen lag, aber umsonst suchten sie auf der weiten Fläche; sie war von keinem Segel belebt, das ihnen Beute versprach. Ihre Blicke senkten sich zu der nahen Küste hinab. Dort bot sich ihnen ein seltsames Schauspiel.

An dem Ufer lag, fest vertäut, ein großer Frachter, völlig menschenleer, aber schwer beladen, wie man auch aus der Ferne vermuten konnte. Das Schiff war bis zur dritten Gürtellinie ins Wasser gedrückt.

Viele Geschlagene bedeckten den Strand, die einen schon tot, andere sterbend. Die noch zuckenden Glieder verrieten, daß der Kampf eben erst zu Ende gegangen war. Ein seltsamer Kampf offenbar, wie man aus den hinterlassenen Spuren schließen konnte. Wirr durcheinander lagen die jammervollen Reste eines unglückseligen Festmahles, das so hatte enden müssen. Einige Tische standen noch voller Speisen, andere waren umgestürzt und noch von den Händen der Kämpfer umklammert, denen sie als Waffe im Kampf gedient hatten. Wieder andere lagen über Erschlagenen, die geglaubt hatten, unter ihnen Schutz zu finden. Trinkgefäße waren umgestülpt, den umklammernden Händen der Trinkenden oder derer entglitten, die aus ihnen Wurfgeschosse gemacht hatten. Denn der plötzliche Überfall hatte sie veranlaßt, den Bechern eine neue Bestimmung zu geben und sie als Waffen zu gebrauchen.

Nun hatte sie alle der Tod ereilt, den durch einen Beilhieb, den durch einen Steinwurf – die Brandung an Ort und Stelle hatte die Steine geliefert –, diesen durch den Schlag einer

Keule, jenen durch das Feuer einer Pechfackel, den einen hier, den anderen dort. An den meisten hatten Pfeil und Bogen ihr Werk getan.

Das Bild, das sich den Augen der ägyptischen Räuber bot, umfaßte auf engem Raum ein scheußliches Gemisch aus Wein und Blut, Mahl und Kampf, Trunklust und Mordgier. Ohne die Zusammenhänge zu begreifen, starrten die Männer auf die Szene hin.

Sie hatten die Unterlegenen vor sich, aber kein Sieger ließ sich blicken. Sie sahen einen vollkommenen Sieg, aber die Siegesbeute war unberührt, das Schiff von der Mannschaft verlassen. Ungeplündert, als sei es von vielen bewacht, schaukelte es friedlich an den Ankertauen. Sie wußten nicht, was das alles bedeutete, sie sahen nur die reiche Beute vor Augen, betrachteten sich als die Herren des Schlachtfeldes und gingen ans Werk.

Als sie sich dem Schiff und dem Leichenfeld bis auf kurze Entfernung genähert hatten, bemerkten sie ein noch seltsameres Schauspiel. Auf einem Felsen saß ein junges Mädchen von wunderbarer Schönheit. Man hätte sie für eine Göttin halten können. Ihr Antlitz war voll Trauer. Aber noch immer atmete es Hochsinn und edlen Stolz. Das Haupt war mit Lorbeer geschmückt, an der Schulter trug sie einen Köcher. Den linken Arm stützte sie auf den Bogen. Schlaff hing die Hand herab. Den rechten Ellbogen auf dem Schenkel, ließ sie die Wange in der Hand ruhen. Unbewegten Hauptes hielt sie den gesenkten Blick auf einen jungen Mann geheftet, der auf dem Boden lag. Er war über und über mit Wunden bedeckt, und jetzt eben schien es, als erwache er langsam aus einem todähnlichen Schlaf. Noch immer zeigte sein Gesicht männliche Schönheit, und das über die Wangen herabrinnende Blut ließ die weiße Hautfarbe noch stärker hervortreten. Sein Zustand machte ihm die Lider schwer, aber die Erscheinung des Mädchens zog seine Blicke dennoch mit unwiderstehlicher Gewalt auf sich. Tief holte er Atem. Ein Stöhnen drang aus seiner Brust.

»Liebste«, sagte er mit schwacher Stimme, »lebst du wirklich? Oder bist du selbst ein Opfer dieses Kampfes, kannst dich aber auch nach dem Tod nicht von mir trennen? Und klammert sich noch dein Schattenbild und deine Seele an mein Unglück?«

Sie wies auf das Schwert, das auf ihren Knien lag.

»Leben oder Tod hängt für mich von dir ab. Siehst du diese Waffe? Bis jetzt habe ich nicht danach gegriffen, weil dein Atem noch ging und meine Hand zurückhielt.«

Mit diesen Worten erhob sie sich von dem Felsen.

Die Räuber, erstaunt, von der Erscheinung erschreckt und wie vom Blitz getroffen, versteckten sich da und dort im Gebüsch.

Hochaufgerichtet, erschien ihnen jetzt das junge Mädchen noch größer und göttlicher. Ihre Pfeile klirrten bei der heftigen Bewegung im Köcher, das Brokatgewand glänzte golden in der Sonne. Ihre Haare, unter dem Lorbeerkranze aufgelöst wie die einer Bacchantin, flatterten im Winde und bedeckten fast ihren ganzen Rücken. Mehr noch als das, was sie sahen, schreckte sie das Rätselhafte dieser Vorgänge. Für die einen war sie eine Göttin, Artemis oder die Isis, die Göttin ihres Landes, für die andern eine von einem Gott besessene Priesterin, die das ungeheure Blutbad angerichtet hatte, dessen Augenzeugen sie waren. So dachten sie. Den Sachverhalt kannten sie ja noch nicht.

Plötzlich beugte sich das Mädchen über den jungen Mann, schlang unter Tränen und Küssen die Arme um ihn. Schluchzend wischte sie ihm das Blut ab, sie hatte ihn wieder, aber noch konnte sie es nicht fassen.

Dieser Anblick brachte die Ägypter auf andere Gedanken. »Das kann doch keine Göttin sein«, sagten sie. »Eine Göttin kann doch einen Toten nicht leidenschaftlich küssen!« So machten sie einander Mut, sich zu nähern und nach dem Rechten zu sehen. Entschlossen eilten sie hinunter und fanden das Mädchen noch immer um die Wunden des jungen Mannes bemüht. Sie blieben hinter ihr stehen und wagten nicht, etwas zu sagen oder zu tun. Ein Geräusch und die

Schatten der Männer, auf die gleichzeitig ihr Blick fiel, ließen das Mädchen den Kopf heben, aber nur einen Augenblick. Dann beugte sie sich wieder über den Verwundeten. Die wilden schwarzen Gesichter und das Brigantenmäßige in der Erscheinung der bewaffneten Männer hatten sie nicht im geringsten erschreckt. Sie dachte nur an den, der vor ihr lag, und an seine Pflege. So sehr lassen tiefe Leidenschaft und reine Liebe alles vergessen, was nichts mit ihnen zu tun hat. Schmerz oder Freude haben Augen und Gedanken nur für den Geliebten.

Indes waren alle Räuber heruntergekommen und standen vor ihr, allem Anschein nach zu irgend etwas entschlossen. Da blickte sie von neuem auf und musterte die dunkelhäutigen, abstoßenden Gestalten.

»Seid ihr die Geister der Gefallenen, die hier liegen«, sprach sie, »so laßt uns in Ruhe. Ihr habt euch ja zum größten Teil gegenseitig umgebracht. Soweit ihr von unsren Händen gefallen seid, seid ihr Opfer der Notwehr gegen einen frechen Überfall auf mich geworden. Wenn ihr jedoch Lebende seid, so seid ihr offenbar Räuber und kommt zur rechten Zeit. Tötet uns und macht damit unserem Elend und unsrer Tragödie ein Ende!«

So bat sie verzweifelt, doch konnten die Männer, die der griechischen Sprache nicht mächtig waren, kein Wort verstehen. Sie kümmerten sich denn auch nicht mehr um die beiden. Ihre Schwäche bot ihnen Sicherheit genug. Sie stürzten an Bord des Frachtschiffes, um es auszurauben. Ohne sich mit der übrigen reichen Ladung abzugeben, trugen sie die Gold- und Silbersachen, die Edelsteine und Seidenstoffe an Deck. Jeder nahm davon, was er nur konnte. Als sie genug zu haben glaubten – und sie hatten wirklich überreichlich erbeutet, selbst für Räuberhunger –, brachten sie alles an Land und teilten es ballenweise untereinander, nicht nach dem Wert der einzelnen Dinge, sondern nach deren Gewicht. Was mit dem Mädchen und dem Verwundeten geschehen solle, wollten sie dann erst überlegen. In diesem Augenblick tauchte eine andere Räuberbande auf, zwei Berittene an der Spitze. Da sie selbst nur zehn Mann stark waren und sich dreifacher Übermacht gegenübersahen, ergriffen sie, ohne auch nur den Versuch zu machen, sich zu verteidigen oder einen Teil der Beute mitzunehmen, Hals über Kopf die Flucht, um nicht verfolgt zu werden.

So fielen das Mädchen und ihr Gefährte zum zweiten Male in die Hände von Räubern, ohne richtig gefangen gewesen zu sein. Die Räuber stürzten sich schon auf die Beute. Da standen sie einen Augenblick in fassungslosem Staunen vor dem unbegreiflichen Bild, das sich ihren Augen bot.

Die vielen Erschlagenen schrieben sie ihren geflüchteten Vorgängern zu. Sie sahen das Mädchen in einer fremdartigen, kostbaren Kleidung, der Schrecken um sich her nicht im mindesten achtend, als ob sie nicht da wären. Sie ging in der Pflege des verwundeten jungen Menschen auf, dessen Schmerzen sie wie eigene zu empfinden schien. Sie bewunderten ihre Schönheit und ihren Mut. Auch der junge Verwundete selbst, der wieder das Bewußtsein und den natürlichen Ausdruck seiner Züge erlangt hatte, und seine kraftvolle, schöne männliche Erscheinung erregten ihr höchstes Staunen.

Schließlich ritt der Anführer der Räuber dicht an das Mädchen heran, legte ihr die Hand auf die Schulter und befahl ihr, aufzustehen und ihm zu folgen. Sie verstand zwar seine Sprache nicht, doch begriff sie den Sinn seiner Worte. Sie zog den Jüngling, der auch von ihr nicht lassen wollte, mit sich empor, richtete das Schwert gegen sich und drohte, sich das Leben zu nehmen, wenn der Verwundete von ihr getrennt werde.

Der Anführer verstand ihre Gedanken weniger aus ihren Worten als aus der Sprache ihrer Mienen. Auch hoffte er in dem jungen Mann, wenn er am Leben bleibe, einen Helfer bei großen Aktionen zu finden. So ließ er seinen berittenen Begleiter absitzen und sprang selbst ab. Seinen Leuten befahl er, die Beute zusammenzupacken und zu folgen, ließ die beiden Gefangenen auf die Pferde heben und ging neben ihnen her, um hinzuzuspringen, falls einer im Sattel wanke.

Sein Verhalten war seltsam genug: Es schien, als erniedrige sich der Herr zum Dienen und der Sieger mache sich zum Sklaven der Besiegten. Doch es ist so: Eine vornehme Erscheinung und der Anblick der Schönheit vermögen sogar das Herz eines Räubers zu bezwingen und triumphieren über die rohe Gewalt.

Nachdem sie etwa fünfhundert Schritte der Küste gefolgt waren, ließen sie das Meer rechts liegen und begannen den steilen Berghang emporzuklimmen. Mühsam bezwangen sie den Grat und stiegen dann eilig nach dem See hinab, der sich am Fuß der anderen Seite des Gebirges ausdehnte.

Diese ganze Gegend heißt bei den Ägyptern das Hirtenland. Es ist eine Senke, die das Überschwemmungswasser des Nils aufnimmt und einen See bildet, dessen Mitte eine außerordentliche Tiefe aufweist, während die Ufer in feuchte Niederungen übergehen. Was die Küstenstreifen für das Meer bedeuten, das sind diese sumpfigen Ufer für die Seen. In diesem Hirtenland lebt alles Raubgesindel Ägyptens. Da hausen sie entweder in kleinen Hütten, wo noch ein Stück Land über das Wasser herausragt, oder im Wasser selbst auf Booten, die für sie also Fahrzeug und Haus zugleich sind. Darin spinnen die Frauen ihre Wolle, darin gebären sie ihre Kinder, die sie erst mit der Muttermilch nähren, später mit Fischen, die sie in der Sonne dörren. Sobald man sieht, daß sich das Kleine auf allen Vieren fortbewegen will, bindet man es mit einem kurzen Lederriemen um die Fußknöchel fest und erlaubt ihm so, bis an den Rand des Hausbootes oder der Hütte zu kriechen. Diese Riemen sind hier die Kindermädchen, wie man sonst die Kleinen an der Hand führt.

Mehr als einer der Hirten ist auf diesem See geboren und aufgewachsen und hat hier die Heimat gefunden, eine richtige Räuberfestung, deren Mauern das Wasser und deren Wälle das Rohrdickicht bilden. Deswegen strömt auch alles hier zusammen, was an einem solchen Leben Gefallen findet. Durch das Schilf haben sie ein ganzes System gewundener Schleichpfade geschlagen, auf denen sie sich genau auskennen, die aber jedem Ortsunkundigen den Zugang unmöglich machen. Damit haben sie eine Festung geschaffen, die keinen Überfall zu fürchten braucht. So steht es um den See und seine Bewohner.

Die Sonne war im Sinken, als der Räuberhauptmann mit seinen Leuten am See anlangte. Man hob die beiden Gefangenen von den Pferden und brachte die Beute in Boote. Inzwischen war das Gros der Bande, das daheimgeblieben war, von allen Seiten aus dem Sumpfgelände aufgetaucht und zusammengelaufen und begrüßte seinen Anführer wie einen König. Als sie die große Beute sahen und dazu das wahrhaft göttlich schöne Mädchen, glaubten sie, ihre Kameraden hätten irgendwo ein Heiligtum oder einen reichen Tempel geplündert und die Priesterin mit entführt oder gar – auch daran dachten sie in ihrer rohen Art – kurzerhand das lebende Kultbild einer Göttin mitgenommen. Sie jubelten ihrem tapferen Anführer zu und geleiteten ihn in seine Wohnung. Sie lag etwas abseits auf einer kleinen Insel im See, die er nur mit seinen engsten Vertrauten bewohnte. Als sie auf ihr gelandet waren, ließ er die meisten seiner Leute heimfahren, indem er sie auf den nächsten Tag zu sich beorderte, und blieb mit einem kleinen Kreis Vertrauter allein. Nachdem er ein kurzes Mahl mit diesen geteilt hatte, übergab er die Gefangenen einem jungen Griechen, der vor kurzem gleichfalls in seine Hände gefallen war und nun als Dolmetscher dienen sollte. Er wies ihnen eine besondere Unterkunft in der Nähe seiner eigenen Wohnung an und gab Befehl, für den jungen Mann zu sorgen und vor allem das junge Mädchen vor jeder Unbill zu schützen. Dann zog er sich müde und mit seinen Gedanken beschäftigt zurück.

Ringsum auf dem See war es still geworden. Es mußte schon um Mitternacht sein. Daß keine lärmende Menge mehr störte, erleichterte es den Gefangenen, ihr Herz auszuschütten. Wühlt doch die Nacht jedes Leid stärker auf. Denn nur wenn Auge und Ohr nicht abgelenkt werden, ist für den Kummer die rechte Zeit.

Das Mädchen, das, wie man es geheißen, abseits auf einer Art niederen Lagers ruhte, schluchzte laut und brach in einen Strom von Tränen aus.

»Allzu schwer und bitter läßt du uns unsere Schuld büßen, Apoll«, klagte sie, »und immer ist es dir noch nicht genug der Strafen. Erst die Trennung von den Lieben daheim, dann unsere Gefangennahme durch die Seeräuber, die zahllosen Gefahren auf dem Meer und nun erneut in der Gewalt von Räubern! Dabei steht mir das Schlimmste wohl noch bevor. Wie wird das enden? Wenn ich unberührt sterben muß, dann sterbe ich gern. Wenn mir aber einer frevelhaft Gewalt antut – noch hat mich selbst Theagenes nicht berührt –, sterbe ich lieber von eigener Hand. Rein bin ich und bleibe rein bis zum Tod. Meine Unschuld will ich dann wie ein schönes Sterbekleid mitnehmen. Kein Richter wird da unten grausamer sein als du!«

»Still, meine Liebste, mein Leben«, unterbrach sie Theagenes. »Du hast recht mit deinen Klagen, Chariklea. Aber du reizest die Gottheit mehr als du glaubst. Suche sie lieber durch Bitten zu versöhnen. Mit Gebeten, nicht mit Anklagen, macht man sich die Mächtigen geneigt.«

»Du hast recht«, erwiderte sie. »Doch wie geht es dir?«

»Bedeutend leichter und besser. Seit der junge Mann meine Wunden verbunden hat, hat deren Entzündung nachgelassen.«

»Morgen früh wirst du dich noch bedeutend wohler fühlen«, meldete sich der Gefangenenwärter. »Dann bringe ich dir eine Arzneipflanze, die in drei Tagen deine Wunden heilt. Ich habe sie selbst erprobt. Wenn seit meiner Gefangennahme einer von den Räubern im Kampf verwundet wurde, brauchte er nur einige Tage zur Heilung, wenn er dies Kraut verwendete. Wundert euch nicht, wenn ich an eurem Ergehen Anteil nehme. Seid ihr doch meine Leidensgefährten und, was mein Herz noch mehr rührt, Griechen wie ich selbst.«

Beide stießen gleichzeitig einen Freudenschrei aus.

»Ein Grieche? Götter! Du bist ein Grieche? Natürlich! Er

ist Grieche von Geburt und Sprache. Vielleicht hat unsre Not nun ein Ende.«

»Wie heißt du?« fragte Theagenes.

»Knemon.«

»Und woher bist du?«

»Aus Athen.«

»Und wie kommst du hierher?«

»Ach, laß nur. Was willst du dieses alles aufwühlen, wie es in den Tragödien heißt? Es wäre ein unangebrachtes Zwischenspiel. Ihr habt mit eurem eigenen Unglück genug zu tun. Ich darf euch nicht noch mit meinem Mißgeschick belasten. Auch würde, was von der Nacht jetzt übrig ist, nicht ausreichen, wollte ich es erzählen. Ihr habt Schlaf und Erholung nötiger nach all diesen Prüfungen.«

Doch die beiden ließen nicht nach und drangen in ihn, er möge von sich berichten, da sie sich von der Erzählung ähnlichen Schicksals Trost versprachen. Schließlich begann Knemon:

»Mein Vater Aristipp, ein gebürtiger Athener, war Mitglied des Areopag und besaß ein mittleres Vermögen. Als ich meine Mutter verloren hatte, wollte er, um nicht mit mir, seinem einzigen Sohn und seiner ganzen Hoffnung, allein zu bleiben, wieder heiraten. Er nahm also eine zweite Frau, Demänete. Sie war gebildet, aber sehr gefährlich. Kaum war sie ins Haus gekommen, da beherrschte sie meinen Vater völlig und setzte alles durch, was sie wollte. Mit ihrer Jugend fesselte sie den älteren Mann an sich und nahm ihn auf jede Weise für sich ein. Sie verstand sich darauf, wie vielleicht keine zweite, einen Mann toll zu machen und hatte die Kunst zu bestricken zur Vollendung entwickelt. Kam er heim, lief sie ihm entgegen und machte ihm Vorwürfe: Wenn er noch später gekommen wäre, wäre sie vor Sehnsucht gestorben. Bei solchen Worten umarmte sie ihn und küßte ihn unter Tränen. Der Vater war ganz in ihren Netzen, lebte nur für sie und hatte Augen nur für sie.

Mich behandelte sie in der ersten Zeit scheinbar wie ihren eigenen Sohn und nahm auch dadurch meinen Vater für sich ein. Hin und wieder gab sie mir einen Kuß und war immer wieder glücklich, mich zu besitzen. Ich war etwas verwundert über diese mütterliche Zärtlichkeit, ließ sie mir aber nichtsahnend gefallen. Erst als sie deutlicher wurde, ihre Küsse leidenschaftlicher und ihre Blicke schamloser wurden und meinen Argwohn erregten, vermied ich, ihr zu begegnen, und wehrte sie ab, wenn sie zudringlich wurde. Ich will euch nicht mit der Schilderung der Künste und Lockmittel langweilen, die sie aufwandte, der Versprechungen, die sie mir machte. Bald nannte sie mich mein Kind, bald Liebling, dann den jungen Herrn, dann mein Herz: Kurz, sie nannte mich im gleichen Atem mit harmlosen Bezeichnungen oder mit Kosenamen und sah darauf, ob diese oder jene mehr Eindruck auf mich machten. Dementsprechend spielte sie bald die ernsthafte Mutter, bald zeigte sie deutlich die schamlose Verliebte.

Das endete dann so: An einem der großen Panathenäenfeste, an denen die Athener in feierlicher Prozession der Athene das Schiff überbringen, war ich achtzehn Jahre alt. Als ich, wie es Brauch war, mit dem Chor das Lied der Göttin gesungen und den Festzug mitgemacht hatte, ging ich, im Festanzug, wie ich war, mit dem Kranz auf dem Haupt nach Hause. Bei meinem Anblick verlor sie jede Fassung und verbarg ihre Verliebtheit überhaupt nicht mehr. Mit einer schamlosen Leidenschaft warf sie sich an mich, schlang die Arme um mich und rief: ›Mein junger Hippolytos, mein lieber Theseus!‹ Ihr könnt euch meine Lage vorstellen. Noch jetzt werde ich rot, wenn ich davon spreche. Am Abend ging der Vater ins Rathaus zum Festmahl und der üblichen anschließenden Trinkerei und allgemeinen Festlichkeit. Es war zu erwarten, daß er bis zum Morgen fortbleiben werde. Da kam sie nachts in mein Zimmer und versuchte, sich unerlaubte Liebesfreuden zu verschaffen. Da ich auf jede Weise Widerstand leistete und allen Zärtlichkeiten, Versprechungen und Drohungen gegenüber stark blieb, verließ sie mich mit einem schweren, tiefen Seufzer. Das böse Weib ließ aber nur die Nacht verstreichen, um gleich ihre Rache gegen mich ins Werk zu setzen. Sie blieb am Morgen im Bett liegen. Als mein Vater nach Hause kam und sie fragte, was ihr fehle, heuchelte sie Schwäche und gab anfangs keine Antwort. Als er in sie drang und immer wieder fragte, was ihr zugestoßen sei, sagte sie:

›Dieser feine Junge, unser Herr Sohn, den ich – die Götter können es bezeugen – oft lieber gehabt habe als dich, hat an gewissen Anzeichen gemerkt, daß ich gesegneten Leibes bin, was ich dir noch verschwieg, bis ich meiner Sache ganz sicher war. Er wartete nur auf deine Abwesenheit, wenn ich ihn wie schon oft ermahnen würde, er solle ordentlich und anständig werden und sich nicht mit Freudenmädchen und Trinkgelagen abgeben. Ich wußte, wie er sich aufführte, sagte dir aber nichts davon, um nicht in den Verdacht der bösen Stiefmutter zu kommen. Als ich mit ihm unter vier Augen sprach, um ihm das Rotwerden zu ersparen, gebrauchte er gegen dich und mich Schimpfworte, die zu wiederholen ich mich schäme. Und dann trat er mir mit dem Fuß in den Leib. Du siehst, in welchen Zustand er mich gebracht hat.‹

Als mein Vater dies gehört hatte, sprach er kein Wort, stellte keine Frage, gab mir keine Möglichkeit, mich zu verteidigen. Überzeugt, eine Frau, die mir so wohlgesinnt war, könne mich unmöglich verleumden, schlug er auf mich Ahnungslosen, als er mich irgendwo im Hause fand, mit der Faust ein. Er rief Sklaven und ließ mich auspeitschen, ohne daß ich wußte – und das war das Unerhörte dabei –, weshalb man mich schlug. Als er seine Wut an mir ausgelassen hatte, sagte ich:

›Vater, jetzt werde ich wohl wissen dürfen, wofür ich Schläge bekommen habe, nachdem ich es zuvor nicht erfahren konnte.‹

Dadurch noch mehr aufgebracht, schrie er:

›Der Heuchler! Jetzt will er von mir noch seine eigenen Gemeinheiten hören.‹

Er kehrte mir den Rücken zu und eilte zu seiner Frau. Sie war aber noch nicht zufrieden und stellte mir eine zweite Falle. Sie hatte eine Zofe, Thisbe, ein recht hübsches Mädchen, das gut die Zither spielte und dazu sang. Diese stiftete sie an, mir ihre Liebe vorzutäuschen. Thisbe, welche vordem meine wiederholten Anträge stets abgewiesen hatte, setzte nun alles daran, mir durch Blicke und Gesten und Zeichen ihre Bereitwilligkeit zu verraten. Ich Tor bildete mir ein, ich gefiele ihr auf einmal. Schließlich nahm ich sie nachts, als sie zu mir kam, in mein Zimmer. Sie kam wieder und wieder, und bald wurden die Besuche regelmäßig. Als ich ihr einmal riet, vorsichtig zu sein und ihre Herrin nichts merken zu lassen, meinte sie:

›Du bist wirklich sehr einfältig, Knemon. Was kann mir, einer gewöhnlichen Zofe, einer gekauften Sklavin, wenn ich bei dir ertappt werde, schon geschehen, im Vergleich zu einer vornehmen Dame, einer verheirateten Frau, die für die Übertretung des Gesetzes, für ihren Ehebruch die Todesstrafe zu erwarten hat?‹

›Schweig!‹ sagte ich. ›So etwas glaube ich nicht.‹

›Wenn du willst, kann ich dir den Ehebrecher auf frischer Tat ausliefern.‹

›Wenn du das tätest!‹ entgegnete ich.

›Nur zu gern‹, sagte sie, ›sowohl dir zuliebe, weil sie dir so niederträchtig mitgespielt hat, als meinetwegen, weil sie mich tagtäglich mit ihrer sinnlosen Eifersucht quält. Aber sieh zu, daß du ein Mann bist!‹

Ich versprach es, und sie ging. In der übernächsten Nacht weckte sie mich aus dem Schlaf und sagte mir, daß der Liebhaber bei ihr sei. Vater, sagte sie, sei unerwartet geschäftehalber aufs Land geholt worden, und ihr Liebhaber habe sich eben – wie verabredet – zu ihr geschlichen. Ich solle mich aber auf Widerstand gefaßt machen und eine Waffe mitnehmen, damit der Übeltäter nicht entkomme. Dies tat ich. Mit einem Dolche bewaffnet, folgte ich Thisbe, die mir voranleuchtete, bis ans Schlafzimmer. Auf der Schwelle sehe ich einen Lichtschein aus dem Innern dringen. Wütend erbreche ich die verschlossene Tür und stürze hinein.

›Wo ist der Kerl?‹ schreie ich. ›Wo ist der famose Liebhaber der Tugendheldin?‹

Dabei stürze ich mich auf sie, um beide umzubringen.

Da, ihr Götter, erhebt sich mein eigener Vater vom Lager und wirft sich mir zu Füßen.

›Halt ein, mein Sohn!‹ flehte er. ›Erbarme dich deines Erzeugers! Schone die weißen Haare deines Vaters, der dich aufgezogen hat! Gewiß, ich habe gegen dich gefehlt, aber den Tod verdiene ich nicht. Lasse dich von deinem Zorn nicht hinreißen und beflecke deine Hände nicht mit dem Blute deines Vaters!‹

So und ähnlich bat er flehentlich, während ich sprachlos, wie vom Donner gerührt, dastand. Ich sah mich nach Thisbe um. Sie hatte sich, ich weiß nicht wie, davongemacht. Ich starrte das Zimmer an, das Bett, und vermochte kein Wort herauszubringen oder mich zu rühren. Der Dolch fiel mir aus der Hand. Demänete stürzte darauf zu und hob ihn schnell auf. Als mein Vater sich außer Gefahr sah, packte er mich und ließ mich fesseln, während Demänete ihn aufreizte.

›Hab' ich es dir nicht vorausgesagt‹, schrie sie, ›daß man sich vor dem Burschen in acht nehmen muß, weil er nur auf eine Gelegenheit lauert, uns etwas anzutun? Ich habe ihm seine Absichten an den Augen angesehen!‹

›Allerdings‹, antwortete mein Vater, ›du hast es vorausgesagt. Nur habe ich es nicht glauben wollen.‹

Ich wollte die Sachlage erklären, doch ließ er mich nicht zu Worte kommen und schloß mich ein. Am Morgen brachte er mich, gefesselt wie ich war, vor das Volksgericht. Er hatte sein Haupt mit Asche bestreut und hielt folgende Ansprache:

›Athener‹, sagte er, ›nicht in dieser Erwartung habe ich diesen meinen Sohn erzogen, nein, er sollte mir im Alter eine Stütze sein, das war mein Gedanke, als er mir geboren wurde. Ich gab ihm eine standesgemäße Erziehung, schickte ihn in die Schule, sorgte für seine Eintragung in die Bürgerlisten und in das Stammesregister. Ich ließ ihn unter die Epheben einreihen und, entsprechend den Gesetzen, zu eurem Mitbürger machen. Ich setzte die Hoffnung meines Lebens auf ihn. Dies alles hat er schmählich vergessen. Er hat mir Schande angetan und meine rechtmäßige Frau mißhandelt. Schließlich hat er mich nachts, mit der Waffe in der Hand, überfallen. Daß er nicht zum Vatermörder wurde, verdanke ich nur dem glücklichen Zufall, daß ein plötzlicher Schreck ihm den Dolch aus der Hand gleiten ließ. Ich wende mich an euch um Beistand. Ich erhebe vor euch Klage gegen ihn und überlasse euch die Entscheidung, unter Verzicht auf das mir gesetzlich zustehende Recht, ihn zu töten. Denn ich halte es für besser, das Gesetz über den Sohn richten zu lassen, als das Urteil selbst zu vollziehen.‹

Diese Worte begleitete er mit seinen Tränen. Auch Demänete jammerte, um Schmerz über mich zu heucheln, und nannte mich einen Unglücklichen, der, wenn auch verdientermaßen, nun so früh sterben müsse, der von bösen Geistern auf seine Eltern gehetzt sei. Das alles brachte sie schluchzend vor, nicht so sehr, um zu klagen, als um durch ihr Wehgeschrei und ihr Geheul die Anklage zu bekräftigen.

Als ich gleichfalls um das Wort bat, näherte sich mir der Gerichtsschreiber und stellte mir nur die kurze Frage, ob ich mit der Waffe in der Hand auf meinen Vater losgegangen sei. Ich antwortete: ›Ja, aber hört, unter welchen Umständen.‹ – Sogleich wurde ich niedergeschrien. Man ließ mich nicht zu einer Verteidigung kommen. Die einen beantragten, mich zu steinigen, die anderen, mich vom Henker in den Abgrund werfen zu lassen. Während dieser erregten Auseinandersetzung und während man zur Abstimmung schritt, rief ich unentwegt in den Lärm hinein: ›Oh, diese Stiefmutter! Eine Stiefmutter bringt mich um, ohne daß ich gehört werde!‹ Meine Ausrufe machten viele Leute stutzig und ließen sie die wahren Zusammenhänge ahnen. Aber bei der allgemeinen Unruhe konnte ich mich nicht vernehmlich machen.

Die Abstimmung ergab siebzehnhundert Stimmen für Todesstrafe, von denen ein Teil sich für die Steinigung, der andere für Sturz in den Abgrund aussprach. Die restlichen tausend Stimmberechtigten, die durch meine Bemerkung über die Stiefmutter argwöhnisch geworden waren, stimmten für lebenslängliche Landesverweisung. Dennoch erhielt dieser Antrag Gesetzeskraft. Denn obwohl er weniger Stimmen auf sich vereinigte, blieben die Stimmen, die auf Tod lauteten, infolge der Verschiedenheit der beantragten Todesart in der Minderzahl.

So mußte ich Vaterhaus und Heimat verlassen. Doch die verruchte Demänete entging ihrer Strafe nicht. Sie hatte den Haß der Götter auf sich gezogen. Wie dies geschah, sollt ihr ein anderes Mal erfahren. Jetzt müssen wir schlafen, es ist schon tief in der Nacht. Und ihr habt Ruhe nötig.«

»Du wirst uns nur quälen«, sagte Theagenes, »wenn du mitten in der Erzählung aufhörst und die niederträchtige Demänete unbestraft läßt.«

»Also gut, wenn ihr wollt«, gab Knemon nach, »so hört weiter zu.

Nach meiner Verurteilung ging ich ohne weiteres zum Piräus und an Bord eines Schiffes, das gerade auslief. Ich fuhr nach Aigina, wo Verwandte meiner verstorbenen Mutter lebten. Glücklich angekommen, machte ich sie ausfindig, und die erste Zeit fühlte ich mich ganz wohl. Als ich am zwanzigsten Tage nach meiner Ankunft wie gewöhnlich umherschlenderte und zum Hafen hinunterkam, lief gerade ein großes Segelschiff ein. Ich blieb stehen und erkundigte mich, woher es komme und wer an Bord sei. Der Laufsteg war kaum heruntergelassen, als ein Reisender an Land sprang, auf mich zulief und mich umarmte. Es war Charias, ein Altersgenosse von mir.

›Gute Nachricht, lieber Knemon!‹ rief er. ›Deine Todfeindin hat die gerechte Strafe ereilt. Demänete ist tot.‹

›Hab Dank, Charias‹, erwiderte ich, ›doch weshalb hast du es so eilig mit deiner frohen Botschaft, als ob du eine Unglückspost brächtest? Vor allem will ich wissen, auf welche Weise sie starb. Ich fürchte, eines natürlichen Todes und nicht so, wie sie es verdient hätte.‹

›Nie verläßt uns die Gerechtigkeit ganz, wie Hesiod sagt‹, antwortete Charias. ›Sie läßt wohl auch einmal eine Weile auf sich warten und schiebt die Vergeltung auf, aber auf solche Verbrechen richtet sie ein scharfes Auge. So ist ihr auch Demänete nicht entgangen. Mir sind die Einzelheiten genau bekannt. Thisbe – du weißt, wie gut ich mit ihr stehe – hat mir alles erzählt. Nach deiner ungerechten Landesverweisung zog dein armer Vater, den die Reue quälte, sich auf ein einsames Landgut zurück und verzehrte, wie der Dichter sagt, in Kummer sein Herz. Deine Stiefmutter wurde von den Furien des bösen Gewissens verfolgt. Seit du fort warst, steigerte sich ihre Liebe zu dir bis zum Wahnsinn. Sie jammerte Tag und Nacht, angeblich über dein Los, in Wirklichkeit über ihr eigenes. Tag und Nacht schrie sie ‚Knemon' und nannte dich ihren lieben Jungen, ihr Herz. Ihre Freundinnen, die sie besuchten, wunderten sich zwar und konnten nicht genug bewundernde Worte für die Mutterliebe einer Stiefmutter finden. Sie suchten sie auch zu trösten und ihr Mut zu machen. Sie erklärte aber, ihr Schmerz sei unheilbar, und andere hätten keine Ahnung, was für ein Stachel in ihrem Herzen stecke.

War sie mit Thisbe allein, machte sie ihr Vorwürfe wegen ihrer schlechten Dienste. Zur Erfüllung ihrer Liebe habe sie ihr nicht verholfen, aber als es sich darum handelte, ihr den Geliebten wegzunehmen, sei sie schneller bei der Hand gewesen als das Wort. So habe sie gar keine Zeit gehabt, sich eines anderen zu besinnen. Thisbe mußte sich auf das Schlimmste gefaßt machen. Aber angesichts der Erregung und Verzweiflung ihrer zu allem fähigen Herrin, die in ihrer Liebesraserei kein Maß kannte, entschloß sie sich, ihr zuvorzukommen und sich durch einen heimtückischen Anschlag gegen sie zu retten.

‚Ich verstehe dich gar nicht, meine Herrin', sagte sie. ‚Warum machst du deiner Zofe grundlose Vorwürfe? Ich habe mich immer und nur nach deinen Wünschen gerichtet und tue es auch jetzt. Ist die Sache fehlgeschlagen, so ist das eben ein unglücklicher Zufall. Doch, wenn du es wünschst, will ich dir aus der Not helfen.'

‚Wie willst du mir helfen, wo der, durch den mir geholfen wäre, weit fort ist und das unerwartet milde Gerichtsurteil mich zugrunde gerichtet hat? Hätten sie ihn gesteinigt, wäre er tot, so wäre meine Leidenschaft mit ihm gestorben. Denn die Liebe stirbt mit der Hoffnung, und mit dem Aufhören der Sehnsucht schwindet auch der Schmerz. So aber glaube ich ihn zu sehen, bilde mir ein, ihn zu hören, fühle seine Vorwürfe über meine Niedertracht und male mir aus, er sei wieder da und ich besäße ihn oder eilte irgendwohin zu ihm. Dieser Schmerz nagt an mir und macht mich wahnsinnig! Und bei den Göttern, mir geschieht recht. Weshalb versuchte ich nicht, sein Herz zu gewinnen, statt ihm nachzustellen? Weshalb verlegte ich mich nicht aufs Bitten, statt ihn zu verfolgen? So wies er mich ein erstes Mal ab, natürlich! Ich war ihm fremd, und er wollte nicht die Ehe seines Vaters beschmutzen. Vielleicht hätte ich ihn mit der Zeit für mich gewonnen und eingenommen. Aber ich, die ich mich nicht im entferntesten mit ihm messen kann, benahm mich nicht wie eine Liebende, sondern wie eine Bestie, wie eine Wilde, deren Befehl man nicht nachkommt. Aber du wolltest mir helfen, süße Thisbe?'

,Herrin', antwortete Thisbe, ,das ist einfach. Für die Öffentlichkeit hat Knemon, dem Urteil entsprechend, die Stadt und Attika verlassen und ist außer Landes gegangen. Da ich dir aber gern zu Diensten bin, habe ich in Erfahrung gebracht, daß er sich in der Vorstadt versteckt hält. Du hast sicher schon von der Flötenspielerin Arsinoë gehört. Mit ihr hatte er ein Liebesverhältnis. Nach dem Unglück hat das Mädchen ihn bei sich aufgenommen. Sie hat ihm versprochen, mit ihm ins Ausland zu gehen, und hält ihn so lange versteckt, bis sie alles zur Reise fertig hat!'

Demänete seufzte. ,Die Glückliche! Arsinoë! Erst hatte sie ihn zum Geliebten, und nun wird sie noch mit ihm auf Reisen gehen. Aber was soll das mir nützen?'

,Sehr viel, Herrin. Ich werde bei Arsinoë, mit der ich von der Musik her schon seit langem befreundet bin, so tun, als sei ich in Knemon verliebt, und sie bitten, mich nachts an ihre Stelle zu lassen. Wenn das gelingt, dann kannst du hingehen und die Arsinoë spielen. Ich will schon dafür sorgen, daß er nicht ganz nüchtern zu Bett geht. Wenn du dann deinen Willen gehabt hast, wird deine Leidenschaft wohl nachlassen. Oft ist dies schon nach dem ersten Male der Fall. Die Begierde hört auf, wenn sie befriedigt ist. Wenn sie dennoch anhält, was ich nicht hoffe, dann muß man eben einen zweiten Weg antreten und ein anderes Mittel versuchen. Im Augenblick wollen wir fürs erste sorgen.‘

Demänete erklärte sich einverstanden und drängte, den Vorschlag auszuführen. Thisbe bat sich einen Tag Zeit aus, um die Sache zu ordnen. Sie ging zu Arsinoë und sagte: ‚Du kennst doch den Teledemos?‘ Als diese bejahte, bat sie: ‚Laß uns beide heute bei dir übernachten! Ich habe ihm eine Nacht versprochen. Er wird früher kommen als ich. Ich kann erst fort, wenn ich meine Herrin zu Bett gebracht habe.‘

Dann lief sie zu Aristippos auf das Landgut.

‚Ich komme, Herr, mich selbst anzuklagen‘, sagte sie. ‚Mach, was du willst, mit mir. Ich bin, wenn auch wider meinen Willen, mit schuld daran, daß du deinen Sohn verloren hast. Ich hatte gemerkt, daß meine Herrin, deine Gattin, sich wenig musterhaft betrug und dich hinterging. Ich fürchtete, wenn es durch jemand anderen herauskäme, würde es mir selbst schlecht gehen. Auch tat es mir sehr leid, daß deine Liebe und Sorge so übel vergolten wurde. Da ich selbst dir nichts zu sagen wagte, ging ich nachts heimlich zu dem jungen Herrn und erzählte ihm, deine Gattin habe einen Liebhaber. Er verstand – du weißt, er hatte sich schon immer über sie zu beklagen –, dieser sei gerade bei ihr, nahm wütend einen Dolch und rannte – obwohl ich immer wieder versuchte, ihn zurückzuhalten und sagte, jetzt im Augenblick sei alles in Ordnung, hörte er gar nicht auf mich oder rechnete mit einer Sinnestäuschung meinerseits –, rannte also wütend zu dir ins Schlafzimmer. Was weiter geschah, weißt du ja. Wenn du willst, kannst du dich jetzt deinem Sohn gegenüber, wenn er auch des Landes verwiesen ist, rechtfertigen und sie für die Niedertracht, die sie an euch beiden begangen hat, bestrafen. Ich will dir heute nacht deine Frau in einem fremden Hause vor der Stadt in den Armen ihres Liebhabers zeigen.‘

‚Wenn dir das gelingt‘, sagte Aristippos, ‚lasse ich dich zur Belohnung frei. Ich werde noch einmal neu leben, wenn ich mich an ihr gerächt habe. Ich verzehre mich lange in Sorge. Was du sagst, argwöhnte ich schon längst. Aber mir fehlten die Beweise, darum schwieg ich. Was soll ich nun tun?‘

‚Komm in den Garten zum Denkmal der Epikureer‘, erklärte sie. ‚Dort erwarte mich gegen Abend.‘

Nun lief sie wieder zu Demänete.

‚Mach dich schön! In deinem besten Kleid mußt du kommen‘, sagte sie. ‚Alles ist in Ordnung, wie ich dir versprochen habe.‘

Die Herrin umarmte sie und tat, wie geheißen. Am Abend holte Thisbe sie ab. Sie ließ sie in der Nähe des Hauses warten, ging zu Arsinoë und bat sie, in ein anderes Zimmer zu gehen und sie mit dem jungen Manne, der noch etwas schüchtern und in Liebesdingen unerfahren sei, allein zu lassen. Arsinoë tat, was sie geheißen war. Dann holte Thisbe Demänete, ließ sie eintreten und sich zu Bett legen, löschte das Licht, angeblich, damit du – der ja in Aigina weilen sollte! – sie nicht erkennen könntest, und schärfte ihr ein, die Liebe schweigend zu genießen. ‚Ich hole ihn jetzt herbei‘, sagte sie, ‚er sitzt nebenan beim Wein‘.

Dann holte sie Aristippos an besagtem Orte ab. Sie drängte ihn, den Liebhaber seiner Frau zu überraschen und festzunehmen. Er betrat das Haus und stürzte ins Zimmer. Bei dem schwachen Mondlicht fand er nur schwer das Bett. ‚Habe ich dich, du gottverhaßtes Weib‘, schrie er. Als Thisbe das hörte, schlug sie mit aller Gewalt die Haustür zu. ‚Schade‘, rief sie, ‚der Kerl ist entkommen. Paß auf, Herr, daß sie dir nicht auch entwischt!‘

‚Keine Sorge‘, rief Aristippos. ‚Die Dirne habe ich. Und an ihr liegt mir besonders.‘

Er packte sie und schleppte sie zur Stadt.

Jetzt kam Demänete die ganze Verzweiflung ihrer Lage zu Bewußtsein. Um die schönste Hoffnung betrogen, sah sie sich der Schande ausgesetzt und mußte die Strafe des Gesetzes erwarten. Sie schämte sich, ertappt zu sein, und war zugleich wütend, daß man dieses Spiel mit ihr getrieben hatte. Als sie an dem Brunnen bei der Akademie vorüberkamen – du kennst jedenfalls die Stelle, wo die Behörden den Heroen das althergebrachte Opfer darbringen –, riß sie sich plötzlich von der Hand des alten Mannes los und stürzte sich kopfüber in die Tiefe. So fand das böse Weib einen elenden Tod. Aristippos sagte nur: ‚Mir hast du nun die Schuld gebüßt, ohne das Gesetz abzuwarten.‘ Er gab am anderen Tage vor dem Volksgericht eine genaue Darstellung der Vorgänge. Er kam nicht ganz leicht straffrei davon. Dann bemühte er sich gleich bei Freunden und Bekannten, die Aufhebung deiner Landesverweisung zu erwirken, da er gerade einer der Ratsvorsitzenden war. Wieweit ihm dies gelungen ist, weiß ich nicht. Ich mußte, wie du siehst, in eigenen geschäftlichen Dingen hierher reisen. Du kannst aber damit rechnen, daß das Volksgericht deine Heimkehr erlauben und dich dein Vater selbst nach Hause holen wird. Das hat er versprochen.‹

Das erzählte mir Charias. Es würde zu lange dauern, wollte ich euch meine weiteren Schicksale berichten und erzählen, wie ich hierherkam.«

Knemon vergoß, während er sprach, Tränen. Auch die beiden jungen Leute weinten, wie es schien, seinetwegen. Doch galt ihr Schmerz auch dem eigenen Unglück. Sie hätten noch lange geweint, wenn nicht, nach den wohltuenden Klagen, der Schlaf sie überwältigt und den Tränen ein Ende gemacht hätte.

So schliefen sie. Auch Thyamis – so hieß der Führer der Räuber – ruhte den größten Teil der Nacht, bis er plötzlich von Traumbildern aus dem Schlummer geschreckt wurde und wachend über ihre Bedeutung nachgrübelte.

Um die Stunde, da die Hähne krähen – ob nun, wie man sagt, bei der Rückkehr der Sonne ein Instinkt sie treibt, die Götter zu grüßen, oder ob die Wärme und zugleich das Verlangen, sich zu regen und Futter zu bekommen, sie drängt, mit ihrem Schrei die Hausgenossen zur Arbeit zu wecken –, um diese Stunde hatte er folgenden Traum.

Er sah sich im Isistempel von Memphis, seiner Vaterstadt. Das Heiligtum war von Fackelschein erleuchtet, die Altäre und Opferherde waren vom Blut aller möglichen Tiere überströmt, die Säulenhallen und Gänge erfüllt von einer lärmenden, jubelnden Menge. Er befand sich im Allerheiligsten. Da trat die Göttin selbst auf ihn zu. Sie hielt Chariklea an der Hand und sprach zu ihm:

»Ich führe dir dieses unberührte Mädchen zu, Thyamis. Sie wird dir gehören, doch wirst du sie nicht besitzen. Du wirst der Fremden ein Unrecht tun und sie töten, doch wird sie nicht sterben.«

Er wußte nicht, was er mit dem Traum anfangen sollte. Als er – hin und her überlegend – keinen rechten Sinn fand, deutete er ihn nach seinem Wunsch. Die Worte: ›Sie wird dir gehören, und doch wirst du sie nicht besitzen‹, legte er dahin aus: als Weib und nicht als Jungfrau. ›Du wirst sie töten‹, bezog er auf die Verletzung ihrer Jungfräulichkeit, an der Chariklea nicht sterben werde. So deutete er den Traum, doch war es sein Verlangen, das ihm diese Deutung eingab.

Bei Tagesanbruch befahl er seine Unterführer zu sich und ließ die Kriegsbeute, wie er den Raub beschönigend nannte, herbeischaffen. Auch Knemon ließ er kommen, mitsamt den von ihm bewachten Gefangenen. Unterwegs jammerten sie: »Was für ein Los wird uns jetzt erwarten?« Und sie baten Knemon, ihnen nach Kräften beizustehen. Er versprach es und hieß sie guten Mutes sein. Der Anführer, betonte er, sei kein wirklicher Barbar. Vielmehr habe er eine gewisse Gesittung, sei aus guter Familie und habe seinen jetzigen Beruf nur aus Not ergriffen.

Als sie ankamen, war die Masse der Räuber schon versammelt. Thyamis übernahm von einem erhöhten Platz aus den Vorsitz des Inselrates. Er wies Knemon an, den Gefangenen seine Worte zu übersetzen, da er die griechische Sprache nur unzulänglich beherrschte und Knemon bereits ziemlich gut ägyptisch verstand.

»Kameraden«, sprach er, »ihr kennt meine Gesinnung gegen euch. Ich habe sie stets bewiesen. Ich bin, wie ihr wißt, als Sohn des Orakelpriesters von Memphis, nachdem mein Vater sich vom Amt zurückgezogen hatte, von meinem jüngeren Bruder widerrechtlich um die Nachfolge gebracht worden. Bei euch habe ich Zuflucht gesucht, um Rache zu nehmen und die mir gebührende Würde später einmal zu erlangen. Ihr habt mich mit der Ernennung zu eurem Anführer ausgezeichnet, und bis auf den heutigen Tag habe ich niemals für mich mehr beansprucht als jeder von euch. Stets habe ich alles gleich um gleich mit euch geteilt, sei es die Beute, sei es den Erlös aus dem Verkauf der Gefangenen. Ich habe immer die Ansicht vertreten, ein wahrer Führer habe den Hauptanteil der Gefahr auf sich zu nehmen, aber nur den gleichen Gewinnanteil zu beanspruchen. Von den Gefangenen habe ich die kräftigen Männer, die uns noch nützlich sein konnten, uns eingegliedert, die schwächlichen verkauft. Gegen Frauen habe ich mich niemals vergangen. Die vornehmen von ihnen ließ ich gegen Lösegeld oder aus Mitleid mit ihrem Unglück frei. Die einfachen, die ja nicht erst unter dem Zwang der Gefangenschaft, sondern von jeher dienen mußten, gab ich euch einzeln zur Bedienung. Heute bitte ich euch inständig um einen bestimmten Teil der Kriegsbeute, um das fremde Mädchen hier. Ich könnte sie mir eigenmächtig zusprechen. Doch ziehe ich es vor, daß sie mir von euch zugesprochen wird. Es wäre eine Dummheit, wollte ich mir die Gefangene selbständig und gegen den Willen meiner Kameraden nehmen. Aber auch so will ich sie nicht umsonst haben. Ich verzichte dafür auf meinen Anteil an der übrigen Beute. Als Angehöriger eines Priestergeschlechts schätze ich nicht, was die vulgäre Aphrodite gewährt, nicht um meine Lust zu befriedigen, sondern zur Weiterführung meines Geschlechtes – ich habe es reichlich überlegt – soll sie mir gehören. Ich will euch auch meine Gründe darlegen. Augenscheinlich stammt auch sie aus einer vornehmen Familie. Darauf deuten der kostbare Schmuck, den wir bei ihr gefunden haben, und die Tatsache, daß das

Unglück sie nicht gebrochen hat. Ihre stolze Haltung verrät noch die früheren besseren Tage. Sodann schließe ich auf einen edlen Charakter. An Schönheit übertrifft sie alle Frauen. Durch den Adel ihres Blickes zwingt sie alle, die sie sehen, zur Achtung. Wie sollte man also von ihr nicht den gewinnendsten Eindruck erhalten? Was aber am stärksten auf mich wirkt: sie ist offensichtlich die Priesterin eines Gottes, die es auch in ihrem Unglück für ungeziemend und unerlaubt hält, Gewand und Schmuck ihrer priesterlichen Würde abzulegen. Kann es, Kameraden, für einen Mann aus dem Priesterstand eine schicklichere Verbindung geben als mit einer Priesterin?«

Alle riefen Beifall und wünschten ihm zu dieser Ehe Glück.

»Ich danke euch«, fuhr er fort. »Es kommt nun darauf an zu wissen, wie das Mädchen selbst darüber denkt. Handelte es sich um einen Akt der Gewalt, so würde mein Wille genügen, und jede Frage wäre überflüssig. Für eine Ehe bedarf es dagegen des beiderseitigen Einverständnisses.«

Er wandte sich an Chariklea.

»Wie denkst du über eine eheliche Verbindung mit mir, mein Mädchen?«

Gleichzeitig fragte er sie nach ihrem Namen und ihrer Herkunft.

Lange Zeit stand sie mit gesenktem Blick, als sammelte sie ihre Gedanken und Worte, und schüttelte ein und das andere Mal das Haupt. Als sie dann Thyamis ansah und noch mehr als vorher durch ihre Schönheit bestrickte, waren ihre Wangen durch die Überlegung mehr als sonst gerötet, und ihre Augen leuchteten in bezaubernder Lebendigkeit.

Knemon übersetzte ihre Worte.

»Eigentlich sollte ich meinen Bruder Theagenes antworten lassen«, sagte sie. »Frauen schweigen besser und überlassen den Männern das Reden unter Männern. Da ihr mir aber zu sprechen erlaubt und – ein erster Beweis eures Edelmuts – euren Willen durch freundliches Zureden statt mit Gewalt durchzusetzen sucht, da es sich außerdem um mich persönlich handelt, muß ich schon die Zurückhaltung, die mir wie jedem jungen Mädchen die Sitte vor Männern auferlegt, aufgeben und auf die Frage des Siegers, wie ich über die Ehe mit ihm denke, antworten, nun gar vor so vielen Männern. Du willst wissen, wer wir sind? Wir stammen aus Ionien, und zwar aus einer der angesehensten Familien von Ephesos. Wir haben noch unsere beiden Eltern. Da das Herkommen es so verlangt, gaben wir uns in den Dienst der Götter, ich wurde Priesterin der Artemis, mein Bruder Priester des Apoll. Das sind Ämter auf ein Jahr. Nach Ablauf dieser Frist unternahmen wir mit Gefolge eine Festgesandtschaft nach Delos, wo wir musische und sportliche Kampfspiele veranstalteten und anschließend wie üblich den Tempeldienst wieder verlassen wollten. Gold, Silber, Kleidung und alles, was für die Spiele und den öffentlichen Schmaus nötig war, war schon an Bord gebracht, und wir fuhren ab. Während die Eltern und andre ältere Leute aus Scheu vor der Seereise zu Hause blieben, begleiteten uns viele Landsleute auf unserem Schiff oder auf eigenen Fahrzeugen. Wir hatten schon mehr als die halbe Fahrt hinter uns, da wurde mit einem Male das Meer unruhig. Ein starker Seitenwind kam auf, der sich bald zum orkanartigen Gewittersturm steigerte und die Wogen peitschte. Das Schiff verlor seinen Kurs. Der Steuermann kam gegen die Übermacht der Elemente und das Schlingern des Schiffes nicht auf und überließ die Steuerung dem Zufall. Sieben Tage und Nächte trieb uns der Orkan und verschlug uns schließlich an die Küste, an der wir eure Gefangenen wurden. Ihr habt die vielen Leichen gesehen. Als wir unsere Rettung feierten, meuterte die Besatzung und fiel über uns her. Sie hatte sich vorgenommen, uns zu erschlagen und sich unserer reichen Ladung zu bemächtigen. Alle unsere Freunde fanden den Tod, aber auch die Meuterer selbst trafen und wurden getroffen. Wir behielten die Oberhand. Aber nur wir beide – wäre es doch nicht geschehen – blieben als kläglicher Rest am Leben. Das einzige Glück im Unglück, das uns ein Gott bescherte, war, daß wir gerade euch in die Hände fielen. Wir waren schon auf unseren Tod gefaßt. Und nun soll eine Hochzeit daraus werden, die ich keineswegs zurückweisen will. Für ein Mädchen, das sich dem Tempeldienst gewidmet hat, muß es geradezu als göttliche Fügung erscheinen, dem Sohn eines Priesters, der, wenn der Gott will, bald ein solcher werden wird, zu gehören. Ich bitte dich nur um eine Gefälligkeit, Thyamis, gestatte mir, eine Stadt oder einen Ort mit Altar oder Tempel des Apollo aufzusuchen, um dort Amt und Abzeichen der Priesterin abzulegen. Am besten ginge ich mit dir wohl nach Memphis, wenn du deine Stellung als Priester wiedererlangst. Dann würde ein frohes Hochzeitsfest mit der Feier deiner glücklichen Berufung verbunden sein. Ob wir schon vorher heiraten sollen, überlasse ich ganz deiner Entscheidung. Nur laß mich erst der angestammten Sitte genügen. Damit wirst du sicher einverstanden sein, bist du doch von Jugend auf für den Dienst der Götter bestimmt und gewohnt, die heiligen Gebräuche zu achten.«

Tränen erstickten ihre Worte. Alle gaben ihr recht und waren damit einverstanden, hießen sie so handeln und erklärten, ihr behilflich zu sein. Auch Thyamis willigte ein, halb freiwillig, halb gezwungen. Seine Leidenschaft für Chariklea ließ ihm schon diesen Aufschub zur Ewigkeit werden. Aber er war von ihren Worten wie bezaubert, er mußte nachgeben. Auch fiel ihm sein Traum ein, der ihm eine Hochzeit in Memphis zur Gewißheit machte. Er verteilte die Beute – einige der kostbarsten Stücke behielt er mit freiwilliger Zustimmung seiner Leute für sich – und schloß damit die Versammlung.

In zehn Tagen sollten sie sich für den Aufbruch nach Memphis bereithalten. Den beiden Griechen überließ er die bisherige Wohnung gemeinsam mit Knemon, doch war ihnen dieser jetzt nicht mehr als Gefangenenwärter, sondern als Begleiter zugewiesen. Auch ordnete er an, daß sie reichlicher lebten als bisher, und aus Achtung für seine Schwester zog er Theagenes manchmal sogar an den eigenen Tisch. Chariklea selbst nahm er sich vor so wenig wie möglich zu sehen. Er wollte seine Leidenschaft durch ihren Anblick nicht noch anfachen und dadurch seine einmal gefaßten Vorsätze und Versprechungen gefährden. Deshalb versagte sich Thyamis lieber den Anblick der Geliebten. Sie zu sehen und nicht zu besitzen war ihm unmöglich.

Während sich alle nach ihren über der See verstreuten Wohnungen begaben, ging Knemon aus dem Hause, um in einiger Entfernung vom See das versprochene Wunderkraut für Theagenes zu suchen.

Als sie allein waren, brach Theagenes in Tränen und Klagen aus. Zu Chariklea sagte er nichts, aber immer wieder rief er die Götter zu Zeugen an. Da fragte sie ihn, ob es das alte, gemeinsame Unglück sei, über das er klage, oder ob ihm ein neues zugestoßen sei.

»Ein neues?« antwortete er. »Gibt es denn etwas Schlimmeres, als wenn Eide und Versprechen gebrochen werden, als wenn Chariklea mich vergißt und einem anderen die Ehe verspricht?«

»Sei still«, unterbrach ihn die Geliebte. »Deine Worte bedrücken mich schwerer als unser Unglück. Nach so vielen Beweisen meiner Treue in der Vergangenheit dürfen dich einige Worte von mir, die sich aus den Umständen erklären und zu einem bestimmten Zweck gesprochen sind, nicht schon mißtrauisch machen! Sonst muß ich annehmen, daß du dich geändert hast, mehr als du mich je geändert finden wirst. Ja, ich bin unglücklich, ich leugne es nicht; aber keine Gewalt der Erde würde mich dazu bringen, mich zu vergessen. Nur einmal war ich schwach, – ich weiß es – aus Liebe zu dir. Aber auch das blieb in den Grenzen des Erlaubten. Nicht wie einem Liebhaber habe ich dir nachgegeben, sondern von Anfang an wie dem künftigen Gatten, dem ich mich versprach. Bis heute bin ich rein geblieben, auch dir gegenüber – wenn ich auch mehr als einmal genötigt war, dein allzu stürmisches Werben zurückzuweisen –, immer nur hatte ich unsre eheliche Verbindung im Auge, wie wir sie uns gelobt und geschworen haben; ich wartete nur auf die Weihe durch das Gesetz. Bist du wirklich so töricht zu glauben, ich gäbe diesem Ausländer den Vorzug vor dem Griechen, dem Räuber vor dem Geliebten?«

»Was sollten dann aber vorhin deine schönen Worte? Daß du mich als deinen Bruder ausgabst, war ja ein herrlicher Einfall, um Thyamis nicht eifersüchtig zu machen. Auch können wir jetzt ohne Furcht zusammenbleiben. Ebenso verstehe ich die Geschichte mit unserer ionischen Familie und der Reise nach Delos. Du wolltest damit nur die Wahrheit verdecken und die Hörer irreführen. Aber daß du gleich auf den Heiratsantrag eingingst und dich fest gebunden und schon den Zeitpunkt bestimmt hast, konnte und wollte ich nicht begreifen. Lieber läge ich unter der Erde, als daß ich ein solches Ende meiner Leiden und Hoffnungen erlebte.«

Da umarmte Chariklea Theagenes und küßte ihn immer wieder unter heißen Tränen.

»Schön«, rief sie, »wie freue ich mich, daß du um mich bangst. Es zeigt mir, daß deine Liebe unter den vielen Schicksalsschlägen nicht gelitten hat. Aber glaubst du, wir würden jetzt überhaupt miteinander sprechen, hätte ich nicht meine Zusage gegeben? Hartnäckiger Widerstand bestärkt nur die herrische Begehrlichkeit eines Mächtigen, wie du weißt, während ein Wort des Nachgebens und Entgegenkommens den ersten Sturm einer heißen Leidenschaft beschwichtigt und mit freundlichen Hoffnungen die quälende Begierde einschläfert. Liebende, die noch natürlicher denken, sehen schon im Versprechen einen ersten Beweis der Liebe, und da sie glauben, damit schon gewonnen zu haben, werden sie vernünftiger und wiegen sich in Hoffnungen. Deshalb habe ich mit Worten ja gesagt. Im übrigen vertraue ich auf die Götter und das Schicksal, welches von Anfang an über unserer Liebe gewaltet hat. Ein oder zwei Tage haben oft schon Rettung gebracht, und das Glück ist stärker und erfinderischer als alle menschliche Berechnung. So habe ich, was jetzt schon unmittelbar drohte, mit Geschick hinausgeschoben, die sichere Gefahr des Augenblicks mit der Vertröstung auf eine unsichere Zukunft abgebogen. Wir müssen die Komödie nun, Liebster, wie eine Kriegslist weiterspielen und darüber schweigen, selbst gegen Knemon. Er ist zwar freundlich zu uns und ein Grieche, aber schließlich ein Gefangener, der, wenn es darauf ankommt, immer zu seinem Herrn halten wird. Wir sind seiner Treue weder durch die Erfahrung einer langen Freundschaft noch durch Blutsverwandtschaft sicher. Sollte er unser wahres Verhältnis ahnen, müssen wir leugnen, wenigstens vorerst. Bisweilen ist eine Lüge berechtigt, wenn sie dem, der sie ausspricht, nützt, und dem, der sie hört, nicht schadet.«

So suchte Chariklea Theagenes zu beruhigen. Da kam Knemon in höchster Eile angerannt. Schon sein Gesicht verkündete seine Erregung.

»Hier ist das Heilkraut, Theagenes«, rief er, »leg es auf deine Wunden, damit sie sich rasch schließen. Wir müssen uns auf neue Leiden gefaßt machen und auf Mord und Totschlag dazu!«

Theagenes bat ihn, sich deutlicher zu erklären.

»Dazu ist jetzt keine Zeit mehr. Ich fürchte, die Ereignisse sind sonst rascher als das Wort. Komm schleunigst mit mir. Auch Chariklea muß folgen.«

Er nahm sie mit zu Thyamis, der gerade seinen Helm putzte und den Wurfspeer schärfte.

»Da bist du gerade bei der richtigen Arbeit!« rief Knemon. »Leg nur gleich die Waffen an und befiehl deinen Leuten, dasselbe zu tun. Wir sind von einer feindlichen Übermacht eingeschlossen wie noch nie. Sie sind schon ganz nahe, dort kommen sie über die Höhe. Ich bin gelaufen, so sehr ich konnte, um dich vor dem Überfall zu warnen. Unterwegs habe ich den Leuten, die ich traf, zugerufen, sich bereitzumachen.«

Bei dieser Nachricht sprang Thyamis auf. Seine erste Frage galt Chariklea, er fürchtete mehr für sie als für sich. Knemon wies auf die Tür, vor der sie wartete. Thyamis nahm ihn beiseite.

»Führe sie in unsere Schatzhöhle, mein Lieber«, sagte er. »Wenn du sie in Sicherheit gebracht und den Eingang wie gewöhnlich verschlossen hast, komm zurück. Den Kampf laß dann meine Sorge sein.«

Während er seinen Schildträger beauftragte, ein Opfertier zu holen, um vor Kampfbeginn den einheimischen Göttern das Opfer zu bringen, führte Knemon die weinende Chariklea, die sich immer wieder besorgt nach Theagenes umsah, auftragsgemäß in die Höhle. Diese gehörte nicht zu den häufig vorkommenden, von der Natur geschaffenen Gebilden, wie sie sich öfter unterirdisch oder an der Oberfläche öffnen, sondern war künstlich, in Nachahmung der Natur, von den ägyptischen Räubern angelegt, die eigenhändig mit großem Geschick den Hohlraum geschaffen hatten, um darin ihre Beute sicher unterzubringen.

Sie sah etwa so aus: Den Eingang bildete ein enger dunkler Gang, der unter der Tür eines versteckten Raumes lag. Die Schwelle war zugleich eine zweite Tür, die es ermöglichte, nach unten zu gelangen. Sie ließ sich leicht heben und senken. Man kam dann in einen Raum, der in unregelmäßig gewundene Gänge überging. Das waren die Wege ins Höhleninnere, die bald gesondert für sich verliefen, mit beabsichtigtem Umweg, bald ineinander übergingen und sich wie die Wurzeln eines Baumes verwickelten, um schließlich ganz im Grund in eine große Halle einzumünden. Diese wurde von dem Tageslicht, das durch einen schachtartigen Spalt in einer Anhöhe am See einfiel, schwach erleuchtet.

Als Knemon Chariklea hier heruntergebracht und an der Hand bis ans Ende der Höhle geleitet hatte, sprach er ihr Mut zu und versicherte ihr, er werde mit Theagenes gegen Abend zurückkommen. Auf keinen Fall, fügte er hinzu, werde er zulassen, daß er in den Kampf hineingerate, sondern dafür sorgen, daß er ihm ausweichen könne. Dann ließ er sie allein und ging durch die Höhle zurück. Keines Wortes mächtig, wie tödlich getroffen von dem neuen Schicksalsschlag und als ob sie mit Theagenes auch ihr Leben verloren hätte, blieb Chariklea zurück, kaum fähig zu atmen oder ein Wort zu sagen.

Knemon war unglücklich über sich selbst, daß er den harten Befehl hatte ausführen müssen, vor allem aber über das Los des schönen Mädchens, das er sozusagen lebendig begraben hatte – ein in lichter Schönheit strahlendes Wesen wie Chariklea mußte er der Nacht und Finsternis überlassen! Er schloß die Türe hinter sich und lief zu Thyamis. Dieser hatte, brennend vor Kampfeslust wie Theagenes, eben seinen schönsten Waffenschmuck angelegt und feuerte seine versammelten Leute zur Tapferkeit an.

Mitten unter ihnen stehend, sprach er:

»Ich brauche nicht viel Worte zu machen, Kameraden, der Krieg ist euer Leben. Lange Ermutigung habt ihr nicht nötig. Auch keine Ermahnung. Euer Leben ist Kampf. Zudem verbietet der überraschende Überfall des Gegners jedes unnötige Wort. Der Feind ist schon in unserem Haus. Sich nicht ebenso entschlossen, so rasch es geht, zur Abwehr ihm entgegenwerfen hieße unsere Pflicht vergessen. Ihr wißt: Für unsereinen geht es nicht um Frauen und Kinder, was vielen schon allein genügt, um sie zum Kampf zu begeistern. Das und auch der Gewinn, den ein Sieg verspricht, hat für uns wenig Bedeutung. Für uns geht es um das nackte Leben. Beim Kampf zwischen Räubern gibt es weder Verhandlungen noch Frieden, sondern entweder Sieg und Leben oder Niederlage und Tod. Nehmt also alle Kraft und allen Mut zusammen gegen unsere gefährlichsten Feinde!«

Nach diesen Worten sah er sich nach seinem Schildträger um und rief wiederholt seinen Namen ›Thermuthis‹. Als er nicht zu finden war, stieß er wilde Drohungen aus und lief zu seinem Boot.

Der Kampf war bereits in vollem Gange. Schon von weitem sah man, wie die weit draußen an den Zugängen zum See wohnenden Räuber überwältigt waren. Die Angreifer hatten schon die Boote und Hütten der geflüchteten oder gefallenen Bewohner angezündet. Das Feuer war unter dem Wind auf den nahen Sumpf übergesprungen und fraß sich in dem dichten Rohrdickicht weiter. Ein unbeschreibliches Flammenmeer, das mit grellem Schein die

Augen blendete und mit seinem Geprassel die Ohren betäubte, wogte heran. Man sah und hörte Kampf in jeder Form.

Die Überfallenen wehrten sich mit großer Tapferkeit und Kraft, aber die zahlenmäßige Überlegenheit und die Plötzlichkeit des Angriffs gaben den Feinden das Übergewicht. Sie machten die einen schon auf dem Festland nieder, die andern warfen sie mit ihren Fahrzeugen und Hütten in den See. Von all dem erhob sich wilder Lärm: von dem sich zu Land wie zu Wasser abspielenden Kampf, von den Treffenden wie von den Getroffenen. Der See färbte sich rot von Blut. Die Kämpfenden waren vom Wasser und Feuer völlig eingeschlossen.

Bei diesem Anblick und Lärmen fiel Thyamis der Traum ein, in welchem er Isis gesehen hatte und ihren Tempel voller Fackeln und Opfer. In dem, was sich jetzt abspielte, schien ihm dieser Traum, dem er nun die entgegengesetzte Deutung gab, sich zu erfüllen. Er besaß Chariklea und würde sie doch nicht besitzen: Der Kampf hatte sie ihm genommen. Er würde sie töten, ohne zu verwunden: mit dem Schwert, nicht im Liebeskampf. Er verwünschte den Betrug der Göttin. Der Gedanke, Chariklea könne einem anderen in die Hände fallen, war ihm unerträglich. Er befahl seinen Leuten, den Kampf mehr hinhaltend zu führen. Von der Insel aus müßten sie ringsum aus dem Hinterhalt kämpfen und aus dem umliegenden Sumpfland heimliche Vorstöße unternehmen und froh sein, wenn sie sich so der Überzahl der Feinde erwehren könnten.

Dann eilte er, unter dem Vorwande, Thermuthis zu suchen und zu seinen Herdgöttern beten zu wollen, allein wie wahnsinnig nach seiner Wohnung zurück – keiner durfte ihm folgen.

So sind die Barbaren: Was sie sich einmal in den Kopf gesetzt haben, davon lassen sie nicht so leicht wieder ab. Halten sie sich für verloren, so bringen sie vorher alle um, an denen sie hängen, sei es in der Vorstellung, sich mit ihnen nach dem Tode wieder zu vereinigen, sei es in der Absicht, sie nicht der Willkür und dem Übermut ihrer Feinde zu überlassen.

Er vergaß also alle seine Pflichten und daß er im Netz der Gegner eingeschlossen war und stürzte, besessen von Liebe, Eifersucht und Wut, so schnell er konnte, zur Höhle hin und sprang, laute Verwünschungen in ägyptischer Sprache ausstoßend, hinein. Im dunklen Gang traf er auf eine Frau, die Griechisch sprach. Er ging der Stimme nach, bekam die Frau mit der Linken am Kopf zu fassen und bohrte ihr mit der Rechten das Schwert tief in die Brust.

Als die Unglückliche am Boden lag, stieß sie einen letzten, erschütternden Todesschrei aus. Thyamis lief zurück, verschloß die Eingangstür und streute etwas Erde darauf. »Mein Hochzeitsgeschenk für dich«, stöhnte er, während ihm die Tränen ins Auge traten.

Zu den Booten zurückgekehrt, fand er seine Leute – die Angreifer waren schon ganz nahe – mit der Flucht beschäftigt. Auch Thermuthis war mit dem Opfertier zur Stelle. Er schalt ihn aus und bemerkte, er selbst habe bereits das schönste Opfer gebracht. Dann sprang er mit Thermuthis und einem Dritten, der die Ruder führen sollte, ins Boot. Mehr Leute fassen diese Fahrzeuge nicht, die aus einem ziemlich roh ausgehöhlten starken Baumstamm bestehen. Auch Theagenes fuhr in einem zweiten Kahn zusammen mit Knemon los und so nach und nach alle anderen. Als sie sich ein Stück von der Insel entfernt hatten und mehr an ihr entlang als von ihr wegfuhren, zogen sie die Ruder ein und brachten die Boote in Erwartung der Gegner in Kampfordnung. Aber schon daß sie jetzt so nahe am Feind waren und das Klatschen seiner Ruder hörten, nahm ihnen den Mut: Ihn sehen und kehrtmachen war bei allen andern eins. Einige hatten sich schon zur Flucht gewandt, als sie das Kampfgeschrei hörten. Auch Theagenes und Knemon mußten, wenn auch nicht aus Feigheit, sich zurückziehen. Thyamis allein warf sich den Feinden entgegen, wahrscheinlich weil er sich schämte zu fliehen, vielleicht auch, weil er Chariklea nicht überleben wollte.

Schon war es zum Nahkampf gekommen, als einer rief: »Aufgepaßt! Dies ist Thyamis!«

Sie schlossen mit den Fahrzeugen einen Kreis um ihn. Während er sich verteidigte und einige mit dem Speer verwundete, andere tötete, richtete erstaunlicherweise keiner mit Hieb oder Stoß die Waffe gegen ihn. Jeder versuchte vielmehr, ihn lebend gefangenzunehmen. Er setzte sich eine Zeitlang verbissen zur Wehr, bis mehrere Gegner gleichzeitig auf ihn eindrangen und ihm den Speer entrissen. Zugleich verlor er seinen Schildträger, der hervorragend an seiner Seite gekämpft hatte, bis er, wie es schien, schwer verwundet sich ins Wasser stürzte. Angesichts des aussichtslosen Kampfes tauchte er unter. Erst als er sich als guter Schwimmer außer Wurfweite gebracht hatte, tauchte er wieder auf und schwamm mühsam nach dem Ufersumpf, ohne daß jemand sich um seine Verfolgung gekümmert hätte. Denn die Gefangennahme des Thyamis bedeutete ihnen schon den vollen Sieg. Trotz starker Verluste freute es sie mehr, den einen Mann, der so viele ihrer Leute getötet hatte, lebend in ihrer Gewalt zu haben, als sie der Verlust ihrer Kameraden schmerzte. Denn Räuber lieben Geld und Gut mehr als das Leben, und Freundschaft und Verwandtschaft richtet sich bei ihnen nur nach dem Vorteil. Auch diese waren vom gleichen Schlag. Es waren dieselben, die am Tage zuvor an der Heraklesmündung des Nils vor Thyamis und seinen Leuten die Flucht ergriffen hatten. Wütend über den Verlust der Beute, als hätte man ihnen ihr Eigentum fortgenommen, hatten sie ihre zu Hause gebliebenen Kameraden zusammengerufen, und außerdem die umliegenden Dörfer aufgeboten mit der Aussicht auf gleichen Anteil an der zu erwartenden Beute, und an ihrer Spitze den Überfall unternommen.

Sie hatten auch einen besonderen Grund, Thyamis lebend in ihre Gewalt zu bringen. Er hatte einen Bruder in Memphis, Petosiris, der ihn, als der jüngere, widerrechtlich und hinterlistig um das Priesteramt gebracht hatte. Als er erfuhr, daß sein älterer Bruder eine Räuberbande anführe, hatte er Angst, bei der ersten Gelegenheit werde er kommen, um sein Recht zu holen, oder auch, mit der Zeit möchte sein Ränkespiel entdeckt werden. Außerdem war ihm zu Ohren gekommen, die Bevölkerung habe ihn im Verdacht, Thyamis, der nirgends zu sehen war, beseitigt zu haben. Aus allen diesen Gründen versprach er durch Mittelsmänner in den Räuberdörfern denen, die ihm seinen Bruder lebend brächten, viel Geld und Vieh. Mit diesem Versprechen waren die Briganten gewonnen worden, und sie vergaßen die lockende Belohnung auch in der Hitze des Gefechtes nicht. Sie nahmen ihn, sobald ihn einer erkannt hatte, trotz Verlust vieler eigener Leute gefangen. Sie brachten ihn gefesselt an Land und bestimmten die Hälfte ihrer Leute durch das Los zu seiner Bewachung. Er beklagte sich bitter über ihre vermeintliche Milde, da er die Gefangenschaft schwerer zu ertragen fand als den Tod. Die übrigen kehrten nach der Insel zurück, wo sie die gesuchten Werte und Beutegegenstände zu finden hofften.

Obwohl sie die ganze Insel durchstreiften und nichts undurchsucht ließen, fanden sie außer dem Wenigen, was nicht in dem unterirdischen Versteck verborgen war, nichts von den erwarteten Schätzen.

Sie setzten daraufhin die Hütten in Brand und zogen sich zu den Ihrigen zurück, weil die Nacht schon hereinbrach und ein längeres Verweilen auf der Insel gefährlich schien. Mußten sie doch einen Überfall der entkommenen Gegner befürchten.

ZWEITES BUCH

Die Insel war ein einziges Flammenmeer. Theagenes und Knemon merkten nichts von der Katastrophe. Solange die Sonne am Himmel stand, überstrahlte sie den Feuerschein. Erst als sie unterging und die Nacht hereinbrach, loderte das Feuer hell auf und warf weithin sichtbar einen Schein. Im Vertrauen auf den Schutz der Dunkelheit spähten die beiden aus dem Sumpfröhricht hervor und sahen die Insel taghell beleuchtet.

Theagenes schlug die Hände vor das Gesicht und zerwühlte sein Haar.

»Ich will nicht mehr leben«, schrie er. »Alles ist aus, alles dahin! Furcht und Gefahr, Hoffnung, Sorge und Liebe. Chariklea ist verloren und damit Theagenes. Ich Unglücklicher! Es war auch umsonst, daß ich mich feige und unmännlich versteckte, um mich dir, Liebste, zu erhalten. Ich will nicht mehr leben, wenn du tot bist. Und was das Schwerste ist, nicht eines natürlichen Todes bist du gestorben, nicht in meinen Armen, wie du es wohl gewünscht hättest, sondern in den Flammen umgekommen. Ein Gott hat dir dieses Feuer statt der Hochzeitsfackel angezündet. Deine strahlende Schönheit ist vernichtet, selbst der letzte Reiz des entseelten Körpers. O Grausamkeit, o unsagbarer Neid des Schicksals! Nicht die letzte Umarmung blieb mir, nicht der letzte seelenlose Kuß.«

Bei diesen Worten betrachtete er sein Schwert. Knemon riß es ihm schnell aus der Hand.

»Was soll das, Theagenes«, rief er, »weshalb Tränen um eine Lebende? Habe doch Mut! Chariklea lebt und ist gerettet.«

»Das kannst du Toren und Kindern erzählen, Knemon! Du machst mich erst ganz unglücklich, nimmst du mir die erlösende Wohltat des Todes.«

Da schwur Knemon und erzählte ihm alles: vom Befehl des Thyamis, von der Höhle, wie er Chariklea dahin gebracht habe. Er beschrieb ihre Anlage und zahllose Windungen, dank denen nicht zu befürchten sei, daß das Feuer bis in die Tiefe hätte dringen können.

Theagenes atmete auf. Er wollte gleich zu der Insel hinüber. Im Geiste sah er schon die Geliebte und machte die Höhle zum Brautgemach. Er ahnte nicht, welch trauriges Erlebnis ihn dort erwartete.

Sie fuhren also schleunigst hinüber. Sie ruderten selbst, da ihr Bootsmann sich gleich beim ersten Kampfgeschrei wie ein Läufer auf das Startzeichen auf und davon gemacht hatte. Sie wichen bald nach der einen, bald nach der anderen Richtung vom graden Kurs ab, weil sie, ungeübt im Rudern, nicht Takt hielten und ihnen überdies der Wind entgegenstand. Doch der gute Wille glich den Mangel an Geschicklichkeit aus. Mit viel Mühe und Schweiß erreichten sie schließlich die Insel und rannten, so schnell sie konnten, zu den Behausungen. Sie fanden sie niedergebrannt und konnten nur noch den Platz, an dem sie gestanden hatten, feststellen. Der steinerne Eingang zur Höhle aber war zu erkennen. Der Wind hatte gerade auf die Hütten zugeweht und die leichten, geflochtenen Rohrwände durch seine Gewalt rasch in Brand gesteckt. Der Platz an ihrer Stelle war schon fast eingeebnet. Als das Feuer bald erloschen und in Asche zusammengesunken war, hatte der gleiche Wind die Glut größtenteils fortgeweht und den Rest so weit abgekühlt, daß man ihn betreten konnte. Sie lasen einige halbverbrannte Fackeln auf und zündeten Schilfreste an. Dann öffneten sie den Eingang zur Höhle und liefen hinunter, voran Knemon. Kaum waren sie ein Stück vorwärts gekommen, da schrie er plötzlich auf.

»Zeus, was ist das? Alles ist verloren. Chariklea ist ermordet.«

Er ließ die Fackel zu Boden fallen. Sie erlosch. Er schlug die Hände vor das Gesicht, kniete nieder und brach in Tränen aus.

Theagenes fiel über den Leichnam hin, als habe er einen Stoß erhalten, und hielt ihn lange mit seinen Armen eng umschlungen. Knemon, der ihn ganz in Schmerz und Verzweiflung sah, fürchtete, er möchte sich ein Leid antun. Deshalb zog er ihm heimlich das Schwert aus der Scheide, die an seiner Hüfte hing. Dann ließ er ihn allein und lief zurück, um die Fackel wieder anzuzünden.

Indessen überließ sich Theagenes seinem Schmerz in lauten Klagen.

»O unerträgliches Schicksal!« rief er. »Das ist die Hand eines Gottes! Welche unersättliche Erinye berauscht sich an unserem Jammer, trieb uns aus der Heimat, ließ uns die Schrecken des Meeres erleiden, in die Hände der Piraten und abermals in die Gewalt von Räubern fallen und nahm uns

Hab und Gut? Bei alledem war nur eines geblieben. Und dies einzige habe ich jetzt auch noch verloren. Chariklea ist tot. Ermordet von Feindeshand, gegen die sie ihre Unschuld verteidigte, um sie mir zu erhalten. Nun liegt sie hier, die Unglückliche! Nichts hat sie von ihrer jungen Schönheit gehabt und nichts mir davon gegeben. Sprich noch einmal mit mir, du Süße, wie so oft! Äußere einen letzten Wunsch, wenn du noch einen Hauch von Leben in dir hast! Wehe, du schweigst. Dein Mund ist verstummt, der einmal begeistert Götterworte kündete, und das Dunkel des Abgrunds hält dich fest, die einstmals dem Tempel Licht gab. Deiner Augen Glanz ist erloschen, ihre Schönheit, die alle bannte, die dein Mörder gewiß nicht sah. Du – wie nenne ich dich – meine Braut – dich, die Unvermählte? Meine Gattin – dich, die Unberührte? Wie soll ich dich nennen? Welchen Namen habe ich noch? Den schönsten: Chariklea! Sei unbesorgt, Chariklea! Dein Geliebter bleibt dir treu. Bald hast du ihn wieder. Ich schenke dir mein Leben, ich opfere dir mein Blut, das dir teuer war. Diese Höhle wird unser beider Grab sein. So werden wir, was uns das Schicksal im Leben versagte, wenigstens im Tode vereint sein.«

Er griff nach dem Schwert. Als er es nicht fand, rief er:

»Du machst mich unglücklich, Knemon, und tust auch Chariklea Leid an, der du ihr jetzt zum zweitenmal die Gemeinschaft mit dem Geliebten genommen hast.«

In diesem Augenblick drang aus der Tiefe der Höhle eine Stimme: »Theagenes! Theagenes!«

Er antwortete, ohne zu erschrecken: »Ich komme, geliebte Seele. Sicher irrst du noch auf Erden umher und willst den schönen Körper, von dem du gewaltsam getrennt wurdest, nicht verlassen. Vielleicht auch wollen dich die Schatten der Unterwelt nicht aufnehmen, weil du nicht bestattet bist.«

Inzwischen war Knemon mit brennenden Fackeln zurückgekehrt.

Wieder ließ sich die gleiche Stimme vernehmen und rief: »Theagenes«.

»Götter!« rief Knemon, »ist das nicht Charikleas Stimme?

Ich glaube, sie lebt, Theagenes. Die Stimme kommt hinten aus der Höhle, von dort, wo ich Chariklea verlassen habe.«

»Willst du nicht aufhören, mich immer wieder zu narren?« entgegnete Theagenes.

»Gut«, erwiderte Knemon, »ich narre dich und narre mich selbst, wenn sich herausstellt, daß die Tote hier zu unseren Füßen Chariklea ist.«

Mit diesen Worten drehte er den Leichnam um, das Gesicht zu sehen, und stieß einen Schrei aus.

»Götter, was ist das? Ein Wunder! Dies ist Thisbe!«

Er taumelte zurück. Er zitterte am ganzen Körper und fand keine Worte.

Theagenes hatte sich wieder gefaßt, und neue Hoffnung schöpfend, weckte er Knemon aus seiner Erstarrung und drang in ihn, er möge ihn rasch zu Chariklea führen. Gleich kam auch Knemon wieder zu sich und warf noch einmal einen Blick auf die Tote. Es war tatsächlich Thisbe. Auch erkannte er ein neben ihr liegendes Schwert an dem Knauf als das Eigentum des Thyamis, der es in Hast und Verwirrung bei der Ermordeten zurückgelassen hatte. Weiter nahm er eine Wachstafel, die sich an ihrem Brustausschnitt etwas verschoben hatte, an sich und versuchte die Schrift zu entziffern. Aber Theagenes ließ ihn nicht zum Lesen kommen.

»Erst wollen wir meine Liebste holen«, drängte er, »falls nicht auch jetzt noch ein Dämon uns zum besten hält.«

Knemon gab nach. Sie nahmen das Schriftstück und das Schwert mit und eilten zu Chariklea.

Mit Händen und Füßen tastete sie sich dem Fackelschein entgegen, stürzte auf Theagenes zu und warf sich ihm an die Brust.

»Hab' ich dich, mein Theagenes?« – »Lebst du, Chariklea?« riefen sie immer wieder.

Sie sanken zu Boden und hielten sich schweigend umschlungen wie ein Leib, und wie im Tod vergingen ihnen die Sinne. So wird ja oft übergroße Freude zum Leid, und ein Glück ohne Maß zieht den Schmerz an. So ging es auch den zwei Liebenden: Die gegen alle Erwartung Geretteten schwebten in Gefahr, bis Knemon eine Art Quelle aufscharrte und das sich gleich sammelnde Wasser mit den hohlen Händen schöpfte, ihnen das Gesicht benetzte, die Nase einrieb und sie damit wieder zu sich brachte.

Als ihnen die Stellung, in der Knemon sie liegen sah, zu Bewußtsein kam – sie war ganz anders als eben noch beim Wiedersehen, – sprangen sie auf. Sie erröteten vor ihm, der Zeuge dieses Bildes gewesen war, namentlich Chariklea, und entschuldigten sich. Knemon lächelte.

»Ihr verdient nur Lob«, scherzte er, um sie in gute Laune zu versetzen. »Und dieser Meinung wird jeder sein, der je im Kampf mit der Liebe so reizend unterlegen ist und dem unentrinnbaren Pfeile erlegen ist, ohne seine Besonnenheit zu verlieren. Dagegen fand ich es nicht richtig, Theagenes, und habe mich geradezu geschämt, als ich sah, wie du das fremde Mädchen, das dich gar nichts anging, in die Arme nahmst und um sie unwürdige Tränen vergossest. Und ich versicherte dir doch, deine Liebste sei heil und am Leben.«

»Hör auf«, rief Theagenes, »mich bei Chariklea anzuschwärzen! Ich weinte doch über der Leiche der andern nur um sie, weil ich sie mit der Toten verwechselte. Aber das alles hat ja nun zu unserem Glück einer der Götter als Irrtum erwiesen. Da mußt du dich schon an deinen Mut erinnern, du tapferer Athener, wie du noch vor mir mein Unglück beweintest und vor der Leiche, vor einer toten Frau, davonliefst, um sie nicht wie eine Göttererscheinung auf der Bühne erkennen zu müssen, du Held, du tapferer attischer Kriegsmann!«

Sie lachten unter Tränen, aber es war ein kurzes, gezwungenes Lachen. Das Weinen war ihnen, angesichts solcher Geschehnisse, näher.

»Die Glückliche«, sagte Chariklea nach einer Weile und rieb sich dabei die Wange unter dem Ohr, »um die Theagenes geweint hat, wie Knemon sagt! Wer sie auch sein mag, wenn ihr mich nicht für eifersüchtig haltet, so möchte ich wissen, wer es war, um die mein Theagenes geweint hat. Und wie kam es, daß du sie mit mir verwechseltest?«

»Du wirst staunen«, antwortete Theagenes. »Knemon behauptet, es sei Thisbe, die athenische Kitharaspielerin, die gegen ihn und Demänete intrigierte.«

Chariklea war in der Tat erstaunt.

»Wie ist es möglich, Knemon, daß sie aus Griechenland hierher nach Ägypten wie durch die Luft geflogen kommt? Und daß wir sie nicht vorher bemerkten, als wir in die Höhle hinunterkamen?«

»Das kann ich auch nicht sagen«, erwiderte Knemon. »Was ich von ihr weiß, ist folgendes:

Als Demänete, nachdem sie in die Falle gegangen war, sich in den Abgrund gestürzt und mein Vater vor der Volksversammlung über den Vorfall berichtet hatte, kam er vorerst straffrei davon. Er bemühte sich dann selbst um die Bewilligung meiner Heimkehr und bereitete seine Abreise vor, um mich heimzuholen. Thisbe machte es sich zunutze, daß er beschäftigt war, und ließ sich ganz ungeniert zu Trinkgelagen engagieren, sich und ihre Kunst. Bei einer solchen Veranstaltung stach sie Arsinoë, die sich beim Flötenspiel keine Mühe gab, durch ihr flottes Spiel und ihren ansprechenden Gesang zur Kithara aus. Sie erregte den Neid und die Eifersucht ihrer Gefährtin um so mehr, als ein schwerreicher Kaufmann aus Naukratis, namens Nausikles, mit ihr schön tat. Er stieß Arsinoë, mit der er sonst verkehrt hatte, von sich, angewidert von ihren durch das angestrengte Blasen aufgeblähten und in unschöner Weise mit der Nase wetteifernden Backen und ihren heißen, hervortretenden Augen. In eifersüchtiger Wut lief sie zu den Angehörigen Demänetes und verklatschte Thisbe wegen der gemeinen Anschläge gegen ihre Herrin, von denen sie sich einen Teil selbst zusammengereimt, den anderen von Thisbe unter dem Siegel der Freundschaft erfahren hatte.

Die Verwandten treten also gegen meinen Vater auf, verpflichten für viel Geld die besten Rhetoren zur Erhebung der Anklage und verbreiten unter viel Geschrei, Demänete sei ohne Verhör und Beweis einfach beseitigt worden. Der angebliche Ehebruch habe nur zur Verdunklung des Mordes gedient. Sie verlangten, daß man ihnen den Ehebrecher tot oder lebendig zeige oder wenigstens seinen Namen nenne. Schließlich forderten sie die Auslieferung Thisbes zwecks peinlichen Verhörs. Mein Vater sagte dies zu, konnte sie aber nicht ausliefern, weil sie in Voraussicht des Kommenden mit dem Kaufmann geflüchtet war, wie sie es verabredet hatten, als das Verfahren eingeleitet wurde. Das erregte Volk erklärte darauf meinen Vater, der alles wahrheitsgetreu vortrug, zwar nicht zum Mörder, aber doch als mitschuldig an dem Anschlag gegen Demänete und an meiner ungerechten Verbannung. Er wurde aus der Stadt gewiesen und sein Vermögen eingezogen. Das hatte er nun von seiner zweiten Ehe. Die verruchte Thisbe, die jetzt vor meinen Augen ihre Strafe bekommen hat, verließ zu Schiff Athen. Das ist alles, was ich in Erfahrung bringen konnte. Ich hörte es in Aigina von einem gewissen Antikles. Mit ihm fuhr ich hierher nach Ägypten, um Thisbe in Naukratis aufzuspüren, sie nach Athen zurückzubringen, meinen Vater von jedem Verdacht und jeder Anklage zu reinigen und ihre Bestrafung für die gegen uns alle begangenen Niederträchtigkeiten zu erwirken.

Nun teile ich hier euer Schicksal. Wie es dazu kam und was ich in der Zwischenzeit noch erlebte, sollt ihr ein andermal hören. Wie und von wem Thisbe in der Höhle umgebracht wurde, wissen die Götter. Wollen wir einmal das Wachstäfelchen ansehen, das wir in ihrem Brustausschnitt fanden? Vielleicht, daß wir daraus Näheres erfahren.«

Die beiden waren einverstanden. So öffnete er die Schreibtafel und las folgendes:

»An Knemon, ihren Herrn und Gebieter, von seiner Feindin und Rächerin Thisbe.

Zuerst gebe ich Dir gute Nachricht vom Tode Demänetes, den ich deinetwegen veranlaßt habe. Wie ich das machte, werde ich Dir, wenn Du mich aufnimmst, mündlich berichten. Sodann teile ich Dir mit, daß ich mich schon seit zehn Tagen in Gefangenschaft eines der Räuber auf dieser Insel befinde. Er rühmt sich, der Schildträger des Anführers zu sein, hält mich eingesperrt und läßt mich nicht einmal die Nase aus der Tür strecken. Wie er behauptet, aus Liebe, wie ich aber vermute, aus Furcht, ich könne ihm weggenommen werden. Aber dank göttlicher Fügung sah ich Dich, Herr, vorbeigehen, erkannte Dich und schicke Dir diesen Brief heimlich durch eine Alte, die mit mir zusammenwohnt und der ich auftrug, ihn dem schönen Griechen, dem Freunde des Anführers, auszuhändigen. Rette mich aus den Händen der Räuber und nimm mich als Deine Sklavin zu Dir! Und laß mich am Leben, wenn Du willst. Denn Du sollst wissen, alles, was ich Dir scheinbar Böses tat, geschah gezwungen. An Deiner Feindin habe ich Dich dagegen aus freiem Entschluß gerächt. Ist aber Dein Groll unversöhnlich, so laß ihn an mir aus, wie Du willst. Nur möchte ich Dir gehören, auch wenn ich sterben muß. Denn lieber den Tod durch Dich und ein Begräbnis nach griechischer Sitte als ein Leben ärger als der Tod und die Zärtlichkeiten eines Barbaren, die für eine Athenerin unerträglicher sind als sein Haß.«

So erzählte Thisbe in ihrem Brief.

»Gut, daß du tot bist, Thisbe, und uns selbst Nachricht von deinen Erlebnissen gibst«, sagte Knemon. »Dein toter Leib hat sie uns noch mitgeteilt. Die strafende Erinye hat dich durch die ganze Welt gejagt und ihre Geißel nicht eher ruhen lassen, bis sie in Ägypten mir, dem Beleidigten, das Schauspiel der vollzogenen Strafe bieten konnte. Was magst du mit diesem Briefe für neue Intrigen beabsichtigt haben, deren Ausführung die strafende Gerechtigkeit zuvorkam? Obwohl du tot vor mir liegst, traue ich dir nicht und fürchte sehr, der Tod Demänetes ist nur erdichtet, man wollte mich mit der Nachricht nur irreführen, und du bist übers Meer gefahren, um in Ägypten das Theaterstück von Athen weiterzuspielen.«

»Hör endlich auf«, unterbrach ihn Theagenes, »dich vor Geistern und Schatten zu fürchten, du Held! Du wirst nicht behaupten wollen, sie habe auch mich bezaubert, der ich in dem Stück keine Rolle spiele. Sie ist wirklich und wahrhaftig tot. Du kannst also beruhigt sein, Knemon. Wer aber mag dir nun wirklich den Gefallen getan haben, sie umzubringen? Wie und wann kam sie hier herunter, das frage ich mich besorgt.«

»Weiter kann ich es auch nicht erklären«, erwiderte Knemon. »Nur soviel steht fest, daß Thyamis ihr Mörder war. Das Schwert, das wir neben der Toten fanden, beweist es. Ich erkenne es als das seine an dem Griff aus Elfenbein mit dem Adler.«

»Kannst du uns sagen«, fragte Theagenes, »wie und weshalb er den Mord beging?«

»Wie soll ich das wissen?« sagte Knemon. »Diese Höhle hat mir nicht die Prophetengabe verliehen, wie angeblich der Tempel von Pytho den Besuchern die Gabe der Weissagung verleiht.«

»Ach, Pytho! Ach, Delphi!« riefen Theagenes und Chariklea bekümmert wie aus einem Munde.

Knemon war erstaunt. Er konnte nicht ahnen, was ihnen der Name Pytho bedeutete.

Während sie so miteinander plauderten, hatte inzwischen Thermuthis, der Schildträger des Thyamis, der im Kampf verwundet und an Land geschwommen war, bei Einbruch der Dunkelheit unter den auf dem See umhertreibenden Trümmern ein Fahrzeug gefunden. Er bestieg es und fuhr nach der Insel, um zu Thisbe zu eilen. Sie war einige Tage vorher bei dem Überfall auf den Kaufmann Nausikles, in dessen Begleitung sie war, in einer Gebirgsschlucht in seine Hände gefallen. Als ihn Thyamis während des Tumults bei dem feindlichen Überfall nach dem Opfertier geschickt hatte, brachte er sie, um sie sich zu sichern, aus dem Bereich der Pfeile und Speere heimlich zur Höhle. In der Hast und Verwirrung ließ er sie in der Nähe des Eingangs zurück. Dort war sie aus Angst vor dem Schrecken des Kampfes und in Unkenntnis der Gänge, die ins Innere führten, geblieben, und dort war Thyamis auf sie gestoßen und hatte sie statt Chariklea erstochen.

Thermuthis glaubte sie außer Gefahr und eilte zu ihr. Nach der Landung auf der Insel konnte er kaum schnell genug zu den Hütten gelangen. Sie lagen alle in Asche. Mit Mühe entdeckte er den steinernen Eingang. Er zündete etwas Rohr, das noch schwelte, an, lief, so schnell er konnte, hinunter und rief dabei – so weit reichte sein Griechisch – den Namen Thisbe.

Als er sie tot auf dem Boden liegen sah, stand er eine Zeitlang ratlos da. Nach einer Weile hörte er aus der Tiefe der Höhle das Geräusch von Stimmen – Theagenes und Knemon sprachen noch miteinander – und nahm an, daß es Thisbes Mörder seien. Er wußte nicht, was er tun sollte. Räubersinn und Barbarenwut, gesteigert durch den Verlust der Geliebten, reizten ihn, sich auf die vermeintlichen Täter zu stürzen. Doch er hatte keine Waffen, kein Schwert und mußte sich zurückhalten, so schwer es ihm wurde.

Es schien ihm das beste, nicht gleich als Feind aufzutreten und erst, wenn er sich in den Besitz einer Waffe gesetzt hatte, den Gegner anzugreifen. In dieser Absicht trat er auf Theagenes und seine Begleiter zu. Seine wilden, drohenden Blicke verrieten seine heimlichen Gedanken. Als sie den unbekleideten Mann sahen, der unerwartet vor ihnen auftauchte, voller Wunden, Mordgier im Auge, zog sich Chariklea, ohne Zweifel aus Vorsicht, aber mehr noch aus Scham, um dem unanständigen Anblick eines nackten Mannes auszuweichen, weiter ins Innere der Höhle zurück. Auch Knemon wich rückwärts. Er erkannte Thermuthis, ahnte aber bei seinem unerwarteten Erscheinen nichts Gutes. Nur Theagenes versetzte sein Auftreten weniger in Schrecken als in Zorn. Er zog das Schwert, um bei der ersten verdächtigen Bewegung zuzuschlagen.

»Bleib stehen, du da!«, rief er, »sonst schlag ich zu. Ich hab' es nur nicht getan, weil ich dich zu kennen glaube und noch nicht weiß, was du vorhast.«

Thermuthis fiel auf die Knie und bat um Gnade, wobei die Umstände mehr mitsprachen als seine Gesinnung. Er suchte sogar Knemons Beistand. Er verdiene, versicherte er, daß man ihn leben lasse, habe er ihnen doch nichts Böses getan. Gestern noch sei er ihr Kamerad gewesen und betrachte sie auch jetzt als Freunde.

Knemon ließ sich bewegen. Er hieß ihn, der Theagenes' Knie umschlungen hielt, aufstehen und fragte ihn wiederholt, wo Thyamis sei.

Da berichtete er alles: wie Thyamis mit den Feinden zusammengestoßen war, sich mitten unter sie geworfen und tapfer gekämpft hatte, ohne sie oder sich zu schonen, jeden, der ihm in die Hände kam, getötet hatte und dabei selbst geschützt war durch den Befehl, ihn am Leben zu lassen. Was aus ihm geworden sei, meinte er zum Schluß, könne er nicht sagen. Er selbst sei, um sich zu retten, verwundet an Land geschwommen und nun zur Höhle gekommen, um Thisbe zu suchen.

Sie fragten ihn, was ihn die Gesuchte angehe und wie er zu Thisbe gekommen sei und wieso er sie jetzt suche.

Auch darüber gab Thermuthis Auskunft. Er erzählte, wie er sie Kaufleuten abgenommen habe, daß er sich wahnsinnig in sie verliebt, sie die ganze Zeit heimlich bei sich gehabt und schließlich beim feindlichen Angriff in die Höhle gebracht habe. Nun finde er sie ermordet, er wisse nicht, von wem, möchte es aber wissen und auch das Motiv der Tat kennen.

Um nicht selbst in Verdacht zu kommen, erklärte Knemon lebhaft: »Thyamis ist der Mörder.« Zum Beweis zeigte er das Schwert, das sie neben dem Opfer gefunden hatten.

Als Thermuthis es sah, noch triefend von Blut, warm und gleichsam schaudernd vor dem noch frischen Mord, und es als Thyamis' Eigentum erkannte, stöhnte er aus tiefster Brust. Außerstande, die Tat zu begreifen, stumm und niedergeschlagen, ging er zum Eingang der Höhle zurück. Wieder bei der Leiche angelangt, legte er den Kopf auf die Brust der Toten. »Thisbe«, sagte er immer wieder, sonst nichts, bis das Wort nach und nach verstummte und er in Schlaf sank.

Inzwischen machten sich Theagenes, Chariklea und Knemon Gedanken über ihre Lage. Es schien, als ob sie etwas ins Auge fassen wollten. Aber das Übermaß erlittener Qualen, die Aussichtslosigkeit ihrer unglückseligen Lage und die

Ungewißheit der Zukunft machten sie verzagt und ratlos. Lange blickten sie einander an. Jeder erwartete, der andere werde sprechen. Da nichts erfolgte, blickten sie zu Boden, sahen wieder auf und suchten ihr Herz durch Seufzen zu erleichtern. Schließlich ließ sich Knemon auf den Boden fallen, Theagenes kauerte sich an ein Felsstück, und Chariklea sank neben ihm nieder. Lange kämpften sie gegen den Schlaf und sannen auf einen Ausweg aus ihrer Lage. Endlich überwältigte sie die Erschöpfung nach den Strapazen. Wider Willen gaben sie dem Gesetz der Natur nach und sanken vor übergroßem Leid in süßen Schlummer. So mußten die Kräfte des Geistes dem erschöpften Körper nachgeben.

Sie hatten eben erst so viel Schlaf genossen, daß er gerade ihre Augenlider leicht beruhigt hatte, da überkam Chariklea ein Traum. Ein Mann mit wüstem Haar, tückischem Blick und blutigen Händen hob das Schwert gegen sie und schlug ihr das rechte Auge aus. Sie schrie auf, rief Theagenes und sagte, man habe ihr das Auge genommen. Er war sofort bei ihr und empfand ihren Schmerz mit, als hätte er den gleichen Traum gehabt. Sie tastete mit der Hand das Gesicht ab und befühlte vorsichtig das Organ, das sie in der Traumvorstellung verloren hatte.

»Es war nur ein Traum«, erklärte sie, »nur ein Traum, mein Auge ist da. Sei ruhig, Theagenes.«

Theagenes atmete auf. »Welch Glück, daß deine Augen heil sind. Was ist dir geschehen? Worüber bist du so erschrocken?«

»Ein gemeiner, frecher Kerl kam mit dem Schwerte auf mich zu«, sagte sie, »während ich zu deinen Füßen ruhte. Selbst vor dir, dem Starken, hatte er keine Angst. Mir war, als schlüge er mir das rechte Auge aus. Ich wünschte, es wäre so und kein Traum, Theagenes.«

Sie solle sich doch beruhigen, sagte er und fragte, wie sie so etwas wünschen könne.

»Weil ich lieber ein Auge verliere, als mir deinetwegen Sorgen mache. Ich fürchte nämlich, der Traum bezieht sich auf dich, bist du doch mein Augapfel, mein ein und alles.«

Knemon, der gleich beim Aufschrei Charikleas erwacht war, hatte alles mit angehört.

»Mach dir keine Gedanken«, meinte er. »Dein Traum scheint mir etwas ganz anderes zu bedeuten. Sag, leben deine Eltern noch?«

Sie bejahte. »Und wenn sie noch lebten?« meinte sie.

»Dann ist dein Vater gestorben. Ich komme darauf, weil wir den Eltern Leben und Licht verdanken. Träume, die das Augenpaar, das Sinneswerkzeug des Lichtes und Organ des Wahrnehmens betreffen, beziehen sich aller Wahrscheinlichkeit nach auf Vater und Mutter.«

»Auch das wäre bitter genug«, sagte Chariklea, »aber mir ist lieber, es wäre so als anders und du wärest der rechte Orakeldeuter und nicht ich.«

»Es wird schon so sein«, meinte Knemon, »das kannst du mir glauben. Doch wir träumen offenbar wirklich, unterhalten uns über Träume und Hirngespinste und kümmern uns nicht im mindesten um unsere eigene Lage, jetzt wo wir es können und der Ägypter dort« – er meinte Thermuthis – »nicht dabei ist und seine tote Geliebte zurückbeschwört und um sie jammert.«

»Da ein Gott dich mit uns zusammengeführt und zu unserem Schicksalsgenossen gemacht hat«, unterbrach ihn Theagenes, »so mach du zuerst einen Vorschlag. Du kennst das Land hier und die Landessprache. Außerdem hat das Schicksal uns beiden härter mitgespielt und den Blick für das Ratsame mehr getrübt!«

»Wer von uns mehr durchgemacht hat«, erwiderte Knemon nach einer kleinen Pause, »will ich dahingestellt sein lassen, lieber Theagenes. Jedenfalls hat mich das Schicksal auch nicht schlecht bedacht. Wenn ihr aber von mir als dem Älteren meine Ansicht wissen wollt – nun, ihr seht, diese Insel ist ganz verlassen und niemand auf ihr außer uns. So reichlich Gold, Silber und Kleidung, alles das, was Thyamis und seine Leute euch und andern geraubt und in dieser Höhle aufgestapelt haben, vorhanden ist, von Brot und anderen Lebensmitteln ist nichts übriggeblieben. Wir laufen also Gefahr, wenn wir hierbleiben, entweder zu verhungern oder durch einen Überfall umzukommen, sei es durch die zurückkehrenden Feinde oder auch die Leute, die auf unserer Seite standen, sobald sie sich gesammelt haben und, da sie von dem Schatz wissen, seinetwegen wiederkommen. Dann wäre es besser für uns zu sterben, als – wenn sie sich menschlicher zeigen – ihren Mißhandlungen ausgesetzt zu sein. Denn diesem Hirtenvolk ist an sich schon nicht zu trauen, jetzt aber nach dem Verlust ihres Anführers, der sie zu einer gewissen Disziplin zwang, schon gar nicht. Wir müssen deshalb die Insel verlassen, als flüchteten wir aus einer Falle oder einem Kerker. Vorher müssen wir Thermuthis unter dem Vorwand, daß er vielleicht etwas über Thyamis ermitteln könne, wegschicken. Wenn wir unter uns sind, werden wir uns leichter verständigen, was nottut. Überhaupt ist es ratsam, den von Charakter unzuverlässigen und, wie alle Räuber, unverträglichen und verbrecherischen Menschen loszuwerden. Dazu kommt, daß er uns Thisbes wegen in Verdacht hat und schwerlich davon loskommt, wenn er nicht die erste beste Gelegenheit schon wahrnehmen wird, uns einen Streich zu spielen.«

Sie hießen den Vorschlag gut und beschlossen, ihn auszuführen.

Sie kehrten zum Eingang der Höhle zurück, denn schon gewahrten sie das erste Tageslicht, und weckten den fest schlafenden Thermuthis. Sie setzten ihn von ihren Absichten, soweit es ihnen geraten schien, in Kenntnis und überredeten den leicht beeinflußbaren Menschen ohne Mühe. Thisbes Leiche legten sie in ein Grab, streuten statt Erde etwas Asche von den Wohnstätten darüber, verrichteten, so gut es die Umstände erlaubten, die üblichen Zeremonien und opferten statt Totengaben Tränen und Klagen.

Dann schickten sie, wie beschlossen, Thermuthis fort. Als er ein Stück weit gegangen war, kehrte er wieder um und erklärte, er wolle nicht allein gehen und übernehme den gefährlichen Kundschafterdienst nur, wenn Knemon mitkomme. Theagenes sah, wie Knemon bei diesen Worten erblaßte.

Beim Übersetzen konnte er seine Angst nicht mehr verbergen. Theagenes redete ihm zu:

»Tapfer bist du nur beim Ratschlagen. Aber es fehlt dir an Mut. Das habe ich schon früher bemerkt und sehe es auch jetzt wieder. Nimm dich doch zusammen und zeige etwas mehr Mut! Es muß schon so gemacht werden, damit er nicht irgendwie mißtrauisch wird und unsere Fluchtpläne wittert. Du mußt ein Stück mit ihm gehen. Was ist dabei schon zu befürchten? Du hast ja ein Schwert und bist schwer gewappnet, er aber ist unbewaffnet. Du machst dich im geeigneten Augenblick heimlich davon und triffst mit uns an einem vereinbarten Platz zusammen. Wenn du in der Nähe ein Dorf weißt, wollen wir uns dorthin verabreden.«

Knemon erklärte sich einverstanden und nannte als Treffpunkt Chemmis, eine wohlhabende, stark bevölkerte Ortschaft, die sich am Nil hinziehe, zum Schutz gegen die Hirtenräuber auf der Höhe angelegt. Wenn sie den See überquert hätten, sei es von dort noch knapp hundert Stadien weit. Sie müßten sich genau südwärts halten.

»Das wird für Chariklea anstrengend werden«, antwortete Theagenes, »da sie nicht gewöhnt ist, weit zu Fuß zu gehen. Aber wir werden schon hinkommen. Wir wollen uns als arme Leute verkleiden, die ihren Unterhalt erbetteln müssen.«

»Ja, bei Zeus«, meinte Knemon, »so seht ihr gerade aus, namentlich Chariklea mit ihrem eben ausgeschlagenen Auge. Ihr macht mir eher den Eindruck von Leuten, die nicht um ein Stück Brot, sondern um Schwerter und Kessel bitten.«

Da glitt ein leichtes, gezwungenes Lächeln über ihre Lippen. Sie gaben sich feierlich, mit Berufung auf die Götter, ihr Wort, einander nicht mit Willen im Stich zu lassen, und gingen daran, ihr Vorhaben in die Tat umzusetzen.

Bei Sonnenaufgang fuhren Knemon und Thermuthis über den See und nahmen ihren Weg durch einen ausgedehnten, wegen seines Unterholzes schwer zu durchdringenden Wald, Thermuthis ging voran, auf ausdrücklichen Wunsch Knemons, der ihm angeblich wegen seiner besseren Ortskenntnis die Führung überließ. In Wirklichkeit war er mehr auf seine Sicherheit und auf eine Gelegenheit zur Flucht bedacht.

Unterwegs stießen sie auf Herden, deren Hirten flohen und sich im Walddickicht versteckten. Sie schlachteten einen Leithammel und brieten ihn über einem Feuer, das die Hirten angezündet hatten. Vor Hunger schlangen sie das Fleisch hinunter, ohne abzuwarten, bis es hinreichend durchbraten war. Gleich Wölfen oder Hyänen verschlangen sie die vom Tier abgeschnittenen, kaum angebratenen Stükke, wobei ihnen das Blut des halbrohen Fleisches über die Backen lief.

Als sie gesättigt waren und noch Milch getrunken hatten, setzten sie ihren Weg fort. Um die Stunde, zu welcher der Bauer die Stiere aus dem Pflug spannt, erstiegen sie eine Anhöhe, an deren Fuß, wie Thermuthis sagte, das Dorf lag, in dem nach seiner Annahme Thyamis gefangengehalten wurde oder vielleicht schon hingerichtet worden war. Da klagte Knemon, er habe sich mit dem hastigen Genuß des Fleisches und der Milch den Magen verdorben, und bat Thermuthis, weiterzugehen. Er werde bald nachkommen. Dasselbe machte er ein zweites und drittes Mal und es schien, als sage er die Wahrheit. Dann erklärte er, es falle ihm schwer, ihn einzuholen. Als er den Ägypter daran gewöhnt hatte, blieb er zuletzt ganz zurück und machte sich schließlich, so rasch ihn die Beine trugen, auf und davon. Durch das Dickicht lief er einen Abhang hinab.

Thermuthis hatte inzwischen die Höhe erreicht und ließ sich auf einem Felsen nieder, um die Dunkelheit abzuwarten und nachts im Dorf, wie verabredet, nach Thyamis zu suchen. Nebenher sah er sich nach Knemon um, ob er nachkomme. Er hatte nichts Gutes mit ihm vor. Denn er hatte ihn immer noch im Verdacht, Thisbe ermordet zu haben. So überlegte er, wie er ihn beseitigen könne, um dann seinen Haß an Theagenes auszulassen. Als Knemon nicht erschien und es schon tief in der Nacht war, überwältigte ihn ein bleierner Schlaf. Es war sein letzter. Der Biß einer

Giftschlange – vielleicht wollten die Moiren es so – machte seinem Leben ein zu seinem Charakter passendes Ende.

Als Knemon Thermuthis verlassen hatte, gönnte er sich auf der Flucht keine Atempause, bis das Dunkel der Nacht seiner Eile Einhalt gebot. Er versteckte sich an Ort und Stelle unter einem Haufen von welkem Laub. Fast schlaflos brachte er die Nacht darunter zu. Jedes Geräusch, jeden Windstoß, jedes Blätterrascheln hielt er für Thermuthis. Überfiel ihn zeitweilig der Schlaf, so glaubte er sich im Traum auf der Flucht und wandte sich wiederholt nach dem Verfolger um, der gar nicht da war. So sehr er schlafen wollte, verwünschte er das auch, weil die Träume ihm noch schlimmer zusetzten als die Wirklichkeit. Auch verfluchte er die Nacht, die ihm länger vorkam als jede andere. Als zu seiner Freude endlich der Tag anbrach, schnitt er zuerst einmal sein langes Haar ab, auf das er bei den Räuberhirten besonderen Wert gelegt hatte, um räubermäßig auszusehen. Er wollte bei Leuten, die ihm begegneten, nicht etwa Angst oder Verdacht erwecken. Denn die Räuberhirten ziehen sich, um furchtbarer auszusehen, unter anderem das Haar bis auf die Augenbrauen und lassen es auf die Schultern herabhängen. Sie wissen wohl, daß langes Haar einem verliebten Menschen besonders gut steht, während es einen Briganten noch furchtbarer erscheinen läßt.

Als Knemon sein Haar so weit gekürzt hatte, als nötig war, um aus einem Räuber zu einem gutaussehenden Mann zu werden, eilte er nach Chemmis, wohin er mit Theagenes verabredet war. Als er an den Nil kam, wollte er schon nach dem Dorf übersetzen, als er einen alten Mann bemerkte, der stromauf, stromab am Ufer entlang eine Art Dauerlauf machte, als ob er dem Fluß seine Sorgen anvertrauen wolle. Sein Haar war ganz weiß und nach Priestersitte lang gewachsen. Ein würdiger langer Vollbart bedeckte ihm das Kinn. Mantel und übrige Kleidung waren griechisch. Knemon wartete eine Weile. Als der Alte immer wieder an ihm vorbeilief und ihn gar nicht zu bemerken schien, ganz in seine Gedanken versunken, und nur seinen Betrachtungen hingegeben, trat er ihm in den Weg, grüßte ihn mit einem: »Sei guter Dinge!«

Das sei ihm unmöglich, entgegnete er, sein Schicksal sei nicht danach angetan.

»Bist du ein Grieche?« fragte Knemon erstaunt.

»Ich bin kein Grieche, sondern ein Ägypter von hier.«

»Wie kommst du dann zu dieser griechischen Kleidung?«

»Diese schöne Tracht hat mir das Unglück angezogen«, erwiderte der Alte.

Knemon zeigte sich erstaunt, daß man sich ausgerechnet im Unglück so schön kleiden könne, und wollte Näheres darüber wissen.

»›Gleich mit Ilion‹ beginnst du«, zitierte der Alte, »und bringst einen ganzen Bienenschwarm von Unheil mit wildem Gesumm gegen dich auf. Aber wohin willst du, junger Mann, und woher kommst du? Was tust du als Grieche in Ägypten?«

»Das ist komisch«, sagte Knemon, »du erzählst nichts von dir, obwohl ich dich zuerst gefragt habe, willst aber über mich Bescheid wissen.«

»Also gut«, erwiderte der Alte, »da du wirklich ein Grieche zu sein scheinst, dem das Schicksal ein anderes Aussehen gegeben hat, und da du nun einmal meine Geschichte hören willst – ich bin selbst darauf aus, sie jemand zu erzählen, und hätte sie wie in der Sage dem Schilf hier erzählt, wenn ich dir nicht begegnet wäre –, so wollen wir das Nilufer und den Nil verlassen. In der Mittagshitze ist das kein angenehmer Platz, um lange Geschichten anzuhören. Gehen wir in die Ortschaft drüben auf der anderen Seite, falls du nichts Dringendes vorhast. Ich kann dich nicht bei mir zu Hause aufnehmen, aber im Heim eines ausgezeichneten Mannes, der auch mir schon auf meine Bitte Unterkunft gewährte. Da sollst du, wie du willst, meine Geschichte hören und mir dann die deine erzählen.«

»Gehen wir!« sagte Knemon. »Mein Weg führt sowieso nach dem Dorfe, wo ich mich mit Freunden verabredet habe.«

Am Ufer lagen eine Menge Boote, die Leute für Geld übersetzten. Sie bestiegen eines, fuhren nach dem Dorfe hinüber und begaben sich zu dem Hause, in dem der Alte wohnte.

Der Hausherr war nicht da. Sie wurden aber von seiner erwachsenen Tochter und allen Dienerinnen im Haus freundlich aufgenommen. Man behandelte den Gast, offenbar auf Anweisung des Hausherrn, wie den eigenen Vater. Eine Dienerin wusch ihm die Füße und reinigte die Unterschenkel vom Straßenstaub, eine andere sorgte für ein bequemes Ruhelager, die dritte holte den Wasserkrug und machte Feuer an, die vierte brachte einen Tisch mit Weißbrot und allem möglichen Obst, wie es die Jahreszeit bot.

»Mir scheint, Väterchen«, meinte der überraschte Knemon, »wir befinden uns im Hause des Zeus, des Schirmherrn der Gastfreundschaft, nach der zuvorkommenden und herzlichen Aufnahme zu urteilen.«

»Nicht im Haus des Zeus«, erwiderte der Alte, »wohl aber im Hause eines Mannes, der es mit Zeus' Geboten der Gastlichkeit und Hilfsbereitschaft sehr genau nimmt. Führt er doch selbst ein Kaufmanns- und Wanderleben und kennt viele Städte und vieler Menschen Sitten und Gesinnung. Deshalb hat er auch mich unter seinem Dach aufgenommen, als ich vor einigen Tagen ohne festes Ziel umherirrte.«

»Und warum bist du umhergeirrt, Väterchen?«

»Räuber haben mir meine Kinder geraubt. Obwohl ich die Schuldigen kenne, kann ich nichts gegen sie unternehmen. Ich streife in der Umgebung umher und klage über mein Unglück, wie ein Vogel, dem eine Schlange das Nest vor den Augen zerstört und die Jungen auffrißt, Angst hat, näherzukommen, aber es auch nicht über sich bringt, wegzufliegen. Sehnsucht und Furcht kämpfen in seiner Brust. Jammernd umflattert und belagert er die Stätte. Umsonst läßt er den Schmerz der Mutterliebe vor Ohren laut werden, die für Mitgefühl taub sind.«

»Willst du mich nicht wissen lassen, wie und wann du so Schweres durchgemacht hast?«

»Später. Jetzt ist es an der Zeit, den Magen zu befriedigen, den Homer wegen seiner Despotie unübertrefflich den Verheerenden nennt. Vorher aber wollen wir nach dem Brauch der ägyptischen Weisen den Göttern eine Spende darbringen. Denn alles Leid darf uns nicht verleiten, die guten Sitten zu verletzen. Möge es nicht so groß werden, daß es uns die Pflichten gegen die Götter vergessen läßt.«

Bei diesen Worten goß er klares Wasser – nur solches trank er – aus der Schale.

»Opfern wir den ägyptischen und den griechischen Göttern«, sprach er, »besonders dem pythischen Apoll, aber auch Theagenes und Chariklea, den Edlen. Denn auch sie beide rechne ich zu den Himmlischen.«

Dabei vergoß er, gleichsam als zweites Opfer, Tränen.

Als er diese zwei Namen hörte, starrte Knemon den Alten groß an und musterte ihn vom Kopf bis zu den Füßen.

»Was sagst du da?« rief er. »Theagenes und Chariklea, sind das etwa tatsächlich deine Kinder?«

»Sie sind mir Kinder geworden, ohne daß eine Mutter sie mir schenkte. Eine göttliche Fügung hat sie mir beschert. Sie sind Kinder meines Herzens geworden. Meine Liebe zu ihnen war ganz wie zu leiblichen Kindern. Und aus gleicher Liebe sahen sie in mir ihren Vater und nannten mich Vater. Sag, woher kennst du sie?«

»Ich kenne sie nicht nur«, antwortete Knemon, »ich kann dir auch die freudige Mitteilung machen, daß sie wohlauf sind.«

»Bei Apoll und allen Göttern«, rief der alte Mann, »wo sind sie? Wenn du sie mir wiederbringst, will ich dich meinen Retter nennen und dich wie einen Gott ehren.«

»Und was für eine Belohnung bekomme ich?« fragte Knemon.

»Im Augenblick meine Dankbarkeit, was kluge Leute für eines der schönsten Geschenke ansehen. Ich kenne viele, die solch Geschenk in ihrem Herzen wie einen Schatz hüten. Wenn wir aber in meine Heimat kommen, was nach den Voraussagen der Götter in nicht langer Zeit der Fall sein wird, sollst du so viel Geld haben, wie du willst.«

»Das sind unsichere Versprechungen für die Zukunft«, meinte Knemon, »du kannst mir doch gleich eine Belohnung geben.«

»Verlange, was du siehst. Ich will es dir geben, und wäre es ein Stück meines eigenen Körpers.«

»Zu verstümmeln brauchst du dich meinetwegen nicht. Ich bin vollkommen zufrieden, wenn du mir sagst, woher die beiden stammen, wer ihre Eltern sind, wie sie hierherkamen und was für Schicksale sie hatten.«

»Diese Belohnung, die mehr als alle Schätze der Erde wert ist, sollst du erhalten. Erst aber wollen wir etwas zu uns nehmen. Denn wir werden längere Zeit brauchen, du zum Zuhören, ich zum Erzählen.«

Sie verzehrten Nüsse und Feigen, frische Datteln und andere Früchte, da der Alte niemals ein lebendes Wesen tötete, um davon zu essen. Er trank Wasser dazu, Knemon etwas Wein.

Nach einer kleinen Weile sagte Knemon: »Wie du weißt, Väterchen, hat Dionysos Vergnügen an Geschichten und liebt die Komödien. Er ist jetzt in mich gefahren. Er wünscht die versprochene Belohnung und verlangt danach, deine Geschichte zu hören. Es ist also Zeit, daß du wie auf die Bühne trittst und mit der Vorstellung beginnst.«

»Also gut«, sagte der Alte, »nur schade, daß der gute Nausikles nicht hier ist. So oft hat er mich gedrängt, ihm meine Geschichte anzuvertrauen, und immer habe ich mich unter allerhand Vorwänden geweigert.«

»Wo steckt er denn?« fragte Knemon, als er den Namen Nausikles hörte.

»Er ist auf die Jagd gegangen«, antwortete der Alte.

»Auf was für eine Jagd?« fragte Knemon.

»Auf die Jagd nach den gefährlichen Raubtieren, die sich Menschen oder Hirten nennen, aber das Räuberhandwerk betreiben und nur schwer zu fangen sind, weil ihnen die Sümpfe als Unterschlupf und Höhlen dienen.«

»Und was hat er ihnen vorzuwerfen?«

»Sie haben ihm seine griechische Geliebte geraubt. Thisbe nennt er sie.«

»Ihr großen Götter!« rief Knemon, stockte dann aber sofort, als hätte er sich schnell beherrscht.

»Was hast du?« fragte der Alte.

»Ich frage mich nur«, suchte Knemon abzulenken, »wie er diesen Kampf wagen kann und auf wen er sich stützt.«

»Der Statthalter Oroondates regiert im Auftrage des Großkönigs Ägypten. Er hat diesen Bezirk dem Befehl des Mitranes unterstellt. Nausikles hat es sich schweres Geld kosten lassen, ihn zu einer Strafaktion mit einer stärkeren Truppe von Berittenen und Fußvolk zu veranlassen. Der Verlust des griechischen Mädchens erbittert ihn so sehr, nicht allein, weil er sie liebt und sie eine hervorragende Sängerin ist, sondern weil er sie, wie er sagt, dem König von Äthiopien nach griechischer Sitte als Gespielin und Gesellschafterin seiner Gemahlin geben wollte. Weil ihm nun der große Gewinn, den er sich davon versprach, entgangen ist, setzt er alle Hebel in Bewegung. Auch ich habe ihn zu dem Unternehmen ermuntert, weil ich hoffe, dadurch vielleicht meine Kinder wiederzubekommen.«

»Genug von Räubern, Statthaltern und Königen«, unterbrach ihn Knemon. »Mit der Episode, die du einschobst und die doch gar nicht zur eigentlichen Geschichte gehört, hast du mich fast an den Schluß deiner Erzählung gebracht. Komm also, wie versprochen, zur Sache. Du bist ja der reine Proteus von Pharos. Wenn du dich auch nicht selbst in Schemen und Truggestalten verwandelst, so versuchst du doch, mich von der Sache abzulenken.«

»Du sollst alles erfahren«, sagte der Alte. »Zuerst will ich dir kurz mein eigenes Leben erzählen, nicht, wie du meinst, um mich meiner Zusage zu entziehen, sondern um dir alles geordnet und mit Rücksicht auf den Zusammenhang mitzuteilen.

Ich stamme aus Memphis und heiße – wie auch mein Vater hieß – Kalasiris. Ich führe jetzt das Leben eines Landstreichers. Früher war es anders. Da war ich noch Orakelpriester. Nach Landessitte nahm ich eine Gattin, die ich aber nach dem Gesetz der Natur verlor. Nachdem sie in die andere Welt eingegangen war, lebte ich eine Zeitlang ohne neuen Kummer dahin und freute mich der beiden Kinder, die sie mir geschenkt hatte. Wenige Jahre später änderte sich durch die unheilvolle Stellung der Sterne mein Schicksal. Der Aspekt des Kronos fiel auf unser Haus und bewirkte den Wechsel, den ich wissenschaftlich vorausberechnet hatte, aber nicht zu verhindern vermochte. Denn man kann wohl die unabänderlichen Bestimmungen des Schicksals voraussehen, ihnen aber nicht entgehen. Immerhin hat das Vorauswissen in solchen Fällen den Vorteil, daß es den Überschwang des Unglücks mindert. Unvorhergesehenes Unheil ist unerträglich, mein Sohn, vorausgesehenes Leid ist leichter zu fassen. Im ersten Falle nimmt einem das Entsetzen die Vernunft, im andern gewöhnt man sich dran und behält seine Überlegung.

Da geschah mir folgendes. Eine junge Thrakierin – sie hieß Rhodopis, und nur Chariklea übertraf sie an Schönheit – kam nach Ägypten, wie und woher weiß ich nicht. Allen Männern, die sie kennenlernten, wurde sie zum Verhängnis. Sie kam also nach Ägypten und hielt mit einer großen Dienerschaft und blendendem Aufwand in Memphis ihren Einzug. Alle Mittel der Verführungskunst standen ihr zu Gebote. Dem Zauber ihrer Augen erlag jeder, der ihre Bekanntschaft machte, widerstandslos. Sie besuchte häufig den Isistempel, in dem ich Orakelpriester war, und opferte jedesmal und brachte für die Göttin kostbare Weihgeschenke. Ich schäme mich, es zu sagen, aber ich muß gestehen: Auch mich bezwang sie, als ich sie häufig sah, und mit der Enthaltsamkeit, die ich mein Leben lang geübt hatte, war es vorbei. Lange kämpfte meine Willenskraft gegen die Sinne. Schließlich war ich überwunden und trug eine leidenschaftliche Liebe in mir.

Da ich erkannte, daß dieses Weib den Beginn des kommenden, von den Göttern angekündigten Unheils, die trügerische Gestalt meines Verhängnisses, darstellte, hinter deren Maske sich der drohende Dämon verbarg, beschloß ich, das Priestergewand, in dem ich aufgewachsen war, nicht zu beschmutzen, und wehrte mich dagegen, den heiligen Bezirk des Tempels zu entweihen. Meine Sünde, nicht eine tatsächliche – davor mögen mich die Götter bewahren –, sondern die sündhafte Begierde, forderte angemessene Bestrafung. So machte ich mein Gewissen zum Richter und verurteilte mich als Buße für meine Sinnenlust zur Verbannung. Ich Unglücklicher verließ also die Heimat. Darauf unterwarf ich mich dem Zwang der Moiren, indem ich alles Weitere in ihre Hände legte und mich zugleich der gefährlichen Rhodopis entzog. Denn ich befürchtete, mein Freund, wenn die augenblicklich herrschende Konstellation der Gestirne übermächtig werde, würde ich mich zu schlimmer Tat hinreißen lassen. Der hauptsächliche und besondere Anlaß, der mich forttrieb, waren aber meine Söhne. Wie mir die geheimnisvolle Erkenntnis, die mir bisweilen die Götter verleihen, voraussagte, würden sie mit dem Schwerte aufeinander losgehen. Um mich einem so schauderhaften Anblick zu entziehen, vor dem wohl sogar die Sonne entsetzt ihr Strahlenantlitz hinter Wolken verhüllt, um es dem Vaterauge zu ersparen, zusehen zu müssen, wie die eigenen Söhne sich erschlügen, verbannte ich mich selbst aus Heimat und Vaterhaus. Ohne jemand den wahren Grund zu nennen, gab ich vor, ich reiste nach Großtheben, um meinen ältesten Sohn zu besuchen, der sich damals dort bei seinem Großvater mütterlicherseits aufhielt. Er hieß Thyamis, o Gastfreund.«

Bei dem Namen Thyamis zuckte Knemon wieder zusammen, als hätte man ihn aufs Ohr geschlagen. Er nahm sich aber zusammen und schwieg, um der Erzählung des Alten weiter zuzuhören.

»Ich übergehe meine dazwischenliegenden Abenteuer, junger Freund, weil sie für das, worauf es dir ankommt, ohne Bedeutung sind. Ich hatte von der griechischen Stadt Delphi gehört, die Apollon geweiht ist und wo auch die übrigen Götter verehrt werden und fern vom Getriebe der Menschen weise Männer eine Arbeitsstätte haben. Dorthin reiste ich, weil ein ganz dem Kult und seinen Geheimnissen geweihter Platz mir der passendste Aufenthaltsort für einen

Priester schien. Ich landete in Kirrha am Krisäischen Golf und eilte vom Hafen hinauf zur Stadt. Als ich sie betrat, drang etwas wie eine wirkliche Stimme eines Gottes auf mich ein, und auch sonst, vor allem durch ihre eigenartige Lage, schien mir die Stadt ein Aufenthalt höherer Wesen. Wie eine von der Natur gebaute Festung erhebt sich über ihr der Parnaß und hält die Stadt im Schoß seiner sie umfassenden Ausläufer.«

»Das hast du wundervoll gesagt«, rief Knemon, »ganz wie einer, der den Hauch pythischen Geistes verspürt hat. Ungefähr so hat mir auch mein Vater die Lage von Delphi beschrieben, als ihn die Stadt Athen als Gesandten dorthin geschickt hatte.«

»Du bist also ein Athener, mein Sohn?« fragte der Alte.

»Ja.«

»Und wie heißt du?«

»Knemon«, antwortete er, »alles Weitere wirst du später einmal erfahren. Erzähle jetzt nur weiter!«

»Gut«, sagte der Alte und kam wieder auf die Stadt zurück. »Als ich die Sportanlagen, die Plätze und Brunnen bewundert hatte, auch die Kastalische Quelle, mit deren Wasser ich mich besprengte, lief ich zum Tempel, zur Eile getrieben durch verworrenes Getöse vieler Stimmen – es sei gerade die Stunde, sagte man mir, in der die Orakelpriesterin sich rühre.

Ich trat ein, fiel nieder, versenkte mich im Gebet, als die Pythia ihre Stimme hören ließ:

›Fern von dem Ufern des Nils, des ährenspendenden Flusses,
Flüchtet dein eilender Fuß vor der Moiren Gespinst.
Sei guten Muts. Ich beschere dir bald des ägyptischen Landes
Schwarze Furchen. Doch jetzt sei mir freundlich gesinnt.‹

Nach dieser Prophezeiung warf ich mich vor dem Altar auf das Antlitz und bat die Gottheit um ihren Beistand in allem.

Die Menge um mich her pries laut den Gott, der mir gleich beim Eintritt geweissagt hatte. Sie beglückwünschten mich und zeichneten mich von da an in jeder Weise aus, weil der Gott mich, was bisher nur einem Spartaner namens Lykurgos geschehen sei, als seinen Freund begrüßt habe. Sie entsprachen meiner Bitte, im Tempelbezirk wohnen zu dürfen, und bewilligten mir freien Lebensunterhalt auf Gemeindekosten. Mit einem Wort, es fehlte mir an nichts. Bald wurde ich zu heiligen Handlungen zugezogen oder wohnte Opferzeremonien bei, welche Tag für Tag von Fremden und Einheimischen dem Gott zu Gefallen veranstaltet werden. Oder ich führte Gespräche mit Philosophen. Viele Leute dieses Schlages strömen zum Heiligtum des pythischen Gottes. Die dem Beschützer der Musen geweihte und ergebene Stadt ist ein wahrer Hort von Kunst und Wissenschaft.

In der ersten Zeit befaßten sich unsere Erörterungen mit den verschiedensten Fragen. Da wollte der eine etwas über die Art unseres ägyptischen Gottesdienstes wissen, ein anderer, weshalb wir diese oder jene Tiere als Gottheiten verehren, und sie fragten nach den Legenden über sie. Wieder ein andrer erkundigte sich nach dem Bau der Pyramiden, ein andrer nach der Anlage der unterirdischen Grabkammern. Mit einem Wort: Nichts, was Ägypten aufzuweisen hat, blieb unerörtert. Denn jede Neuigkeit aus Ägypten erregt die Wißbegierde der Griechen aufs höchste.

Schließlich fragte mich einer nach dem Nil, seinen Quellen, seinen Sonderheiten wie den Überschwemmungen zur Sommerzeit, durch die er sich von allen übrigen Flüssen unterscheidet. Ich berichtete, was ich wußte und was in unseren heiligen Schriften steht, die nur wir Priester kennen und lesen dürfen. Ich erzählte, er entspringe in den Gebirgen Äthiopiens an der äußersten Grenze Libyens, dort, wo der Orient aufhört und die südliche Erdhälfte beginnt. Im Sommer schwelle der Fluß an, nicht, wie manche angenommen haben, weil Nordwestwinde sein Wasser zurückstauen, sondern weil gerade diese Winde zur Sommersonnenwende alle Wolken von Norden nach Süden treiben und in der glühenden Zone zusammendrängen. Dort wird ihr Zug durch die außergewöhnliche Hitze dieser Landstriche aufgehalten, aus der allmählich angesammelten und verdichteten Feuchtigkeit wird Regen. Die dadurch bewirkten heftigen Regengüsse lassen den Nil anschwellen, bis er keine Lust mehr hat, ein bloßer Fluß zu sein, und über die Ufer tritt, Ägypten in ein Meer verwandelt und so auf seinem Weg die Felder nährt. Deshalb ist sein Wasser, das aus himmlischen Regengüssen gespeist wird, so süß und fühlt sich so weich an, zwar nicht so warm wie an der Quelle, aber immer noch sehr lau. Aus diesem Grunde atmet er auch keine Kühle aus wie alle anderen Flüsse, was ohne Zweifel der Fall wäre, wenn seine Überschwemmungen, wie einige griechische Gelehrte behaupten sollen, durch Schneeschmelze verursacht würden.

Als ich dies und ähnliches auseinandersetzte, sagte der Priester des Apoll, der sich sehr mit mir befreundet hatte – Charikles hieß er –:

›Ausgezeichnet! Ich schließe mich deiner Meinung an, zumal da ich die gleiche Ansicht von den Priestern in Katadupi gehört habe.‹

›Du warst also auch dort, Charikles?‹ fragte ich.

›Gewiß, Kalasiris‹, antwortete er.

›Und was führte dich dorthin?‹ fragte ich weiter.

›Ein häusliches Mißgeschick‹, erwiderte er, ›das mir zum Segen ausschlug.‹

Als ich mich über diesen Widerspruch wunderte, sagte er: ›Du würdest dich nicht darüber wundern, wenn du die Geschichte wüßtest. Wenn du Lust hast, sollst du sie erfahren.‹

›Dann mußt du jetzt gleich erzählen. Freilich habe ich Lust.‹

›Höre‹, sagte Charikles, als er die anderen aus dem Zimmer hatte gehen lassen. ›Ich hatte schon längst im Sinn, dich mit meinen Erlebnissen vertraut zu machen, weil du mir nützen kannst.

Meine Ehe war lange kinderlos. Erst spät im vorgeschrittenen Alter und nach vielen Gebeten wurde ich Vater einer Tochter, von der mir der Gott voraussagte, sie werde mir kein Glück bringen. Sie kam ins heiratsfähige Alter, und ich gab sie dem Freier, der mir unter vielen der würdigste schien. In der Hochzeitsnacht fand die Arme den Tod. Das Brautgemach wurde durch Blitzschlag oder Brandstiftung ein Opfer der Flammen. An das Hochzeitslied, das noch kaum verklungen war, schloß sich die Totenklage. Aus dem Brautbett wurde sie zu Grabe getragen, und die Fackeln, die bei der Hochzeit geleuchtet hatten, zündeten den Scheiterhaufen an. Die Gottheit machte dieses Trauerspiel noch tragischer durch ein zweites Unheil, sie entriß mir die Mutter meines Kindes. Sie starb vor Gram. So unerträglich das von der Gottheit auferlegte Unglück war, ich nahm mir nicht das Leben. Ich glaubte den Gottesgelehrten, daß das sündhaft sei. Doch floh ich die Heimat und verließ mein verödetes Haus. Denn es trägt viel zum Vergessen eines Unglücks bei, wenn das Auge nicht immer wieder die Erinnerung auffrischt. Nachdem ich weit in der Welt umhergeirrt war, kam ich auch in deine ägyptische Heimat und gerade nach Katadupi, um die Wasserfälle des Nils kennenzulernen.

Dies war also der Grund meiner Reise. Was ich dir noch erzählen möchte, ist eine Episode meiner Geschichte oder, richtiger gesagt, der Hauptteil.

Als ich eines Tages in der Stadt umherschlenderte und die freie Zeit dazu verwandte, einige Dinge zu kaufen, die in Griechenland selten sind – die Zeit hatte meinen Schmerz gelindert, und ich dachte an die Rückkehr in die Heimat –, trat ein würdevoll aussehender Mann an mich heran. Sein Blick verriet Klugheit. Er war über die Jugend hinaus. Seine Hautfarbe war ganz schwarz. Er grüßte mich und sagte in etwas unsicherem Griechisch, er habe mir etwas unter vier Augen mitzuteilen. Ich erklärte mich bereit, und er führte mich in einen nahen Tempel.

‚Ich habe gesehen', sagte er, ‚wie du Kräuter und Wurzeln aus Indien, Äthiopien und Ägypten einkauftest. Wenn du Derartiges haben und nicht betrogen werden willst, so stehe ich dir gern zu Diensten.'

‚Einverstanden', sagte ich, ‚zeige mir deine Sachen.'

‚Du sollst sie sehen', erwidert er, ‚du darfst bei dem Geschäft aber nicht knauserig sein.'

‚Und du mußt mir versprechen, daß du nicht zu teuer sein wirst.'

Er zog unter dem Arm ein Säckchen hervor und zeigte mir einen wahren Schatz kostbarster Edelsteine. Da waren Perlen von der Größe einer kleinen Walnuß, von vollendet runder Form und von blendend weißem Glanz, Smaragde und Saphire von dem Grün der jungen Frühlingssaat und von ölig schimmernder Glätte, oder von der Farbe des Meeres, das dicht am Felsufer wogt und den Grund in violetter Färbung erscheinen läßt. Es war ein Durcheinanderspielen und -leuchten aller Farben, das die Augen entzückte.

‚Dafür mußt du dir andere Käufer suchen, mein Bester', erklärte ich bei diesem Anblick. ‚Ich mit meinem Geld bin kaum in der Lage, auch nur ein Stück davon zu erwerben.'

‚Wenn du sie nicht kaufen kannst', sagte er, ‚so kannst du sie doch als Geschenk annehmen.'

‚Dazu reicht es allerdings bei mir', antwortete ich. ‚Nur weiß ich nicht, weshalb du dich über mich lustig machst.'

‚Ich mache keinen Scherz', sagte er, ‚sondern spreche in vollem Ernst und schwöre bei der Gottheit dieses Tempels, dir dies alles zu schenken, wenn du bereit bist, ein weiteres Geschenk anzunehmen, das noch bedeutend wertvoller ist.'

Da mußte ich lachen. Auf seine Frage, worüber ich lachte, sagte ich: ‚Weil ich es zum Lachen finde, daß du mir derartige Geschenke versprichst und als Belohnung ein noch weit kostbareres Geschenk anbietest.'

‚Du kannst mir glauben', erwiderte er. ‚Nur mußt du mir schwören, von dem Geschenk den besten Gebrauch zu machen und so, wie ich es dir angeben werde.'

Trotz meiner Verwunderung und Ungewißheit schwor ich angesichts der lockenden Aussichten. Als ich den verlangten Eid geleistet hatte, führte er mich in seine Wohnung und zeigte mir ein Mädchen von unbeschreiblicher, ja göttlicher Schönheit, das nach seiner Angabe erst sieben Jahre alt war, mir aber fast erwachsen schien. Ungewöhnliche Schönheit erhöht wohl auch den Eindruck der Reife. Ich stand sprachlos. Sowenig ich mir das alles erklären konnte, sowenig konnte ich mich an ihrem Anblick sattsehen.

‚Das Mädchen, das du hier siehst, Fremdling', erklärte er, ‚ist von seiner Mutter aus einem Grunde, den du noch erfahren sollst, in den Windeln ausgesetzt und einem ungewissen Schicksal überlassen worden. Ich fand es und nahm es auf, weil ich nicht verantworten konnte, mich um eine menschgewordene Seele nicht zu kümmern. Das entspricht auch dem Gebot unserer Weisheitslehrer, die mich kurz vorher der Einführung in ihre Lehren gewürdigt hatten. Außerdem hatte das Kind von Anfang an etwas Hohes und Göttliches im Blick. Stolz und zugleich gewinnend sah es mich an, als ich es betrachtete. Bei ihm lagen die Kette mit den Edelsteinen, die ich dir eben gezeigt habe, und ein seidenes Stirnband, in welches in den landesüblichen Schriftzeichen die Personalien des Kindes eingestickt waren. Wahrscheinlich hatte die Mutter diese Erkennungszeichen dem Kind fürsorglich mitgegeben. Ich las die Schrift und erfuhr Herkunft und Eltern des Mädchens. Ich brachte es auf mein weit von der Stadt entferntes Landgut und übergab es meinen Hirten, um es aufzuziehen, mit der strengen Anweisung, zu niemandem darüber zu sprechen. Die mitgegebenen Gegenstände verwahrte ich, damit sie dem Mädchen nicht gefährlich würden. Anfangs blieb die Geschichte auch geheim. Als das Mädchen aber mit der Zeit heranwuchs und wundervoll erblühte – und da Schönheit, mag man sie auch unter der Erde verstecken, nun einmal nicht verborgen bleibt, sondern meiner Ansicht nach auch von dort hervorstrahlt –, fürchtete ich, die Sache könne herauskommen, dem Mädchen das Leben kosten und mir Ungelegenheiten bereiten. Ich veranlaßte deshalb meine Entsendung als Botschafter zum Statthalter von Ägypten. Hierbei habe ich es mitgenommen, um für seine Unterbringung zu sorgen. Dem Statthalter werde ich bald meinen Auftrag ausrichten. Er versprach, mich heute noch zu empfangen. Dir aber und den Göttern, die alles so gefügt haben, vertraue ich das Mädchen unter folgenden eidlichen Bedingungen an: Du sollst sie als eine Freie erziehen und mit einem freien Manne verheiraten und diesem auch das Seidenband übergeben, das du von mir oder vielmehr von der Mutter, die es mit aussetzte, zu treuen Händen bekommst. Ich bin überzeugt, daß du alle unsere Abmachungen einhalten wirst, indem ich mich auf deinen Eid wie auf deinen Charakter verlasse. Ich habe dich in den vielen Tagen deines Aufenthaltes hier genau beobachtet und als einen wahrhaften Griechen erkannt. Dies alles konnte ich dir jetzt nur mit knappen Worten auseinandersetzen, weil mich meine Pflichten als Gesandter abberufen. Genauer und ausführlicher sollst du in die Geschichte des Mädchens eingeweiht werden, wenn du dich morgen beim Isistempel einfindest.'

Ich nahm also das Mädchen und brachte es verschleiert in mein Haus. Den ganzen Tag kümmerte ich mich angelegentlich um es und dankte den Göttern für das Geschenk. Ich betrachtete es von Anfang an als meine Tochter und nannte es auch so.

Am anderen Tage eilte ich in aller Frühe zum Isistempel, wohin ich mit dem Fremden verabredet war. Als ich dort lange auf und ab gegangen war, ohne daß er sich blicken ließ, ging ich zum Statthalterpalast und erkundigte mich nach dem äthiopischen Gesandten. Ich erfuhr, er sei abgereist oder richtiger, er sei fortgejagt worden. Der Statthalter habe ihm den Tod angedroht, wenn er nicht bis zum Abend über die Grenze wäre. Auf meine Frage gab man mir als Grund an, er habe verlangt, man solle die Hand von den Smaragdminen lassen, da sie zu Äthiopien gehörten.

Ich ging nach Hause, verdrossen, wie einer, der einen schweren Schlag erhalten hat, weil ich nichts Genaueres über das Mädchen, seine Herkunft und Abstammung erfahren konnte.‹«

»Kein Wunder!« meinte Knemon. »Mir ist es ebenso ärgerlich. Aber vielleicht erfahre ich doch noch etwas darüber.«

»Das wirst du«, sagte Kalasiris, »aber erst sollst du hören, was Charikles weiter erzählte.

›Als ich nach Hause kam‹, sagte er, ›kam mir das Mädchen entgegen. Sie sprach zwar nicht, weil sie noch kein Griechisch verstand, grüßte mich aber mit der Hand und versetzte mich schon durch ihren Anblick in frohere Stimmung. Ich war erstaunt, daß sie – so wie ein guter Hund von edler Rasse jeden, den er auch erst kurz kennt und leiden mag, zur Begrüßung umwedelt – meine Sympathie für sie sofort empfunden hatte und mich wie einen Vater umschmeichelte. Ich beschloß, nicht länger in Katadupi zu bleiben, um nicht durch die Ungunst der Götter auch noch die zweite Tochter zu verlieren, und fuhr nilabwärts ans Meer, wo ich ein Schiff fand, das mich in die Heimat brachte.

Und jetzt lebt das Kind noch bei mir. Es ist mein Kind und trägt meinen Namen, ist mein ein und alles. Wie es sonst alle meine Wünsche übertroffen hat, so rasch hat es sich die griechische Sprache angeeignet, so rasch wie ein kräftiges Reis hat es sich zu voller Blüte entwickelt. Jedes Auge – von Griechen wie von Fremden – wendet sich ihm zu, so übertrifft es an Schönheit alle jungen Mädchen. Überall, wo es sich zeigt, im Tempel, im Stadion, auf den Plätzen, zieht es wie ein Meisterwerk der Kunst aller Augen und Gedanken auf sich. Trotzdem macht sie mir großen Kummer. Sie will nichts von der Ehe wissen und besteht darauf, ihr Leben lang Jungfrau zu bleiben. Sie hat sich dem Dienst der Artemis geweiht, widmet sich der Jagd und übt sich im Bogenschießen. Dies macht mir das Leben schwer. Ich hatte gehofft, sie mit meinem Neffen, einem gebildeten, liebenswürdigen jungen Manne von Geist und Charakter, zu verheiraten. Doch jede Bemühung scheiterte an ihrem hartnäckigen Nein. Weder durch Freundlichkeit noch durch Versprechungen oder durch Zureden habe ich etwas erreichen können. Was das Schlimmste ist, sie benutzt, wie man zu sagen pflegt, meine eigenen Waffen gegen mich. Sie läßt die ganze Schlagfertigkeit, die sie meiner Unterweisung verdankt, gegen mich spielen, um zu beweisen, daß sie das beste Leben erwählt hat, preist begeistert die Jungfräulichkeit und erhebt sie, als etwas »Reines, Unbeflecktes, Heiliges«, beinahe in den Rang des Göttlichen und verachtet Eros und Aphrodite und alles, was zu ehelicher Verbindung gehört. Ich bitte dich um deine Hilfe. Ich habe die Gelegenheit und die Möglichkeit wahrgenommen, die sich gewissermaßen ganz von selbst boten. Ich mußte deswegen weiter ausholen. Tu mir nun den Gefallen, lieber Kalasiris, und wende die Weisheit und die Zaubermittel Ägyptens bei ihr an. Überrede sie durch Wort und Tat, ihre natürliche Bestimmung zu erkennen und sich bewußt zu werden, daß sie eine Frau ist. Dies ist leicht für dich, wenn du nur willst. Sie scheut ja nicht Gespräche mit klugen Männern, ist sie doch im Umgang mit ihnen aufgewachsen. Auch wohnt sie hier mit dir zusammen, ich meine innerhalb des Tempelbezirkes. Verschließe dich nicht meiner Bitte, laß mich nicht kinderlos und ohne Trost und Erben ein schweres Alter erleben. Ich beschwöre dich bei Apoll und bei deinen heimischen Göttern!‹

Diese Worte, Knemon, und vor allem die Tränen, mit denen er die Bitte vorbrachte, rührten mich, und ich versprach ihm zu helfen, wenn ich es könnte.

Während wir die Sache noch besprachen, kam jemand und sagte, der Führer der Festdeputation der Änianer warte schon lange draußen voller Ungeduld und verlange nach dem Priester, um mit der Opferhandlung anzufangen. Ich fragte Charikles, wer die Änianer seien und um was für eine Deputation und Opferzeremonie es sich handle. Er antwortete mir:

›Die Änianer sind ein thessalischer Stamm, und zwar der vornehmste in dem ganzen Landstrich, reine Griechen, die von Hellen, dem Sohn des Deukalion, abstammen. Sie wohnen im allgemeinen an der Küste des Malischen Golfes, aber auf Hypate, ihre Hauptstadt, sind sie besonders stolz. Sie selbst behaupten, sie habe ihren Namen davon, daß sie über die übrigen Städte herrsche, während andere den Namen damit erklären, daß die Stadt am Fuße des Oita liegt. Was nun das Opfer und die Festgesandtschaft angeht, so finden sie alle vier Jahre statt. Da veranstalten sie immer – wie jetzt – zur Zeit der dir bekannten pythischen Wettkämpfe eine heilige Gesandtschaft für Neoptolemos, den Sohn des Achill. Denn er wurde hier an den Altären des pythischen Gottes von Agamemnons Sohn Orestes heimtückisch ermordet. Die diesjährige Gesandtschaft übertrifft alle früheren, denn ihr Führer rühmt sich der Abstammung von Achill. Ich bin dem jungen Menschen gestern begegnet, und wirklich schien er mir der Abstammung von Achill Ehre zu machen. So gut sieht er aus und ist so stattlich gewachsen, daß er schon damit seine edle Abkunft beweist.‹

Ich bekundete meine Überraschung darüber, daß sich ein Äniane als Nachkomme Achills ausgibt. Denn der ägyptische Dichter Homer berichtet uns, daß Achill aus Phthia war. ›Dieser junge Mann‹, erklärte mir Charikles, ›erhebt mit dem selben Recht wie alle übrigen Änianer Anspruch auf den Helden. Sie behaupten nämlich, daß Thetis den Golf von Malis verlassen habe, um sich mit Peleus zu vereinigen, daß einst die ganze Küste, die diesen Golf umgibt, Phthia hieß und daß die anderen Stämme, neidisch auf den Ruhm des Achill, ihn fälschlich für sich beanspruchten. Im übrigen nennt sich der Jüngling Aeakides, weil er von Menesthios abstammt, dem Sohn des Spercheios und der Polydora, einer Tochter des Peleus. Menesthios war mit Achill einer der Hauptführer im Zug der Myrmidonen, auf Grund seiner Verwandtschaft mit dem Helden. Er will nicht von Achill lassen. Um jeden Preis will er ihn zum Änianen machen und bezeichnet als Beweis unter anderem dieses Totenopfer zu Ehren des Neoptolemos. Er sagt, alle Thessalier seien sich einig, die Darbringung den Änianern anzuvertrauen, womit sie gleichzeitig zugeben, daß diese die nächsten Nachkommen sind.‹

›Das‹, sagte ich zu Charikles, ›mag man ihnen gern zugestehen, oder sie mögen es sich selbst beweisen. Laß ihn nun hereinrufen, Charikles, ich bin begierig, ihn zu sehen.‹

Charikles nickte. Der junge Mann trat ein. Es ging von ihm wirklich ein achilleischer Hauch aus. Der Blick und die selbstbewußte Haltung erinnerten an Achill. Er trug den

Nacken aufrecht. Das Haar war aus der Stirn hochgestrichen. Die Nase, deren Flügel breit die Luft einsogen, verriet Leidenschaft. Das Auge, nicht ganz blau, sondern von schwarz ins Blaue hinüberspielend, blickte feurig und doch nicht unfreundlich, wie das Meer nach dem Sturm, wenn die erregten Wellen sich glätten.

Als die üblichen Begrüßungen ausgetauscht waren, erklärte er, es sei Zeit, Apollon zu opfern, um dann das Sühneopfer für Neoptolemos darzubringen und zu dem darauffolgenden Umzug zurechtzukommen.

›Es ist recht‹, erwiderte Charikles und stand auf, wobei er sich an mich wandte. ›Du wirst heute übrigens Chariklea kennenlernen, falls du sie nicht schon gesehen hast. Es ist alter Brauch, daß die Priesterin der Artemis bei dem Umzug und dem Totenopfer für Neoptolemos zugegen ist.‹

Ich hatte das Mädchen schon oft gesehen, Knemon, wenn sie an Opfern teilgenommen oder sich dann und wann nach Kultüberlieferungen erkundigt hatte. Aber ich schwieg und wartete ab, was geschehen werde. Wir brachen nach dem Tempel auf, wo von den Thessaliern schon alles für das Opfer vorbereitet war.

Als wir an den Altären standen und der junge Mann die Zeremonie begann, während der Priester betete, ließ sich die Pythia aus dem Tempelinnern vernehmen:

›Achtet auf sie, die erstens die Anmut und dann auch den Ruhm hat,
Delphier, und dann auf ihn, der einer Göttin entstammt.
Meinen Tempel verlassen sie, teilen die Wogen des Meeres,
Erreichen das dunkle Land, das die Sonne durchglüht.
Dort dann finden sie reichlichen Lohn für ihr rechtliches Leben,
Ein weißleuchtendes Band um die schwärzliche Stirn.‹

Der Spruch der Gottheit versetzte die Anwesenden in große Verwirrung, weil sie das Orakel nicht zu deuten wußten. Jeder betrachtete es von einer anderen Seite und erklärte es nach dem, was er selbst wünschte. Die Wahrheit fand keiner. Gewöhnlich werden Träume und Orakel ja erst mit ihrer Erfüllung verständlich.

Auch waren die Delphier mit ihren Gedanken schon ganz bei dem Umzug und seinem Gepränge, daß sie sich über den genauen Sinn des Götterspruches nicht viel den Kopf zerbrachen.

DRITTES BUCH

Als der Umzug und die Opferzeremonien beendet waren . . .«

»Aber sie sind noch nicht zu Ende, Väterchen«, warf Knemon dazwischen. »Mich hast du durch deine Erzählung noch nichts davon sehen lassen. Während ich ganz hingerissen dir zuhöre und darauf aus bin, das Fest mit eigenen Augen zu erleben, läufst du an mir vorbei wie an einem, der zu spät dazugekommen ist. Du öffnest den Bühnenvorhang, um ihn im gleichen Augenblick zu schließen.«

»Ich wollte dich mit solchen äußeren Dingen nicht behelligen, Knemon«, erwiderte Kalasiris, »und ging deshalb gleich auf die wesentlichen Punkte der Geschichte los, nämlich auf das, wonach du mich vorhin gefragt hast. Doch da du überall als Zuschauer dabeisein willst, woran man den richtigen Athener erkennt, werde ich dir den Festzug, der wie wenige berühmt geworden ist, an sich wie vor allem wegen seiner Folgen, kurz schildern.

Den Anfang machte eine Hekatombe von Stieren, die von den opfernden Bauern in ihrer Tracht geführt wurden. Jeder von ihnen hatte ein weißes Röckchen an, das der Gürtel bis zur Kniekehle heraufzog, und schwang mit dem rechten Arm, der ebenso wie Schultern und Brust bloß war, ein zweischneidiges Beil. Alle Tiere waren schwarz. Die starken Nacken leicht gebeugt, stolzierten sie einher. Ihre kurzen, graden Hörner liefen spitz zu und waren zum Teil vergoldet, zum Teil mit Blumen bekränzt. Die Vorderbeine waren gekrümmt. Die Kehlsäcke hingen bis auf die Knie herab. Es waren genau hundert, also im wörtlichen Sinne eine Hekatombe. Es folgte eine Menge verschiedener anderer Opfertiere, jede Gattung für sich. In feierlichen Tönen kündeten Flöten und Syringen das Opfer an.

Nach den Herden und Hirten kamen thessalische Mädchen in anmutigen, tiefgegürteten Gewändern mit aufgelöstem Haar. Sie waren in zwei Züge geteilt. Der erste trug Körbe mit Blumen und Früchten, der zweite Körbchen mit Gebäck und weithin duftendem Räucherwerk. Sie gebrauchten dabei nicht die Hände. Die Körbe auf dem Kopf tragend, hielten sie einander angefaßt. So bildeten sie einen langen Zug verschlungener Hände, um zugleich schreiten und tanzen zu können. Den Takt gab der zweite Zug an, der die Festhymne zu singen hatte, ein Loblied auf Thetis und Peleus, auf ihren Sohn und ihren Enkel. Danach, Knemon ...«

»Ach was, Knemon«, unterbrach dieser. »Das Schönste willst du mir schon wieder vorenthalten, Väterchen, wenn du den Wortlaut der Hymne mit Schweigen übergehst, als wäre ich nur Zuschauer, aber nicht Zuhörer des Festzuges.«

»Gut, so höre, wenn es dir Freude macht«, sagte Kalasiris. »Das Lied lautete etwa so:

Die goldlockige Thetis besing ich,
Nereus' unsterbliche Tochter des Meeres,
Die Zeus zur Ehe mit Peleus zwang,
Den Glanz der Salzflut, unsere Liebesgöttin,
Die den speertragenden Gott der Schlachten gebar,
Griechenlands flammenden Blitz, Achill,
Dessen Ruhm zu den Göttern emporsteigt.
Seiner Ehe mit Pyrrha entstammst
Du, sein Ebenbild, Neoptolemos,
Retter Griechenlands, Trojas Vernichter.
Sei uns gnädig, der du ruhst
In der heiligen Erde von Delphi.
Nimm dieses Opfer und halte von unserer Stadt

Schrecken fern und Gefahr.
Preis dir, goldlockige Thetis.

Das etwa, Knemon, war der Wortlaut des Liedes, soweit ich mich erinnere.

Der Gesang der Chöre war von einer Harmonie, der Takt der Schritte von einem Rhythmus, daß das Auge vom Ohr verführt wurde, alles andere zu übersehen, und die Zuschauer, von der Melodie mitgerissen, den vorüberschreitenden Mädchen folgten, bis das strahlende Bild der dahinter auftauchenden berittenen jungen Männer und ihres Anführers bewies, daß ein schöner Anblick jeden Ohrenschmaus übertrifft.

Die Zahl der jungen Männer betrug fünfzig. Sie waren in zwei Züge von je fünfundzwanzig Mann eingeteilt, die in ihrer Mitte den Führer des Festzuges geleiteten.

Ihre Schuhe waren über den Knöcheln mit roten geflochtenen Lederriemen befestigt. Der weiße, dunkelblau gesäumte Mantel wurde über der Brust von einer goldenen Schnalle gehalten. Alle Pferde waren Thessalier. In ihren Augen glänzte die Freiheit der Steppe. Sie wehrten sich gegen den Zwang der Zügel, die sie bissen und häufig mit Schaum bedeckten, doch fügten sie sich ihnen als dem Willen des Reiters, der sie lenkte. Kopf und Stirn waren mit silbernem und vergoldetem Zaumzeug geschmückt. Man sah, wie die jungen Männer darin miteinander wetteiferten. So schön sie waren, der Blick der Zuschauer glitt an ihnen vorüber und richtete sich auf den Anführer – es war mein Sorgenkind Theagenes –, als blende ein Blitz den Blick für alles andere. Solch einen Glanz strahlte seine Erscheinung aus. Ebenfalls zu Pferde und in voller Rüstung, schwang er die erzbeschlagene Lanze aus Eschenholz. Ohne Helm ritt er barhäuptig einher. Er trug einen purpurfarbenen Mantel, dessen Goldstickerei den Kampf der Lapithen gegen die Kentauren darstellte. Die Mantelschnalle zeigte in einer Bernsteinfassung eine Athene, die auf dem Brustpanzer das Haupt der Gorgo trug. Ein leichter Wind, welcher die Wirkung der Szene noch steigerte, spielte mit dem Haar im Nacken des jungen Menschen, strich ihm die Locken aus der Stirn und wehte den Mantelsaum über Rücken und Weichen des Pferdes. Du hättest glauben können, das Pferd selber spüre die Schönheit seines Herrn und wäre sich der Auszeichnung bewußt, den stattlichsten Reiter zu tragen. Es warf den Hals empor, spitzte die Ohren, senkte stolz die Augenlider, schritt kühn einher, folgte willig dem Zügel und wiegte sich, den Boden fast lautlos mit der Spitze der Hufe berührend, rhythmisch in den Schultern.

Der Anblick erfüllte alle mit Bewunderung. Man sprach einhellig dem jungen Manne den höchsten Preis für seine männliche Schönheit zu. Die Frauen aus dem Volke, die ihre Gefühle nicht verbergen konnten, warfen mit Äpfeln und Blumen nach ihm, in der Hoffnung, ihn für sich einzunehmen. Sie waren sämtlich einer Meinung, nichts auf der Welt übertreffe Theagenes' Schönheit.

Doch als die frühgeborene, rosenfingrige Eos emporstieg, wie Homer sagen würde, als aus dem Tempel der Artemis die schöne und kluge Chariklea aufbrach, wurde uns bewußt, daß auch Theagenes übertroffen werden konnte, wenn auch nur insofern, als die vollkommene weibliche Schönheit anziehender ist als die männliche. Sie saß auf einem Wagen, der von einem Gespann weißer Stiere gezogen wurde. Sie trug ein langes purpurrotes Kleid, das mit Goldfäden durchwirkt war. Die Brust hielt ein Gürtel, dessen Verfertiger seine ganze Kunst aufgeboten hatte. Niemals zuvor hatte er etwas Derartiges geschaffen, und es war auch kein zweites Mal von ihm zu erwarten. Der Künstler hatte die Schwanzenden zweier Schlangen auf dem Rücken der Trägerin verschlungen, die Hälse wechselseitig unter der Brust zu einer Schleife verbunden, aus der die Köpfe hervorkamen und als Gürtelenden nach beiden Seiten herabhingen. Man hätte meinen können, die Schlangen schienen nicht nur zu kriechen, sondern kröchen wirklich. Dabei hatte ihr Blick nichts Bösartiges oder Schreckliches, sie waren vielmehr wie von weichem Schlummer übergossen, als wären sie an der reizenden Brust des Mädchens eingeschlafen. Das Material, aus dem sie gefertigt waren, war Gold, die Farbe ein dunkles Blau. Sie war kunstvoll auf das Gold aufgetragen, so daß der Kontrast von Goldgelb und Dunkelblau die Rauheiten und wechselnden Farben der Schuppen hervortreten ließ. So war der Gürtel des Mädchens.

Das Haar trug sie weder geflochten noch ganz offen. Das meiste fiel über den Hals und flutete über Schultern und Rücken, um Stirn und Scheitel wurde es, frisch wie Rosen und hell wie Sonnenschein, von einem Kranz zarter Lorbeerzweige gehalten, die verhinderten, daß es unordentlich im Winde wehte.

In der Linken trug sie einen vergoldeten Bogen. Der Köcher hing über der rechten Schulter. In der anderen Hand hielt sie eine brennende Fackel, aber der Glanz ihrer Augen strahlte heller als jeder Fackelschein.«

»Das sind sie, Theagenes und Chariklea!« rief Knemon.

»Wo in aller Welt sind sie? Zeig sie mir! Ich bitte dich bei den Göttern!« bat Kalasiris, in der Annahme, Knemon sehe sie wirklich.

»Väterchen«, entgegnete er, »mir war, als sähe ich sie, obwohl sie nicht da sind. So lebendig, wie ich sie von Angesicht zu Angesicht kenne, hast du sie mir durch deine Schilderung vor Augen geführt.«

»Ich bezweifle, ob du sie so sahst, wie die Sonne Griechenlands sie an jenem Tage erblickte, bewundert, umjubelt, sie aller Männer, er aller Frauen Sehnsucht. Denn eins von beiden zu besitzen, dünkte ihnen der Inbegriff der Seligkeit. Nur, daß die Einheimischen den jungen Mann, die Thessalier das Mädchen mehr bewunderten, beide das, was sie zum ersten Mal sahen. Wirkt doch das Neuartige stärker als das Gewohnte. Doch welch schöner Trug, welch holder Wahn! Wie hast du mich aufgeregt, Knemon, ich glaubte schon, du hättest die geliebten Menschen gesehen und könntest sie mir zeigen! Du hältst mich offensichtlich überhaupt zum Narren. Bei Beginn meiner Erzählung stelltest du mir in Aussicht, sie würden gleich kommen und sich blicken lassen, und verlangtest als Belohnung, ihre Geschichte zu hören. Jetzt ist es schon Abend, die Nacht bricht herein, und noch immer sind sie nicht da.«

»Sei unbesorgt«, sagte Knemon, »mache dir keine Gedanken. Sie kommen bestimmt noch. Vielleicht ist etwas dazwischengekommen und sie treffen ein wenig später ein als verabredet. Im übrigen, auch wenn sie da wären, dürftest du sie nicht sehen, bevor ich meine ganze Belohnung erhalten habe. Willst du sie also bald zu Gesicht bekommen, so erfülle dein Versprechen und erzähle deine Geschichte zu Ende.«

»Nur zögernd wende ich mich einer Begebenheit zu, deren Erinnerung meinen Schmerz aufwühlt«, erwiderte Kalasiris. »Auch fürchtete ich, dir lästig zu fallen mit meiner langen Erzählung, von der du jetzt genug haben mußt. Hörst du aber, wie es scheint, gerne weiter zu und kannst nicht genug bekommen von schönen Geschichten, so will ich dort fortfahren, wo ich aufgehört habe. Vorher wollen wir nur die Lampe anzünden und den Göttern der Nacht den Schlaftrunk darbringen, damit wir nach erfüllter Pflicht unbesorgt die Nacht der Erzählung widmen können.«

Nach diesen Worten ließ er eine Dienerin eine brennende Lampe bringen und vollzog das Trankopfer. Dabei rief er die andern Götter und zuletzt den Hermes an, den er um eine Nacht voll guter Träume bat. Wenigstens im Traume möge er ihn seine lieben Kinder sehen lassen.

Danach fuhr er in seiner Erzählung fort.

»Als der Zug das Grabmal des Neoptolemos dreimal umschritten hatte, Knemon, und die jungen Leute dreimal die Runde gemacht hatten, brachen die Frauen und Männer in laute Rufe aus. Dann wurden, wie auf ein verabredetes Zeichen, die Rinder, Schafe und Ziegen zugleich geschlachtet. Man hätte meinen können, eine einzige Hand hätte sie alle mit dem Schlachtbeil getroffen. Auf einen großen Altar wurde eine Unmenge Holzscheite gehäuft, nach altem Brauch die Gliedmaßen der Opfertiere daraufgelegt und der Priester des Apoll gebeten, mit dem Trankopfer zu beginnen und dann das Altarfeuer anzuzünden.

Charikles erklärte, das Trankopfer darzubringen sei seines Amtes, aber den Altar anzuzünden und sich dazu von der Priesterin die Fackel geben zu lassen, Sache des Führers der Gesandtschaft. So gebiete es der althergebrachte Brauch.

Nach diesen Worten goß er das Trankopfer aus. Theagenes holte das Feuer. Da wurde uns durch den Vorgang, der sich jetzt abspielte, klar, lieber Knemon, daß die Seele etwas Göttliches und von Uranfang Verwandtes ist. Denn in dem Augenblick, in dem die beiden jungen Menschen sich ansahen, liebten sie einander, als ob die Seele bei der ersten Begegnung die verwandte Seele erkannt hätte und auf das zustürzte, was ihr von Rechts wegen gehörte. Zuerst standen sie noch regungslos, wie betäubt. Zögernd reichte sie ihm die Fackel, zögernd nahm er sie. Lange und unverwandt blickten sie sich in die Augen, als ob sie sich schon früher gekannt oder gesehen hätten und es sich nun in das Gedächtnis zurückriefen. Sie lächelten leicht, verstohlen, nur ein Schimmer in den Augen verriet es. Dann erröteten sie, als schämten sie sich des Vorgangs, dann wieder – in der tiefen Erregung des Herzens – wurden sie blaß. Mit einem Wort, ihre Mienen wechselten in der kurzen Zeit fortwährend den Ausdruck. Die Veränderungen in Gesichtsfarbe und Blick verrieten ihre innere Bewegung. Der großen Menge entging naturgemäß dieser Vorgang, da jeder durch andere Dinge und Gedanken beansprucht war. Auch Charikles, der die üblichen Gebete und Anrufungen verrichtete, merkte nichts. Ich allein beobachtete ausschließlich die beiden jungen Leute. Seitdem Theagenes bei dem Tempelopfer den Orakelspruch empfangen hatte, hatten die darin vorkommenden Namen eine Ahnung von den künftigen Ereignissen in mir wachgerufen. Was das Orakel letzten Endes bedeutete, konnte ich allerdings nicht erraten.

Als Theagenes sich endlich geradezu gewaltsam von dem Mädchen losriß, die Fackel an den Holzstoß legte und den Altar in Brand setzte, war der feierliche Umzug zu Ende. Die Thessalier begaben sich zum Festmahl, die Zuschauer zerstreuten sich und wandten sich nach Hause.

Chariklea legte einen weißen Mantel um und eilte mit einigen Gefährtinnen nach ihrer Wohnung im Tempelbezirk. Sie wohnte nicht mit ihrem vermeintlichen Vater zusammen, sondern lebte mit Rücksicht auf ihr heiliges Amt für sich allein.

Durch das, was ich gesehen und gehört hatte, war ich stark beunruhigt. In dieser Verfassung begegnete ich Charikles, den ich gerade suchte.

›Hast du meinen und Delphis Liebling, Chariklea, gesehen?‹ fragte er mich sofort.

›Das war jetzt nicht das erste Mal‹, gab ich zur Antwort. ›Ich sah sie schon früher wiederholt im Tempel und nicht nur im Vorbeigehen, wie man so sagt. Ich brachte häufig mit ihr zusammen Opfer dar, und sie erbat und hörte in göttlichen und menschlichen Fragen, wenn sie in Verlegenheit war, meine Ansicht.‹

›Und wie fandest du sie jetzt, lieber Freund? Hat sie dem Festzuge Ehre gemacht?‹

›Sei still, Charikles‹, antwortete ich, ›das ist, als fragtest du mich, ob der Mond heller scheint als die anderen Gestirne.‹

›Doch einige waren für den jungen Thessalier eingenommen‹, wandte er ein.

›Ja, ihm gab man den zweiten oder dritten Preis‹, erwiderte ich.‹ Deine Tochter aber war, nach dem allgemeinen Urteil, die Krone und der Mittelpunkt des ganzen Festzuges.‹

Charikles freute sich, und ich hatte wirklich meinen Zweck erreicht. Denn ich wünschte sein volles Vertrauen zu gewinnen.

›Ich gehe jetzt zu ihr‹, sagte er lächelnd. ›Wenn du willst, so komm mit. Wir wollen sehen, ob ihr das Volksgedränge nicht doch lästig geworden ist.‹

Ich sagte freudig zu und gab ihm zu verstehen, daß mir seine Angelegenheit wichtiger sei als jede andere.

Als wir zu ihrer Wohnung kamen und eintraten, fanden wir sie angegriffen auf ihrem Bett liegen. Ihre Augen schimmerten feucht von Tränen der Liebe. Als sie ihren Vater wie gewohnt umarmt hatte, fragte er, was ihr fehle. Sie habe Kopfschmerzen, erklärte sie, und wolle, wenn er erlaube, sich ausruhen. Besorgt zog sich Charikles mit mir zurück und wies die Dienerinnen an, für ihre Ruhe zu sorgen.

›Was mag das sein, lieber Kalasiris?‹ fragte er mich beim Verlassen des Hauses. ›Was für einen Anfall von Schwäche mag meine Tochter haben?‹

›Es wäre nicht verwunderlich‹, antwortete ich, ›wenn sie einen bösen Blick auf sich gezogen hätte, da sie an so vielen Leuten vorbeigekommen ist.‹

Er lächelte spöttisch. ›Du glaubst also wie die große Masse an den bösen Blick?‹

›Allerdings‹, antwortete ich, ›genau so wie an jede andere Wirklichkeit. Es hat damit folgende Bewandtnis. Die Luft, die uns umgibt, dringt durch Augen, Nase, Atmungs- und andere Wege in unser Inneres. Sie bringt die den Außendingen anhaftenden Eigenschaften mit sich. Wie sie also einströmt, so ist ihre Wirkung auf den Empfänger. Wenn jemand etwas Schönes neidisch ansieht, erfüllt er den Raum um sich her mit bösen Keimen und überträgt seinen Hauch voller Bosheit auf den anderen. Der dringt infolge seiner feinen Beschaffenheit bis ins Mark und in die Knochen. So entsteht bei vielen die Krankheit des Neides, die man mit einem eigenen Namen Behexung nennt. Bedenke auch, Charikles, wie viele sich Augenleiden, wie viele sich epidemische Krankheiten holen, ohne daß sie mit dem Kranken in Berührung gekommen sind oder Bett oder Tisch mit ihm geteilt haben, einzig und allein durch das Einatmen der gleichen Luft. Nichts beweist diese These schlagender als die Entstehung der Liebe. Durch das bloße Ansehen wird sie geweckt, und wie vom Wind getragen dringt die Leidenschaft mittels der Augen ins Herz. Dies ist auch ganz natürlich. Denn als das beweglichste und wärmste Sinnesorgan nimmt das Auge die Ausstrahlungen am leichtesten auf, indem es kraft des ihm innewohnenden heißen Elements die Liebe auf ihrem Weg an sich zieht.

Als Beispiel will ich noch einen Fall aus der Naturgeschichte anführen, der in unseren Tierlegenden erwähnt wird. Der Pirol heilt Gelbsüchtige. Sieht ihn ein Kranker dieser Art, so sucht der Vogel das Weite. Er wendet sich ab und schließt die Augen, nicht weil er, wie manche glauben, dem Kranken nicht helfen will, sondern weil er durch seine Veranlagung die Krankheit auf sich lenkt, wenn er von den Kranken angesehen wird. Deswegen weicht er ihren Blicken aus, als ob sie ihn verwundeten. Ferner hast du vielleicht schon gehört, daß von den Schlangen der sogenannte Basilisk jedes Wesen, das ihm begegnet, durch seinen bloßen Blick und Atem lähmt und tötet. Wenn also manche Menschen selbst auf die, welche ihnen lieb und sympathisch sind, verderblich wirken, so ist das durchaus nicht erstaunlich. Da sie nämlich von Grund auf böser Natur sind, so üben sie die entsprechende Wirkung aus, auch wenn sie es nicht wollen.‹

›Deine Erklärung des Problems ist ebenso geistvoll wie glaubhaft‹, sagte Charikles nach kurzem Nachdenken. ›Wenn sie doch nur eines Tages Liebessehnsucht empfände! Dann würde ich sie als gesund und nicht als krank ansehen. Wie du weißt, habe ich gerade in dieser Beziehung deinen Beistand erbeten. Leider ist nicht zu befürchten, daß der Feindin von Ehe und Liebe so etwas zustößt. Sie scheint tatsächlich an einer Verhextheit zu leiden. Und zweifellos wirst du als guter Freund und in allem beschlagener Mann auch diese Krankheit zu beheben gewillt sein.‹

Ich versprach zu tun, was in meinen Kräften stehe, wenn ich ihr Leiden erkannt hätte.

Während wir uns noch unterhielten, trat ein Mann lebhaft auf uns zu.

›Liebe Freunde‹, redete er uns an, ›ihr laßt euch Zeit, als wäret ihr zum Krieg und nicht zu dem Festmahl eingeladen, das der treffliche Theagenes zu Ehren des Helden aller Helden, Neoptolemos, gibt. Auf, kommt mit und verzögert die Veranstaltung nicht, bis es Abend wird. Außer euch fehlt niemand mehr.‹

›Der Bursche lädt uns mit dem Stock ein‹, flüsterte Charikles sich zu mir neigend mir ins Ohr, ›ungemütlich wie er ist, obwohl er angeheitert ist ... Laß uns lieber mitgehen, sonst beziehen wir wirklich noch Prügel.‹

›Ach was, Unsinn‹, sagte ich, ›aber gehen wir schon!‹

Als wir hinkamen, ließ Theagenes den Charikles neben sich Platz nehmen und zeichnete ihm zuliebe auch mich aus. Ich will dich nicht mit den Einzelheiten des Festmahles langweilen, den Vorführungen der Tänzerinnen und den Flötenspielerinnen, dem Kriegs- und Waffentanz der jungen Männer und den übrigen Genüssen, die uns Theagenes als Zugaben zu den köstlichen Gerichten bot, um das Festmahl zu würzen und die Trinklust zu steigern. Was du aber wissen mußt und was ich dir auch lieber erzähle, ist folgendes: Theagenes zeigte sich zwar vergnügt und zwang sich zur Freundlichkeit gegen seine Gäste, doch entging mir nicht, daß seine Gedanken anderswo waren. Sein Auge irrte unruhig umher, er seufzte unvermittelt tief auf. Bald saß er niedergeschlagen und in Gedanken versunken da, bald setzte er ein fröhliches Gesicht auf, als komme er zu sich und reiße sich zusammen. So wechselte er von einer Stimmung in die andre. Der Gemütszustand des Verliebten ist ähnlich dem des Betrunkenen, schwankend und ohne festen Halt, die Seele des einen wie des andern treibt in weichen Stimmungen. Deshalb neigt auch der Verliebte zum Trinken und der Betrunkene zur Liebe.

Als er sich schließlich müde und verdrossen zeigte, merkten auch die übrigen Gäste, daß ihm nicht wohl war. Auch Charikles nahm seine veränderte Stimmung wahr und sagte leise zu mir:

›Den hat gleichfalls der böse Blick getroffen. Es scheint ihm genau so zu ergehen wie Chariklea.‹

›Genau so‹, antwortete ich, ›bei Isis! Und das ist ganz in Ordnung und verständlich, hat er sich doch bei dem Festzug nächst ihr am meisten hervorgetan.‹ So sprachen wir zueinander.

Als nun die Becher herumgehen sollten, trank Theagenes, wenn auch mit Überwindung, jedem einzelnen von uns zu. Als die Reihe an mir war, sagte ich: ›Ich erwidere deine freundliche Gesinnung‹, nahm aber den Becher nicht entgegen.

Da maß er mich, weil er sich von mir mißachtet glaubte, mit einem scharfen, durchdringenden Blick. Charikles, der es bemerkte, sagte: ›Er trinkt keinen Wein, wie er auch nichts ißt, was von einem beseelten Wesen stammt.‹

Auf Theagenes' Frage nach dem Grunde erklärte Charikles: ›Er ist aus Memphis, ein Ägypter und Isispriester.‹

Als Theagenes die Worte Ägypter und Priester hörte, war er mit einem Mal hoch erfreut, als habe er einen Schatz gefunden. Er erhob sich, verlangte Wasser, trank einen Schluck und rief: ›Weiser Mann, so nimm wenigstens diesen Zutrunk an, den ich dir mit dem Getränk bringe, das dir als das köstlichste gilt. Dieses Mahl soll unsere Freundschaft besiegeln!‹

›So sei es, schöner Theagenes‹, erwiderte ich. ›Längst schon fühle ich Freundschaft für dich.‹ Ich nahm den Becher und trank ihm zu.

Damit endete das Gelage. Jeder ging in seine Wohnung, nachdem Theagenes mich wiederholt und mit mehr Herzlichkeit, als eine so junge Bekanntschaft erwarten ließ, zum Abschied umarmt hatte.

In meiner Wohnung brachte ich eine Weile schlaflos auf dem Lager zu. Ich machte mir Gedanken um die beiden jungen Leute und sann über die Bedeutung der Schlußworte des Orakels nach.

Es ging auf Mitternacht. Da war mir, als sähe ich – wenn es mir nur so schien und ich sie nicht wirklich sah – Apoll und Artemis. Jener übergab mir Theagenes, diese Chariklea. Sie riefen mich beim Namen und sprachen: ›Die Zeit ist für dich gekommen, in die Heimat zurückzufahren. So ist es der Wille der Schicksalsgöttinnen. Reise also ab und nimm die beiden als Begleiter mit und behandle sie wie deine Kinder! Bringe sie von Ägypten aus wohin und wie die Götter es wünschen!‹

Nach diesen Worten gingen sie. Da zeigte sich, daß es kein Traum, sondern Wirklichkeit war. Alles andere, was ich erlebt hatte, begriff ich, aber zu was für Menschen und in welches Land ich die jungen Leute nach dem Götterwort bringen sollte, darüber blieb ich im unklaren.«

»Später hast du es sicher selbst begriffen und wirst mir noch davon erzählen, Väterchen«, unterbrach ihn Knemon. »Aber wie haben dich die Götter erkennen lassen, daß sie dir, wie du behauptest, nicht im Traum, sondern leibhaftig erschienen sind?«

»Genau so, mein Sohn«, antwortete Kalasiris, »wie der weise Homer es dunkel andeutet. Die meisten übersehen diese Andeutung. ›Denn von hinten erkannt ich‹, so sagt er irgendwo, ›die Füße und Waden des Gottes, als er hinweg sich wandte – denn leicht zu erkennen sind Götter‹.«

»Tatsächlich bin ich auch einer von diesen ›meisten‹«, antwortete Knemon, »und du hast gewiß diese Verse nur angeführt, lieber Kalasiris, um es mir zu beweisen. Ich verstehe, nach dem Wortlaut, wohl den allgemeinen Sinn der Stelle, aber die tiefere religiöse Bedeutung blieb mir verschlossen.«

Eine Weile sann Kalasiris vor sich hin und versenkte seinen Geist in mystische Meditationen.

»Götter und Dämonen, lieber Knemon, pflegen, wenn sie uns erscheinen und wieder gehen, nur selten die Gestalt anderer Wesen, sondern meistens die von Menschen anzunehmen, um uns durch die Ähnlichkeit mit uns ihre Beachtung zu erleichtern. Den Uneingeweihten freilich bleiben sie darum unerkannt. Doch der Wissende läßt sich nicht täuschen. Er erkennt sie schon an ihren Augen, an dem undurchdringlichen Blick und den immer offenen Lidern, mehr aber noch am Gang. Sie setzen die Füße nicht schrittweise, einen nach dem andern vorwärts, sondern in einer mehr durch die Luft schwebenden ungehemmten Bewegung durchschneiden sie mehr den Raum, als daß sie ihn durchschreiten. Aus diesem Grunde geben die Ägypter auch den Götterbildern eng geschlossene Füße, als wäre es nur einer. Das alles wußte Homer als Ägypter und Kenner unsrer heiligen Lehren und hat es für die Verstehenden in seinen Werken symbolisch zum

Ausdruck gebracht, wenn er von Athene sagt: ›Furchtbar strahlten die Augen‹, und von Poseidon: ›Denn von hinten erkannt' ich die Füße und Waden des Gottes, der so leicht von uns ging‹, das heißt, leicht im Gehen dahinglitt. Denn dies bedeutet der Ausdruck: ›Leicht ging er von uns‹, und ›leicht‹ darf nicht, wie einige falsch erklärten, mit ›erkannt' ich‹ verbunden werden.«

»Darin, göttlicher Mann«, sagte Knemon, »hast du mich nun eingeweiht. Du hast aber wiederholt Homer als Ägypter bezeichnet, wovon bis auf den heutigen Tag wohl noch niemand etwas gehört hat. Ich muß es dir wohl glauben, bin aber doch aufs höchste überrascht und bitte dich, über diesen Punkt nicht hinwegzugehen, sondern ihn mir genau zu erklären.«

»Wenn es auch nicht an der Zeit ist, Knemon«, antwortete Kalasiris, »über diese Dinge zu reden, sollst du doch kurz Bescheid erhalten. Homer, mein Lieber, mag von anderen Leuten anderswohin versetzt werden, und jede Stadt mag sich die Heimat des großen Mannes nennen. In Wahrheit gehört er als Ägypter uns, und seine Vaterstadt ist Theben, das ›hunderttorige‹, wie er selbst es nennt. Als seinen Vater sah man einen Priester an, tatsächlich war er der Sohn des Hermes, dessen Priester sein vermeintlicher Vater war. Als dessen Gattin eine landesübliche Kulthandlung vollzog und im Tempel übernachtete, umarmte sie der Gott und wurde der Vater Homers, der von dieser ungleichen Vereinigung ein Mal an sich trug: An dem einen Oberschenkel wuchs ihm nämlich von Geburt an ein Büschel langer Haare. Davon, das heißt von dem griechischen Wort für ›Schenkel‹ bekam er auf seinem Wanderleben bei vielen andern Völkern, besonders aber bei den Griechen, bei denen er seine Dichtung vortrug, seinen Namen. Seinen wirklichen gab er nämlich nicht an, ebensowenig wie er seinen Geburtsort und seine Herkunft erwähnte. So wurde von denen, die sein Körpermal kannten, dieses als Name für ihn in Umlauf gebracht.«

»Und aus welchem Grunde, Väterchen, verschwieg er seinen Geburtsort?«

»Entweder aus Scham über seine Landesverweisung – sein Vater hatte ihn nämlich fortgejagt, als er als junger Mann in den Priesterstand aufgenommen werden sollte und das Körpermal seine uneheliche Geburt verriet – oder aus Berechnung. Durch das Verheimlichen seines wahren Vaterlandes suchte er jede Stadt zu seiner Heimat zu machen.«

»Was du sagst, scheint mir in der Tat richtig, wenn ich an das Rätselhafte und gleichzeitig unendlich Reizvolle seiner Dichtung denke, typische ägyptische Eigenschaften, und andererseits an sein überragendes Genie. Es würde sich nicht in dem Maß über alle andern erheben, wäre er nicht göttlicher Abstammung. Doch nun, lieber Kalasiris, nachdem du die Götter in homerischer Auffassung sozusagen auf frischer Tat gefaßt hast, sag mir, was weiter geschah.«

»Es ging so weiter wie vor der Erscheinung, Knemon, mit Schlaflosigkeit, Grübeln, Sorgen, wie sie einem gern in der Nacht kommen. Einerseits war ich glücklich bei dem Gedanken an die unerwartete Fügung und voll Erwartung, in mein Vaterland zurückzukehren. Andererseits bedrückte mich die Aussicht, Charikles die Tochter wegnehmen zu müssen. Ich war ratlos, wie ich die jungen Leute zusammenführen und sie zum Entschluß eines gemeinsamen Aufbruchs bringen sollte. Dann machte ich mir Gedanken darüber, wie ich die Flucht verheimlichen könnte, wohin wir uns wenden, ob wir zu Land oder auf dem Seeweg reisen sollten. Kurz, eine ganze Flut von Sorgen überkam mich, und ich verbrachte den Rest der Nacht qualvoll ohne Schlaf.

Kaum dämmerte der Tag, als an die Mitteltür geklopft wurde. Ich hörte, wie eine Stimme nach meinem Diener rief. Auf dessen Frage, wer klopfe und was los sei, antwortete der Rufer: ›Melde Theagenes aus Thessalien!‹ Ich freute mich, daß mir der junge Mann gemeldet wurde, und ließ ihn hereinrufen. Der Zufall, davon war ich überzeugt, kam meinen Absichten zu Hilfe. Ich sagte mir, weil er bei dem Gelage gehört hatte, ich sei Ägypter und Priester, so komme er, um mich als Liebeshelfer zu gewinnen; er befinde sich in dem gleichen Irrtum wie die meisten, die die ägyptische Weisheitslehre schlecht kennen und annehmen, es gebe nur eine und die gleiche. Es gibt eine, die ist mehr im niederen Volk verbreitet und bewegt sich sozusagen auf der Erde, sie beschäftigt sich mit Gespenstern, gibt sich mit Toten ab, geht in Wunderkräutern auf und hängt an Zauberformeln. Sie führt weder für sich noch für ihre Anhänger zu etwas Gutem und geht meist in die Irre. Wenn sie – selten genug – einmal Glück hat, ist es ein kümmerliches und armseliges Ereignis. Sie täuscht Unwirklichkeiten als Wirklichkeiten vor, enttäuscht Erwartungen, verführt zu Verbrechen und dient der Unzucht. Die andere dagegen, mein Sohn, die wahrhafte Weisheit, von der die falsche nur den Namen hat und deren Bastardtochter sie ist, die andere, um die wir Priester und Orakeldeuter uns von Jugend an bemühen, blickt zum Himmel empor. Sie ist die Gefährtin der Götter und hat Anteil an der Natur der höheren Wesen. Sie erforscht die Bewegungen der Himmelskörper und erlangt dadurch Kenntnis kommender Ereignisse. Den irdischen Unzulänglichkeiten entrückt, ist sie ganz auf das Gute und das den Menschen Gedeihliche gerichtet. Sie veranlaßte mich auch, zur gegebenen Zeit mein Vaterland zu verlassen, um vielleicht, wie ich dir schon vorhin erzählt habe, das mir angedrohte Schicksal und die blutige Auseinandersetzung zwischen meinen Söhnen zu bannen. Doch dies sei nun den Moiren und den andern Göttern anheimgestellt, die die Macht haben, es geschehen oder nicht geschehen zu lassen. Sie haben offensichtlich die Flucht aus dem Vaterlande nicht so sehr um dieser Dinge willen über mich verhängt, als um mich Chariklea finden zu lassen.

Als Theagenes eingetreten war und ich seinen Gruß erwidert hatte, ließ ich ihn sich neben mich aufs Bett setzen und fragte ihn: ›Was führt dich so früh zu mir?‹ Er strich sich eine Zeitlang mit der Hand über das Gesicht. ›Ich bin in größter Aufregung‹, sagte er dann, ›ich schäme mich aber, es auszusprechen.‹ Wieder schwieg er. Ich fand es an der Zeit, ihm gegenüber den Hellseher zu spielen und etwas vorauszusagen, was ich bereits wußte. Ich sah ihm freundlich in die

Augen und sagte: ›Wenn du auch zögerst, selbst zu sprechen, so ist doch unserer Wissenschaft und den Göttern nichts unbekannt.‹ Ich machte eine kleine Pause, tat, als ob ich etwas, was nicht aufgehen wollte, an meinen Fingern ausrechnete, fuhr mir durch die Haare und rief, wie von göttlichem Geist erfüllt: ›Du liebst, mein Sohn –‹ Bei dieser Weissagung sprang er empor. Als ich aber fortfuhr, › – und zwar Chariklea‹, da war er überzeugt, ich spräche aus göttlicher Eingebung. Es hätte wenig gefehlt, und er wäre vor mir auf die Knie gesunken. Als ich ihn daran hinderte, umarmte er mich immer wieder und dankte den Göttern, daß sie seine Hoffnungen nicht enttäuscht hätten, und bat mich, ihn zu retten. Sein Leben sei verloren, wenn ihm nicht schnell geholfen werde. So schwer sei das Leiden, das ihn gepackt habe, und so heftig die Glut der Sehnsucht, die ihn verzehre, ihn, der zum erstenmal erfahre, was Liebe sei. Noch nie, beteuerte und beschwor er, noch nie habe er ein Weib besessen. Er habe nie etwas von Frauen wissen wollen und Ehe und Liebe weit von sich gewiesen, wenn er davon hörte, bis ihm durch Charikleas Schönheit klargeworden sei, daß er durchaus nicht von Natur kalt sei, sondern nur bis auf diesen Tag nicht die Frau getroffen habe, die seine Liebe verdiente.

Bei diesen Worten brach er in Tränen aus, als ob er zeigen wollte, daß er gegen seinen Willen dem jungen Mädchen erlegen sei.

Ich suchte ihn wieder aufzurichten.

›Nur Mut!‹ sagte ich, ›nachdem du dich mir einmal anvertraut hast. Chariklea wird schon nicht stärker sein als unsere Weisheit. Sie ist zwar spröde und wehrt sich gegen die Liebe, und von Aphrodite und Hochzeit will sie nichts wissen, schon das Wort ist ihr verhaßt. Aber deinetwegen will ich alles versuchen. Mit Kunst vermag man auch die Natur zu überwinden. Sei guten Mutes, folge meinen Anweisungen und tue alles, was notwendig ist.‹

Er versprach, sich ganz nach mir zu richten, selbst wenn ich ihm befehlen würde, auf Schwertern zu gehen.

Während er so in mich drang und mir als Belohnung sein ganzes Vermögen versprach, kam jemand und sagte: ›Charikles bittet dich, zu ihm zu kommen. Er ist zum Gottesdienst im Apollotempel, da er durch einen Traum beunruhigt ist.‹ Ich erhob mich sofort, schickte Theagenes fort und begab mich zum Tempel. Ich fand Charikles in einem Sessel sitzen. Er war sehr bedrückt und seufzte unablässig. Ich trat zu ihm und fragte, warum er so nachdenklich und niedergeschlagen sei.

›Wie sollte ich es nicht sein‹, antwortete er, ›wo mich diese Träume quälen und meine Tochter, wie ich höre, sich gar nicht gut befindet und eine schlaflose Nacht hinter sich hat? Ihre Krankheit bedrückt mich an sich schon und jetzt um so mehr, als morgen der Haupttag der Spiele ist, an dem die Priesterin nach altem Brauch die Fackeln der Waffenläufer anzuzünden und die Preise zu verteilen hat. Mit einem von beiden muß ich rechnen: entweder sie bleibt fort und verletzt damit das Herkommen, oder sie zwingt sich zu erscheinen und verschlimmert dadurch ihren Gesundheitszustand. Hilf uns jetzt, wenn du es nicht schon eher getan hast! Beschaffe ein Heilmittel für sie! Dann handelst du als Freund und leistest zugleich den Göttern einen frommen Dienst. Ich weiß, wenn du nur willst, wird es dir nicht schwerfallen, das, was du den bösen Blick nennst, zu heilen. Orakelpriestern ist auch die schwerste Aufgabe nicht unlösbar.‹

Ich spielte auch ihm gegenüber den Wundermann. Ich gab zu, daß ich mich um die Angelegenheit bisher nicht besonders bekümmert hatte, und bat ihn, mir noch diesen Tag zu bewilligen; ich wüßte ein Mittel, das aber noch zusammengesetzt werden müsse, um die Kranke zu heilen.

›Jetzt aber‹, sagte ich, ›laß uns zu dem Mädchen gehen, um sie uns genauer anzusehen und nach Möglichkeit zu trösten. Zugleich möchte ich dich bitten, Charikles, bei dieser Gelegenheit ein paar Worte über mich einzuflechten und mich durch deine Empfehlung bekannter zu machen. Wenn sie einmal etwas Vertrauen zu mir gewonnen hat, wird sie auch zu meiner ärztlichen Bemühung mehr Zuversicht haben.‹

›Das soll geschehen‹, antwortete er, ›laß uns gleich hingehen!‹

Als wir zu Chariklea kamen – was soll ich dir das alles im einzelnen erzählen? –, war die Ärmste ganz von ihrem Seelenschmerz überwältigt. Das Rot war von ihren Wangen gewichen, das Feuer ihrer Augen unter einer Flut von Tränen wie ausgelöscht. Doch nahm sie sich, als sie uns sah, zusammen und zwang sich in Mienen und Reden zu ihrem gewohnten Ausdruck. Charikles schloß sie in seine Arme und überschüttete sie mit Küssen und Zärtlichkeiten.

›Meine Tochter, liebes Kind, du verbirgst mir, deinem Vater, was dich bekümmert! Du hast den ‚bösen Blick' erfahren und hüllst dich in Schweigen, als hättest du selbst ein Unrecht begangen und nicht durch die bösen Augen, die dich ansahen, erlitten. Aber nur Mut! Ich habe den weisen Kalasiris hier gebeten, dir Heilung zu verschaffen. Er ist ein Mann von außerordentlichen Fähigkeiten, eine Leuchte der göttlichen Wissenschaft wie kein anderer, ein Orakelpriester von Berufung und von Jugend auf mit den heiligen Bräuchen vertraut. Und was von besonderer Wichtigkeit ist, er ist uns freundschaftlich zugetan. Du tust also gut daran, dich ihm unbedenklich anzuvertrauen und ihm Besprechungen und die Anwendung anderer Mittel zu deiner Heilung zu gestatten. Du bist ja auch sonst dem Umgang mit weisen Männern nicht abgeneigt.‹

Chariklea schwieg, gab aber durch zustimmendes Kopfnicken zu verstehen, daß sie meinem Rat gern folgen wolle.

Damit trennten wir uns, nachdem mich Charikles noch einmal an seine frühere Bitte erinnert hatte, mein möglichstes zu tun, um Chariklea Neigung zum männlichen Geschlecht und zur Ehe einzuflößen. Ich versprach ihm, seinen Wunsch bald zu erfüllen. Voller Zuversicht ging er.

VIERTES BUCH

Am folgenden Tage endeten die pythischen Wettkämpfe. Der Kampf zwischen den beiden jungen Leuten entbrannte aber erst richtig. Dabei spielte Eros die Rolle des Kampf- und Schiedsrichters. Er stellte seine beiden Kämpfer allein gegeneinander auf und war eifersüchtig darauf bedacht, seinen Kampf, den Kampf der Liebenden, zum Hauptereignis zu machen. Das alles spielte sich etwa folgendermaßen ab.

Griechenland stellte die Zuschauer. Die Aufsicht bei den Kämpfern führten Angehörige der Nachbarstaaten. Nachdem die anderen Wettbewerbe, Wettlauf, Ringkampf und der trickreiche Faustkampf, glänzend verlaufen waren, rief schließlich der Herold: ›Die Waffenläufer sollen antreten!‹

In diesem Augenblick zeigte sich am Ende des Stadions die glanzvolle Erscheinung der Priesterin. Chariklea war, wenn auch mit Überwindung, gekommen, um dem Brauch zu genügen, mehr noch, glaube ich, in der Hoffnung, Theagenes zu sehen. In der Linken trug sie die brennende Fackel, in der Rechten den Palmzweig. Bei ihrem Auftreten zog sie die Blicke aller Zuschauer, vor allem aber die des Theagenes, auf sich. Denn der Liebende erspäht schnell den Gegenstand seiner Sehnsucht. Auch war ja seine Erwartung, da er vorauswußte, was sich nun abspielen sollte, ausschließlich auf ihr Erscheinen gerichtet. Er vermochte nicht zu schweigen, sondern flüsterte mir zu – er hatte sich absichtlich neben mich gesetzt –: ›Da ist sie! Da ist Chariklea!‹ Ich mußte ihm sagen, er solle sich ruhig verhalten.

Auf den Ruf des Herolds meldete sich ein Mann in leichter Bewaffnung und von selbstsicherem Auftreten. Ein glänzender Ruf ging ihm, dem Preisträger in vielen früheren Kämpfen, voraus. Anscheinend war er der einzige Bewerber und fand keinen, der sich getraute, es mit ihm aufzunehmen. Das Kampfgericht wollte ihn zurückschicken, da die Vorschriften nicht zuließen, jemandem den Siegeskranz kampflos zuzusprechen. Er bestand aber darauf, daß der Herold jeden, der es wagen wollte, zum Kampfe mit ihm auffordere. Die Schiedsrichter gaben ihre Einwilligung, und der Herold rief, wer sich traue, möge vortreten.

›Das gilt mir!‹ sagte Theagenes zu mir.

›Wie meinst du das?‹ fragte ich.

›Das wirst du gleich sehen, Väterchen‹, erwiderte er. ›Vor meinen Augen und in meinem Beisein soll kein anderer den Siegespreis aus Charikleas Hand erhalten.‹

›Und wenn du verlierst?‹ wandte ich ein. ›An die Schande nachher denkst du nicht?‹

›Wer kann ein so rasendes Verlangen haben‹, rief er, ›Chariklea zu sehen und ihr entgegenzueilen, daß er mich im Lauf zu überholen vermöchte? Wen kann ihr Erscheinen so beflügeln und vorwärts reißen? Weißt du nicht, daß die Maler dem Liebesgott Flügel geben, um die Schnelligkeit der von ihm Besessenen zu versinnbildlichen? Und wenn ich mich selbst ein wenig rühmen darf, bis auf den heutigen Tag kann keiner behaupten, mich im Wettlauf geschlagen zu haben.‹

Mit diesen Worten sprang er auf, trat vor, gab seinen Namen und seine Heimat an und loste um den Platz auf der Bahn. Nach Anlegung der Waffen stellte er sich an der Startschranke auf. Sein Atem ging heftig, und vor Ungeduld konnte er kaum das Startzeichen der Trompete erwarten. Seine stolze und eindrucksvolle Haltung glich der Achills, wie ihn Homer in der Schlacht am Skamander schildert. Der unerwartete Anblick versetzte alle Griechen in Erregung. Jeder wünschte, als wäre er selbst am Wettkampf beteiligt, dem Theagenes den Sieg. Denn nichts nimmt die Menge mehr ein als der Anblick der Schönheit.

Auch Chariklea war in größter Aufregung. Ich konnte aus der Entfernung das Wechselspiel ihrer Mienen beobachten. Als jetzt der Herold, so daß alle es hören konnten, die Namen der Läufer aufrief: ›Ormenos aus Arkadien und Theagenes aus Thessalien‹, die Startschranke fiel und der Lauf in einer Schnelligkeit begann, daß die Augen kaum zu folgen vermochten, da konnte sich das Mädchen überhaupt nicht mehr halten. Ihre Haltung wurde unruhig, die Füße bewegten sich, als laufe sie im Geiste neben Theagenes her und strebe mit ihm gemeinsam dem Ziele zu.

Auch die Zuschauer sahen in gespannter Erwartung und heller Aufregung dem Ausgang entgegen, niemand aber mehr als ich, der ich mir vorgenommen hatte, mich seiner in Zukunft wie eines Sohnes anzunehmen.«

»Kein Wunder«, warf Knemon dazwischen, »daß die Zuschauer aufgeregt waren, wo ich selbst jetzt um Theagenes bange. Ich bitte dich, sag mir gleich, ob er zum Sieger ausgerufen wurde!«

»Als die halbe Strecke zurückgelegt war, Knemon, wandte er sich etwas um, maß Ormenos mit einem verächtlichen Blick, hob den Schild in die Luft, warf den Kopf in den Nacken und schoß, das Auge auf Chariklea gerichtet, wie ein Pfeil auf das Ziel zu. So gewann er, wie die spätere Messung ergab, mit einem Vorsprung von mehreren Klaftern vor dem Arkadier. Bei Chariklea angelangt, warf er sich, als könne er die Wucht des Laufes nicht hemmen, mit Absicht in ihre Arme. Als er den Palmzweig empfing, bemerkte ich, wie er die Hand des Mädchens küßte.«

»Nun bin ich gerettet!« rief Knemon. »Er hat gesiegt und sie geküßt. Was aber geschah weiter?«

»Du bist nicht nur im Zuhören unermüdlich, Knemon, du bist auch nicht vom Schlaf zu bezwingen. Schon ist die Nacht zum großen Teil vorüber, und du bist immer noch wach und wirst durch die lange Erzählung nicht müde.«

»Ich bin auch mit Homer nicht einverstanden, Väterchen, wenn er behauptet, man werde wie aller anderen Dinge auch der Liebe einmal überdrüssig, einer Sache, von der man meiner Ansicht nach nicht genug bekommen kann, ganz gleich, ob man sie in Wirklichkeit oder nur im Zuhören genießt. Erzählt einer gar von der Liebe zwischen Theagenes und Chariklea, müßte man schon ein Herz hart wie Diamant oder wie Stahl haben, um nicht entzückt zuzuhören, und wäre es ein Jahr lang. Erzähle nur weiter, bitte.«

»Theagenes erhielt also den Kranz, lieber Knemon, und wurde zum Sieger ausgerufen. Unter Glückwünschen von allen Seiten brachte man ihn nach Hause. Chariklea war nun ganz und gar gewonnen und, seitdem sie Theagenes wiedergesehen hatte, noch mehr als zuvor im Banne ihrer Liebe. Denn der Anblick des Geliebten weckt die Leidenschaft aufs neue und entzündet die Gedanken wie Feuer das Holz.

Wieder daheim, verbrachte sie eine Nacht wie die vorangegangenen, womöglich noch qualvoller. Auch ich fand keinen Schlaf und grübelte darüber nach, wohin wir uns wenden und wie wir die Flucht unbemerkt bewerkstelligen könnten und in welches Land die Gottheit die jungen Leute schicken wolle. Daß wir übers Meer fliehen mußten, entnahm ich den Worten des Orakelspruchs, die darauf deuteten: ›Sie würden teilen die Wogen des Meeres und erreichen das Land, welches die Sonne durchglüht‹. Einen Hinweis, wohin ich sie bringen solle, hoffte ich zu erhalten, wenn es mir gelänge, das mit Chariklea ausgesetzte Band zu bekommen, auf dem, wie Charikles gehört haben wollte, nähere Angaben über sie eingestickt waren. Vermutlich ließen sich daraus Heimat und Eltern des Mädchens, über die ich schon gewisse Vermutungen hatte, entnehmen, und vielleicht wollte auch das Schicksal sie dorthin führen.

Frühmorgens suchte ich Chariklea auf und fand ihre Umgebung in Tränen, namentlich Charikles. Ich trat auf ihn zu und fragte nach dem Grund der Aufregung.

›Die Krankheit meiner Tochter hat sich verschlimmert‹, antwortete er. ›Die letzte Nacht war noch schlechter als die vorangegangene.‹

›Steh auf‹, sagte ich, ›und geht alle miteinander hinaus. Einer soll mir einen Dreifuß bringen, Lorbeerzweige, Feuer und Weihrauch. Niemand soll uns stören, bis ich rufe.‹

Charikles gab die nötigen Anweisungen.

Als Ruhe eingetreten war, begann ich mit der Komödie. Ich verbrannte Weihrauch und strich, mit den Lippen etwas wie ein Gebet murmelnd, mit dem Lorbeer über Chariklea vom Kopf bis zu den Füßen immer wieder hin und her. Ich stolzierte herum, sprach wie im Schlaf oder wie ein altes Weib gähnend eine ganze Weile und machte eine Fülle von dummem Zeug mit mir und mit dem Mädchen. Sie schüttelte wiederholt den Kopf und verzog den Mund zu einem spöttischen Lächeln, um mir zu verstehen zu geben, daß ich mich auf einem Irrweg befinde und ihre Krankheit verkenne.

Ich setzte mich an ihre Seite.

›Beruhige dich, meine Tochter‹, sagte ich, ›dein Leiden ist harmlos und leicht zu heilen. Ein böser Blick hat dich getroffen, vielleicht schon bei dem Festzug, vor allem aber, als du den Preis verteiltest. Ich ahne, wer der Schuldige ist. Theagenes, der Sieger im Waffenlauf. Ich sah, wie er dich immer wieder beobachtete und etwas keck ansah.‹

›Ach der‹, sagte sie. ›Mag er mich so angesehen haben oder nicht, er kann mir gewogen bleiben. Wo ist er übrigens her? Aus welchem Hause stammt er? Ich sah viele Leute, die waren ganz verrückt mit ihm.‹

›Daß er aus Thessalien ist‹, erwiderte ich, ›weißt du ja, seitdem der Herold seinen Namen bekanntgab, aber nicht, daß er behauptet, von Achill abzustammen. Was ich übrigens für wahr halte, angesichts der stattlichen Gestalt und edlen Erscheinung des jungen Mannes, Eigenschaften, die achilleischen Adel bezeugen. Nur besitzt er nicht dessen hochfahrende, schroffe Art. Sein Stolz ist durch Liebenswürdigkeit gemildert. Gleichwohl wünsche ich ihm mehr Unannehmlichkeiten, als er selbst dir bereitet hat. Er hat den bösen Blick und hat dich damit bezaubert.‹

›Väterchen‹, antwortete sie, ›schönen Dank für deine Besorgnis um mich! Aber weshalb wünschest du dem, der mir vielleicht nichts angetan hat, Schlechtes? Ich leide gar nicht unter dem bösen Blick, sondern offenbar an einer ganz anderen Krankheit.‹

›Dann verheimlichst du mir deren Natur, mein Kind, anstatt dich mir anzuvertrauen, damit ich dir helfen kann. Bin ich dir nicht wie ein Vater, sowohl dem Alter nach wie noch mehr durch meine wohlwollende Gesinnung dir gegenüber? Bin ich nicht ein Herz und eine Seele mit deinem Vater? Sage mir, was dir fehlt. Du kannst dich auf mich verlassen. Wenn du willst, will ich sogar schwören. Vertraue dich mir an und verschlimmere dein Leiden nicht noch durch Schweigen. Jedem Leiden ist abzuhelfen, wenn es rechtzeitig erkannt wird. Nur wenn man es verschleppt, ist es fast unheilbar. Verschweigen ist ein Nährboden für Krankheiten, Sichaussprechen schafft Linderung.‹

Eine Weile schwieg sie, und nur ihre Augen verrieten das stürmische Hin und Her ihrer Gedanken.

›Laß mir diesen einen Tag‹, meinte sie schließlich. ›Dann sollst du alles erfahren, falls du es nicht schon vorher weißt, da du ja ein Seher sein willst.‹

Ich stand sofort auf und ging hinaus, um dem jungen Mädchen Zeit zu lassen, mit ihrer Befangenheit fertig zu werden.

Charikles kam mir entgegen: ›Nun, was sagst du?‹

›Alles geht gut‹, erwiderte ich. ›Morgen wird sie das Leiden, das sie quält, los sein und dir wieder Freude machen. Nichts steht übrigens im Wege, einen Arzt zuzuziehen.‹

Ich entfernte mich schnell, um weiteren Fragen aus dem Wege zu gehen. Ein paar Schritte vom Hause bemerkte ich Theagenes. Er sprach mit sich selber und hielt sich in der Umgebung des Tempelbezirks auf, als genüge es ihm schon, die Wohnung Charikleas vor Augen zu haben. Ich wich ihm aus und ging vorüber, als hätte ich ihn nicht gesehen.

›Sei gegrüßt, Kalasiris!‹ rief er mir nach. ›Hör! Ich hab auf dich gewartet.‹

Ich wandte mich rasch um. ›Ach, der schöne Theagenes!‹ sagte ich. ›Ich hatte dich gar nicht bemerkt.‹

›Was heißt der Schöne!‹ antwortete er. ›Ich schön, der ich Chariklea nicht gefalle?‹

Ich machte eine gekränkte Miene und sagte: ›Wie lange willst du mich und meine Kunst noch beleidigen? Dank ihr ist sie schon ganz überwunden und gezwungen, dich zu lieben. Sie betet, dich zu sehen, als wärest du ein höheres Wesen!‹

›Was sagst du da, Väterchen!‹ rief er. ›Chariklea liebt mich? Warum bringst du mich nicht gleich zu ihr?‹ Er lief sofort voraus. Ich hielt ihn am Mantel fest.

›Nicht so eilig, mein Lieber‹, rief ich, ›wenn du auch ein

Schnelläufer bist. Hier heißt es nicht ‚angepackt, eingepackt', das ist nicht so billig wie eine Marktware, die für jeden zu haben ist, der Lust hat. Das ist etwas, was reiflicher Überlegung und Vorbereitung bedarf, um sicher zu gelingen. Weißt du nicht, daß der Vater des Mädchens zu den angesehensten Männern von Delphi gehört? Kennst du nicht die Gesetze, nach denen auf so etwas der Tod steht?‹

›Was liegt mir am Tod‹, entgegnete er, ›wenn ich nur Chariklea bekomme. Doch wenn du es für richtig hältst, wollen wir zu ihrem Vater gehen und um seine Einwilligung bitten. Denn als unwürdig zum Schwiegersohn wird Charikles mich wohl nicht ansehen.‹

›So werden wir nichts erreichen!‹ erwiderte ich. ›Nicht weil etwas an dir auszusetzen wäre, aber Charikles hat das Mädchen schon seit langem dem Sohn seiner Schwester versprochen.‹

›Das soll ihm, ganz gleich wer er sei, schlecht geraten!‹ rief Theagenes. ›Solange ich lebe, wird kein anderer Chariklea bekommen. Dafür bürgt mein Arm und dies Schwert hier!‹

›Beruhige dich‹, sagte ich. ›Soweit braucht es nicht zu kommen. Hör nur auf mich und tu, was ich dir rate. Geh jetzt und laß dich nicht ständig in meiner Nähe blicken. Gib acht, daß du mich allein und ohne Aufsehen triffst.‹

Er ging bedrückt davon.

Am folgenden Tag begegnete mir Charikles. Als er mich sah, kam er auf mich zugelaufen, umarmte mich und rief immer wieder:

›Das nenne ich Klugheit! Das ist wahre Freundschaft! Der große Wurf ist dir gelungen. Die Unüberwindliche ist überwunden, die Unbesiegbare besiegt. Chariklea liebt!‹

Ich warf mich in die Brust, zog die Augenbrauen hoch und schritt wichtig daher.

›Es lag auf der Hand‹, sagte ich, ›daß sie schon meinem ersten Angriff nicht widerstehen würde, ohne daß ich erst zu stärkeren Mitteln zu greifen brauchte. Doch woran erkanntest du, Charikles, daß sie Liebe fühlt?‹

›Wir haben deinen Rat befolgt. Ich ließ, wie du selbst vorschlugst, die besten Ärzte rufen, um ihr Leiden festzustellen, und versprach ihnen mein ganzes Vermögen, wenn sie ihr helfen könnten. Als sie kamen, fragten sie, was ihr fehle. Sie wandte sich ab, gab keine Antwort und rief unaufhörlich den homerischen Vers:

‚Sohn des Peleus, Achill, du tapferster aller Achäer.'

Der gelehrte Akestinos – du kennst wohl den Mann – faßte trotz ihrem Widerstreben ihre Hand, um an ihrem Pulsschlag, der wohl die Herztätigkeit anzeigt, das Wesen ihrer Krankheit zu erkennen. Nach längerer Beobachtung und gründlicher Untersuchung sagte er: ‚Du hast uns umsonst hergerufen, Charikles. Die ärztliche Wissenschaft kann in diesem Fall nicht helfen.'

‚Um Himmels willen', schrie ich, ‚was willst du damit sagen? Mein liebes Kind ist also verloren und es besteht keine Hoffnung?'

‚Keine Aufregung', erwiderte er, ‚hör mich an.' Er nahm mich von dem Mädchen und den anderen etwas abseits und sagte: ‚Unsere Kunst hat es mit der Heilung körperlicher Leiden zu tun, mit seelischen grundsätzlich nur dann, wenn die Seele unter der Erkrankung des Leibes mitleidet und seine Heilung gleichzeitig eine Genesung der Seele bedeutet. Das Mädchen ist krank, aber nicht physisch. Sie leidet weder an Überfluß der Säfte noch an Kopfschmerzen noch an hitzigem Fieber. Nichts an ihrem Körper, weder ein einzelnes Organ noch die Gesamtkonstitution ist krank. So verhält es sich, das kannst du mir glauben.'

Als ich noch weiter in ihn drang, mir zu sagen, was er festgestellt habe, antwortete er: ‚Kann nicht ein Kind erkennen, daß es sich um ein seelisches Leiden handelt, und zwar um nichts anderes als um ausgesprochene Liebe? Siehst du nicht, wie ihre Augenlider vom Weinen geschwollen sind, wie unstet ihr Blick ist, wie bleich ihre Wangen sind, ohne daß sie über innere Beschwerden zu klagen hat, wie unruhig ihre Gedanken hin und her gehen, wie sie spricht, was ihr gerade in den Sinn kommt, wie sie ohne Anlaß an Schlaflosigkeit leidet und daß sie magerer geworden ist? Du mußt also den suchen, der sie heilen kann, Charikles. Und das dürfte einzig der sein, nach dem sich ihr Herz sehnt.'

Mit diesen Worten ging er fort. Ich aber bin zu dir geeilt, meinem Retter und Gott, dem einzigen, der auch ihr, wie sie selbst glaubt, helfen kann. Als ich flehentlich in sie drang, mir zu sagen, was ihr fehle, antwortete sie nur, sie wisse nicht, was mit ihr sei, aber das wisse sie, Kalasiris allein könne ihr helfen. Sie beschwor mich, dich zu ihr zu rufen. Daraus besonders zog ich den Schluß, daß deine Weisheit sie für dich eingenommen hat.‹

›Du weißt, daß sie liebt‹, sagte ich, ›kannst du mir auch sagen, wen sie liebt?‹

›Nein, bei Apoll‹, entgegnete er, ›wie und woher soll ich es wissen? Es wäre mir allerdings lieber als mein ganzes Vermögen, wenn sie Alkamenes, meiner Schwester Sohn, liebte, dem ich sie längst als Braut zugedacht habe, soweit es nach meinen Wünschen geht.‹

Als ich bemerkte, man könne ja die Probe machen, indem man den jungen Mann zu ihr brächte und vorstellte, erklärte er sich einverstanden und ging.

Um die Marktzeit suchte er mich wieder auf.

›Ich muß dir eine schmerzliche Mitteilung machen‹, sagte er. ›Mein Kind scheint von einem Dämon besessen zu sein: So sonderbar hat sie sich gebärdet. Ich brachte, wie du vorgeschlagen hast, den Alkamenes zu ihr und ließ ihn sich von seiner besten Seite zeigen. Sie aber stieß, als hätte sie den Kopf der Gorgo oder noch Abscheulicheres gesehen, einen gellenden Schrei aus, wandte das Gesicht nach der anderen Seite des Zimmers, umfaßte mit beiden Händen wie mit einer Schlinge ihren Hals und schwor, sich das Leben zu nehmen, wenn wir nicht unverzüglich gingen. Wir verließen sie also schneller, als man es aussprechen kann. Was konnte man angesichts ihres sonderbaren Verhaltens anderes tun? Ich komme zu dir und bitte dich dringend, das Mädchen nicht zugrunde gehen zu lassen und einen Freund nicht preiszugeben, der sich in allen Hoffnungen betrogen sieht.‹

›Charikles‹, entgegnete ich, ›du gehst nicht fehl in der Annahme, das Mädchen sei besessen. Sie ist den überirdischen Kräften, die ich selbst auf sie herabbeschworen habe, verfallen und nicht den schwächsten, sondern solchen, die aller Voraussicht nach ihre Natur und ihren Willen überwinden mußten. Aber offenbar wirkt irgendein feindlicher Gott meinem Willen entgegen und kämpft gegen die mir zu Diensten stehenden Geister an. Du mußt mir deshalb unbedingt die Stirnbinde zeigen, die nach deiner Erzählung mit dem Kinde ausgesetzt wurde und die du mit den anderen Erkennungszeichen bekommen hast. Ich fürchte nämlich, diese Binde enthält irgendeinen bestimmten Zauber und ist mit magischen Zeichen beschrieben, die deine Tochter so schroff und unnahbar machen. Vielleicht will irgendeine feindliche Macht ihr von Geburt an nicht wohl, damit ihr Liebesglück und Kinder versagt bleiben.‹

Er gab seine Einwilligung und brachte bald darauf das Stirnband. Ich bat ihn, mir Zeit zu lassen. Auch damit war er einverstanden. Ich begab mich in meine Wohnung und machte mich sofort an die Entzifferung der äthiopischen Schriftzeichen, mit denen das Band bestickt war, nicht mit den profanen, sondern solchen, wie sie die Könige verwenden, ähnlich den heiligen Zeichen der Ägypter. Ich las folgendes:

›Ich Persinna, Königin von Äthiopien, schreibe meiner Tochter, wie sie auch einmal heißen möge und der ich nur Mutter sein durfte, bis ich sie in Schmerzen gebar, als letztes Vermächtnis diesen Brief der Tränen.‹

Ich war starr, als ich auf den Namen der Persinna stieß, Knemon. Gleichwohl las ich weiter:

›Daß ich nicht ein schuldiges Weib war, als ich dich gleich nach der Geburt ausgesetzt und den Augen deines Vaters Hydaspes entzogen habe, dafür rufe ich unsern Stammvater Helios als Zeugen an. Um mich trotzdem vor dir, meiner Tochter, für den Fall, daß du gerettet wirst, vor deinem Retter, falls dir die Gottheit einen solchen schickt, und vor dem ganzen Menschengeschlecht zu rechtfertigen, enthülle ich den Grund, aus dem ich dich aussetzte.

Unser Geschlecht stammt göttlicherseits von den Göttern Helios und Dionysos, von den Heroen Perseus und Andromeda und ferner von Memnon ab. Mit Darstellungen aus ihrem Leben schmückten seinerzeit die Erbauer unseren königlichen Palast. Die Bildnisse und Taten der andern ließen sie in den Männerräumen und offenen Hallen malen; in den Schlafgemächern war die Liebesgeschichte von Perseus und Andromeda dargestellt. Dort nun – zehn Jahre waren es her, daß Hydaspes mich zur Frau gemacht hatte, ohne daß wir Kinder bekommen hatten – geschah es, daß wir in der Mittagsstunde eines Sommertages ruhten. Da umarmte mich dein Vater. Ein Traumbild, wie er versicherte, hatte ihn dazu aufgefordert. Sehr bald merkte ich, daß ich empfangen hatte. Die Zeit bis zu meiner Niederkunft wurde im Lande festlich begangen. Man opferte den Göttern zum Dank dafür, daß der König auf einen Thronerben hoffen durfte. Als ich dich gebar, ein weißes Kind, also von einer Hautfarbe, die den Äthiopiern nicht eigen ist, war mir die Ursache klar: während der Umarmung meines Gatten hatte ich meine Augen auf das Bildnis der nackten Andromeda geheftet, das zeigte, wie Perseus sie vom Felsen herabführt, und durch diesen unseligen Umstand hatte mein Kind die Hautfarbe der Heldin bekommen.

Da faßte ich den Entschluß, mich selbst vor Schmach und Tod zu retten – denn deine Farbe mußte mir die Beschuldigung des Ehebruchs eintragen, und niemand würde meiner Erklärung Glauben schenken – und dich einem ungewissen Schicksal auszuliefern, welches immer noch besser wäre als der sichere Tod und der Schimpf der unehelichen Geburt. Ich redete also meinem Gatten ein, du seiest gleich nach der Geburt gestorben, setzte dich heimlich und ohne davon zu reden aus und gab dir so viele Kostbarkeiten, als ich konnte, zum Lohn für deinen Retter mit. Dabei schmückte ich dich außer mit anderen Gegenständen auch mit dieser Binde und gab sie dir mit. In sie habe ich unglückliche Mutter unter blutigen Tränen über dich, mein erstgeborenes Kind, die traurige Geschichte deines und meines Schicksals gestickt.

Du aber, mein süßes Kind, du meine Tochter, wenn auch nur für kurze Zeit, sei, wenn du am Leben bleibst, eingedenk deiner edlen Herkunft, hüte deine Reinheit, die das wahre Zeugnis weiblicher Tugend ist, und zeige die königliche Haltung, die du deinen Eltern verdankst. Unter den Juwelen, die mit dir ausgesetzt wurden – vergiß es ja nicht! –, bewahre vor allem den Ring, den mir dein Vater, als er um mich anhielt, schenkte. Er trägt das königliche Siegel und umfaßt einen Pantarbestein, der den Ring mit geheimnisvoller Kraft heiligt.

Dir das zu sagen, muß ich mich der Schrift bedienen. Denn ein böser Gott hat es mir versagt, lebend, Auge in Auge mit dir zu sprechen. Vielleicht sind meine Worte für dich wertlos und stumm und nützen dir nichts. Denn des Schicksals dunkle Wege bleiben den Menschen verborgen. Wenn du gerettet wirst, mein Kind, dessen Schönheit mir einen falschen Verdacht hätte eintragen können, werden dir diese Zeilen als Erkennungszeichen dienen. Sonst aber – was ich nie erfahren möge! – sollen sie dir eine Grabschrift sein und Tränen der Mutter auf deinem Grab.‹

Als ich dies gelesen hatte, lieber Knemon, erkannte ich voll Staunen die Hand der Götter. Freude und Schmerz erfüllten mich. In seltsamer Ergriffenheit weinte und freute ich mich zugleich. Denn die Entdeckung des Geheimnisses und die Enträtselung der Orakelsprüche stimmten mich froh. Andererseits beunruhigte mich die Sorge um die Zukunft und bedrückten mich die Unsicherheit, Ungewißheit und Wandelbarkeit des menschlichen Loses, die Charikleas Schicksal so deutlich vor Augen führte. Auch bestürmten mich die Gedanken über ihre wahre Herkunft und ihre bisher vermutete Abstammung. Ich bedachte, wie weit sie von ihrer Heimat verschlagen war, daß sie als angenommenes Kind galt und den Adel ihrer Abstammung aus dem äthiopischen Königshause eingebüßt hatte.

Lange stand ich unschlüssig. Kummervoll blickte ich auf die vergangenen Ereignisse zurück und wagte nicht, mich der kommenden zu freuen, bis ich meine Vernunft wieder in die Gewalt bekam und den Entschluß faßte, nicht zu zögern, sondern tatkräftig zu handeln.

Ich ging zu Chariklea und fand sie allein. Die Leidenschaft hatte sie überwältigt. Wohl zwang sie sich mit Aufbietung aller Willenskraft zur Selbstbeherrschung, aber der erschöpfte Körper gab dem Leiden nach und war zu schwach, den heftigen Anfällen Widerstand zu leisten.

Ich entfernte erst die Anwesenden und gab Anweisung, niemand solle uns stören, da ich das Mädchen durch Gebete und Beschwörungen behandeln wolle. Dann sprach ich mit ihr.

›Nun ist es an der Zeit, Chariklea, daß du sagst, woran du leidest, wie du es mir übrigens gestern versprochen hast. Es ist zwecklos, dich länger einem Manne zu verschließen, der dir wohlwill und, auch wenn du dich in Schweigen hüllst, alles zu durchschauen vermag.‹

Sie faßte meine Hand und küßte sie unter Tränen.

›Weiser Kalasiris‹, antwortete sie, ›gönne mir doch das eine, laß mich stumm leiden. Da du ja meine Krankheit von selbst zu erkennen vermagst, erspare mir wenigstens die Verlegenheit und laß mich verbergen, was peinlich zu leiden, peinlicher noch auszusprechen ist. So schwer ich an meinem Leiden trage, das jetzt zum vollen Durchbruch gekommen ist, mehr noch schmerzt mich, es nicht von Anfang an unterdrückt, sondern einer Leidenschaft nachgegeben zu haben, die ich bisher stets verabscheute und deren Erwähnung schon das heilige Wort Jungfräulichkeit entweiht.‹

›Meine Tochter‹, sagte ich, um ihr Mut zu machen, ›aus zwei Gründen tust du recht daran, dein Geheimnis zu wahren. Einmal brauche ich nicht zu erfahren, was ich durch meine Sehergabe längst weiß. Und es ist nur natürlich, daß du dich scheust, das auszusprechen, was einer Frau eher zu verbergen ansteht. Da du aber nun einmal Liebe empfindest und der Anblick des Theagenes dich bezwungen hat – das hat mir die Stimme der Götter offenbart –, so denke daran, du bist nicht die erste und einzige, die von dieser Leidenschaft erfaßt wurde, du teilst dieses Schicksal mit vielen edlen Frauen und vielen sonst vernünftigen jungen Mädchen. Denn Eros ist der mächtigste aller Götter und hat, sagt man, selbst die Götter in seiner Gewalt. Überlege nun, wie du am besten mit deiner Lage fertig wirst. Mag es ein Glück sein, von der Liebe überhaupt verschont zu bleiben, so ist es das Klügste, wenn sie einen ergriffen hat, seine Neigung durch Besonnenheit zu zügeln. Es liegt, wenn du dich mir anvertrauen willst, ganz in deiner Hand, das peinliche Wort Sinnlichkeit zu vermeiden und durch eine gesetzmäßige Verbindung deine Leidenschaft in eine Ehe zu verwandeln.‹

Meine Worte trieben ihr den Schweiß auf die Stirn, Knemon, und erregten in ihr die verschiedensten Empfindungen. Mit der offensichtlichen Freude mischten sich Hoffnung auf Erfüllung ihrer Wünsche und Scham über die gezeigte Schwäche.

Als sie eine Weile geschwiegen hatte, sagte sie:

›Du sprichst von Ehe, Väterchen, und suchst mich dafür zu gewinnen, als stände es fest, daß mein Vater seine Einwilligung gibt und auch mein Feind gleichen Willens ist.‹

›Was den jungen Mann angeht‹, erwiderte ich, ›so bin ich meiner Sache sicher. Er ist vielleicht noch mehr in Liebesbanden als du und von den gleichen Gefühlen bewegt. Wie es scheint, haben sich eure Seelen gleich bei der ersten Begegnung gefunden und sind der gleichen Leidenschaft verfallen. Auch habe ich dir zuliebe mittels meiner Künste seine Liebe noch gesteigert. Dein vermeintlicher Vater hat freilich einen anderen Bräutigam für dich bereit, den Alkamenes, den du ja kennst.‹

›Für Alkamenes mag er lieber mein Grab als meine Hand bestimmen‹, erwiderte sie. ›Denn mich wird Theagenes heimführen oder ein schlimmes Schicksal ereilen. Daß Charikles aber nicht mein Vater ist, sondern nur als solcher gilt, woher weißt du das bitte?‹

›Durch dies hier‹, antwortete ich und zeigte ihr das Stirnband.

›Woher hast du es? Wie bist du dazu gekommen? Seit er mich in Ägypten von dem Manne, der mich aufzog, unter mir unbekannten Umständen bekam und hierherbrachte, hielt er es in einem Kästchen verwahrt, damit es nicht durch die Zeit litte.‹

›Wie ich dazu gekommen bin‹, erwiderte ich, ›sollst du später erfahren. Erst sag mir einmal, weißt du, was darauf geschrieben steht?‹

Sie wisse es nicht, erklärte sie, woher solle sie es wissen?

›Es gibt Aufschluß über deine Herkunft‹, sagte ich, ›dein Vaterland und dein Schicksal.‹

Da sie mich beschwor, ihr zu entdecken, was ich wisse, sagte ich ihr alles, indem ich den Text Wort für Wort mit ihr durchging und getreu übersetzte.

Als sie erfahren hatte, wer sie war, und durch die Kenntnis ihrer Abstammung selbstbewußter in mich drang, was sie tun solle, begann ich meinen Plan deutlicher zu entwickeln und gab ihr ein genaues Bild vom Stand der Dinge.

›Ich kam nach Äthiopien, meine Tochter‹, sagte ich, ›um mich über die Weisheit des Landes zu unterrichten. Dabei lernte ich auch deine Mutter Persinna kennen. Denn der königliche Hof zeigte sich von jeher dem Stande der Gelehrten wohlgesinnt. Überdies genoß ich besonderes Ansehen, weil ich dem Wissen der Ägypter durch die Verbindung mit dem der Äthiopier erst die rechte Weihe gab. Als sie erfuhr, daß ich mich anschickte, heimzureisen, erzählte sie mir deine ganze Geschichte, nachdem sie mich durch einen Eid zu strengstem Stillschweigen verpflichtet hatte. Denn, wie sie mir erklärte, wagte sie sich nicht den Weisen ihres Landes anzuvertrauen. Sie bat mich, die Götter zu befragen, ob du nach deiner Aussetzung gerettet worden seiest, und dann, wo du dich befändest. Trotz allen Bemühungen habe sie in ihrem eigenen Lande nichts über ein Kind mit deinem Schicksal in Erfahrung bringen können. Nachdem ich von den Göttern alles erfahren und ihr mitgeteilt hatte, daß und wo du lebst, beschwor sie mich, dich aufzusuchen und zur Heimkehr in dein Vaterland zu bewegen. Sie sei seit deiner Geburt kinderlos geblieben und entschlossen, wenn du kämest, deinem Vater alles zu sagen. Denn sie wisse, er werde ihr Glauben schenken, da er durch die lange eheliche Gemeinschaft ihrer Treue gewiß geworden sei, und wenn er nun so ganz unverhofft sein Verlangen nach einem Kind erfüllt sehe.

So sprach sie und beschwor mich zu handeln, wobei sie mir mehrfach den Eid auf den Sonnengott abnahm, gegen den kein Weiser verstoßen darf. Ihrer Bitte und meinem Schwur zu genügen, bin ich nun hier, wenn ich auch nicht eigentlich in dieser Absicht hergekommen bin. Doch dank der göttlichen Weisung führte meine Irrfahrt zu diesem schönen Ergebnis. Seit langem schon, weißt du, bin ich in deiner Nähe. Keinen Augenblick habe ich die Sorge um dich, die dir schon längst gebührte, aus den Augen verloren, doch mußte ich schweigen. Ich wartete nur auf die Gelegenheit, das Band als Beweisstück für meine Enthüllungen in die Hände zu bekommen. Wenn du mir folgst und dich zur Flucht mit uns entschließest, bevor du von Charikles, der deine Heirat mit Alkamenes ernsthaft betreibt, wider deinen Willen zu einer unerwünschten Verbindung gezwungen wirst, liegt es in deiner Macht, Adel, Vaterland und Eltern wiederzubekommen, Theagenes, der bereit ist, uns, einerlei wohin, zu folgen, zum Gatten zu haben und das Leben in der Fremde und unter Menschen, die nicht zu dir gehören, mit der ebenbürtigen Stellung an der Seite des geliebten Gatten und Königs zu vertauschen, sofern man den Göttern und der pythischen Weissagung glauben darf.‹

Dabei rief ich ihr den Orakelspruch ins Gedächtnis und erklärte ihr seine Bedeutung. Er war ja Chariklea nicht unbekannt, zumal viele ihn im Mund führten und zu enträtseln bemüht waren.

Sie war starr vor Staunen.

›Wenn dies also der Wille der Götter ist‹, sagte sie dann, ›wie du behauptest und wie ich selbst glaube, was soll ich tun, Väterchen?‹

›Tu so‹, antwortete ich, ›als ob du in die Heirat mit Alkamenes einwilligtest.‹

›Es ist schwer‹, sagte sie, ›und auch unrecht, einem andern, wenn auch nur mit einem bloßen Versprechen, vor Theagenes den Vorzug zu geben. Da ich mich aber nun einmal den Göttern und dir, Väterchen, anvertraut habe, so erkläre mir den Zweck der Komödie und wie sie gespielt werden soll, ohne daß Ernst daraus wird.‹

›Das wird dich die Durchführung lehren‹, erwiderte ich. ›In manchen Lagen zeigen sich die Frauen, wenn man sie ihnen vorher auseinandersetzt, unsicher, während sie sich einer plötzlich an sie herantretenden Aufgabe mit ungewöhnlichem Mut gewachsen erweisen. Folge meinen Anweisungen in allen Punkten, vor allem in der Zustimmung zu Charikles' Wunsch für deine Heirat, zumal er nichts ohne meinen Rat unternehmen wird.‹

Sie versprach es. Ich ließ sie in Tränen zurück. Unmittelbar vor dem Hause bemerkte ich Charikles bekümmert und in tiefer Niedergeschlagenheit.

›Sonderbarer Mann du‹, sprach ich ihn an, ›während du dich bekränzen und froh sein und den Göttern Dankopfer bringen solltest, weil deine Wünsche erfüllt sind und Charikleas Widerstand gegen eine Heirat endlich mit vieler Mühe und dank meinen Künsten überwunden ist, bist du finster und nachdenklich und, ich weiß nicht warum, dem Weinen nahe.‹

›Wie sollte ich nicht‹, antwortete er, ›wo das Liebste, was ich besitze, vielleicht eher aus dem Leben scheiden als zur Hochzeit gehen wird, wie du behauptest, wenn man etwas auf Träume geben darf, wie sie mich schon früher und auch in der letzten Nacht geängstigt haben. Ich sah einen Adler, den Apoll aus der Hand freiließ, jäh herabstoßen, mein liebes Kind mir von der Brust reißen und ans äußerste Ende der Welt in das Reich finsterer Schatten entführen. Schließlich konnte ich nicht mehr erkennen, was aus ihr wurde, da bei der ungeheuren Entfernung mein Auge seinem Flug nicht mehr folgen konnte.‹

Aus seinen Worten erriet ich schon die wahre Bedeutung des Traumes, erwiderte aber, um ihm Mut zu machen und seinen Verdacht im Hinblick auf die zu erwartenden Ereignisse zu zerstreuen: ›Für einen Priester, noch dazu des Gottes, der am klarsten die Zukunft sieht, scheinst du dich auf die Traumdeutung nicht besonders gut zu verstehen. Deine Traumgesichte kündigen die bevorstehende Hochzeit deiner Tochter an, weisen durch den Adler auf den Bräutigam hin, der sie heimführen wird, und künden die freudige Zustimmung Apolls, der ihr den Gatten mit eigener Hand zuführt. Und du bist bei dieser frohen Ankündigung verdrossen und gibst dem Traum eine trübe Deutung! Nein, Charikles, hüten wir uns vor jedem Wort, das Unglück bedeutet, laß uns dem Willen der mächtigen Götter folgen und es uns angelegen sein, das Mädchen noch mehr zu gewinnen.‹

Auf seine Frage, was zu tun sei, um sie noch willfähriger zu machen, antwortete ich:

›Wenn du irgendeine besondere Kostbarkeit hast, ein Kleid aus Goldbrokat oder einen wertvollen Halsschmuck, so bringe es ihr als angebliches Geschenk ihres Bräutigams und beschwichtige damit ihren letzten Widerstand. Auf Frauen üben Gold und Juwelen einen unwiderstehlichen Zauber aus. Auch sollst du die nötigen Vorbereitungen für das Fest treffen. Man muß die Hochzeit beschleunigen, solange die durch meine Kunst erzwungene Geneigtheit des Mädchens anhält.‹

›Verlaß dich darauf‹, rief er, ›daß ich es an nichts fehlen lassen werde!‹ Er eilte freudig beschwingt fort, um seine Worte in die Tat umzusetzen. Wie ich später erfuhr, befolgte er unverzüglich meinen Rat und brachte Chariklea außer kostbaren Kleidern auch die äthiopischen Schmucksachen, welche Persinna als Erkennungszeichen mit ihr ausgesetzt hatte, als angebliche Hochzeitsgeschenke des Alkamenes.

Sobald ich Theagenes traf, fragte ich ihn nach seinen Landsleuten, die mit ihm am Festzug teilgenommen hatten. Die Mädchen, sagte er, seien schon auf dem Heimwege. Man habe sie, weil sie langsamer gingen, vorausgeschickt. Die jungen Männer seien kaum noch zu halten, sie gäben keine Ruhe und verlangten heimzukehren. Auf diese Nachricht gab ich ihm Anweisungen, was er ihnen sagen und was er selber tun solle, ermahnte ihn, auf das Zeichen zu achten, das ich ihm zur Zeit und Stunde geben würde, verließ ihn und eilte nach dem Tempel des pythischen Gottes, um von ihm einen Wink für die gemeinsame Flucht mit den jungen Leuten zu erbitten. Aber der Gott ist noch schneller als jeder Gedanke. Er beschleunigt durch seine Hilfe das, was ihm erwünscht ist, und kommt oft auch ohne Anrufung gnädig der Bitte zuvor. So beantwortete auch in diesem Falle Apoll die noch nicht an ihn gerichtete Frage und zeigte durch die Tat seine lenkende Hand.

Denn als ich im Begriff stand, meine Absichten auszuführen, und auf dem Wege zu der Priesterin war, hielten mich einige Fremde durch den Zuruf auf: ›Komm mit uns opfern, lieber Mann!‹

Sie schickten sich eben unter Flötenspiel zu einem Opfermahl zu Ehren des Herakles an. Auf ihren Anruf blieb ich stehen. Solch einen Wink des Gottes durfte ich nicht übersehen. Als ich Weihrauch verbrannte und reines Wasser spendete, schienen sie verwundert über meine kostbaren Opfergaben. Trotzdem luden sie mich ein, an ihrem Mahl teilzunehmen. Ich nahm an, ließ mich auf dem Lager nieder, das sie für Gäste mit Myrten und Lorbeer überstreut hatten, und verzehrte die gewohnten Speisen.

›Meine Freunde‹, sagte ich dann zu ihnen, ›zu einem erfreulichen Mahl fehlt nichts mehr. Aber noch habe ich nichts über euch gehört. Jetzt müßt ihr mir erzählen, wer und woher ihr seid. Schon bei ungebildeten Leuten ist es, glaube ich, üblich, wenn man gemeinsam den Göttern geopfert und geschmaust hat, nicht auseinanderzugehen, ohne sich gegenseitig näher kennengelernt und bei dem heiligen Salz Freundschaft geschlossen zu haben.‹

Da erzählten sie, sie seien Phönizier aus Tyros, von Beruf Kaufleute, und befänden sich auf der Fahrt nach Karthago in Libyen mit einem großen Frachtschiff und einer Ladung indischer, äthiopischer und phönizischer Waren. Vorher feierten sie dieses Siegesmahl aus Dank für den tyrischen Herakles. Der junge Mann mir gegenüber an der Tafel, auf den sie wiesen, habe nämlich den Preis im Ringkampf gewonnen und Tyros den Sieg über die anderen griechischen Städte verschafft.

›Als wir um Malea gesegelt waren‹, erzählten sie weiter, ›und wegen der ungünstigen Winde in Kephallenia ankern mußten, versicherte er uns, unser Landesgott habe ihm im Traum seinen bevorstehenden Sieg bei den pythischen Spielen angezeigt, und überredete uns dadurch, von dem geplanten Kurs abzuweichen und hier zu landen. Nun haben die Ereignisse die Weissagung bestätigt. Er, der bisher nur Kaufmann war, ist nun der berühmte Sieger in den pythischen Spielen. Jetzt gibt er dem Gott zu Ehren, der ihm den Sieg voraussagte, dieses Mahl, um ihm für den Sieg zu danken und zugleich um glückliche Fahrt zu bitten. Denn morgen früh wollen wir, wenn wir günstigen Wind haben, wieder in See gehen, guter Freund.‹

›Werdet ihr das bestimmt?‹ fragte ich.

›Aber gewiß‹, antworteten sie.

›Dann könnt ihr mich als Fahrgast mitnehmen, wenn es euch recht ist. Ich muß nämlich geschäftlich nach Sizilien reisen, und die Insel liegt ja auf eurem Wege nach Libyen.‹

›Ist dies deine Absicht‹, sagten sie, ›so soll es uns nur recht und ein gutes Omen sein, wenn ein Weiser, ein Grieche und, wie wir wohl richtig vermuten, ein von den Göttern gern gesehener Mann mit uns fährt.‹

›Gern‹, erwiderte ich, ›falls ihr mir einen Tag zur Vorbereitung bewilligt.‹

›Du sollst den morgigen Tag dazu haben‹, entgegneten sie, ›nur mußt du dich gegen Abend am Meer einfinden. Denn die Nächte begünstigen die Fahrt, weil dann die vom Festland wehenden Winde das Schiff bei ruhiger See vorwärtstreiben.‹

So also verabredete ich es mit ihnen und ließ mir noch eidlich zusichern, daß sie nicht früher abfahren würden. Dann überließ ich sie ihrer Musik und ihren Tänzen, die sie unter Flötenbegleitung zum schnellen Takt einer assyrischen Melodie aufführten, indem sie bald in leichten Sprüngen hochschnellten, bald, auf den Boden gekauert, den ganzen Körper wie Besessene herumwirbelten.

Ich begab mich zuerst zu Chariklea, welche die Schmucksachen, die ihr Charikles gegeben, trug und betrachtete, darauf zu Theagenes. Nachdem ich beiden eingeprägt hatte, wie sie sich zu verhalten hätten, eilte ich nach Hause und wartete den Verlauf der Ereignisse ab.

Es geschah dann folgendes. Um Mitternacht, als die Stadt tief im Schlafe lag, umstellte eine Schar von Bewaffneten die Wohnung Charikleas. Der Anführer bei diesem Liebeshandstreich war Theagenes, der die jungen Männer des Festzuges zu einem Trupp vereinigt hatte. Unter plötzlichem, wildem Geschrei und ohrenbetäubendem Lärm der Schilde drangen sie mit brennenden Fackeln in das Haus ein – mühelos hatten sie die Tür erbrochen, die absichtlich nur schlecht verschlossen war – und entführten Chariklea, die, darauf vorbereitet und im voraus genau unterrichtet, sich willig der Gewalt fügte. Zugleich nahmen sie noch viele Gegenstände mit, wie es ihnen das junge Mädchen angab. Als sie das Haus wieder verlassen hatten, stießen sie Kampfrufe aus und vollführten durch Aneinanderschlagen der Schilde einen wilden Lärm. Dabei zogen sie durch die ganze Stadt. Sie versetzten dadurch die Einwohner in namenlose Angst, um so mehr, als die nächtliche Stunde die Wirkung des Schreckens verstärkte und der Parnaß den Lärm der Stimmen und Waffen durch sein Echo verdoppelte.

So zogen sie durch Delphi, wobei sie abwechselnd und ohne Aufhören Charikleas Namen riefen. Als sie aus der Stadt heraus waren, ritten sie, so schnell sie konnten, in Richtung der lokrischen Berge und des Oeta davon. Wie verabredet, blieben dort Theagenes und Chariklea zurück und flüchteten heimlich zu mir. Sie warfen sich mir zu Füßen, hielten meine Knie umschlungen und riefen immer wieder: ›Hilf uns, lieber Vater!‹

Mehr vermochte Chariklea, den Blick zu Boden gerichtet und verlegen über ihr neuerliches Tun, nicht zu sagen, während Theagenes noch weitere flehentliche Worte fand.

›Rette uns, lieber Kalasiris‹, rief er, ›die fremd und heimatlos bitten, die alles im Stich ließen, um einander zu gewinnen. Rette uns, die wir von jetzt an ein Spielball der Launen des Schicksals sind, uns Gefangene einer reinen Liebe, uns freiwillig, aber schuldlos Verbannte, die wir Zuversicht und Vertrauen in deine Hilfe setzen.‹

Von seinen Worten gerührt, weinte ich. Es waren mehr Tränen des Herzens als der Augen, so daß sie es nicht merkten. Mir aber verschaffte es Erleichterung.

Ich hieß sie aufstehen und sprach ihnen Mut zu. Ich machte ihnen Hoffnung für die Zukunft, da ja der Anfang von dem Gott begünstigt sei.

›Ich gehe jetzt‹, sagte ich, ›um das Nötige zu tun. Wartet hier auf mich und paßt vor allem auf, daß euch niemand sieht!‹

Mit diesen Worten wandte ich mich zum Gehen. Doch Chariklea faßte meinen Mantel und hielt mich fest.

›Lieber Vater‹, sagte sie, ›das wäre der Anfang eines Unrechts oder richtiger eines Verrats, wenn du mich allein läßt und Theagenes auslieferst, ohne zu bedenken, was für ein unzuverlässiger Hüter ein Liebhaber ist, wenn er die Geliebte in seiner Macht hat und obendrein niemand da ist, der ihn zur Zurückhaltung nötigt. Seine Leidenschaft wird sicher noch heftiger aufflammen, wenn die Geliebte ihm schutzlos überlassen ist. Ich lasse dich deshalb nicht eher los, als bis ich für jetzt und noch mehr für die Zukunft durch einen Schwur des Theagenes sicher bin, daß er nichts von mir verlangen wird, bevor ich meine Familie und meine Heimat wiedergefunden habe oder, falls dies die Götter versagen, nur mit meiner ausdrücklichen Einwilligung mich zu seiner Frau macht, sonst aber unter keinen Umständen.‹

Da mir ihre Worte Achtung abnötigten und ich es so ganz richtig fand, zündete ich auf dem Herd als Altar Feuer an und verbrannte Weihrauch. Theagenes schwur, doch beklagte er sich, der ihm auferlegte Eid kränke ihn und stelle die Vertrauenswürdigkeit seines Charakters in Frage. Nun könne er seine aus freiem Entschluß anständige Gesinnung nicht erweisen, da sie nur durch die Furcht vor den Göttern erzwungen scheine. Gleichwohl schwur er beim pythischen Apoll, bei Artemis, Aphrodite und allen Göttern der Liebe, alles getreulich zu tun, was Chariklea wünsche und verlange.

Während sich die beiden unter Anrufung der Götter Gelöbnisse gaben, eilte ich zu Charikles und fand das Haus voll Aufregung und Jammer. Bediente waren gekommen und hatten bereits die Entführung des Mädchens gemeldet. Eine Anzahl Bürger hatte sich eingefunden und umstand ohne Kenntnis der näheren Umstände und vollkommen ratlos, was zu unternehmen sei, den weinenden Charikles.

Ich rief ihnen laut zu: ›Ihr Unseligen, soll man euch für völlige Narren halten, daß ihr stumm und untätig herumsteht, als hättet ihr durch das Unglück den Kopf verloren? Wollt ihr nicht die Waffen nehmen und die Feinde verfolgen? Wollt ihr nicht die Schurken fangen und bestrafen?‹

›Vielleicht ist es zwecklos‹, entgegnete Charikles, ›gegen das Schicksal anzukämpfen. Ich sehe ein, daß der Zorn der Götter mir diese Strafe auferlegt. Der Gott hat sie mir schon verkündet, als ich in später Stunde das Allerheiligste betrat und meine Augen sahen, was sie nicht sehen durften. Dafür muß ich durch den Verlust des Liebsten, was ich habe, büßen. Immerhin hindert nichts, sogar gegen das Schicksal anzukämpfen, wie es heißt, wüßten wir nur, wen wir zu verfolgen haben und wer uns diesen harten Schlag zugefügt hat.‹

›Der Thessalier war es‹, rief ich, ›den du so hochschätztest und mit dem du auch mich bekannt gemacht hast, Theagenes mit seinen Burschen. Von allen, die gestern abend noch hier waren, wirst du jetzt keinen mehr in der Stadt finden. Steh also auf und rufe die Bevölkerung zur Ratsversammlung.‹

So geschah es. Die Bezirksvorsteher ließen durch Trompetensignale die Einwohner zusammenrufen. Sie erschienen sofort und machten das Theater zum Schauplatz einer nächtlichen Beratung.

Als Charikles, schwarz gekleidet, Gesicht und Haupt mit Asche bestreut, vortrat, erregte schon sein Anblick lebhaftes Mitgefühl. Er hielt folgende Ansprache:

›Vielleicht glaubt ihr, Delphier, angesichts der Größe meines Unglücks, ich hätte diese Versammlung einberufen und stünde vor euch, um euch meinen Fall zu berichten. Das ist nicht meine Absicht. Was ich durchmache, ist zwar viel schlimmer als der Tod. Einsam wie ich von jetzt an sein werde und von Gott verlassen, bleibt mir nur mein ödes Haus ohne die mir liebsten Menschen. Dennoch läßt mich der allen Menschen innewohnende Wahn törichter Hoffnung ausharren und lockt mich durch die Aussicht, ich könnte meine Tochter wiederfinden, mehr noch der Gedanke an die Stadt, die ich an ihren Beleidigern gerächt sehen möchte, es sei denn, auch euer stolzer Freiheitssinn und die Empörung um Heimat und heimische Götter wären von den thessalischen Burschen entführt worden. Denn das ist von allem das Empörendste, daß ein paar Tanzburschen, Statisten des Festzuges, die erste Stadt Griechenlands mit Füßen getreten und den Apollontempel seines kostbarsten Schatzes beraubt haben, meiner Chariklea, des Glückes meiner Augen! Wie unerbittlich spielt mir das Schicksal mit! Es löschte, wie ihr wißt, das Leben meiner leiblichen Tochter mit den Hochzeitsfackeln aus, entriß mir im frischen Schmerz darüber auch ihre Mutter und trieb mich aus der Heimat. Doch all das schien mir erträglich, seitdem ich Chariklea gefunden hatte, Chariklea, die mir Leben, Hoffnung, Kind und Erbin war, Chariklea, meinen einzigen Trost und sozusagen den Anker meines Daseins. Und sie packte der Sturm, der über mich hereinbrach, und riß sie fort, nicht durch irgendeinen Zufall, sondern wie zum Hohn mit grausamer Bosheit beinahe aus dem Hochzeitsbett, da euch allen schon die bevorstehende Vermählung angezeigt war.‹

Er sprach noch und überließ sich ganz seinen Klagen, da unterbrach ihn ziemlich schroff der Stratege Hegesias und nahm selbst das Wort.

›Mitbürger‹, sagte er, ›Charikles steht es frei, jetzt und noch länger seinen Kummer ausströmen zu lassen. Wir aber wollen nicht in seinem Unglück mit untergehen, noch von der Flut seiner Tränen uns fortschwemmen lassen und so die kostbare Zeit versäumen, auf die es überall im Kriege, aber ganz besonders jetzt ankommt. Wenn wir unmittelbar nach der Versammlung hier ausrücken, so können wir hoffen, die Feinde einzuholen, da sie in der Annahme, wir träfen noch Vorbereitungen, ein gemächliches Marschtempo einschlagen dürften. Wenn wir aber hier uns etwas vorjammern oder, besser gesagt, vorheulen wie die Weiber und ihnen durch unser Zögern einen Vorsprung geben, so können wir uns bloß auslachen lassen und dies noch von jungen Burschen. Meiner Meinung nach müssen wir sie so schnell wie möglich zu fassen kriegen und aufhängen und ihre Nachkommen ächten, diese Strafe aber auf den ganzen Stamm ausdehnen. Das wird keine Schwierigkeit machen, wenn wir die Thessalier gegen die Burschen, die uns entkommen sollten, wie gegen ihre Angehörigen aufbringen durch ein Gesetz, das ihnen in Zukunft die Abhaltung des Festzuges und des Totenkults verbietet und deren Veranstaltung auf Kosten unseres Staates bestimmt.‹

Als dieser Antrag beifällig aufgenommen und durch Volksbeschluß zum Gesetz gemacht worden war, rief Hegesias:

›Wenn es euch recht ist, soll gleich noch zum Beschluß erhoben werden, daß in Zukunft die Priesterin sich nie wieder den Teilnehmern des Waffenlaufes zeigen darf. Denn vermutlich gab dieser Umstand den eigentlichen Anstoß zu Theagenes' Schandtat und erweckte vom ersten Augenblick an in ihm den Gedanken an eine Entführung. Es scheint deshalb ratsam, derartigen Vorkommnissen für die Zukunft vorzubeugen.‹

Als auch dies einstimmig durch Handaufheben beschlossen war, gab Hegesias das Zeichen zum Abmarsch. Die Trompete blies Alarm, und die Versammlung löste sich auf, um in den Kampf zu ziehen. Vom Platz aus rückte ein ununterbrochener Zug nicht nur von waffenfähigen, kräftigen jungen Männern, sondern auch von Knaben und Halbwüchsigen, die das fehlende Alter durch Kampflust und Kühnheit auszugleichen suchten, ins Feld.

Selbst viele Frauen, deren Geist männlicher war als ihr Körper, nahmen den ersten besten Gegenstand als Waffe und liefen hinterher, wenn auch zwecklos, da die dem weiblichen Geschlecht eigene Schwäche sie bald die Grenzen ihrer Kraft erkennen ließ. Auch sah man Greise gegen ihr Alter ankämpfen, deren guter Wille einen schwachen Körper gleichsam vorwärts zwang und wegen seiner Schwäche mit Vorwürfen überhäufte.

So sehr litt die ganze Stadt unter dem Schmerz über Charikleas Entführung, und alles machte sich unmittelbar nach dem Alarm, ohne den Tagesanbruch abzuwarten, von dem gleichen Gefühl beseelt, an die gemeinsame Verfolgung.

FÜNFTES BUCH

Ganz Delphi war dabei und tat, was zu tun war. Ich weiß nichts darüber. Mir bot ihre Inanspruchnahme durch die Verfolgung jedenfalls Gelegenheit zur Flucht. Ich nahm die jungen Leute, wie sie waren, noch in der Nacht mit ans Meer und brachte sie zu dem phönizischen Schiff, das schon dabei war, die Ankertaue zu lösen. Da übrigens der Morgen bereits dämmerte, glaubten die Phönizier das mir gegebene Wort nicht zu brechen, weil sie nur versprochen hatten, einen Tag und eine Nacht auf mich zu warten. Sie begrüßten also unsere Ankunft mit großer Freude und nahmen uns auf das Schiff, das sofort abfuhr. Anfangs, bis sie aus dem Hafen heraus waren, mußten sie rudern. Als dann eine schwache Brise vom Land heraufkam und leichte Wogen hinter dem Schiff herliefen und das Heck gleichsam anlachten, hißten sie die Segel.

Bald zogen die kirrhäischen Buchten, die Ausläufer des Parnaß und die ätolischen und kalydonischen Klippen an dem Boot, das fast zu fliegen schien, vorbei. Als die Sonne sich zum Untergang neigte, tauchten die nach ihrer Gestalt benannten Spitzen Inseln und die Zakynthische See vor uns auf.

Doch weshalb spinne ich meine Erzählung zur ungeeigneten Zeit so weit aus und verliere mich unversehens auf das weite Meer der fernen Ereignisse? Hier wollen wir mit unserer Erzählung innehalten und etwas schlafen. Magst du auch unermüdlich im Zuhören sein und tapfer gegen den Schlaf ankämpfen, Knemon, so dürftest du doch vor Müdigkeit umsinken, wollte ich die Geschichte meiner Abenteuer bis in die tiefe Nacht fortsetzen. Ich selbst übrigens spüre das Alter, mein Sohn. Die Erinnerung an meine Erlebnisse greift mich an und macht mich müde.«

»So mach eine Pause, Väterchen«, sagte Knemon, »nicht weil ich nicht mehr hören möchte – ich glaube, du könntest noch Tage und Nächte weitererzählen, ohne daß es mir zuviel würde, so fesselnd und spannend finde ich die Geschichte – aber ich höre schon seit geraumer Zeit Leute im Hause rumoren und wurde dadurch beunruhigt, doch zwang ich mich zum Schweigen aus Neugier auf den weiteren Verlauf deiner Erlebnisse.«

»Ich habe nichts gehört«, erwiderte Kalasiris. »Vielleicht, weil mich das Alter schon etwas schwerhörig gemacht hat – es schwächt ja auch das Gehör –, vielleicht war ich völlig in meine Erzählung vertieft. Da kommt schon Nausikles, wie es scheint, der Herr des Hauses. Götter, was mag er ausgerichtet haben?«

»Alles, was ich wollte«, rief Nausikles und trat unversehens ein. »Ich habe wohl bemerkt, mein lieber Kalasiris, daß du dich meiner Angelegenheiten angenommen und mich wie ein guter Geist auf meinem Wege begleitet hast. Das habe ich auch jetzt wieder einmal aus deiner Äußerung festgestellt, die ich eben bei meinem Eintritt noch mitgehört habe. Doch wer ist dieser Gast?«

»Ein Grieche«, antwortete Kalasiris, »das Weitere sollst du später erfahren. Berichte erst einmal rasch, was du ausgerichtet hast, damit wir deine Freude teilen können.«

»Auch ihr sollt das im einzelnen morgen zu hören bekommen«, entgegnete Nausikles. »Im Augenblick mag es euch genügen zu erfahren, daß ich eine bessere Thisbe gefunden habe. Erst muß ich mich von den Anstrengungen des Marsches und den übrigen Aufregungen durch etwas Schlaf erholen.«

Er entfernte sich, um sein Vorhaben auszuführen. Knemon war durch die Erwähnung Thisbes wie vor den Kopf geschlagen. Ratlos, was er tun solle, zergrübelte er sein Hirn während des Restes der Nacht und stöhnte dabei ständig so laut, daß schließlich Kalasiris aufmerksam wurde, trotz dem tiefen Schlafe, in den er versunken war. Der alte Mann richtete sich auf, stützte sich auf den Ellenbogen und fragte, was ihm sei und weshalb er sich so seltsam gebärde, daß man meinen könne, er sei irre.

»Muß ich nicht irre werden«, erwiderte Knemon, »wo ich gehört habe, daß Thisbe am Leben ist?«

»Und wer ist diese Thisbe?« fragte Kalasiris. »Woher kennst du sie und was kümmert dich die Nachricht, daß sie lebt?«

»Das sollst du ein anderes Mal erfahren«, erwiderte Knemon, »wenn ich dir meine eigene Geschichte erzähle. Jedenfalls habe ich sie mit meinen Augen ermordet gesehen und mit meinen eigenen Händen bei den Räuberhirten bestattet.«

»Schlaf nur«, meinte Kalasiris. »Was es damit auf sich hat, werden wir bald hören.«

»Ich kann nicht«, entgegnete Knemon. »Bleib du nur ruhig liegen. Ich komme um, wenn ich nicht gleich aufstehe und irgendwie herausbringe, welcher Täuschung Nausikles erlegen ist oder wie es kommt, daß bei den Ägyptern die Toten auferstehen.«

Kalasiris lächelte leicht und schlief wieder ein. Knemon verließ das Zimmer.

Es erging ihm, wie es jedem geht, der nachts im Finstern in einem unbekannten Hause herumirrt. Er nahm alles in Kauf, um so seine Angst und seine Unruhe um Thisbe loszuwerden. Nachdem er lange herumgetappt und mehrfach an dieselbe Stelle zurückgekehrt war, immer im Glauben, anderswo zu sein, vernahm er die Stimme einer unsichtbaren Frau, die traurig klagte wie eine Nachtigall in der Frühlingsnacht.

Er näherte sich dem Raum, zu dem ihn die Töne leiteten, legte das Ohr an die Tür, wo die beiden Flügel zusammenstießen, und lauschte. Da vernahm er folgenden Schmerzensausbruch:

»Ich Unglückliche, ich glaubte den Händen der Räuber und dem sicheren gewaltsamen Tode entronnen zu sein und fortan zwar in der Fremde ein ruheloses, aber doch mit dem geliebten Mann ein glückliches Leben führen zu können. Denn es gibt kein Unglück, das ich zusammen mit ihm nicht ertragen könnte. Aber das Schicksal, dem ich von Geburt an ausgeliefert bin, ist noch immer nicht zufrieden und hat mich nach kurzem Glück erneut betrogen. Ich glaubte der Sklaverei entgangen zu sein und bin nun wieder Sklavin. Ich glaubte der Gefangenschaft entronnen zu sein und bin wieder eine Gefangene. Auf einer Insel wurde ich im Dunkel festgehalten. Jetzt geht es mir wieder so, ja tatsächlich noch schlimmer, da ich von dem Menschen, welcher mein hartes Los mildern will und kann, getrennt bin. Bis gestern war ein Räuberschlupfwinkel mein Aufenthalt, war eine unterirdische Höhle, nicht viel besser als ein Grab, meine Wohnung. Aber die Gegenwart meines Geliebten machte mir auch das erträglich. Dort klagte er um mich, die noch lebte, weinte um mich, wie um eine Tote, und betrauerte mich, die er ermordet glaubte. Nun habe ich auch diesen Trost verloren. Er ist fort, mein Leidensgefährte, der die Last des Unglücks mit mir trug. Allein und verlassen, gefangen und schmerzerfüllt, der Laune eines harten Schicksals ausgeliefert, läßt mich nur die Hoffnung, daß mein Geliebter noch lebt, das Leben ertragen. Wo magst du sein, mein Herz? Was für ein Schicksal hat dich getroffen? Vielleicht bist auch du ein Sklave, du freier und nur der Liebe untertaner Geist! Ach, wenn du nur am Leben bliebest und deine Thisbe wiedersähest! Denn diesen Namen wirst du mir geben müssen, magst du auch nicht wollen.«

Als Knemon dies vernahm, konnte er sich nicht länger halten und hörte erst gar nicht weiter zu. Die ersten Sätze hatten ihn anderes vermuten lassen, aus den Schlußworten aber gewann er die Überzeugung, daß es tatsächlich Thisbe sei. Es fehlte nicht viel, und er wäre vor der Tür niedergestürzt. Doch hielt er sich mühsam aufrecht, aus Angst ertappt zu werden – die Hähne krähten schon das zweite Mal – und wankte davon.

Er stieß mit den Füßen bald hier an, bald rannte er dort mit dem Körper gegen die Wand und prallte mit dem Kopf gegen einen Türbalken oder ein von der Decke hängendes Gerät, bis er nach langem Herumirren in das von ihnen bewohnte Zimmer gelangte. Dort ließ er sich auf sein Bett fallen. Er zitterte am ganzen Körper. Seine Zähne schlugen laut aufeinander. Sein Zustand hätte gefährliche Formen angenommen, hätte Kalasiris nichts bemerkt, ihn nicht in die Arme genommen und ihm gut zugeredet. Nachdem er sich etwas gefaßt hatte, erkundigte sich Kalasiris nach der Ursache.

»Ich bin verloren!« jammerte er. »Die verruchte Thisbe lebt tatsächlich.«

Wieder sank er ohnmächtig zusammen. Kalasiris hatte alle Mühe, ihn zu sich zu bringen.

So narrte ihn ein Dämon, der auch sonst manchmal mit dem Menschen sein Spiel und seinen Spott treibt und ihn auch erfreuliche Dinge nicht ungestört genießen läßt, sondern selbst in die noch kommende Freude schon irgendeinen Schmerz mischt. Mag sein, daß dies so seine Art ist, wie er auch in diesem Falle bewies, oder daß die menschliche Natur keine ungetrübte, reine Freude verträgt.

So floh auch Knemon damals vor dem, was er mehr als alles andre in der Welt herbeisehnte, und erschrak vor dem, was ihm der liebste Anblick gewesen wäre. Die jammernde Frau war gar nicht Thisbe, sondern – Chariklea. Es war ihr so ergangen:

Als Thyamis lebend gefangengenommen und als Gefangener abgeführt, die Insel in Brand gesteckt und von den auf ihr wohnenden Räubern verlassen worden war, fuhren Knemon und Thermuthis, der Schildträger des Thyamis, in der Morgenfrühe über den See, um zu erkunden, was die Feinde mit dem Anführer gemacht hatten. Was sie dabei erlebten, ist schon erzählt worden.

Theagenes und Chariklea, die allein in der Höhle zurückgeblieben waren, sahen sich für die eben erlittenen Schrekken durch höchstes Glück belohnt. Denn zum ersten Male fanden sie sich allein und durch niemandes Anwesenheit gestört. Sie umarmten und küßten sich in rückhaltloser Hingabe. Alles um sich her vergessend, hielten sie sich lange fest umschlungen, als wären sie miteinander verwachsen. In reiner und unschuldiger Liebe mischten sie ihre heißen Tränen und tauschten harmlose Küsse. Wenn Chariklea merkte, daß Theagenes leidenschaftlicher und kühner wurde, wies sie ihn zurück, indem sie ihn an sein gegebenes Wort erinnerte. Er fügte sich, Sklave der Liebe oder Herr über seine Gefühle, ohne weiteres der Vernunft. Endlich fiel ihnen ein, daß sie etwas unternehmen und ihren Zärtlichkeiten ein Ende machen müßten.

»Daß wir beieinanderbleiben, meine Chariklea«, begann Theagenes, »und daß wir behalten, was uns das Liebste auf der Welt ist, um das wir alles ertragen haben, das ist unser einziger Wunsch und das mögen uns die Götter Griechenlands gewähren! Doch ist das Schicksal der Menschen unberechenbar. Es verläuft bald so, bald so. Haben wir doch schon vieles erlitten und müssen noch auf manches gefaßt sein. Jetzt aber heißt es, der Verabredung mit Knemon gemäß nach dem Dorf Chemmis eilen. Da unser weiteres Geschick noch ungewiß ist und uns offenbar noch eine unendlich weite Strecke Weges von dem Lande unserer Sehnsucht trennt, wollen wir bestimmte geheime Erkennungszeichen untereinander ausmachen, durch die wir uns unsere Anwesenheit mitteilen und, wenn wir voneinander getrennt werden sollten, uns wiederfinden können. Denn das ist eine gute Hilfe, wenn man sich verlieren sollte, ein Freundschaftszeichen, auf das man bis zum Wiederfinden achtet.«

Chariklea erklärte sich einverstanden. Sie verabredeten, falls sie auseinanderkommen sollten, so solle Theagenes auf Tempel oder auffällige Götterstandbilder oder auf Hermessäulen oder auf Steine an Kreuzwegen schreiben: »Der Pythier« und Chariklea »Die Pythierin ist nach links oder rechts, nach dieser oder jener Stadt oder Ortschaft oder Gegend gegangen«, unter Angabe von Tag und Stunde. Wenn sie aber an einem Platz zusammenträfen, so genüge für jeden der Anblick des anderen, denn keine Zeit, und sei sie noch so lang, könne das Erkennungszeichen der Liebe in ihrem Herzen auslöschen. Trotzdem zeigte Chariklea ihm noch den mit ihr ausgesetzten väterlichen Ring, Theagenes ihr die Narbe am Knie, die von einem Wildschwein herrührte. Als mündliche Parole wählte sie den Palmzweig, er die Fackel. Dann umarmten sie sich noch einmal unter Tränen – Tränen vertraten bei ihnen die Opferspende, und ihre Küsse galten ihnen als Schwüre – und verließen die Höhle, ohne ein Stück von den in ihr aufgehäuften Schätzen anzurühren. Denn durch Raub erworbener Besitz brachte ihrer Ansicht nach keinen Segen. Sie packten nur das zusammen, was sie selbst aus Delphi mitgebracht und was ihnen die Räuber abgenommen hatten. Chariklea veränderte ihr Äußeres, indem sie Schmuck, Stirnbinde und Kleid der Priesterin in eine Tasche tat, andere harmlose Dinge darüberlegte, um nicht erkannt zu werden, und ihren Bogen und Köcher Theagenes zu tragen gab, für ihn eine liebe Last und die eigenste Waffe des Gottes, dem er diente.

Als sie am Ufer anlangten und gerade ein Boot besteigen wollten, bemerkten sie eine Schar Bewaffneter, die nach der Insel übersetzten. Bei diesem Anblick hatten sie das Gefühl, als wanke der Boden unter den Füßen. Sie standen eine Weile sprachlos und regungslos, als wären sie unempfindlich geworden gegenüber dem Hohn des Schicksals. Endlich, als die sich Nähernden fast schon an Land waren, riet Chariklea, sie sollten fortlaufen und sich in der Höhle verstecken, wo man sie vielleicht nicht finden werde. Sie rannte schon los, als Theagenes sie zurückhielt.

»Wie weit sollen wir vor dem Verhängnis noch fliehen, das uns überallhin verfolgt?« rief er. »Fügen wir uns nur in das Schicksal! Wozu gegen den Strom schwimmen? Dann ersparen wir uns, zweck- und ziellos herumzuirren und uns von dem Schicksal, das uns unablässig heimsucht, verhöhnen zu lassen. Siehst du nicht, wie es der Flucht den Überfall durch die Seeräuber folgen ließ und die Schrecken des Meeres durch die Abenteuer zu Lande noch zu überbieten sucht? Erst Krieg, dann Räuber! Es macht uns zu Gefangenen, gleich darauf zu Verlassenen. Dann eröffnet es uns Aussicht auf Rettung und Flucht in die Freiheit, um uns in die Hände unserer Mörder zu liefern. Es treibt sein grausames Spiel mit unserem Unglück, als führe es ein Theaterstück mit uns auf. Warum kürzen wir die Tragödie nicht ab und geben uns unseren Mördern in die Hände? So kann es das Drama nicht übersteigern und uns zwingen, uns selbst umzubringen.«

Chariklea teilte seine Meinung nicht ganz. Seine Vorwürfe gegen das Schicksal seien berechtigt, sagte sie. Daß sie sich den Feinden freiwillig ausliefern sollten, fand sie dagegen nicht richtig. Es sei ja durchaus nicht sicher, daß sie von ihnen umgebracht werden würden. So gnädig sei der Dämon, mit dem sie zu kämpfen hätten, nicht, daß er ihnen eine schnelle Erlösung von ihrem Unglück gewähre. Man werde sie möglicherweise am Leben lassen, um sie zu Sklaven zu machen. Und sei es nicht bitterer als der Tod, der schmachvollen und berüchtigten Willkür niederträchtiger Barbaren ausgeliefert zu werden? Dem müßten sie auf jeden Fall, wenn irgendwie möglich, zu entgehen suchen und aus den früheren Erlebnissen die Hoffnung auf eine Wendung zum Guten schöpfen, da sie ja schon mehrfach in noch verzweifelteren Lagen gerettet worden seien.

»Tun wir, was du willst«, sagte Theagenes und ging hinter ihr her, als würde er mitgeschleppt.

Es gelang ihnen nicht mehr, die Höhle zu erreichen. Während sie sich nach den Herankommenden umsahen, hatten sie nicht bemerkt, daß eine Abteilung der Feinde auf der anderen Seite der Insel gelandet war und sie von hinten umzingelt hatte.

Bestürzt blieben sie stehen. Chariklea lief auf Theagenes zu, als wolle sie, wenn sie sterben müsse, wenigstens den

Tod in seinen Armen finden. Einige der Angreifer hoben die Waffen. Aber unter den Blicken des schönen jungen Paares fehlte ihnen der Mut. Ihre Arme sanken herab. Denn vor der Schönheit scheut auch die Hand des Barbaren zurück, und der Anblick der Liebe besänftigt auch das Auge des Fremden.

Sie nahmen sie also gefangen und brachten sie zu ihrem Anführer. Jeder wollte der erste sein, der ihm die wertvolle Beute brachte. Es sollte auch die einzige bleiben. Denn keiner der anderen fand irgend etwas, obwohl sie die Insel von einem Ende zum anderen durchstreiften und mit Bewaffneten wie mit einem Netz überzogen. Denn die übrigen Teile der Insel waren beim ersten Überfall durch Feuer verwüstet worden, und die Höhle, die allein verschont geblieben war, kannten sie nicht.

So wurden die beiden also zum Anführer gebracht. Es war Mitranes, der Platzkommandant des vom Großkönig ernannten Statthalters von Ägypten Oroondates. Wie schon berichtet, war er von Nausikles durch viel Geld bewogen worden, auf die Insel zu kommen, um sie nach Thisbe abzusuchen.

Als die Gefangenen, die wiederholt die Götter um Rettung anriefen, erschienen, kam Nausikles ein Einfall, der ihn als gerissenen Kaufmann zeigte. Er sprang vor und rief laut: »Da ist Thisbe, die von den niederträchtigen Räuberhirten entführt wurde. Dir, Mitranes, und den Göttern Dank, daß ich sie wiederhabe!«

Er ergriff Charikleas Hand und trug überschwengliche Freude zur Schau. Mit leiser Stimme, damit es die Umstehenden nicht merkten, und auf griechisch ermahnte er sie dabei, wenn sie gerettet werden wolle, sich als Thisbe zu bezeichnen.

Die List gelang. Da Chariklea ihn griechisch sprechen hörte, vermutete sie gleich, daß der Mann ihr helfen wolle, und ging auf seine Absicht ein, indem sie auf die Frage des Mitranes, wie sie heiße, sich als Thisbe bezeichnete.

Nausikles lief auf Mitranes zu und umarmte ihn. Er pries

sein Glück, das er wie bei vielen Kriegstaten auch bei der Durchführung des gegenwärtigen Unternehmens bewiesen habe, und schwellte die Eitelkeit des Barbaren. Durch das reichliche Lob geschmeichelt und durch die Nennung des Namens der irrigen Meinung, die Sache stimme, staunte er nur das schöne Mädchen an – denn sie glänzte auch in dem einfachen Kleide wie Mondlicht durch die Wolken –, ließ sich aber in seiner Leichtgläubigkeit durch die schlagfertige List täuschen und fand keine Zeit, sich anders zu besinnen. So sagte er:

»Da sie dir gehört, so nimm sie mit.«

Mit diesen Worten überließ er sie ihm, starrte sie aber unablässig an und gab zu erkennen, daß er nur widerwillig und weil er seine Belohnung schon im voraus bekommen hatte, auf das Mädchen Verzicht leistete.

»Der aber«, sagte er und wies auf Theagenes, »soll unsere Beute sein und unter Bedeckung mitkommen, um nach Babylon geschickt zu werden. Er ist ausgezeichnet geeignet, an der Tafel des Großkönigs aufzuwarten.«

Nach dieser Unterhaltung setzten sie wieder über den See und trennten sich. Nausikles begab sich mit Chariklea nach Chemmis, Mitranes wandte sich nach anderen ihm unterstellten Ortschaften und sandte unverzüglich Theagenes mit einem Brief an Oroondates, der sich in Memphis aufhielt. Das Schreiben lautete:

»An den Statthalter Oroondates von Mitranes, dem Platzkommandanten.

Ich habe einen jungen Griechen zum Gefangenen gemacht, der zu schade für mich und allein würdig ist, dem göttlichen Großkönig vor Augen zu treten und zu dienen. Ich schicke ihn Dir und überlasse Dir das Vergnügen, unserem gemeinsamen Herrn ein so glänzendes Geschenk zuzustellen, wie es der königliche Hof weder bisher gesehen hat noch je zu sehen bekommen wird.«

So hieß es in dem Brief. –

Der Morgen dämmerte kaum, als Kalasiris mit Knemon zu Nausikles ging, um sich über die ihm unbekannten Zusammenhänge unterrichten zu lassen. Auf seine Frage, was er ausgerichtet habe, erzählte jener ihm alles: wie er auf die Insel gekommen, sie verlassen gefunden und erst niemanden getroffen habe. Wie er dann Mitranes hinters Licht geführt und als angebliche Thisbe ein Mädchen bekommen habe, das besser sei als jene. Durch diese Fügung sei er besser dran, als wenn er die wirkliche Thisbe gefunden hätte. Der Unterschied zwischen beiden sei außerordentlich. Wenn man etwa ein göttliches Wesen einem menschlichen gegenüberstelle, so habe es nicht so viel an Schönheit voraus. Er vermöge sie nicht zu beschreiben, was übrigens überflüssig sei, da er sie ja zeigen könne.

Sie ahnten sofort die Wahrheit und baten ihn, das Mädchen sogleich kommen zu lassen. Sie sagten sich, so ungewöhnliche Schönheit könne nur Chariklea haben.

Als man sie hereinführte, hielt sie den Kopf gesenkt, und die Stirn war bis zu den Augenbrauen verhüllt. Nausikles sprach ermutigend auf sie ein, da blickte sie etwas auf: sie sah und sie wurde gesehen – eine unbeschreibliche Überraschung! Sie schrien und schluchzten wie auf ein Zeichen oder wie auf einen gleichen Schrecken gleichzeitig durcheinander. Eine Weile hörte man nur: »Mein alter Vater! Meine liebe Tochter! Also wirklich Chariklea und nicht Thisbe!«

Nur Nausikles war sprachlos. Er starrte auf Kalasiris, der weinend Chariklea im Arm hielt, und fragte sich vergebens, was diese Wiedersehensszene, einer Tragödie würdig, zu bedeuten habe, bis Kalasiris ihn an die Brust zog und umarmte.

»Du herrlicher Mann«, rief er, »dafür sollen dir die Götter alle Wünsche überreichlich erfüllen! Du bist der Retter meiner Tochter geworden, die ich schon verloren gegeben hatte! Du hast meinen Augen den schönsten Anblick verschafft. Doch du, meine Tochter, meine Chariklea, wo ließest du Theagenes?«

Sie brach in Tränen aus und vermochte erst nach einer Weile zu antworten.

»Derselbe Mann, wer er ist, weiß ich nicht, der mich diesem hier übergab, nahm ihn als Gefangenen mit.«

Kalasiris bat Nausikles um Aufklärung, was er von Theagenes wisse, wer ihn jetzt in der Gewalt und wohin man ihn gebracht habe. Nausikles erkannte, daß die beiden jungen Leute dieselben seien, von denen der alte Mann mit ihm so oft gesprochen hatte und deren Auffindung, wie er wußte, seine Klage und Irrfahrt galt. Er gab ihm einen Bericht und fügte hinzu, seine Kenntnis werde ihm nicht viel nützen, da sie arme Leute seien. Er würde sich wundern, wenn Mitranes, selbst gegen viel Geld, den jungen Mann freilasse.

»Wir haben Geld«, sagte Chariklea leise zu Kalasiris. »Biete ihm, soviel du willst. Ich habe den Halsschmuck, den du kennst, in Sicherheit gebracht und trage ihn bei mir.«

Dadurch ermutigt, doch besorgt, Nausikles möchte zu dem Vermögen Charikleas und was sie mitbringe, kein rechtes Vertrauen haben, sagte er:

»Mein guter Nausikles, der Weise hat niemals Mangel. Sein Vermögen liegt in seiner Willenskraft. Er erhält von den Göttern so viel, wie er mit Berechtigung erbittet. Deshalb sage uns nur, wo der Mann sich aufhält, der Theagenes in seiner Gewalt hat. Die Götter werden uns schon nicht im Stich lassen und uns die nötigen Mittel leihen, um die persische Habsucht zu überwinden.«

Nausikles lächelte darüber und meinte:

»Ich werde nicht eher glauben, daß du durch übernatürliche Mittel plötzlich reich werden kannst, bevor du mir Lösegeld für dieses Mädchen bezahlt hast. Es dürfte dir ja gut bekannt sein, daß der Kaufmann das Geld genau so liebt wie der Perser.«

»Das weiß ich«, erwiderte Kalasiris, »und du wirst es bekommen. Wie sollte es anders sein, wo du uns nirgends dein Wohlwollen versagst, ja unseren Bitten zuvorkommst und von selbst mir die Freilassung meiner Tochter anbietest. Doch vorher muß ich noch ein Gebet verrichten.«

»Dagegen habe ich nichts«, sagte Nausikles, »oder noch besser: da ich selbst den Göttern ein Dankopfer bringen will, wäre es schön, wenn du einverstanden wärest, daß ich daran teilnehme. Bete du zu den Göttern und bitte sie um goldenen Segen für mich; für dich brauchst du ja nur die Hand zu öffnen.«

»Mach dich nicht lustig über mich«, entgegnete Kalasiris, »und sei nicht so ungläubig. Geh nur und bereite das Nötige zum Opfer vor. Wir werden uns, wenn alles fertig ist, einfinden.«

Nach einer Weile kam einer von den Leuten des Nausikles und rief sie zur Opferhandlung. Zuversichtlich machten sie sich auf den Weg – sie hatten ihr Verhalten schon vorher verabredet – und begleiteten Nausikles und die übrigen eingeladenen Gäste. Denn er hatte ein öffentliches Opfer angesetzt. Chariklea ging mit der Tochter des Nausikles und den anderen Frauen, die sie nur durch vieles Zureden und Bitten bewogen hatten, mitzukommen. Sie hätte sich kaum überreden lassen, wenn sie nicht die Gelegenheit der Opferhandlung zu Gebeten für Theagenes wahrzunehmen gedacht hätte.

Als sie zum Tempel des Hermes gekommen waren – diesen Gott als den Beschützer der Geschäfte und der Kaufleute bevorzugte Nausikles vor den übrigen Göttern, wenn er seine religiösen Pflichten erfüllte – und als die Opfertiere geschlachtet waren, unterzog Kalasiris die Eingeweide einer flüchtigen Untersuchung, wobei der wechselnde Ausdruck seiner Mienen verriet, daß die Zukunft vielfältige Ereignisse, erfreuliche wie unerfreuliche, verhieß. Dann hob er die Hände zum Altarfeuer und zog das, was er schon bei sich trug, scheinbar aus den Flammen.

»Dieses Lösegeld für Chariklea, lieber Nausikles«, sprach er dabei, »überreichen dir die Götter durch meine Hand.«

Damit gab er ihm einen der Königsringe, ein besonders kostbares, wundervolles Stück, aus Bernstein, in dessen Fassung ein äthiopischer Amethyst funkelte. Er hatte die Größe eines Mädchenauges und übertraf an Schönheit weit die spanischen und britannischen Steine. Denn diese schimmern in einem fahlen Rot, ähnlich einer Rosenknospe, die eben ihren Kelch öffnet und zum ersten Mal die Blätter im Licht der Sonnenstrahlen entfaltet. Der äthiopische Amethyst dagegen leuchtet aus der Tiefe in frühlingshafter Reinheit. Wenn man ihn in der Hand hin und her dreht, wirft er einen goldenen Strahl, der das Auge nicht grell blendet, sondern durch seinen milden Glanz erfreut. Auch besitzt er die ihm eigentümliche Kraft in höherem Maße als die abendländischen Steine; denn er trägt seinen Namen nicht zu Unrecht, sondern macht seinen Träger tatsächlich trunkfest und erhält ihn bei Gelagen nüchtern.

Das ist die Eigenschaft aller aus Indien und Äthiopien stammenden Amethyste. Der Stein, den Kalasiris dem Nausikles gab, übertraf auch diese noch. Denn in ihn war eine lebenswahre Zeichnung eingeschnitten. Ein Knabe, der von einem niedrigen Felsen Ausschau hielt, hütete Schafe und hielt die weidende Herde durch die Töne seiner Querflöte beisammen. Folgsam schienen sie nach der Melodie der Syrinx zu grasen. Man konnte meinen, sie trügen goldene Felle, eine Wirkung, die nicht künstlich, sondern durch die eigenartige Farbbrechung des Amethyst auf dem Rücken der Tiere hervorgerufen wurde. Auch die lustigen Sprünge der Lämmer waren nachgebildet. Die einen liefen in einer Schar den Felsen hinauf, umsprangen den Hirten in lustigem Reigen und verwandelten die Felsenszenerie in ein Schäferspiel. Andere tummelten sich im Feuer des Amethyst wie im Sonnenschein und streiften im Sprunge mit den Spitzen der Klauen den Fels. Die älteren und mutigeren Tiere schienen sogar den Kreis überspringen zu wollen, woran sie freilich die kunstvolle Fassung hinderte, die sie und den Felsen wie ein goldenes Gatter umschloß. Es war wirklich ein Fels und keine Nachahmung. Denn der Künstler hatte es sich angelegen sein lassen, einen richtigen Steinsplitter anzubringen und so Stein in Stein zu fassen.

Das war der Ring, der Nausikles eine völlig unerwartete Überraschung bereitete und ihn noch mehr durch seine Kostbarkeit entzückte, schätzte er ihn doch ein ganzes Vermögen wert.

»Mein lieber Kalasiris«, rief er, »ich machte nur Spaß, und die Lösegeldforderung war nur so dahingesprochen. Meine wirkliche Absicht war, dir deine Tochter natürlich umsonst freizugeben. Da man aber, wie euer Dichter sagt, der Götter herrliche Gaben nicht verschmähen darf, so nehme ich diesen gottgegebenen Stein an, in der Überzeugung, daß ich wie gewöhnlich auch diesen Glücksgewinn Hermes, dem besten und freigebigsten der Götter, verdanke. Das ist ein Geschenk, das tatsächlich aus dem Feuer stammt. Man kann noch sehen, wie die Flamme darin lodert. Im übrigen halte ich den Gewinn für den schönsten, der dem Spender nicht weh tut und den Empfänger bereichert.« So sprach und handelte er.

Dann lud er Kalasiris und seine Begleiter zum Festessen ein. Die Frauen ließ er abgesondert im Innern des Tempels Platz nehmen, die Männer brachte er im Vorraum unter.

Als sie sich an den Gerichten gütlich getan hatten und die Tafel den Bechern das Feld räumte, stimmten die Männer ein Lied für Dionysos an und brachten ihm ein Trankopfer. Die Frauen tanzten der Demeter einen Dankesreigen. Nur Chariklea hatte sich abgesondert und widmete sich ihrer besonderen Aufgabe: einem Gebet für Rettung und Erhaltung des Theagenes.

Als die Fröhlichkeit des Gelages übersprudelte und jeder sich seinem Vergnügen hingab, reichte Nausikles dem Kalasiris eine Schale voll reinen Wassers.

»Mein lieber Kalasiris«, sprach er dabei, »mit diesem reinen Naß der Nymphen, wie du es liebst, noch unberührt von Dionysos, trinken wir auf dein Wohl. Wenn du uns aber mit der Geschichte, die wir gern hören möchten, Bescheid tätest, würdest du uns mit dem schönsten Zutrunk erfreuen. Du siehst ja, wie die Frauen in das Fest durch einen Tanz Abwechslung bringen. Uns würde die Erzählung deiner Irrfahrten, wenn du Lust hast, das Gelage ganz besonders verschönen und noch größeren Genuß bereiten als Tanz und Flötenspiel. Du weißt, wie oft du es mir versprochen und immer wieder hinausgeschoben hast, weil du noch zu sehr mit deinem Unglück zu tun hattest. Auf eine günstigere Gelegenheit als die gegenwärtige kannst du nicht warten, wo eines deiner Kinder, deine Tochter, schon gerettet und dir wieder vor Augen ist und der Sohn mit der Götter Hilfe auch bald wieder da sein wird. Vor allem aber wirst du mich nicht durch erneutes Aufschieben deiner Erzählung kränken wollen.«

»Alles Gute für dich, Nausikles«, rief Knemon dazwischen, »daß du die ganze Musik, die du für dieses Gelage aufgeboten hast, beiseite schiebst und Anspruchsloseren überläßt, um dafür geheimnisvolle Geschichten zu hören, die einen wirklich göttlichen Genuß verschaffen. Du scheinst mir das richtige Verständnis für göttliche Dinge zu besitzen, weil du Hermes mit Dionysos vereinigst und die Freuden des Weins mit dem Genuß der Unterhaltung würzen willst. So sehr ich schon den Aufwand deines Opferfestes bewundert habe, eine größere Ehre kann man dem Hermes nicht bezeigen, als wenn man das Festmahl mit der ihm ganz besonders eigenen Gabe der Rede auszeichnet.«

Kalasiris willigte ein, teils Knemon zu Gefallen, teils weil er Nausikles, den er später vielleicht noch einmal nötig hatte, freundlich stimmen wollte, und erzählte alles: die ersten Ereignisse und, was Knemon schon wußte, nur kurz und in gedrängter Übersicht, wobei er einiges überging, was seiner Ansicht nach Nausikles besser nicht erfuhr. Das andere, was er noch nicht erzählt hatte und was sich an das bereits Erwähnte anschloß, begann er an dem Punkte, wo sie das phönizische Frachtschiff bestiegen hatten und den Delphiern entkommen waren. Anfangs sei die Fahrt nach Wunsch verlaufen, begünstigt durch einen sanften Rückenwind. In der kalydonischen Meerenge habe die dort gewöhnlich unruhige See ihnen nicht geringe Schwierigkeiten bereitet.

An dieser Stelle bat ihn Knemon, nicht einfach darüber hinwegzugehen, sondern zu erklären, wenn er es wisse, weshalb die See in dieser Gegend gewöhnlich unruhig sei.

»Das weite Ionische Meer«, erklärte Kalasiris, »verengt sich hier und strömt wie aus einer Mündung in den Krisäischen Golf, wird aber in der Eile, sich mit dem Ägäischen Meer zu vereinigen, durch die Landenge des Peloponnes gehemmt, wie mir dünkt, durch göttliche Vorsehung, um die Überflutung des gegenüberliegenden Landes durch den Damm der Landenge zu verhindern. Infolgedessen fließt das Wasser zurück und staut sich in der Meerenge stärker als im übrigen Golf, weil die anlaufende Flut immer wieder auf den Rückstrom trifft. Dadurch entsteht eine gewaltige Bewegung der aufeinanderprallenden Wassermassen, die sich zu Wellenbergen türmen.«

Diese Erklärung fand die Zustimmung und den Beifall der Anwesenden, die ihre Glaubwürdigkeit bezeugten.

Darauf fuhr Kalasiris in seinem Berichte fort.

»Nachdem wir also die Meerenge passiert und die Spitzen Inseln aus dem Auge verloren hatten, glaubten wir am Horizont das Vorgebirge von Zakynthos zu erblicken, das wie eine dunkle Wolke vor unseren Augen auftauchte. Da befahl der Steuermann, die Segel zu reffen. Auf unsere Frage, weshalb er die Fahrtgeschwindigkeit des vom Winde begünstigten Schiffes herabsetze, gab er zur Antwort: ›Wenn wir den segelschwellenden Wind ausnutzten, würden wir um die erste Nachtwache die Insel erreichen und Gefahr laufen, in der Dunkelheit auf Klippen oder Unterwasserriffe aufzulaufen. Es ist also ratsam, die Nacht auf dem hohen Meere zuzubringen und bei kleinen Segeln gerade so viel Fahrt zu machen, um nach ungefährer Berechnung bei Tagesanbruch in die Nähe der Küste zu kommen.‹

Es kam so, wie der Steuermann sagte, und bei Sonnenaufgang gingen wir vor Anker. Die Inselbewohner, die am Hafen, unweit der Stadt, ansässig waren, liefen zusammen, um das ungewöhnliche Ereignis zu sehen. Sie bewunderten sichtlich die Wendigkeit, die schöne Bauart und Größe des Schiffes, Eigenschaften, an denen sie, wie sie sagten, die phönizische Schiffsbaukunst erkannten. Am meisten staunten sie über das außerordentliche Glück, mit dem wir im Winter nach Untergang der Plejaden unsere Fahrt ruhig und ohne Schaden zurückgelegt hatten.

Noch während das Heck am Ufer vertäut wurde, verließen so gut wie alle das Schiff und stiegen zur Stadt Zakynthos hinauf, um Einkäufe zu machen.

Ich hatte von dem Steuermann erfahren, daß sie auf der Insel überwintern wollten, und ging deshalb an Land, um mich nach einer Wohnung unmittelbar an der Küste umzutun, weil ich das Schiffslogis wegen der unruhigen Seeleute unbequem fand und die Stadt als nicht sicher genug für die jungen Flüchtlinge vermeiden wollte.

Ich war noch nicht weit gegangen, als ich einen alten Fischer vor seiner Tür sitzen sah, der die Maschen eines zerrissenen Netzes ausbesserte. Ich trat an ihn heran.

›Sei gegrüßt!‹ redete ich ihn an. ›Sag, wo kann man hier wohl eine Unterkunft finden?‹

›Dort am Vorgebirge‹, antwortete er, ›ist es gestern an einem Felsen hängengeblieben und zerrissen.‹

›Das wollte ich eigentlich nicht wissen‹, entgegnete ich. ›Aber du würdest mir eine besondere Gefälligkeit erweisen, wolltest du mich bei dir aufnehmen oder mich an einen anderen verweisen.‹

›Ich nicht‹, sagte er. ›Ich bin gar nicht mitgefahren. Solcher Schnitzer wird dem alten Tyrrhenos nicht passieren, und wenn ihn das Alter noch mehr zwicken sollte. Daran sind die jungen Burschen schuld, die mit den Riffen nicht Bescheid wissen und da, wo sie nicht sollten, die Netze auswerfen.‹

Da ich endlich merkte, daß er schwerhörig war, sprach ich lauter.

›Ich erlaube mir, dich zu begrüßen. Wir sind hier fremd, und du sollst uns sagen, wo wir unterkommen können.‹

›Sei gleichfalls gegrüßt!‹ erwiderte er. ›Wenn du willst, kannst du bei uns bleiben, falls du nicht eine große Wohnung mit vielen Möbeln beanspruchst und eine zahlreiche Dienerschaft mitführst.‹

Auf meine Entgegnung, daß ich meine zwei Kinder bei mir habe und ich der dritte von der Gesellschaft sei, rief er:

›Das paßt ganz gut zusammen. Bei uns findet ihr nur einen mehr. Auch ich habe nämlich nur noch zwei Söhne bei mir wohnen – die älteren sind schon verheiratet und führen ihren eigenen Hausstand –, und die vierte Person ist die frühere Amme der Kinder. Die Mutter ist ihnen nämlich vor kurzem gestorben. Mach dir also keine Sorge, lieber Freund, und zweifle nicht daran, daß wir gern einen Mann aufnehmen, dem man auf den ersten Blick die gute Herkunft ansieht.‹

So tat ich und erschien bald darauf mit Theagenes und Chariklea. Tyrrhenos nahm uns freundlich auf und räumte uns den wärmsten Teil seines Hauses ein.

So verbrachten wir den Winter zunächst ganz behaglich. Tagsüber waren wir meistens zusammen und trennten uns nur, um schlafen zu gehen, Chariklea mit der Amme, ich mit Theagenes, Tyrrhenos mit seinen Söhnen in einem anderen Zimmer. Wir aßen zusammen. Für alles übrige kamen wir auf. Nur brachte Tyrrhenos immer reichlich Fisch aus dem Meer mit, um seine jungen Gäste zu versorgen. Manchmal fischte er allein, bisweilen in unserer Gesellschaft, wenn wir uns die Zeit vertreiben wollten und ihn deshalb begleiteten. Sein Gewerbe betrieb er auf die verschiedenste Art, je nach der Tageszeit. Er machte immer einen glücklichen und reichen Fang, so daß die meisten das, was er der Beherrschung seines Handwerks verdankte, seinem Glück zuschrieben.

Aber es war nichts dagegen zu machen, daß, wie man sagt, die Unglücklichen überall Unglück haben. Auch in dieser Abgeschiedenheit blieb die schöne Chariklea nicht unbehelligt. Der Kaufmann aus Tyros, der Sieger in den pythischen Spielen, mit dem wir zusammen gereist waren, suchte mich immer wieder allein auf und setzte mir dann hart zu. Er bestürmte mich mit Bitten und verlangte von mir als dem Vater Chariklea zur Frau. Indem er seine Person herausstrich, betonte er bald seine vornehme Abstammung, bald rechnete er mir sein bares Vermögen vor. Das Frachtschiff sei sein Eigentum, der größte Teil der Ladung, die aus Gold, Edelsteinen und Seidenstoffen bestehe, gehöre ihm. Um sich in besonders gutes Licht zu setzen, führte er auch seinen Sieg in den pythischen Spielen und anderes mehr an.

Als ich meine augenblickliche Armut vorschützte und erklärte, mich nicht entschließen zu können, meine Tochter in ein von Ägypten so fernes Land und Volk zu geben, erwiderte er:

›Hör davon auf, Väterchen. Wenn ich nur das Mädchen bekomme, so gilt mir das mehr als viele Tausende und aller Reichtum. Auch will ich dann mein Volk und Vaterland mit dem euren vertauschen, die Reise nach Karthago aufgeben und mit euch fahren, wohin ihr wollt.‹

Da ich sah, daß der Phönizier keine Ruhe gab, sondern seine Absicht immer leidenschaftlicher verfolgte und keinen Tag vergehen ließ, mir zuzusetzen, beschloß ich, ihn für den Augenblick mit schönen Versprechungen zu vertrösten, damit wir auf der Insel keine Gewalttat erlebten, und sagte ihm alles zu, wenn ich nach Ägypten gekommen wäre.

Kaum hatte ich mich für eine Weile von diesem Manne freigemacht, als das Schicksal, wie man sagt, Woge auf Woge gegen mich schleuderte. Denn wenige Tage später nahm mich Tyrrhenos an einer Einbuchtung des Gestades beiseite:

›Lieber Kalasiris‹, sprach er zu mir, ›bei Poseidon, dem Beherrscher des Meeres, und bei den anderen Meeresgottheiten schwöre ich dir, daß ich dich als meinen eigenen Bruder und deine Kinder als meine eigenen betrachte. Ich komme, dich von einem drohenden Unheil zu unterrichten, das ich dir nicht verschweigen darf, wo ihr so lange meine Hausgenossen seid, und das du auf jeden Fall erfahren mußt. Eine Seeräuberbande lauert in einer Bucht auf der anderen Seite dieses Vorgebirges versteckt auf den phönizischen Frachter. Spähposten, die einander ablösen, passen auf seine Abfahrt auf. Gib also acht und überlege, was du tun willst. Denn deinetwegen, richtiger um deiner Tochter willen, planen sie diesen niederträchtigen, für sie aber ganz gewöhnlichen Streich.‹

›Die Götter mögen dir danken, wie du es verdienst!‹ erwiderte ich. ›Wie hast du von diesem Anschlag Kenntnis bekommen, lieber Tyrrhenos?‹

›Durch mein Gewerbe bin ich mit den Leuten bekannt geworden‹, entgegnete er. ›Sie zahlen mir, wenn ich ihnen Fische liefere, höhere Preise als andere. Als ich gestern an den Klippen die Reusen hob, kam der Piratenführer zu mir heran und erkundigte sich, ob ich wisse, wann die Phönizier abzureisen gedächten. Da ich seine Hintergedanken witterte, erwiderte ich: ‚Genau kann ich es nicht sagen, Trachinos. Ich denke, sie werden gleich mit Frühjahrsbeginn abfahren.' – ‚Wird auch das Mädchen, das bei dir wohnt, mit ihnen fahren?' fragte er. – ‚Das ist noch nicht sicher', antwortete ich. ‚Aber was fragst du so neugierig?' – ‚Weil ich ganz vernarrt in sie bin', antwortete er, ‚obwohl ich sie erst einmal gesehen habe. Ich kann mich nicht entsinnen, je einer solchen Schönheit begegnet zu sein, obwohl ich schon viele und nicht üble Sklavinnen erbeutet habe.' – Ich suchte ihn nun auszuholen, um seine genauern Pläne zu erfahren. ‚Was hast du nötig, dich mit den Phöniziern herumzuschlagen', fragte ich, ‚wo du das Mädchen, bevor sie in See gehen, ohne Blutvergießen haben kannst, wenn du es aus meinem Hause entführst?' – ‚Auch Seeräuber haben eine Art Gewissen und freundschaftliche Gefühle gegenüber denen, die sie kennen. Ich nehme auf dich Rücksicht, damit dir keine Unannehmlichkeiten erwachsen, wenn man die Fremden bei dir suchen würde. Ich will aber mit einem Schlage zwei Treffer machen, die reiche Schiffsladung und den Besitz des Mädchens, wovon ich auf das erste verzichten müßte, wollte ich die Sache an Land unternehmen. Außerdem wäre es nicht ungefährlich, so etwas nahe der Stadt auszuführen. Man käme sofort dahinter und würde uns nachsetzen.' – Ich lobte nachdrücklich seine Klugheit und trennte mich von ihm. Du bist nun von den schurkischen Absichten der Leute unterrichtet. Ich bitte dich dringend, für deine und der Deinen Rettung zu sorgen.‹

Bedrückt durch diese Nachricht kehrte ich zurück und überlegte hin und her, als mir zufällig der Kaufmann begegnete und wieder von dem Thema anfing. Da kam mir ein Einfall. Ich verschwieg ihm die Eröffnungen des Tyrrhenos, was mir zweckmäßig schien, und teilte ihm nur mit, daß ein Eingeborener vorhabe, das Mädchen gewaltsam zu entführen, ein Mann, gegen den er schwer etwas ausrichten könne.

›Auch wäre es mir viel lieber‹, sagte ich, ›sie dir zur Frau zu geben wegen unserer schon längeren Bekanntschaft und auch wegen deiner Vermögensverhältnisse, besonders aber weil du versprochen hast, in unserem Lande zu wohnen, wenn du sie bekommst. Deshalb müssen wir uns, falls dir viel daran liegt, mit der Abfahrt beeilen, bevor wir unerwünschte Überraschungen erleben.‹

Er geriet bei dieser Mitteilung außer sich vor Freude.

›Ausgezeichnet, lieber Vater‹, rief er, umhalste und küßte mich. Dann fragte er, wann ich abzufahren wünschte; denn wenn auch noch nicht die Zeit der Schiffahrt da sei, so könne man doch an einem anderen Platz vor Anker gehen, um dort sicher vor dem befürchteten Überfall den Frühling abzuwarten.

›Nun‹, erwiderte ich, ›soweit es auf mich ankommt, bin ich dafür, in der folgenden Nacht abzusegeln.‹

›So soll es geschehen‹, erklärte er und ging fort. Ich lief nach Hause. Dem Tyrrhenos sagte ich nichts, sondern nur meinen Kindern, wir würden am späten Abend wieder an Bord des Frachters gehen. Als sie sich über die plötzliche Maßnahme wunderten und nach dem Grund fragten, stellte ich ihnen eine spätere Erklärung in Aussicht; im Augenblick müsse gehandelt werden.

Als wir eine Kleinigkeit zu Abend gegessen hatten, legten wir uns schlafen. Im Traum erschien mir ein Greis. Er war nur Haut und Knochen. Als einziger Überrest seiner Jugendkraft waren unter dem aufgeschürzten Rock seine muskulösen Schenkel zu sehen. Auf dem Kopf trug er einen leichten Helm. Sein Blick war scharf und listig zugleich. Das eine Bein zog er etwas nach, als hinke er infolge einer Verletzung. Er trat an mich heran und lächelte spöttisch. ›Merkwürdiger Mann‹, sprach er, ›nur du hast mich keiner Beachtung gewürdigt. Während sonst alle, die an der Insel der Kephallenier vorbeikamen, mein Haus besichtigten und Wert darauf legten, sich ein Bild von meiner Berühmtheit zu machen, hast du es nicht einmal für nötig gefunden, den üblichen Höflichkeitsbesuch zu machen. Dabei warst du mein Nachbar. Du wirst nun bald dafür büßen und die gleichen Leiden wie ich durchmachen müssen. Das heißt, du wirst auf dem Meere und zu Lande auf Feinde treffen. Dem jungen Mädchen, das du bei dir hast, kannst du von meiner Frau Grüße bestellen. Sie läßt ihr sagen, daß sie Freude an ihr hat, weil sie die Keuschheit über alles setzt, und verheißt ihr, daß alles gut ausgehen werde.‹

Zitternd vor Aufregung über das Traumgesicht, wachte ich auf. Theagenes fragte, was mir sei.

›Vielleicht‹, rief ich, ›kommen wir schon zu spät zur Abfahrt. Ich bin bei diesem Gedanken vor Schreck erwacht. Steh auf und packe deine Sachen. Ich will inzwischen Chariklea holen.‹

Kaum hatte ich gerufen, als das Mädchen erschien.

Auch Tyrrhenos hatte etwas gemerkt, erhob sich und erkundigte sich, was los sei.

›Das ist los‹, sagte ich, ›wozu du geraten hast. Wir suchen den Kerlen, die uns auflauern, zu entkommen. Du hast dich als Ehrenmann gegen uns benommen. Das mögen dir die Götter danken. Erweise uns nun noch einen letzten Gefallen. Fahre hinüber nach Ithaka und bring für uns dem Odysseus ein Opfer. Und bitte ihn, den Groll aufzugeben, den er gegen uns hegt, wegen vermeintlicher Nichtachtung, wie er mir bei seinem Erscheinen heute nacht erklärt hat.‹

Er versprach es und begleitete uns zum Schiff, wobei er viele Tränen vergoß und uns ungestörte und glückliche Fahrt wünschte.

Doch wozu euch durch Weitschweifigkeit langweilen? Beim Aufgang des Morgensterns fuhren wir ab. Die Seeleute hatten erst erhebliche Schwierigkeiten gemacht, ließen sich aber schließlich von dem tyrischen Kaufmann durch das Argument bereden, er wolle einem ihm bekanntgewordenen Anschlag von Seeräubern entgehen. Er hatte keine Ahnung, daß sein Vorwand der Wahrheit entsprach.

Wir gerieten in einen furchtbaren Sturm und hatten gegen eine rasende See zu kämpfen, so daß wir dem Untergang nahe waren. Unter Verlust des einen Steuerruders und mit fast völlig havarierter Takelage liefen wir ein Vorgebirge von Kreta an. Wir beschlossen, um das Schiff instand zu setzen und uns selbst zu erholen, einige Tage auf der Insel zu bleiben. Dies geschah. Am ersten Tage nach Neumond wurde der Befehl zur Weiterfahrt gegeben. Die Frühlingswinde wehten bereits, als wir in See gingen. Wir fuhren Tag und Nacht. Der Steuermann nahm geraden Kurs auf die libysche Küste. Bei günstigem Wind, meinte er, könne man direkt und in gerader Fahrt das Meer überqueren. Überdies beeile er sich, das Land und einen Hafen zu erreichen, weil er das kleine Schiff, das sich hinter uns zeige, für einen Piraten ansehe.

›Seit unserer Abfahrt von dem kretischen Vorgebirge ist es hinter uns her und läuft unbeirrt in unserer Kiellinie‹, sagte er, ›als habe es das gleiche Ziel wie wir. Auch habe ich wiederholt beobachtet, daß es, sobald ich absichtlich vom geraden Kurs abbog, gleichfalls die Richtung änderte.‹

Auf diese Erklärung hin waren die einen in heller Aufregung und rieten, sich zur Abwehr bereitzumachen. Die anderen nahmen die Sache leichter und meinten, es sei in der Seefahrt üblich, daß die kleinen Schiffe den großen folgten, weil diese über die bessere seemännische Erfahrung verfügten. Während darüber hin und her debattiert wurde, war die Stunde des Tages gekommen, in der der Bauer den Ochsen aus dem Pflug spannt. Der Wind verlor an Stärke und flaute allmählich so sehr ab, daß er schwach und wirkungslos die Segel mehr bewegte als blähte.

Schließlich legte er sich ganz, als verschwinde er mit der Sonne, oder besser gesagt, als stehe er im Dienste unserer Verfolger. Denn das kleine Schiff blieb, solange wir vor dem Winde liefen, naturgemäß weit hinter dem Frachter zurück, dessen größere Segel mehr Wind aufnahmen. Als aber die Windstille das Meer glättete und man zu den Rudern greifen mußte, waren sie schneller da, als man es aussprechen kann, weil vermutlich die ganze Besatzung an die Ruder ging und sie ein leichteres und zum Rudern geeigneteres Fahrzeug vorwärts zu treiben hatten.

Als sie schon ganz nahe waren, schrie einer von den Zakynthiern, die mitgefahren waren:

›Da haben wir es, Leute! Wir sind verloren. Es sind Piraten. Ich erkenne das Schiff des Trachinos.‹

Diese Aufklärung brachte das ganze Schiff durcheinander und erregte trotz der Windstille geradezu einen Sturm von Lärm, Geschrei und Unruhe. Die einen verkrochen sich in die Winkel des Schiffsraums, die anderen machten sich an Deck Mut zur Gegenwehr, andere wollten in das Beiboot springen und ausreißen, bis die Unentschlossenheit sie wider Willen und überraschend zum Kampf zwang und jedem die erste beste Waffe in die Hand drückte.

Chariklea und ich umklammerten Theagenes, der vor Kampflust glühte, und hielten ihn mühsam zurück, sie, um sich auch im Tode nicht von ihm zu trennen, wie sie erklärte, und von dem gleichen Schwert den tödlichen Streich zu empfangen, ich, weil ich beim Näherkommen Trachinos erkannte und mir daraus für später einen Vorteil versprach.

So kam es dann auch. Als sich die Piraten näherten, fuhren sie seitlich auf uns zu. In der Absicht, das Frachtschiff ohne Blutvergießen zu kapern, schossen sie nicht, sondern umkreisten uns und hinderten uns an der Weiterfahrt. Es sah aus, als wollten sie das Schiff blockieren und regelrecht zur Kapitulation zwingen.

›Ihr Narren‹, riefen sie herüber, ›wollt ihr so wahnsinnig sein und die Hand gegen eine unüberwindliche Übermacht erheben mit der Aussicht auf sichern Untergang? Noch sind wir bereit, euch schonend zu behandeln, und erlauben euch, ins Beiboot zu gehen und euch zu retten, wohin ihr wollt.‹

Dies war ihr Anerbieten. Doch die Besatzung des Frachters war mutig, solange der Kampf noch ungefährlich und unblutig war, und erklärte, sie werde das Schiff nicht räumen.

Als aber einer der Piraten, der besonders verwegen war, auf unser Schiff sprang, mit dem Schwert auf die, welche ihm in den Weg kamen, einhieb und ihnen zeigte, daß ein Kampf durch Mord und Totschlag entschieden wird, als schließlich auch die übrigen nachsprangen, da besannen sich die Phönizier eines anderen. Sie warfen sich zu Boden und baten um Gnade. Sie würden tun, was man von ihnen verlange. Obwohl die Mordlust der Piraten erwacht war – der Anblick von Blut steigert ja den Übermut –, schonten sie auf Befehl des Trachinos wider alles Erwarten die sich ergebende Besatzung. Es war aber ein Waffenstillstand ohne nähere Vereinbarungen, und der Kampf bis aufs Messer wurde durch einen sogenannten Frieden abgewendet, der härter war als die blutigste Auseinandersetzung. Es hieß: Das Schiff darf nur mit einem Kleidungsstück verlassen werden. Wer nicht Folge leistete, wurde mit dem Tode bedroht. Doch das Leben geht dem Menschen offenbar über alles. So drängten sich die Phönizier, die mit dem Schiff auch die Aussicht auf reichen Gewinn verloren sahen, nicht als hätten sie etwas eingebüßt, sondern als winke ein gutes Geschäft, einer vor dem anderen in das Beiboot, wobei jeder sich möglichst rasch in Sicherheit zu bringen suchte.

Als nun auch wir befehlsgemäß vorbeikamen, hielt Trachinos Chariklea fest.

›Dieser Kampf wurde nicht gegen dich, meine Liebe, sondern um dich geführt‹, sagte er. ›Schon die ganze Zeit, seitdem ihr Zakynthos verlassen habt, folge ich dir, und deinetwegen habe ich mich allen Gefahren des Meeres ausgesetzt. Sei also guten Mutes und dir bewußt, daß du mit uns zusammen über das alles hier gebietest.‹

So sprach er. Chariklea aber, die überaus klug sich der jeweiligen Lage anzupassen wußte und sich auch meine Ratschläge zunutze machte, ließ den Ausdruck der Niedergeschlagenheit, den die Umstände bedingten, aus ihrem Gesicht verschwinden und zwang sich zur Freundlichkeit.

›Ich danke den Göttern‹, rief sie, ›daß sie dir diese menschliche Gesinnung gegen uns eingeben. Willst du aber, daß ich wirklich guten Mutes sein und bleiben soll, so gib mir den ersten Beweis deines Wohlwollens. Nimm meinen Bruder hier und meinen Vater unter deinen Schutz und lasse sie nicht von Bord gehen. Denn wenn ich von ihnen getrennt werde, will ich unter keinen Umständen weiterleben.‹

Bei diesen Worten warf sie sich vor ihm nieder und hielt seine Knie lange Zeit umschlungen, weil Trachinos, um diese Berührung auszukosten, absichtlich seine Einwilligung hinauszögerte. Da ihn ihre Tränen rührten und ihre Blicke nachgiebiger machten, zog er das Mädchen empor.

›Den Bruder bewillige ich dir mit Vergnügen‹, sagte er. ›Ich sehe ja, daß der junge Mann Mut hat und sich ausgezeichnet für unseren Beruf eignet. Der Alte ist allerdings eine unnütze Last. Nur dir zuliebe soll er bleiben.‹

Inzwischen war die Sonne ganz untergegangen, und die Dämmerung, das Zwischenstadium zwischen Tag und Nacht, angebrochen. Das Meer wurde plötzlich unruhig, vielleicht infolge des Wechsels der Tageszeit, vielleicht durch eine Laune des Zufalls. Man hörte das Heulen des aufkommenden Windes und gleich darauf brach unvermittelt ein wütender Orkan los, der unter den Piraten Schrecken und Verwirrung hervorrief. Sie hatten ihren Kutter verlassen und wurden auf dem Frachter beim Plündern der Ladung vom Sturm überrascht und wußten nicht, wie sie mit dem großen Schiff fertig werden sollten. So wurde jede seemännische Verrichtung, wie es sich gerade ergab, vom ersten besten ausgeführt. Der eine wagte sich ohne jede Sachkenntnis an das, der andere an jenes. Während die einen die Segel beim Reffen in Unordnung brachten, bedienten andere ungeschickt die Takelage. Ein Stümper nahm sich des Schiffsbugs an, ein anderer bemächtigte sich des Hecks und des Steuerruders. Wir gerieten in größte Gefahr, nicht so sehr durch das Ungestüm der Wogen – denn noch war das Meer nicht in voller Empörung –, sondern durch die Unfähigkeit des Steuermannes, der sich noch einigermaßen zurechtfand, solange ein Schimmer von Tageslicht vorhanden war, aber nach Einbruch der Dunkelheit vollkommen versagte. Als wir schon Wasser schluckten und nahe am Absacken waren, machten einige Piraten den Versuch, auf ihr eigenes Fahrzeug überzusteigen. Sie nahmen bald davon Abstand, weil der Seegang sie behinderte und Trachinos ihnen vor Augen hielt, welch eine Menge solcher Boote sie sich anschaffen könnten, wenn sie den großen Frachter und seine reiche Ladung in Sicherheit brächten. Schließlich durchschnitt er das Tau, welches ihr Boot mit dem Frachtschiff verband. Sie schleppten bloß einen zweiten Sturm hinter sich her, erklärte er und machte ihnen klar, diese Maßnahme sei auch für ihre spätere Sicherheit erforderlich. Denn es müsse Verdacht erregen, wenn sie irgendwo mit zwei Schiffen landeten, da man sich dann bestimmt nach der Besatzung des anderen Fahrzeuges erkundigen werde.

Er schien recht zu behalten. Die eine der beiden Voraussagen bestätigte sich augenblicklich. Denn die Lostrennung des Bootes bewirkte eine spürbare Entlastung.

Freilich waren damit noch nicht alle Schrecken überstanden. Von der rasenden See hin und her geworfen, gingen ganze Schiffsteile über Bord. Wir hatten alle Nöte durchzumachen, bis wir nach Ablauf der Nacht und des folgenden Tages gegen Abend an eine Küste nahe der Heraklesmündung des Nils getrieben wurden.

So betraten wir Unglücklichen wider unseren Willen ägyptischen Boden. Während sich die anderen darüber freuten, waren wir niedergeschlagen und machten wegen unserer Rettung dem Meere Vorwürfe, das uns einen anständigen Tod mißgönnt hatte und uns nun angesichts der ruchlosen Absichten der Piraten dem noch schlimmeren Lande und den schrecklichsten Befürchtungen auslieferte.

Die Schurken begannen auch gleich damit, sobald sie festen Boden unter den Füßen hatten. Mit der Begründung, ein Dankopfer für Poseidon zu veranstalten, brachten sie tyrischen Wein und andere Dinge von Bord an Land und schickten Leute in die nächsten Ortschaften, um Vieh zu kaufen. Sie gaben ihnen reichlich Geld mit und hießen sie den ersten besten Preis, den man verlange, zu zahlen. Sie waren bald wieder zurück und trieben eine ganze Herde von Schafen und Schweinen vor sich her. Während die Zurückgebliebenen sie empfingen, Feuer anzündeten, die Tiere abhäuteten und das Opfermahl vorbereiteten, nahm mich Trachinos beiseite, damit ihn die anderen nicht hören konnten.

›Väterchen‹, sprach er zu mir, ›ich habe mir deine Tochter zur Frau bestimmt und will, wie du siehst, heute noch Hochzeit feiern und dieses schönste aller Feste mit dem Opfer für die Götter verbinden. Damit du aber nicht mißmutig bei Tische sitzest, weil du nichts davon weißt, und damit das Mädchen, durch dich unterrichtet, sich auf das, was ihm bevorsteht, freut, hielt ich es für angebracht, dir meine Absicht vorher mitzuteilen, nicht etwa um deine Einwilligung zu erhalten – ich habe ja die Macht, meinen Willen durchzusetzen –, sondern weil ich es richtig finde, das junge Mädchen dadurch williger zu machen, daß es durch seinen Vater von der bevorstehenden Heirat in Kenntnis gesetzt wird.‹

Ich begrüßte seine Eröffnungen und erklärte hocherfreut, wie außerordentlich dankbar ich den Göttern dafür sei, daß sie den Herrn meiner Tochter ihr zum Gatten gäben.

Ich ging ein Stück abseits und machte mir Gedanken, was zu tun sei. Dann kam ich zurück und bat ihn, der Feier einen festlicheren Anstrich zu geben. Er solle dem Mädchen das Schiff als Wohnung überlassen mit dem Befehl, daß niemand es betrete und störe, damit wir für Brautschmuck und die anderen nötigen Vorbereitungen sorgen könnten, soweit die Zeit es zulasse. Denn es sei ganz ungehörig, wenn ein vornehmes und reiches Mädchen, noch dazu die künftige Gemahlin des Trachinos, sich nicht so schön wie möglich machen solle, wo doch schon Umstände und Ort der Hochzeitsfeier eine Entfaltung größeren Glanzes verböten.

Trachinos strahlte. Vergnügt willigte er ein. Er gab unverzüglich Anweisung, alles, was man brauche, vom Schiff zu holen und sich diesem dann nicht mehr zu nähern. Die Leute führten seine Befehle aus. Sie schleppten Tische, Krüge, handgewirkte sidonische und tyrische Teppiche und Decken und was sonst noch zur Tafelausstattung gehört, wahllos und in wüstem Durcheinander auf den Schultern heran und legten es hin. Kostbarkeiten, die durch viel Fleiß und Sparsamkeit erworben worden waren, ließ das launische Glück zu einem wüsten Gelage mißbrauchen.

Ich nahm Theagenes und ging mit ihm zu Chariklea, die ich in Tränen fand.

›Mein Kind‹, sagte ich, ›das ist bei dir schon Gewohnheit und nichts Besonderes mehr. Hast du noch den alten oder einen neuen Anlaß zum Weinen?‹

›Über alles weine ich‹, antwortete sie, ›besonders über das, was mir bevorsteht, und über die verhaßte Neigung des Trachinos zu mir, die durch die Umstände höchstwahrscheinlich noch zunehmen wird. Unverhofftes Glück reizt zu übermütigem Tun. Doch Trachinos soll mit seiner verhaßten Liebe nur Kummer erleben. Ich werde ihr durch meinen Tod ein Ende machen. Nur der Gedanke an dich und Theagenes, daß ich mich vor meinem Tode von euch trennen muß, macht mich untröstlich.‹

›Du errätst die Lage ganz richtig‹, erwiderte ich. ›Trachinos macht das Opferfest zur Feier seiner Hochzeit mit dir. Er teilte mir als deinem Vater seine Absicht mit. Ich wußte um seine rasende Verliebtheit schon, seitdem Tyrrhenos auf Zakynthos mir davon erzählte. Ich schwieg darüber zu euch. Ihr solltet euch nicht mit kommenden Sorgen abquälen, wo wir möglicherweise den Unannehmlichkeiten noch entgehen konnten. Da aber ein böses Geschick gegen uns ist, liebe Kinder, und wir mitten im Unglück stecken, so wollen wir eine große und kühne Tat wagen und der Gefahr ins Auge sehen. Dann wird es uns entweder gelingen, frei und glücklich zu leben, oder wir werden einen ehrenvollen und tapferen Tod finden.‹

Nachdem sie versprochen hatten, meine Ratschläge zu befolgen, gab ich ihnen die nötigen Anweisungen, überließ sie ihren Vorbereitungen und suchte den Piraten auf, der nach Trachinos den zweiten Rang einnahm. Ich glaube, er hieß Peloros. Ich hätte ihm eine für ihn höchst angenehme Mitteilung zu machen, sagte ich. Er schenkte mir bereitwillig Gehör und führte mich an einen Platz, an dem uns niemand belauschen konnte.

›Mein Sohn‹, sagte ich, ›hör mich kurz an. Die knappe Zeit verbietet mir, viele Worte zu machen. Meine Tochter liebt dich. Kein Wunder übrigens – sie bevorzugt eben den Besseren. Nun vermutet sie, euer Anführer wolle aus dem Festessen eine Hochzeitsfeier machen. Er hat auch etwas Derartiges dadurch zum Ausdruck gebracht, daß er von ihr wünschte, sie solle sich besonders festlich kleiden. Sieh zu, wie du dies hintertreiben und das Mädchen lieber dir verschaffen kannst. Sie will lieber sterben, sagt sie, als Trachinos heiraten.‹

›Laß es gut sein‹, erwiderte er, ›ich bin gleichfalls schon lange in das Mädchen verliebt und wartete nur auf die geeignete Gelegenheit. Trachinos wird sie mir also entweder gutwillig überlassen, als Belohnung dafür, daß ich als allererster das Frachtschiff betreten habe, oder das Heiraten wird ihm schlecht bekommen, und diese Hand hier wird ihm geben, was er verdient.‹

Ich entfernte mich schnell, um keinen Verdacht aufkommen zu lassen, kehrte zu meinen Kindern zurück und machte ihnen Mut durch die Mitteilung, die Sache entwickle sich zur Zufriedenheit.

Bald danach nahmen wir unsere Plätze ein. Als ich merkte, daß sie einen Rausch hatten und ausgelassen wurden, flüsterte ich Peloros, in dessen Nähe ich absichtlich meinen Platz gewählt hatte, zu: ›Hast du das Mädchen schon in ihrem Staat gesehen?‹ – ›Nein‹, erwiderte er. – ›Du kannst sie sehen‹, fuhr ich fort, ›wenn du dich unbemerkt an Bord schleichst. Du weißt zwar, auch das hat Trachinos untersagt. Du wirst die Artemis leibhaftig zu sehen glauben. Aber betrachte sie nur, sonst setzest du dein und ihr Leben aufs Spiel.‹

Er stand sogleich auf, als hätte er einen notwendigen Gang zu tun, und eilte unbemerkt an Bord. Als er Chariklea erblickte, auf dem Haupt den Lorbeerkranz und im Glanz des goldgewirkten Kleides – sie hatte ihre delphische Priesterinnentracht angelegt als Siegesgewand oder als Sterbekleid – und um sie herum alles geschmückt und zur Brautnacht hergerichtet, da geriet er, wie nur natürlich, in Feuer und wurde von Begierde und Eifersucht gepackt.

Als er zurückkam, sah man ihm an den Augen an, daß er irgendeine Wahnsinnstat vorhatte. Kaum hatte er Platz genommen, so rief er:

›Warum bekomme ich eigentlich meine Belohnung nicht, die mir zusteht, weil ich das Schiff zuerst betreten habe?‹

›Weil du sie nicht verlangt hast‹, erwiderte Trachinos, ›und dann ist ja die Verteilung der Beute überhaupt noch nicht vorgenommen.‹

›Gut, dann verlange ich das gefangene Mädchen!‹

Als Trachinos antwortete: ›Nimm dir, was du willst, sie ausgenommen –‹, unterbrach ihn Peloros: ›Du hebst also das Piratenrecht auf, wonach dem, der zuerst das feindliche Schiff betritt und sich vor den übrigen der Gefahr aussetzt, die freie Beutewahl zusteht?‹

›Ich hebe dieses Recht keineswegs auf, mein Lieber‹, entgegnete Trachinos, ›sondern ich halte mich nur an ein anderes, das dem Untergebenen Gehorsam gegen den Vorgesetzten befiehlt. Ich bin in das Mädchen verliebt, und da ich sie heiraten will, erhebe ich auf dieses Vorrecht Anspruch. Wenn du dich meinem Befehl nicht fügst, wird es dir übel bekommen. Im nächsten Augenblick fliegt dir dieser Krug an den Kopf.‹

Peloros wandte sich an die Tischgesellschaft.

›Da seht ihr‹, schrie er, ›wie Taten belohnt werden! Genauso wird jeder von euch noch einmal um seinen Lohn gebracht werden und mit dieser Tyrannenwillkür Bekanntschaft machen.‹

Nun spielte sich etwas ab, Nausikles! Gerade so wie das Meer in jähem Aufruhr gegen die Klippen brandet, so ließ sie eine sinnlose Erregung wild aufbrausen, zumal da sie voll Wein und Wut waren. Die einen ergriffen für diesen, die anderen für jenen Partei. Diese schrien, man habe dem Anführer zu gehorchen, jene, das Recht dürfe unter keinen Umständen verletzt werden.

Schließlich sprang Trachinos auf, um den Peloros mit dem Mischkrug zu erschlagen. Darauf gefaßt, kam dieser ihm zuvor und stieß ihm den Dolch in die Brust. Trachinos lag tödlich getroffen am Boden. Zwischen den übrigen entspann sich ein Kampf ohne Gnade. Sie schlugen unbarmherzig aufeinander los, die einen, um den Tod des Anführers zu rächen, die anderen, um Peloros und sein Recht zu verteidigen. Schließlich war alles ein einziger Schrei von Männern, die sich mit Knüppeln, Steinen, Fackeln und Tischen treffend oder getroffen bearbeiteten.

Ich für meine Person zog mich soweit wie möglich zurück und suchte mir auf einer Anhöhe einen ungefährlichen Zuschauerplatz.

Theagenes dagegen blieb ebensowenig am Kampfe unbeteiligt wie Chariklea. Verabredungsgemäß kämpfte er anfangs mit dem Schwert in der Hand wie ein Rasender auf der einen Seite mit, während Chariklea, als der Kampf richtig im Gange war, vom Schiff herab mit sicherer Hand Pfeile schoß und nur Theagenes schonte. Dabei schoß sie nicht etwa nur auf die eine Partei, sondern streckte den ersten besten, den sie gerade sah, nieder. Sie selbst blieb unsichtbar, konnte aber die Gegner mühelos im Schein des brennenden Feuers erkennen. Da sie nicht wußten, woher das Unheil kam, glaubten einige, die tödlichen Pfeile rührten von Göttern her.

Schließlich blieb, als die übrigen gefallen waren, Theagenes allein übrig. Er stand im Zweikampf mit Peloros, einem ungewöhnlich starken Mann, der im Mordhandwerk Erfahrung hatte. Auch Chariklea mit ihren Pfeilen konnte nichts machen. So sehr es sie drängte, Theagenes beizustehen, sie fürchtete, den Unrechten zu treffen, da die beiden schon im Nahkampf, Mann gegen Mann, einander zusetzten.

Endlich erlahmte die Widerstandskraft des Peloros. Chariklea, die mit der Tat dem Geliebten nicht helfen konnte, unterstützte ihn durch den Zuruf: ›Halte dich tapfer, Liebster!‹ Da fühlte sich Theagenes sofort dem Peloros überlegen, als habe ihm der Zuruf Kraft und Mut verliehen, erinnerte er ihn doch an den Kampfpreis.

Schon aus vielen Wunden blutend, raffte er sich noch einmal auf, sprang auf Peloros los und holte mit dem Schwert nach dessen Kopf aus. Er fehlte zwar, da der Gegner sich zur Seite beugte, streifte ihn aber an der Schulter und schlug ihm den Arm bis zum Ellenbogen ab. Darauf wandte sich Peloros zur Flucht. Theagenes stürmte ihm nach.

Was sich danach weiter abspielte, vermag ich nicht zu erzählen, außer, daß ich seine Rückkehr nicht wahrnahm, da ich auf der Anhöhe blieb und mich in der Nacht nicht auf den Kampfplatz hinabwagte. Wohl aber tat dies Chariklea. Bei Tagesanbruch sah ich Theagenes wie tot daliegen. Sie saß weinend neben ihm, allen Anzeichen nach entschlossen, sich über ihm das Leben zu nehmen, und nur von der schwachen Hoffnung zurückgehalten, er könne doch noch wieder zu sich kommen. Ich Unglücklicher kam gar nicht dazu, etwas zu sagen und zu erfahren oder ihren Schmerz durch Trost zu mildern und für sie zu tun, was in meinen Kräften stand. Denn schon nahte, nach allem, was wir auf dem Meer durchgemacht hatten, ohne Atempause neues Unheil vom Lande her.

Als ich – es war inzwischen heller Tag geworden – meine Anhöhe verließ, kam von dem Berg, der sich unmittelbar über dem Küstenstreifen erhebt, eine Bande ägyptischer Räuber herunter. Schon hatten sie sich der beiden jungen Leute bemächtigt, führten sie gleich darauf fort und schleppten gleichzeitig mit, was sie von der Schiffsladung tragen konnten.

Ohne eigentlichen Plan folgte ich in großem Abstand. Ich beklagte ihr und mein Geschick, ohne ihnen helfen zu können. Näher zu kommen schien mir nicht geraten, weil ich mich für eine Gelegenheit zu späterer Hilfe bereithalten wollte.

Das Alter erlaubte mir nicht, bei dem steilen Anstieg mit den Ägyptern Schritt zu halten. Wenn ich jetzt meine Tochter wiedergefunden habe, so danke ich das der Gnade der Götter und deiner Güte, Nausikles. Ich selbst vermochte nichts dazu beizutragen. Ich hatte ihr nichts zu bieten außer vielen Tränen und Klagen.«

Er brach in Tränen aus, und die Anwesenden teilten seine

Bewegung. So war nun das Mahl in ein Wehklagen umgeschlagen, das aber auch seinen Reiz hat. Begünstigt der Weingenuß doch auch die Tränen.

Schließlich sprach Nausikles dem Kalasiris Mut zu.

»Sieh zuversichtlich in die Zukunft, mein Lieber«, sagte er. »Deine Tochter hast du bereits wieder. Und nur die Nacht hindert dich an einem Wiedersehen mit deinem Sohn. Denn morgen früh werden wir Mitranes aufsuchen und alles tun, um den tapferen Theagenes freizubekommen.«

»Ich wollte, es wäre so«, erwiderte Kalasiris. »Doch jetzt ist es Zeit, die Tafel aufzuheben, und da soll der Gottheit gedacht und die Spende an die befreienden Götter herumgereicht werden.«

Die Trankopfer wurden vollzogen, und das Mahl fand sein Ende.

Kalasiris hielt Ausschau nach Chariklea. Als er sie unter den Vorüberkommenden nicht bemerkte und von einem der Mädchen erfuhr, sie befinde sich im Tempelinneren, ging er hinein und fand sie zusammengekauert zu Füßen der Götterstatue. Über einem langen Gebet und überwältigt von ihrem Schmerz, war sie fest eingeschlummert. Zu Tränen gerührt, bat er den Gott, ihr Schicksal zum Guten zu wenden. Dann weckte er sie sanft und brachte sie heim. Sie schien sich zu schämen, daß sie sich unversehens hatte vom Schlaf bezwingen lassen. Sie begab sich in das Frauengemach und legte sich neben der Tochter des Nausikles nieder. Schlaflos hing sie ihrem Kummer nach.

SECHSTES BUCH

Kalasiris und Knemon hatten sich in das Männerschlafzimmer zur Ruhe zurückgezogen. Langsamer als sie wünschten, doch schneller als sie dachten, verging ihnen der Rest der Nacht, deren größter Teil bei Tische und während der langen spannenden Erzählung verstrichen war. Ohne das Tageslicht abzuwarten, gingen sie zu Nausikles und baten ihn, ihnen zu sagen, wo seiner Ansicht nach Theagenes sei, und sie so rasch wie möglich dorthin zu bringen. Er entsprach ihrem Wunsche und machte sich mit ihnen auf den Weg. Chariklea hatte sehr gebeten, sie begleiten zu dürfen. Doch mußte sie zurückbleiben. Nausikles versicherte, sie hätten keinen weiten Weg und würden sehr bald mit Theagenes zurück sein. So blieb sie allein mit ihren zwischen Trennungsschmerz und freudiger Erwartung schwankenden Empfindungen.

Sie waren gerade aus der Ortschaft heraus und gingen längs des Nilufers, als sie ein Krokodil bemerkten, das von der rechten Seite auf das gegenüberliegende Ufer schwamm und in der Strömung des Flusses mit heftiger Bewegung untertauchte. Die andern sahen darin ein gewöhnliches und keineswegs beunruhigendes Vorkommnis, nur Kalasiris erklärte, es bedeute ein Hindernis, auf das sie unterwegs stoßen würden. Aber Knemon war ganz entsetzt, obwohl er das Tier nicht einmal deutlich wahrgenommen, sondern nur einen flachen Schatten an sich hatte vorüberhuschen sehen. Es fehlte wenig, und er wäre ausgerissen.

Während Nausikles in lautes Lachen ausbrach, sagte Kalasiris:

»Knemon, ich glaubte, die Angst setze dir nur nachts zu und deine Schreckhaftigkeit zeige sich bloß in der Dunkelheit. Du bist aber offenbar auch bei Tage nicht besonders mutig, und nicht nur Namen, die du hörst, auch der Anblick gewöhnlicher und harmloser Dinge versetzen dich in Aufregung.«

»Was für einen Namen eines Gottes oder eines Dämons vermag unser Held nicht zu hören?« fragte Nausikles.

»Ob es ihm auch bei Göttern und Dämonen so geht«, erwiderte Kalasiris, »kann ich nicht sagen. Aber wenn er den Namen eines Menschen hört, und was besonders erstaunlich ist, nicht einmal den eines Mannes oder eines berühmten Helden, sondern den einer Frau, die noch dazu, wie er sagt, tot ist, packt ihn das Grauen. So hatte er in der Nacht, in der du, lieber Freund, uns Chariklea von den Räuberhirten zurückbrachtest, den bewußten Namen, ich weiß nicht wie und woher, zu hören bekommen. Danach ließ er mich keinen Augenblick mehr schlafen und fiel vor lauter Angst aus einer Ohnmacht in die andre. Ich hatte reichlich zu tun, ihn wieder zu sich zu bringen. Und wenn ich nicht fürchtete, ihn in Kummer und Schrecken zu versetzen, so möchte ich auch jetzt den Namen aussprechen, Nausikles, damit du noch mehr zu lachen hast.« Und dabei nannte er den Namen Thisbe.

Nun lachte Nausikles nicht mehr, sondern stand betroffen von der Eröffnung lange Zeit nachdenklich und fragte sich, weshalb und in welchem Zusammenhang der Name Thisbes den Knemon so stark beeindruckt habe.

Da brach Knemon in lautes Gelächter aus.

»Siehst du wohl, mein guter Kalasiris«, rief er, »welche Kraft diesem Namen innewohnt, daß er nicht nur für mich, wie du sagst, ein Schreckensgespenst ist, sondern auf Nausikles genauso wirkt. Richtiger noch, unsere Gefühle haben sich völlig geändert. Jetzt lache ich, da ich weiß, daß sie nicht mehr lebt, während unser braver Nausikles, der über andere so gut lachen und sich lustig machen kann, betrübt ist.«

»Hör auf«, unterbrach ihn Nausikles, »und laß es mit der Vergeltung gegen mich genug sein, Knemon. Aber bei den Göttern der Gastlichkeit und Freundschaft, bei dem Salz und dem Tisch, an dem ihr, denke ich, freundlich in meinem Hause bewirtet wurdet, gesteht, woher kennt ihr Thisbes Namen, weshalb habt ihr Angst vor ihm, oder treibt ihr nur Spaß mit mir?«

»Jetzt ist die Reihe an dir, Knemon«, sagte Kalasiris, »deine Geschichte zu erzählen, die du mir schon oft versprochen, aber bisher immer unter allerhand Vorwänden vorenthalten hast. Du wirst gleichzeitig Nausikles einen Gefallen tun und uns die Langeweile des Weges verkürzen, wenn du uns mit deiner Erzählung unterhältst.«

Knemon war einverstanden und gab eine gedrängte Darstellung von all dem, was er früher schon Theagenes und Chariklea erzählt hatte: von seiner Vaterstadt Athen, seinem

Vater Aristippos und wie er Demänete zur Stiefmutter bekam. Er erzählte von Demänetes sündhafter Liebe zu ihm, wie sie, als ihre Absichten fehlgeschlagen waren, ihm ans Leben wollte und sich zu diesem Zweck Thisbes als Helferin bediente. Er beschrieb die dabei angewandten Mittel; wie er durch Volksentscheid des Vatermordes schuldig gesprochen und mit Landesverweisung bestraft wurde; wie er in Aigina von Charias, einem seiner Kameraden, die Tatsache und die Umstände des Todes der Demänete erfahren habe und wie Thisbe auch gegen diese intrigiert hatte. Wie er dann von Antikles gehört habe, daß sein Vater sein Vermögen durch Enteignung verloren habe, da die Verwandten Demänetes gegen ihn konspiriert und ihn beim Volke der Ermordung Demänetes verdächtigt hatten. Wie Thisbe mit ihrem Liebhaber, einem Kaufmann aus Naukratis, aus Athen geflüchtet sei. Schließlich berichtete er, wie er zur Verfolgung Thisbes mit Antikles nach Ägypten gereist sei, um sie, wenn er sie erwische, nach Athen zurückzubringen, durch ihr Geständnis seinen Vater von den gegen ihn erhobenen Anwürfen zu reinigen und sie selber zur Rechenschaft zu ziehen; wie er unterwegs viele Gefahren und allerhand Abenteuer erlebt habe, von Piraten gefangen, ihnen entkommen, in Ägypten gelandet und wieder in die Gewalt von Räuberhirten geraten sei, bei denen ihn der Zufall mit Theagenes und Chariklea zusammengeführt habe. Dann erzählte er das Ende Thisbes und alle weiteren Erlebnisse bis zu dem, was Kalasiris und Nausikles schon wußten.

Nausikles gingen tausend Gedanken durch den Kopf. Er schwankte, ob er seine Beziehungen zu Thisbe geradeheraus gestehen oder diese Enthüllung auf später verschieben solle. Schließlich entschied er sich für das letzte, einmal weil es ihm ratsamer schien, dann weil ein Zwischenfall ihn am Reden hinderte.

Sie hatten etwa sechzig Stadien zurückgelegt und waren schon nahe dem Dorfe, in dem sich Mitranes aufhalten sollte, als sie einen Bekannten des Nausikles trafen. Wie sie ihn fragten, warum er es denn gar so eilig habe, rief er:

»Warum so eilig, Nausikles? Als wüßtest du nicht, daß alles, was ich tue, dem einzigen Zweck gilt, die Ansprüche der Isias aus Chemmis zu erfüllen. Für sie bestelle ich meinen Acker. Für sie schaffe ich alles heran, ihretwegen gönne ich mir Tag und Nacht keine Ruhe, nichts schlage ich ihr ab – ich habe nur Mühe und Last davon! –, ob die Isias mir nun einen großen oder kleinen Auftrag erteilt. Jetzt renne ich zu ihr, um ihr den Vogel, den du hier siehst, zu bringen, einen Nilflamingo – wieder ein Auftrag meiner Süßen.«

»Was hast du für eine verständige Geliebte«, meinte Nausikles, »und wie bescheiden sind ihre Wünsche, daß sie nur einen Flamingo von dir verlangt hat und nicht gleich den Wundervogel Phönix, der aus Äthiopien oder Indien zu uns kommt!«

»Ja, so ist sie«, erwiderte der andere, »gewöhnlich macht sie sich noch über mich und mein Tun lustig. Aber wohin wollt ihr und was habt ihr vor?«

Auf die Antwort, daß sie unterwegs zu Mitranes seien, sagte er:

»Da habt ihr euch umsonst abgehetzt. Mitranes ist nicht mehr hier, sondern in der vergangenen Nacht gegen die Räuberhirten von Bessa gezogen. Sie haben ihm ja wohl unter der Führung ihres neuen Hauptmanns Thyamis einen jungen griechischen Gefangenen abgejagt, den er nach Memphis zu Oroondates geschickt hatte und der, glaube ich, als Geschenk für den Großkönig bestimmt war.«

Während er noch sprach, lief er schon wieder weiter und rief dabei:

»Ich muß nun rasch zu meiner Isias! Sie guckt sich vielleicht schon alle Augen nach mir aus. Wenn ich zu lange ausbleibe, bekomme ich Unannehmlichkeiten in der Liebe. Sie ist groß darin, auch ohne Grund einen Anlaß zu Vorwurf und Ziererei zu finden ...«

Als sie das hörten, standen sie eine Weile sprachlos. Wie waren sie überrascht und enttäuscht! Schließlich sprach ihnen Nausikles neuen Mut zu. Der vorübergehende, zufällige Fehlschlag brauche sie nicht ganz an ihrem Unternehmen verzweifeln zu lassen. Sie müßten jetzt allerdings nach Chemmis zurückkehren, um weitere Schritte zu überlegen und sich für eine längere Reise zur Auffindung des Theagenes vorzubereiten, ob er nun bei den Räuberhirten oder bei anderen Leuten sei. Sie könnten bestimmt hoffen, ihn wiederzufinden. Denn sicherlich nicht ohne himmlische Fügung hätten sie den Bekannten getroffen, der ihnen Auskunft geben konnte, wo sie Theagenes suchen müßten: Als nächstes Ziel müßten sie das Dorf der Räuberhirten ins Auge fassen.

Es fiel Nausikles nicht schwer, sie zu überzeugen. Auch etwas anderes gab ihnen Hoffnung. Knemon versicherte dem Kalasiris persönlich, er könne voll Zuversicht sein, da Thyamis bestimmt Theagenes in Sicherheit gebracht habe. So beschloß man umzukehren.

Als sie zurückkamen, stand Chariklea in der Tür. Schon von ferne und nach allen Richtungen hatte sie Ausschau nach ihnen gehalten.

Als sie sah, daß Theagenes nicht mit ihnen kam, brach sie in laute Klagen aus.

»Ihr kehrt allein zurück«, rief sie, »so wie ihr gegangen seid? Also ist Theagenes tot? Bringt ihr mir eine Schreckensbotschaft, bei den Göttern, nur schnell heraus damit! Verschlimmert meine Qual nicht durch langes Zögern! Es ist menschlicher, Unglück rasch mitzuteilen. Dann fügt man sich leichter in das Schlimmste und verschmerzt alles rascher –«

Knemon unterbrach ihre Klagen.

»Wie schwer machst du dir doch alles, Chariklea, mit deiner unglücklichen Neigung, immer das Schlimmste anzunehmen, was in diesem Fall zum Glück nicht zutrifft. Theagenes ist am Leben und dank der göttlichen Vorsehung wohlauf.«

Dann berichtete er kurz, wie und wo. Darauf sagte Kalasiris:

»Nach deinen Worten zu schließen, guter Knemon, hast du nie geliebt. Sonst wüßtest du, daß Liebende auch in harmlosen Dingen Unheil vermuten und nur dem Glück trauen, wenn sie es mit eigenen Augen sehen. Schon die Abwesenheit des Geliebten genügt, um ihre Seele in Angst und Unruhe zu versetzen. Das liegt daran, daß sie glauben, Liebende müßten stets beisammen sein und nur Mißgeschick dürfe sie trennen. Haben wir also Nachsicht mit Chariklea, mein Lieber, die nun das Schicksal aller Liebenden teilt, und gehen wir ins Haus, um unsere Maßnahmen zu beraten.«

Dabei nahm er Chariklea mit väterlicher Zärtlichkeit bei der Hand und führte sie hinein.

Nausikles ließ, um die Sorgen seiner Gäste zu zerstreuen – er hatte auch noch eine andere Absicht dabei –, ein üppigeres Mahl als sonst anrichten. Außer ihnen selbst nahm nur noch seine Tochter daran teil, die sich auf seinen Wunsch festlicher und kostbarer als gewöhnlich dafür kleiden mußte.

Nachdem sie ihren Appetit hinreichend befriedigt zu haben schienen, hielt er eine Rede.

»Meine lieben Gäste«, begann er, »ich persönlich – die Götter seien Zeugen für das, was ich jetzt sage – würde es am liebsten sehen, daß ihr euer ganzes Leben hier bei mir bliebet und Hab und Gut und alles, was mir teuer ist, mit mir teiltet. Denn ich betrachte euch nicht als Gäste für kurze Zeit, sondern als wahre, liebe Freunde für die Dauer, und alles, was ich für euch tun werde, bedeutet für mich keine Last. Wenn ihr aber eure Angehörigen suchen wollt, so stehe ich euch nach Kräften auch dafür zur Verfügung, solange ich bei euch sein kann. Doch wißt ihr ja selbst, daß mein Beruf der eines Kaufmanns ist und der Handel mein Ackerfeld. Schon längere Zeit wehen frische Westwinde, öffnen der Schiffahrt das Meer und verheißen den Kaufleuten glückliche Fahrt. Mich ruft eine geschäftliche Veranlassung dringend nach Griechenland. Ihr müßtet mich deshalb eure eigenen Pläne wissen lassen, damit ich mich nach euren Absichten richte.«

Nach einer kleinen Pause nahm Kalasiris das Wort.

»Möge deine Reise unter einem glücklichen Stern stehen! Mögen Hermes, der Gewinnbringer, und Poseidon, der Beschützer, dich geleiten und führen! Mögen sie dir die Wogen glätten und günstigen Wind schicken, jeden Hafen öffnen, jede Stadt erschließen und für deine Geschäfte zugänglich machen. Hast du uns während unseres Aufenthaltes bei dir doch so gastlich bewirtet, jetzt bei unserem Abschied so freundlich geleitet und alle Pflichten der Gastfreundschaft so vorbildlich erfüllt. Gewiß wird es uns schwerfallen, uns von dir und deinem Hause zu trennen, in dem wir uns dank deiner Fürsorge wie in unserem eigenen gefühlt haben. Doch zwingt uns die unerbittliche Pflicht, alles zu unternehmen, um unsere Freunde wiederzufinden. Dies gilt für mich und Chariklea. Was Knemon vorhat, ob er weiter mit uns herumziehen und uns diesen Gefallen tun will oder ob er andere Absichten hat, mag er, da er hier ist, selbst sagen.«

Knemon wollte schon antworten und hatte bereits den Mund geöffnet, als ihn die Bewegung übermannte und ihm die aufsteigenden Tränen den Mund verschlossen.

Endlich faßte er sich wieder und sprach mit einem tiefen Seufzer:

»Ach, wie wechselnd und unberechenbar ist das Menschenlos. Welche Flut von Unglück hat es schon über so viele und besonders über mich gebracht! Es hat mich von meiner Familie und aus dem väterlichen Hause gerissen, hat mir die Heimat und die Stadt mit allem, was mir lieb war, genommen und mich – von all dem, was mir in der Zwischenzeit widerfuhr, zu schweigen – nach Ägypten verschlagen und mich diesen Räuberhirten ausgeliefert. Nur einen Hoffnungsschimmer hat es mir gewährt, es ließ mich hier Freunde finden, die, unglücklich wie ich, doch Griechen waren und mit denen ich alles Weitere zu teilen hoffte. Aber auch diesen Trost scheint es mir nun zu nehmen. Wohin soll ich mich wenden? Was kann und soll ich tun? Soll ich Chariklea verlassen, ehe sie ihren Theagenes wiederhat? Das wäre häßlich und unrecht von mir. Soll ich sie begleiten und ihn suchen helfen? Wenn es sicher wäre, daß wir ihn finden, so würde mir die Aussicht auf Erfolg die Mühe leicht machen. Aber die Zukunft ist ungewiß, und die Schwierigkeiten sind allzugroß. Es ist kein Ende der Irrfahrt abzusehen. Darf ich da nicht bei euch und den Göttern der Freundschaft auf euer

Verständnis hoffen, wenn ich nunmehr an die Heimkehr in mein Vaterland und zu meinen Angehörigen denke, zumal sich – offenbar dank einer göttlichen Vorsehung – jetzt diese günstige Gelegenheit bietet, daß der gute Nausikles nach Griechenland reisen will? Auch bin ich besorgt, daß unser Hauswesen, wenn in der Zwischenzeit meinem Vater etwas zustößt, ohne Besitzer und Erben bliebe. Verarmte ich dann auch, so wäre es doch schon erfreulich und befriedigend, wenn durch mich unser Geschlecht erhalten bliebe. Doch erst, liebe Chariklea – denn dir gegenüber muß ich mich vor allem rechtfertigen und bitte dich um Verzeihung, die du mir nicht versagen darfst –, will ich dich zu den Räuberhirten begleiten. Mag Nausikles es eilig haben, er wird sich schon bewegen lassen, etwas zu warten. Vielleicht daß ich dich persönlich Theagenes in die Hände geben und ihm zeigen kann, wie treu ich das mir anvertraute Gut behütet habe! Dann würde ich in froher Hoffnung und mit gutem Gewissen von dir Abschied nehmen. Sollten wir aber, was ich nicht hoffe, keinen Erfolg haben, so werde ich auch dann bei dir wohl entschuldigt sein, da ich dich dann nicht allein lasse, sondern deinem treuen Beschützer und Vater, dem guten Kalasiris, anvertraue.«

Chariklea hatte schon längst aus verschiedenen Anzeichen entnommen, daß Knemon sich in die Tochter des Nausikles verliebt hatte. Liebende haben ja ein besonders scharfes Auge für die, welche von gleichen Gefühlen bewegt werden. Auch entnahm sie aus Nausikles' Worten, daß ihm eine verwandtschaftliche Verbindung mit Knemon durchaus willkommen wäre, daß er schon längst darauf hinzielte und ihn auf jede Weise heranzog und für sich zu gewinnen suchte. Außerdem schien es ihr auch nicht schicklich und unverfänglich, Knemon noch länger zum Begleiter zu haben.

»Tu ganz, was dir beliebt«, sprach sie deshalb zu ihm. »Die guten Dienste, die du mir bisher geleistet hast, erkenne ich an und bin dir zu Dank dafür verpflichtet. Es ist aber in Zukunft durchaus nicht mehr nötig, daß du dir meinetwegen Sorgen machst und dich gar mit innerem Widerstreben in fremde Schicksale und Gefahren hineinreißen läßt. Suche nur dein Athen wieder auf, deine Angehörigen und dein väterliches Haus, und laß dir die durch Nausikles gebotene Gelegenheit unter keinen Umständen entgehen. Kalasiris und ich wollen schon gegen alle Widerstände ankämpfen, bis wir das Ziel unserer Irrfahrt erreichen. Und wenn uns kein einziger Mensch beistände, so vertrauen wir zuversichtlich auf die Hilfe der Götter.«

Nausikles fiel ihr ins Wort.

»Möge Chariklea alles nach Wunsch gehen«, sagte er. »Mögen ihr die Götter den erbetenen Beistand leisten und sie ihren Lieben wiedergeben, willensstark und klug wie sie ist. Und du, Knemon, sei nicht ärgerlich, daß du Thisbe nicht nach Athen zurückbringst. Für ihre Entführung und Flucht aus Athen kannst du mich verantwortlich machen. Der Kaufmann aus Naukratis, Thisbes Liebhaber, bin nämlich ich selbst. Auch brauchst du nicht zu befürchten, zu verarmen und betteln gehen zu müssen. Wenn du denkst wie ich, soll es dir nicht an Vermögen fehlen. Ich bringe dich zurück, du sollst Vaterhaus und Heimat wiedersehen. Wenn du dich verheiraten willst, gebe ich dir meine Tochter Nausiklea und eine anständige Mitgift dazu. Geschenke von deiner Seite sehe ich durch die von dir vermittelte Bekanntschaft mit deiner Familie, deinem Haus und Volk als bereits empfangen an.«

Knemon, der seine Wünsche, deren Verwirklichung er kaum zu hoffen gewagt hatte, über alle Erwartung hinaus erfüllt sah, besann sich keinen Augenblick.

»Mit Freuden nehme ich dein Anerbieten an«, rief er.

Dabei streckte er seine Rechte aus, in die Nausikles die Hand seiner Tochter legte, so verlobte er sie ihm. Dann ließ er seine Hausgenossen das Hochzeitslied anstimmen, eröffnete selbst den festlichen Reigen und machte aus dem Mahl im Handumdrehen eine unvorbereitete Hochzeitsfeier.

Während sich alle dem Tanz widmeten und bei festlichem Fackelschein im Haus aus dem Stegreif die ganze Nacht hindurch Hochzeit feierten, hatte sich Chariklea allein in ihr

Zimmer zurückgezogen. Nachdem sie die Tür hinter sich fest verschlossen hatte und sicher war, nicht mehr gestört zu werden, löste sie in einem Anfall bacchischer Raserei wild das Haar und riß sich die Kleider vom Leibe.

»Gut denn«, rief sie, »auch ich will meinem Schicksalsgott einen Tanz nach seinem Geschmack aufführen! Singen wir ihm ein Klagelied und begleiten wir es mit einem Tanz der Tränen! Im Dunkel soll es widerhallen. Diesen Leuchter schleudere ich auf den Boden, damit nächtliche Finsternis mein Tun umgibt. Ist dies das Brautgemach, dies das Hochzeitsbett, das für mich bereitet ist, für die Einsame, Unvermählte, deren Gatte nur dem Namen nach – wie lange noch? – ein Gatte ist. Knemon feiert Hochzeit – und Theagenes irrt umher als Gefangener und vielleicht in Fesseln. Und doch wäre ich glücklich, wenn er wenigstens noch am Leben wäre. Nausiklea, die bisher mit mir zusammenschlief, ist vermählt und von mir getrennt. Chariklea liegt allein und verlassen. Doch der beiden wegen will ich mich nicht beschweren bei euch, Schicksalsgötter – mögen sie ihr Glück genießen –, sondern um unsertwillen, denen ihr nicht die gleiche Gunst gewährt. Ihr zieht das Stück, das ihr mit uns aufführt, so endlos in die Länge, daß es jedes Maß übersteigt. Aber was ergehe ich mich in nutzlosen Klagen? Mag der Götter Wille auch in Zukunft geschehen! Doch bist du tot, mein Theagenes, du mein liebster und einziger Gedanke, und erfahre ich deinen Tod, was nie geschehen möge, dann will ich nicht zögern, mich mit dir zu vereinigen. Vorerst bringe ich dir dieses Opfer« – dabei riß sie sich Haar aus und warf es auf ihr Bett – »und diese Tränen vergieße ich für dich aus den Augen, die du so liebtest.« Ihr Lager wurde feucht von Tränen. »Bist du aber noch – o Glück! – am Leben, so komm und ruhe im Traum bei mir. Doch auch dann, Liebster, laß deine jungfräuliche Braut unberührt für die Ehe. Ja, ich sehe dich! Ich umarme dich, als wärest du bei mir!«

Sie warf sich mit dem Gesicht auf das Bett und umschlang es mit ausgebreiteten Armen. Sie stöhnte und jammerte, bis das Übermaß des Schmerzes ihr die Besinnung raubte und es dunkel wurde vor ihren Augen. Schließlich sank sie in einen Schlaf, der sie bis zum hellen Morgen umfangen hielt.

Kalasiris, der sich wunderte, daß sie gegen ihre Gewohnheit nicht erschien, ging an ihr Schlafzimmer, pochte kräftig gegen die Tür und rief sie wiederholt beim Namen. Sie erwachte. Verwirrt von dem plötzlichen Klopfen, lief sie, wie sie war, zur Tür, schob den Riegel zurück und öffnete dem Alten. Als er sie vor sich sah, mit aufgelöstem Haar, das Kleid über der Brust zerrissen und die Augen noch geschwollen und mit allen Zeichen der Erregung, in der sie eingeschlafen war, erriet er den Grund. Er führte sie wieder zu ihrem Lager, ließ sie niedersitzen und warf ihr einen Mantel über. Dann sorgte er ein wenig für Ordnung.

»Was hast du, Chariklea?« fragte er. »Warum bist du so tief unglücklich? Weshalb diese unvernünftige Verzweiflung? Ich kenne dich gar nicht wieder, die du stets mit so viel Haltung und Selbstbeherrschung dein Schicksal ertragen hast! Willst du nicht wieder zu dir kommen? Denk daran, daß du ein Mensch bist, ein unstetes Wesen, das schroffem Wechsel ausgesetzt ist! Warum willst du dir durch den Tod vielleicht die Aussicht auf bessere Zeiten verscherzen? Nimm auch auf uns Rücksicht, liebes Kind, wenn nicht auf dich selbst, wenigstens auf Theagenes, dem das Leben nur mit dir zusammen lieb ist. Der ganze Wert des Lebens liegt ihm nur darin, daß du ihm erhalten bleibst.«

Chariklea errötete, besonders weil sie sich der Verfassung, in der er sie überrascht hatte, bewußt wurde. Lange schwieg sie. Da aber Kalasiris sie zu einer Äußerung drängte, sagte sie schließlich: »Deine Vorwürfe sind berechtigt, doch bin ich vielleicht zu entschuldigen, lieber Vater. Es ist nicht hemmungslose und niedrige Leidenschaft, die mich Unglückliche zu diesem wilden Gefühlsausbruch hinriß, sondern die reine und keusche Liebe zu dem, der, wenn auch ohne Ehe, mein Gatte ist, zu Theagenes. Mich quält der Schmerz, von ihm getrennt zu sein, mehr noch die Ungewißheit, ob er noch lebt oder nicht.«

»Sei deswegen unbesorgt«, erwiderte Kalasiris. »Er lebt

und wird nach dem Willen der Götter bald mit dir vereint sein, sofern man dem euch gegebenen Orakel Glauben schenken kann – und wir dürfen es – und ebenso der gestrigen Nachricht, daß er bei der Überführung nach Memphis in die Hände des Thyamis gefallen ist. Stimmt das, so ist er ganz gewiß in Sicherheit, da ihn mit Thyamis schon von früher her eine gute Bekanntschaft verbindet. Wir dürfen keine Zeit verlieren und müssen so schnell wie möglich die Ortschaft Bessa erreichen, um die Gesuchten aufzuspüren, du deinen Theagenes, ich außerdem noch meinen Sohn. Denn du weißt wohl schon, daß Thyamis mein Sohn ist.«

Chariklea versank in Nachdenken.

»Wenn du einen Sohn namens Thyamis hast«, sagte sie, »und der dein Sohn ist, den ich meine, und nicht etwa ein anderer, dann sehe ich eine furchtbare Gefahr.«

Erstaunt fragte Kalasiris nach dem Grunde.

»Wie du weißt«, erwiderte sie, »war ich als Gefangene bei den Räuberhirten. Dabei hat die unselige Schönheit, die mir zu meinem Verhängnis mitgegeben zu sein scheint, die Leidenschaft des Thyamis erregt. Begegnen wir ihm jetzt auf unsrer Suche, so wird er, fürchte ich, wenn er mich sieht, sich an seine ehemalige Gefangene erinnern und mir die Ehe, die er mir damals antrug und der ich mich doch geschickt entzog, aufzuzwingen suchen.«

»Ich will nicht hoffen«, entgegnete Kalasiris, »daß ihn die Leidenschaft so weit hinreißt, es angesichts seines Vaters an Achtung fehlen zu lassen. Der Anblick des Vaters wird wohl den Sohn beschämen und ihn eine unerlaubte Neigung – wenn er sie noch hegt – niederzwingen lassen. Und dann – was hindert dich, eine neue List auszudenken, um dem befürchteten Antrag zu entgehen? Du scheinst dich ja darauf zu verstehen, solche Bewerber durch Ausflüchte und Vorwände hinzuhalten.«

Diese Worte heiterten Chariklea etwas auf. »Ob du es ernst meinst«, erwiderte sie, »oder nur Scherz mit mir treibst, will ich jetzt offenlassen. Aber ich möchte eine List, die ich früher mit Theagenes vorhatte, aber infolge der eingetretenen Umstände nicht anwenden konnte, unter günstigeren Bedingungen versuchen. Als wir von der Räuberinsel fliehen wollten, hatten wir uns vorgenommen, uns zu verkleiden und im elenden Bettlergewand die Ortschaften und Städte zu betreten. Wenn du einverstanden bist, wollen wir diese Verkleidung vornehmen und als Bettler gehen. Dann werden wir von denen, die uns begegnen, weniger zu befürchten haben. Dürftigkeit gewährt unter solchen Umständen Schutz, und Armut erregt eher Mitleid als Neid. Auch werden wir uns so unseren täglichen Unterhalt leichter verschaffen. Denn in der Fremde, wo man niemand kennt, ist das Käufliche knapp. Als Bettler bekommt man es leicht aus Mildtätigkeit.«

Kalasiris erklärte sich einverstanden und drängte auf eiligen Antritt der Reise. Sie gingen zu Nausikles und Knemon, setzten sie von ihrer Absicht in Kenntnis und brachen am dritten Tage auf, ohne das angebotene Lasttier oder einen Begleiter mitzunehmen. Nausikles, Knemon und die übrigen Hausbewohner begleiteten sie ein Stück Weges. Auch Nausiklea, die ihren Vater inständig um Erlaubnis gebeten hatte, kam mit. Ihre Anhänglichkeit an Chariklea hatte sie die mädchenhafte Zurückhaltung überwinden lassen. Nach einem gemeinsamen Wege von fünf Stadien umarmten sie einander zum letzten Male – Männer und Frauen für sich – und reichten sich die Hände. Es war ein Abschied, reich an Tränen und Wünschen für eine glücklichere Zukunft.

Knemon entschuldigte sich mit seinem jungen Ehestande, daß er sie nicht begleitete, tat sogar, als wolle er bei der ersten Gelegenheit, die sich biete, wieder zu ihnen stoßen. Dann kehrte er mit den anderen nach Chemmis zurück.

Chariklea und Kalasiris – das war ihre erste Sorge – verkleideten sich nun als Bettler. Sie zogen die mitgenommenen kümmerlichen Lumpen an. Chariklea rieb das schöne Gesicht mit Ruß ein und beschmierte es noch mit Lehm, bis es ganz entstellt war. Dann schob sie das Ende eines schmutzigen Kopftuches schräg und unordentlich von der Stirn herunter über das eine Auge. Unter dem Arm hatte sie einen

Beutel, der dem Anschein nach Brotrinden und Wegzehrung enthielt, in Wirklichkeit aber nötig war für das Priestergewand aus Delphi und die Stirnbinde sowie den Schmuck und die Erkennungszeichen, die ihre Mutter mit ihr ausgesetzt hatte. Kalasiris steckte Charikleas Köcher in eine abgetragene Lederhülle und ließ sie wie ein weiteres Bündel schräg über die Schulter hängen. Vom Bogen löste er die Sehne, so daß er gerade wurde, und nahm ihn als Stock in die Hand, auf den er sich mit dem ganzen Körpergewicht stützte. Sobald er jemand in einiger Entfernung auftauchen sah, krümmte er den Rücken noch mehr, als sein Alter gebot, zog das eine Bein nach und ließ sich manchmal von Chariklea noch an der Hand führen.

Für die Durchführung ihrer Rollen waren sie so in jeder Hinsicht vorbereitet und neckten sich gegenseitig, indem sich der eine über des anderen Aufzug lustig machte. Nachdem sie noch ihren Schicksalsgott gebeten hatten, ihrer Not bald ein Ende zu machen und es bei den ausgestandenen Leiden bewenden zu lassen, beeilten sie sich, Bessa zu erreichen, wo sie Theagenes und Thyamis anzutreffen hofften. Aber sie erlebten eine Enttäuschung. Als sie kurz vor Sonnenaufgang in die Nähe von Bessa kamen, stießen sie auf eine Menge Gefallener – sie konnten noch nicht lange da liegen –, von denen die Mehrzahl, wie Kleidung und Bewaffnung erkennen ließ, Perser waren, der Rest Einheimische. Offensichtlich hatte ein Gefecht stattgefunden. Nur wußten sie nicht, wer miteinander gekämpft hatte.

Sie traten an die Gefallenen heran, um zu sehen, ob ein ihnen bekanntes Gesicht darunter sei – wir armen Menschen denken ja immer gleich an das Schlimmste, wenn es sich um jemand handelt, der einem lieb ist. Dabei stießen sie auf eine alte Frau, die den Leichnam eines der Einheimischen umschlungen hielt und fassungslos jammerte. In der Absicht, aus der Alten etwas herauszubringen, blieben sie bei ihr stehen und sprachen ihr erst einmal Trost zu, um ihren hemmungslosen Klagen Einhalt zu tun. Als sie das erreicht hatten, fragte Kalasiris die Frau auf ägyptisch, wen sie bejammere und was für ein Kampf hier stattgefunden habe.

Sie gab in kurzen Worten Bescheid: Der Tote, den sie betrauere, sei ihr Sohn, sie sei auf das Leichenfeld gegangen, in der Hoffnung, es möge einer kommen und ihrem Leben ein Ende machen. Inzwischen erweise sie dem Toten, so gut es gehe, mit Tränen und Klagen die letzte Ehre.

»Ein junger Ausländer von auffallender Schönheit und Erscheinung«, so erzählte sie über das Gefecht, »sollte zu Oroondates, dem Statthalter des Großkönigs, nach Memphis gebracht werden. Der Platzkommandant Mitranes hatte ihn, glaube ich, gefangengenommen und, wie es heißt, als ganz besonderes Geschenk abgeschickt. Leute von uns dort drüben« – sie zeigte dabei auf das nächste Dorf – »haben das Geleit überfallen und den jungen Mann mitgenommen. Wie sie sagten, war er ein guter Bekannter von ihnen, mag das nun wahr oder ein Vorwand gewesen sein. Vermutlich wütend über diese Nachricht, ließ Mitranes vor zwei Tagen seine Leute gegen das Dorf ausrücken. Die Dorfbewohner sind nun ein äußerst kriegerischer Menschenschlag, der vom Räuberhandwerk lebt, den Tod verachtet und schon von jeher viele Frauen, wie jetzt auch mich, um Männer und Söhne gebracht hat. Kaum hatten sie von dem geplanten Überfall Wind bekommen, als sie sich in einen Hinterhalt legten, den Gegnern auflauerten und über sie herfielen, wobei sich ein Teil von vorn, der andere überraschend von hinten aus dem Versteck mit Geschrei auf die überraschten Perser stürzte. Mitranes fiel kämpfend in der ersten Reihe. Mit ihm fanden fast alle anderen, umzingelt und ohne Möglichkeit zur Flucht, den Tod. Auch von den unsrigen fielen einige, und zu diesen wenigen gehört nach des Schicksals grausamem Willen auch mein Sohn. Ein Perserpfeil hat ihm, wie ihr seht, die Brust durchbohrt. Um ihn weine ich Unglückliche und vielleicht werde ich bald auch um den mir noch verbliebenen Sohn trauern, der gestern mit den anderen gegen die Stadt Memphis gezogen ist.«

Kalasiris erkundigte sich auch nach dem Anlaß dieses Unternehmens. Die alte Frau erzählte, was sie darüber von ihrem überlebenden Sohn erfahren hatte.

»Da sie Soldaten des Königs und einen Kommandanten getötet hatten, sahen unsere Leute ganz klar, die Sache werde unter diesen schwerwiegenden Umständen nicht so harmlos ablaufen, sondern ihnen die schwersten Gefahren bringen. Oroondates, der als Befehlshaber von Memphis über eine stattliche Truppenmacht verfügt, werde, sobald er Nachricht erhalten habe, unverzüglich aufbrechen, das Dorf umzingeln und durch die Niedermetzelung aller Bewohner Vergeltung üben. Da wagten sie ein gefährliches Spiel um das Ganze. Sie entschlossen sich, die eine kühne Tat durch eine noch verwegenere wettzumachen und durch einen unerwarteten Überfall den Absichten des Oroondates zuvorzukommen. Sie wollten ihn, falls sie ihn in Memphis anträfen, unschädlich machen oder, wenn er abwesend war – wie es hieß, war er zur Zeit durch einen Feldzug gegen Äthiopien beansprucht –, die von Verteidigern entblößte Stadt in ihre Hand zu bekommen suchen. Dadurch hoffen sie der augenblicklichen Gefahr zu entgehen und außerdem ihrem Führer Thyamis wieder zu der Priesterwürde zu verhelfen, die sein jüngerer Bruder widerrechtlich innehat. Mißlingt ihr Unternehmen, so wollen sie lieber im Kampf fallen als sich zwecklos ergeben und der persischen Grausamkeit und Willkür ausliefern. Doch wohin wollt ihr, Fremde?«

»In das Dorf«, erwiderte Kalasiris.

»Es wird nicht ungefährlich sein«, meinte sie, »euch zu so später Stunde und unbekannt wie ihr seid, unter die Zurückgebliebenen zu wagen.«

»Wenn du dich unser annimmst«, erklärte Kalasiris, »haben wir für unsere Sicherheit wohl nichts zu fürchten.«

»Ich habe jetzt keine Zeit«, wandte die Alte ein, »da ich noch nächtliche Totenopfer verrichten muß. Wenn es euch aber recht ist – und ihr werdet euch wohl oder übel damit abfinden müssen –, so geht hier, wo nicht soviel Tote liegen, etwas abseits und wartet, bis die Nacht vorüber ist. Sobald es

Tag wird, werde ich mich eurer annehmen und für eure Sicherheit sorgen.«

Kalasiris teilte Chariklea mit, was die Alte gesagt hatte, indem er alles getreulich übersetzte. Sie entfernten sich ein Stück von dem Schlachtfeld und erreichten einen kleinen Hügel. Dort legte sich Kalasiris nieder, den Köcher als Kopfkissen benutzend, während Chariklea sich hinsetzte und den Beutel als Sitz verwandte.

Als der Mond aufging und alles mit seinem hellen Glanz beleuchtete – es war gerade die dritte Nacht nach Vollmond –, schlief Kalasiris schon, durch sein Alter und den Weg ermüdet. Chariklea, von ihren Sorgen wach gehalten, wurde Zeugin eines grausigen, ägyptischen Frauen aber durchaus vertrauten Schauspiels.

Die Alte, die sich ungestört und unbeobachtet glaubte, grub zuerst eine Vertiefung und setzte einen zu beiden Seiten aufgeschichteten Scheiterhaufen in Brand. Nachdem sie den Leichnam ihres Sohnes dazwischen gebettet hatte, nahm sie von einem abseitsstehenden Dreifuß einen Tonkrug mit Honig, einen anderen mit Milch und einen dritten mit Wein und goß eins nach dem anderen in die Erdmulde. Dann warf sie eine aus Teig gebackene Figur eines mit Lorbeer und Fenchel geschmückten Mannes in die Vertiefung. Schließlich ergriff sie ein Schwert, rief, wie vom Wahnsinn geschüttelt, mit wilden und fremdartigen Lauten den Mond an, brachte sich einen Schnitt am Arm bei und spritzte das Blut, das sie mit einem Lorbeerzweig auffing, über den Scheiterhaufen.

Nachdem sie noch eine Reihe anderer Zauberkünste vollführt hatte, beugte sie sich über den Leichnam ihres Sohnes, als flüstere sie ihm etwas ins Ohr, rief ihn wach und zwang ihn durch ihre Beschwörung, sich aufzurichten.

Chariklea, die schon die ersten Verrichtungen angstvoll beobachtet hatte, wurde vom Grauen gepackt. In ihrem Entsetzen über die seltsamen und ihr befremdlichen Vorgänge weckte sie Kalasiris, damit auch er sehe, was da vor sich ging.

So saßen sie beide im Dunkel, ohne gesehen zu werden,

vermochten aber leicht zu beobachten, was sich im Scheine des Scheiterhaufens abspielte. Da sie nicht weit entfernt waren, konnten sie auch die Alte sprechen hören, wie sie nun mit lauter Stimme dem Toten Fragen stellte.

Sie wollte wissen, ob sein Bruder, ihr überlebender Sohn, wohlbehalten heimkehren werde.

Der Tote gab keine Antwort, sondern nickte nur, wobei er durch die Kopfbewegung die Alte im Zweifel ließ, ob sie auf Erfüllung ihrer Wünsche rechnen dürfe. Plötzlich brach er zusammen und blieb mit dem Gesicht auf der Erde liegen. Sie wendete den Leichnam wieder um, legte ihn auf den Rücken und ließ mit ihren Fragen nicht nach, sondern flüsterte ihm offenbar noch stärkeren Zwang ins Ohr. Das Schwert in der Hand, sprang sie zwischen Grab und Scheiterhaufen umher und brachte ihn erneut zum Erwachen. Als er sich aufgerichtet hatte, wiederholte sie ihre Fragen und zwang ihn, seine Voraussage nicht nur durch Zeichen, sondern mit klaren Worten kundzutun.

Während die Alte damit beschäftigt war, drang Chariklea in Kalasiris, näher heranzugehen und nach Theagenes zu fragen. Er lehnte es aber ab, mit dem Hinweis, schon der Anblick eines solchen Schauspiels sei Sünde und könne nur durch ihre Zwangslage entschuldigt werden. Es sei Priestern verboten, bei solchen Handlungen mitzuwirken oder auch nur zugegen zu sein. Sie suchten die Zukunft mittels vorschriftsmäßiger Opfer und frommer Gebete zu erfahren, im Gegensatz zu den Uneingeweihten, die sich mit Erde und Leibern von Toten abgäben wie die ägyptische Alte, die sie zufällig beobachten könnten.

Während er noch sprach, begann der Tote, als spräche er aus einem geschlossenen Gewölbe oder einer Felsenhöhle, in wilden, tiefen Tönen zu reden.

»Ich habe dich bisher geschont, meine Mutter«, sagte er, »und habe es ertragen, daß du dich gegen die menschliche Natur versündigst, in die Satzungen der Moiren gewaltsam einbrichst und durch Zauberformeln die Bezirke des Unberührbaren zu betreten wagst. Denn auch unter den Verblichenen wird soweit wie möglich die Ehrfurcht vor den Eltern beobachtet. Da du diese aber mit allen Mitteln untergräbst und zerstörst, da du dein ruchloses Treiben nicht nur begonnen hast, sondern bis zum Äußersten treibst, da du einen Leichnam nicht nur sich aufzurichten und dir zuzunicken, sondern sogar zu sprechen zwingst, da du dich nicht um meine Beerdigung kümmerst und nur darauf bedacht, dich meiner zu bedienen, mich hinderst, mich zu den anderen Seelen zu gesellen, so höre, was ich vorhin aus Schonung gegen dich auszusprechen mich scheute:

Weder wird dein Sohn lebend heimkehren, noch wirst du selbst dem Tode durch das Schwert entgehen. Du wirst vielmehr, nachdem du dich dein Leben lang mit so grauenvollen Dingen abgegeben hast, in allernächster Zukunft das gewaltsame Ende finden, das für deinesgleichen bestimmt ist. Obendrein hast du dich erdreistet, die unaussprechbaren Geheimnisse, die von Schweigen und Finsternis gehütet sind, nicht etwa nur für dich in der Einsamkeit zu entschleiern, du hast die Schicksale der Toten auch noch vor Zeugen verraten, von denen einer ein Priester ist. Auch das wäre noch nicht das Schlimmste. Denn er ist ein weiser Mann, der diese Dinge unter dem Siegel des Schweigens für sich bewahren wird und überdies in der Gunst der Götter steht. Deshalb wird er auch seine Söhne, die mit dem Schwert in der Hand gegeneinander zum blutigen Zweikampf antreten, durch sein Erscheinen trennen und miteinander aussöhnen, sofern er sich beeilt. Das Schlimmere aber ist, daß sogar ein junges Mädchen alles, was mit mir geschieht, ansieht und anhört, ein armes, von Liebe gequältes Kind, das durch die ganze Welt irrt um des Geliebten willen, mit dem sie sich nach tausend Abenteuern und Gefahren weit an den Grenzen der Erde zu einem herrlichen und königlichen Leben vereinigen wird.«

Nach diesen Worten sank er in sich zusammen.

Die Alte, die durchaus begriffen hatte, daß die beiden Fremden die Zuschauer waren, wandte sich wie wahnsinnig mit dem Schwert in der Hand gegen sie und suchte sie überall um sich herum, weil sie glaubte, sie hätten sich bei den Toten versteckt. Sie war zum Äußersten entschlossen, wenn sie ihr vor die Augen kämen, weil sie heimtückischerweise durch ihr Zusehen den Zauber gestört hätten. Wie sie so in blinder Wut unter den Gefallenen suchte, übersah sie ein aufrecht stehendes Speerende und rannte es sich in den Leib.

So starb sie und erfüllte verdientermaßen und unverzüglich die Prophezeiung ihres Sohnes.

SIEBTES BUCH

Nachdem Kalasiris und Chariklea in einer so großen Gefahr gewesen waren, setzten sie schleunigst ihren Weg nach Memphis fort, um dem Schauplatz des schrecklichen Geschehens zu entfliehen und der Erfüllung der Prophezeiung entgegenzueilen.

Sie näherten sich der Stadt. Da trafen auch schon die beim Totenopfer gegebenen Voraussagen ein. Sobald Thyamis mit den Räubern von Bessa erschien, sperrten die Einwohner gerade noch die Tore, da ein Soldat des Mitranes, der dem Blutbad von Bessa entronnen war und den Angriff vorausgesehen hatte, die Leute in der Stadt gewarnt hatte.

Thyamis ließ daraufhin an einem Abschnitt der Mauer seine Truppe die Waffen ablegen, damit sie sich von den Strapazen des Marsches erhole, und befaßte sich selbst mit einem Plan für die Belagerung.

Die Städter hatten anfänglich mit einem starken Angreifer gerechnet und Angst gehabt. Bald aber überzeugten sie sich von den Mauern aus von seiner geringen Stärke und begannen, die wenigen Bogenschützen und Reiter, die zum Schutze der Stadt zurückgeblieben waren, zusammenzuziehen und die übrigen Bürger, so gut es die Umstände erlaubten, zu bewaffnen, um den Feinden ein Gefecht zu liefern.

Da trat ihnen ein älterer, besonders angesehener Bürger entgegen und wies darauf hin, in Abwesenheit des Oroondates, der gegen die Äthiopier ausgerückt war, gehöre es sich,

sich erst mit seiner Gattin Arsake ins Einvernehmen zu setzen, zumal da mit ihrer Zustimmung die in der Stadt verbliebenen Truppen sich leichter und bereitwilliger sammeln ließen. Man fand den Rat durchaus angebracht und begab sich schleunigst nach dem Palast, den die Statthalter in Abwesenheit des Großkönigs bewohnen.

Arsake war eine schöne Frau, von hohem Wuchs und lebhaftem Geist, dabei als Schwester des Großkönigs stolz auf ihre vornehme Abstammung. Im übrigen war ihr Lebenswandel nicht einwandfrei, sie schätzte unerlaubte Genüsse und überließ sich hemmungslos ihrer Sinnlichkeit. Auch war sie mitschuldig daran, daß Thyamis seinerzeit aus Memphis geflüchtet war. Denn als Kalasiris wegen der seine Söhne betreffenden göttlichen Prophezeiungen Memphis ganz unbemerkt verlassen hatte und verschollen war – er galt allgemein für tot – und als Thyamis als sein ältester Sohn zum Priester ernannt wurde und das feierliche Opfer seines Amtsantrittes vollzog, sah Arsake beim Betreten des Isistempels den bildschönen jungen Mann im Glanz seiner festlichen Kleidung, verschlang ihn mit begehrlichen Blicken und verriet ihm mit Zeichen ihre sündigen Wünsche. Thyamis, sittenstreng von Natur und durch Erziehung, schenkte ihr nicht die geringste Beachtung. Er war weit davon entfernt, ihr Verhalten richtig zu deuten, oder gab ihm, ganz von der heiligen Handlung in Anspruch genommen, einen harmlosen Sinn. Doch sein Bruder Petosiris, der schon längst eifersüchtig auf die Auszeichnung des Bruders mit dem Priesterrang war, hatte Arsakes Mienenspiel beobachtet und erkannte in ihrem sündigen Versuch eine gute Gelegenheit, seinen Bruder zu verleumden. Er ging heimlich zu Oroondates und entdeckte ihm nicht nur Arsakes Leidenschaft, sondern log noch Thyamis' Einverständnis mit ihr hinzu. Der Statthalter schenkte ihm auf Grund seines gegen Arsake schon bestehenden Verdachtes ohne weiteres Glauben. Doch unternahm er nichts gegen sie, teils weil ihm ein ausreichender Schuldbeweis fehlte, teils aus ängstlicher Rücksicht auf ihre königliche Verwandtschaft. Thyamis dagegen verfolgte er unaufhörlich mit offenen Todesdrohungen, bis er ihn zur Flucht gezwungen hatte, und übertrug Petosiris das Priesteramt.

Das war schon lange her. Jetzt, als die Menge vor ihrem Palast zusammenströmte, das Anrücken der Feinde, von denen sie bereits gehört hatte, meldete und um ihre Zustimmung zu einem gemeinsamen Unternehmen mit der in der Stadt verbliebenen Besatzung ersuchte, erklärte sie, nicht ohne weiteres ihre Einwilligung erteilen zu können, da man noch nicht wisse, wie stark, wer und woher die Gegner seien und was sie zu ihrem Unternehmen veranlasse. Erst müsse man die Mauern besetzen und sich von dort aus zusammen mit den andern ein genaues Bild davon machen, was zu tun möglich und zweckmäßig sei.

Man fand den Vorschlag ausgezeichnet und begab sich unverzüglich auf die Mauern. Arsake ließ droben ein Zelt aus Purpur und Goldbrokat aufstellen. Prachtvoll gekleidet, nahm sie auf einem erhöhten Sitze Platz, umgeben von ihrer in vergoldeten Waffen glänzenden Leibgarde. Sie ließ durch den Heroldstab zeigen, daß sie Friedensverhandlungen wünsche und lud die anerkannten Anführer des Feindes ein, sie möchten nahe an die Mauer herankommen.

Darauf erschienen, auf Wunsch ihrer Leute bewaffnet bis auf den Helm, Thyamis und Theagenes als Beauftragte unter der Mauer. Der Unterführer eröffnete sofort die Verhandlungen:

»Arsake, die Gemahlin des Oroondates, des ersten Statthalters, die Schwester des Großkönigs, läßt euch fragen, was ihr wollt, wer ihr seid und was euch zu diesem dreisten Überfall veranlaßt!«

Sie erwiderten, ihre Leute seien Bewohner von Bessa. Er, Thyamis selber, sei von seinem Bruder Petosiris und von Oroondates widerrechtlich und durch Umtriebe seines Priesteramtes beraubt worden, zu dem ihm die Bessäer jetzt wieder verhelfen wollten. Werde er wieder in seine Würde eingesetzt, so bleibe Frieden und die Bessäer würden, ohne jemandem etwas zuleide zu tun, heimkehren. Andernfalls würden die Waffen entscheiden. Wenn sich Arsake bewußt werde, was sie ihrer Ehre schuldig sei, so müsse sie selbst die sich bietende Gelegenheit wahrnehmen und sich für die von Petosiris gegen sie erhobenen ruchlosen Verleumdungen rächen, durch die er sie bei Oroondates in den Verdacht verbrecherischer und schändlicher Leidenschaft gebracht und ihn zur Flucht aus seiner Vaterstadt gezwungen habe.

Die gesamte Bevölkerung von Memphis geriet daraufhin in größte Erregung. Sie hatten Thyamis erkannt. Der eigentliche Grund seiner überraschenden Flucht war ihnen damals unbekannt geblieben. Jetzt ahnten sie nach seinen Worten die wahren Zusammenhänge und glaubten an seine Aufrichtigkeit.

Erregter noch als alle anderen war Arsake. Ein wahrer Sturm von Empfindungen tobte in ihrer Brust. Einmal vergegenwärtigte sie sich in ihrer Wut auf Petosiris alles, was sich seinerzeit abgespielt hatte, und sann auf Rache. Dann geriet sie, bald Thyamis, bald wieder Theagenes anblickend, in einen Zwiespalt der Gefühle und wurde von doppelter Begierde hin und her gerissen, da ihre alte Leidenschaft für den einen von neuem aufflammte und die Liebe zu dem anderen sie noch heftiger ergriff. Ihre Unruhe blieb ihrer Umgebung nicht unbemerkt. Doch faßte sie sich nach einer Weile des Schweigens, wie man sich von einem Anfall erholt.

»Liebe Leute«, sprach sie, »ihr seid von Kampflust geradezu besessen, ihr Bessäer sowohl wie nicht minder ihr beide. Sympathische junge Männer und, wie ich weiß und auch der Augenschein es vermuten läßt, von vornehmer Abstammung, wollt ihr euch geradewegs und noch dazu für eine Räuberbande in offene Gefahr stürzen, ohne jede Aussicht, auch nur dem ersten Angriff standzuhalten, wenn es zum Kampfe käme. Denn trotz der Abwesenheit des Statthalters kann die königliche Macht nicht so schwach sein, um mit Hilfe der restlichen Besatzung euch nicht samt und sonders einzufangen. Doch darf die große Masse meiner Ansicht nach überhaupt nicht unter dieser Angelegenheit leiden. Es ist eine Auseinandersetzung zwischen Privatpersonen, die kein allgemeines öffentliches Interesse beansprucht. So müssen diese, meiner Meinung nach, unter sich die Sache austragen und die Entscheidung einem Gottesurteil überlassen. Es ist deshalb mein Wille und Befehl«, schloß sie, »daß alle übrigen Leute von Memphis und Bessa ruhig bleiben und sich jeder unbegründeten Kampfhandlung enthalten und daß nur die Bewerber um das Priesteramt sich einem Zweikampf unterwerfen. Dem Sieger wird die Priesterwürde als Preis zufallen.«

Alle Stadtbewohner riefen Beifall und gaben damit ihr Einverständnis mit diesem Vorschlag zu erkennen, hatten sie doch Petosiris im Verdacht hinterhältiger Absichten. Dann freute sich auch jeder, das Wagnis einer offenkundigen unmittelbaren Gefahr anderen überlassen zu können. Die Mehrzahl der Bessaleute war dagegen weder erbaut noch geneigt, ihren Führer allein der Gefahr auszusetzen. Thyamis mußte erst ihr Einverständnis gewinnen und ihnen die Unterlegenheit und mangelnde Kampferfahrung des Petosiris klarmachen und wie aussichtsreich der Kampf von vornherein für ihn stand. Dieser Gedanke leitete offenbar auch Arsake bei ihrem Vorschlag eines Zweikampfes. So konnte sie, ohne Verdacht zu erregen, ihre Absicht durchsetzen und sich auf geschickte Weise an Petosiris für die ihr zugefügte Kränkung rächen, indem sie ihm den weit überlegenen Thyamis gegenüberstellte.

Schneller als gesagt, wurde der Vorschlag in die Tat umgesetzt. Voll Eifer beeilte sich Thyamis, seinen Bruder herauszufordern und die noch fehlenden Waffen ordnungsgemäß und freudestrahlend anzulegen. Theagenes trieb ihn dabei an und war ihm behilflich, den goldglänzenden Helm mit dem großen Roßschweif aufzusetzen und die anderen Teile der Rüstung festzubinden. Petosiris mußte man gewaltsam und auf Arsakes ausdrücklichen Befehl unter Bitten und Jammern vor das Tor treiben und ihm trotz seinem Widerstreben die Waffen anlegen.

Als Thyamis ihn sah, wandte er sich an Theagenes.

»Siehst du, mein Freund, wie Petosiris vor Angst schlottert?«

»Ich sehe es«, erwiderte Theagenes. »Doch was hast du mit ihm vor? Schließlich steht dir nicht ein beliebiger Gegner, sondern dein Bruder gegenüber.«

»Du hast ganz recht«, antwortete Thyamis, »und denkst wie ich. Ich habe vor, wenn ein Gott es mir gewährt, ihn zu besiegen, aber nicht zu töten. Die Erbitterung über das, was ich durch ihn erlitten habe, soll mich nicht so weit hinreißen, daß ich mich mit Bruderblut beflecke und mit einem grausigen Mord am eigenen Bruder für die Vergangenheit Rache nehme und für die Zukunft eine angesehene Stellung erhalte.«

»Das sind Worte eines rechten Mannes«, sagte Theagenes, »der die Menschen kennt. Doch hast du mir noch etwas aufzutragen?«

»Der bevorstehende Kampf ist zwar keine große Sache«, erwiderte Thyamis, »aber im Menschenleben geschieht ja oft das Unwahrscheinlichste. Wenn ich also siege, sollst du zu mir in die Stadt kommen und alles mit mir teilen. Nimmt der Kampf einen unerwarteten Ausgang, so sollst du die Führung der Bessäer, die dich schon sehr gern mögen, übernehmen und so lange ein Räuberdasein führen, bis ein Gott deinem Schicksal eine glücklichere Wendung gibt.«

Sie umarmten einander herzlich unter Tränen. Dann setzte sich Theagenes hin, wie er war, um die Entwicklung der Dinge abzuwarten. Dabei gab er unbewußt Arsake Gelegenheit, sich an seinem Anblick zu weiden und ihre Leidenschaft einstweilen mit den Augen zu befriedigen.

Thyamis stürzte sich auf Petosiris. Dieser wartete den Angriff gar nicht erst ab, sondern riß bei der ersten Bewegung des Gegners in Richtung der Tore aus, um in die Stadt zu entkommen. Doch dieser Versuch mißglückte, da die Leute an den Toren ihm den Weg versperrten und das Volk von den Mauern ihnen zurief, ihn nirgends durchzulassen. So rannte er, was er konnte, rings um die Stadt und warf dabei seine Waffen fort. Hinter ihnen her lief Theagenes, aus Teilnahme am Schicksal des Thyamis und um sich nichts von den Ereignissen entgehen zu lassen. Er war unbewaffnet, damit niemand auf den Gedanken komme, er wolle Thyamis beistehen. An der Stelle der Mauer, an der er unter den Augen Arsakes gesessen, hatte er seinen Schild und Speer hingestellt und überließ diese statt seiner ihren Blicken, während er die beiden Läufer begleitete. Petosiris ließ sich nicht einholen, war aber auch nur wenig voraus und stets in Gefahr, von Thyamis eingeholt zu werden. Der Abstand war nur so groß, wie es zu erwarten war, weil Thyamis in voller Rüstung einen Unbewaffneten verfolgte.

So hatten sie einmal und noch ein zweites Mal die Stadtmauer umlaufen. Da nun, als die dritte Runde sich dem Ende näherte, zielte Thyamis mit dem Speer nach dem Rücken des Bruders und drohte, ihn zu töten, wenn er nicht stehenbleibe. In diesem Augenblick – die ganze Stadt verfolgte von den Mauern aus wie im Theater das Schauspiel – führte eine Gottheit oder der Zufall, der über den menschlichen Dingen waltet, eine überraschende Wendung herbei und ließ wie zur Steigerung in dem sich abspielenden Drama ein neues beginnen. Wie ein deus ex machina mußte gerade an diesem Tag und zu dieser Stunde Kalasiris als unglücklicher Zeuge des Kampfes seiner Söhne auf Leben und Tod erscheinen. Nachdem er so viel durchgemacht und alles versucht und freiwillige Verbannung und Irrfahrten im Auslande auf sich genommen hatte, um diesen entsetzlichen Anblick nicht zu erleben, zwang ihn nun doch das Verhängnis hierher, damit er mit eigenen Augen sehe, was ihm die Götter prophezeit hatten. Als er die beiden Gegner schon von weitem bei der Verfolgung sah, sagte ihm gleich das Orakel, das er so oft gehört hatte, dies seien seine Söhne. Um ihrem Zusammenstoß zuvorzukommen, zwang er sich über die Kräfte des Alters hinaus zu einem Gewaltlauf.

Als er sie eingeholt hatte, lief er dicht neben ihnen her und rief dabei immer wieder:

»Thyamis! Petosiris! Was wollt ihr? Was tut ihr, meine Kinder?«

Doch die erkannten ihren Vater nicht, weil er die elende Kleidung eines Bettlers trug und sie außerdem ganz mit ihrem Kampf beschäftigt waren. So liefen sie an ihm vorüber, im Glauben, er sei ein Landstreicher oder ein Irrer. Das Volk auf der Mauer wunderte sich teils über die Achtlosigkeit, mit der er sich zwischen die gezückten Schwerter warf, teils lachte es über sein sinnloses und tolles Verhalten. Wie der alte Mann nun merkte, daß die armselige Verkleidung sein Erkennen verhinderte, entledigte er sich der Lumpen, in die er sich vermummt hatte, löste sein lang herabfallendes Priesterhaar, warf das Bündel von der Schulter und den Stock aus der Hand und stand vor ihnen in seinem ehrwürdigen priesterlichen Ornat. Er sank in die Knie und streckte die Arme aus.

»Liebe Söhne«, rief er mit Tränen in den Augen, »ich bin Kalasiris, euer Vater! Laßt ab voneinander! Zügelt eure unselige Wut aus Achtung vor dem, der euch erzeugt hat und euch jetzt wieder gehört!«

Erschüttert und halb ohnmächtig sanken beide vor ihm nieder und, seine Knie umfassend, starrten sie ihn erst einmal an, um sich zu vergewissern, daß er wirklich ihr Vater sei. Als sie sicher waren, daß er kein Gespenst, sondern es wirklich war, überwältigte sie die Macht widerstreitender Empfindungen. Sie waren voll Freude, ihren Vater unverhofft am Leben zu sehen, sie empfanden Schmerz und Scham darüber, daß sie unter solchen Umständen von ihm überrascht wurden, und die Ungewißheit über die weitere Entwicklung der Dinge versetzte sie in Verwirrung.

Noch standen die Stadtbewohner staunend, unfähig etwas zu sagen oder zu tun, blickten starr wie Statuen auf das rätselhafte Schauspiel, das sie sich nicht erklären konnten, als eine neue Gestalt auf der Bühne erschien – Chariklea. Sie war Kalasiris gefolgt und hatte schon von weitem Theagenes erkannt. Denn das Auge der Liebe blickt scharf und vermag oft schon an einer Bewegung, an der Haltung, selbst aus der Ferne und von hinten die Ähnlichkeit zu erkennen. Von seinem Anblick betroffen, lief sie außer sich auf ihn zu. Sie warf die Arme um seinen Hals und hielt ihn unter Tränen und Schluchzen umschlungen. Er sah natürlich nur die absichtlich durch Schmutz entstellten, unkenntlich gemachten Züge und die alten zerrissenen Kleider und stieß sie von sich, da er sie für eine Bettlerin und richtige Landstreicherin hielt. Schließlich, als die lästige Person nicht von ihm abließ und ihm den Blick auf Kalasiris versperrte, versetzte er ihr sogar einen Schlag.

»Pythier«, flüsterte sie ihm zu, »denkst du nicht mehr an die Fackel?«

Das Wort traf Theagenes wie ein Pfeil und brachte ihm sofort das zwischen ihnen verabredete Stichwort in Erinnerung. Nun faßte er sie genau ins Auge, und ihr Blick leuchtete wie ein Sonnenstrahl, der durch die Wolken bricht. Er umarmte sie und hielt sie fest umschlungen. So spielte sich zuletzt an der Mauer, da, wo Arsake saß – zornig und voller Eifersucht hingen ihre Blicke an Chariklea –, eine wundervolle Szene ab.

Der unselige Bruderzwist fand sein Ende. Der Kampf, in dem man eine blutige Entscheidung erwartet hatte, nahm statt des tragischen einen glücklichen Ausgang. Der Vater, der gesehen hatte, wie seine Söhne im Zweikampf mit gezogenen Schwertern aufeinander losgingen und drauf und dran war, zu sehen, wie diese Söhne sich gegenseitig erschlugen, war der Vermittler ihrer Versöhnung geworden. Vergebens war er geflohen, um den Willen des Schicksals abzuwenden. Nun war er zu seinem Glück doch noch rechtzeitig gekommen, um das Verhängnis aufzuhalten. Die Kinder bekamen ihren Vater nach zehnjähriger Irrfahrt wieder, und wenn er schuld daran gewesen war, daß sie eben noch auf Tod und Leben um die Priesterwürde miteinander gestritten hatten, jetzt bekränzten und schmückten sie ihn mit den Zeichen eben dieses priesterlichen Amtes.

Die anziehendste Gruppe des Schauspiels aber war das Liebespaar, Theagenes und Chariklea, diese beiden jungen Menschen, die, schön und liebenswert, einander unverhofft wiedergefunden hatten und noch mehr als die anderen die Augen der Städter auf sich zogen. Alles strömte aus den Toren, jung und alt erfüllte das nahe Feld. Die jungen Leute, die kaum ins männliche Alter eingetreten waren, eilten zu Theagenes, die erwachsenen Männer in der Blüte der Jahre zu Thyamis, den sie von früher her kannten. Die jungen Mädchen der Stadt, die schon ans Heiraten denken konnten, umgaben Chariklea, die älteren Männer und alle Angehörigen des Priesterstandes umringten Kalasiris. Während sich so ohne Vorbereitung ein feierlicher Zug bildete, nahm Thyamis Abschied von den Bessäern, dankte ihnen für die ihm erwiesene Hilfsbereitschaft und versprach zum nächsten Vollmond jedem von ihnen zehn Drachmen und hundert Rinder und für alle tausend Schafe. Dann bog er den Nacken unter des Vaters Arm, um dem alten Mann beim Gehen zu helfen und seine Schritte, die von der unerwarteten Freude leicht schwankten, zu stützen. Das gleiche tat Petosiris auf der anderen Seite, und so wurde der Alte beim Fackelschein unter lautem Beifall und Jubel in den Isistempel geleitet, unter den Klängen von Flöten und Pfeifen, die die fröhliche Jugend zum Tanz ermunterten.

Auch Arsake schloß sich von dem Festzug nicht aus. Sie folgte ihm und schritt, von ihrer glänzenden Leibwache umgeben, stolz einher. Mit Edelsteinen und Gold beladen, betrat sie den Isistempel, scheinbar aus dem gleichen Grund wie die übrige Stadt. In Wahrheit hingen ihre Augen nur an Theagenes, dessen Anblick sie mehr als alles andere erfüllte. Allerdings war ihre Freude nicht ungetrübt. Denn als Theagenes Chariklea am Arm führte und das sie umdrängende Volk abwehrte, drang der scharfe Stachel der Eifersucht in ihr Herz.

Kaum hatte Kalasiris den Tempel betreten, da warf er sich vor dem Standbild der Göttin nieder und verharrte ungewöhnlich lange in dieser Stellung. Es schien fast, als sei das Leben aus ihm gewichen. Zuletzt brachten ihn die Umstehenden wieder zu sich. Mühsam aufgerichtet, brachte er der Göttin Opfer und Gebete dar. Dann nahm er den Priesterkranz vom Haupt, setzte ihn Thyamis auf und verkündete dem anwesenden Volke, er sei zu alt und fühle sein nahes Ende. Auch gebühre das Zeichen der Priesterwürde nach dem Gesetz seinem älteren Sohne, dessen Erscheinung und Charakter ihn überdies zur Ausübung dieses hohen Amtes befähigten.

Das Volk gab durch laute Zurufe seinem Beifall Ausdruck. Kalasiris zog sich in den dem Oberpriester vorbehaltenen Tempelbezirk zurück und blieb dort mit seinen Söhnen und in Gesellschaft von Theagenes, während sich die übrigen nach Hause begaben. Mit ihnen entfernte sich, wenn auch nur zögernd, Arsake. Mehrmals machte sie halt, als müsse sie der Göttin nochmals ihre Ehrfurcht bezeigen. Schließlich ging sie, nicht ohne sich so lange wie möglich immer wieder nach Theagenes umzusehen.

In den königlichen Palast zurückgekehrt, begab sich Arsake sogleich in ihr Schlafgemach und warf sich, angekleidet wie sie war, aufs Bett, wo sie stumm liegenblieb. An sich schon zur Wollust geneigt, waren ihre Sinne durch den unwiderstehlichen Anblick des Theagenes, der sie mehr reizte als alles, was sie bisher gesehen hatte, bis zum äußersten aufgeregt. So verbrachte sie die ganze Nacht, warf sich von einer auf die andere Seite, stieß tiefe Seufzer aus, richtete sich auf, ließ sich gleich wieder auf das Lager fallen, riß sich einen Teil der Kleider vom Leibe und warf sich wieder zurück. Dann rief sie eine Zofe, ohne zu wissen wozu, und schickte sie wieder fort, ohne ihr einen Auftrag gegeben zu haben. Kurz – ihre Leidenschaft steigerte sich bis an die Grenzen des Wahnsinns. Endlich näherte sich ihr eine alte Frau, namens Kybele, eine Kammerfrau und vertraute Helferin bei ihren Liebesabenteuern. Ihr war nichts von den Vorgängen in Arsakes Schlafzimmer entgangen, dank dem Schein der Lampe, die gleichsam die Liebesflamme in Arsake mit entzündete.

»Was ist dir, liebe Herrin?« rief sie. »Welche neue Leidenschaft quält dich so? Wer hat durch seinen Anblick meiner Herrin die Ruhe geraubt? Wer ist so stolz und anmaßend, sich deiner Schönheit nicht zu unterwerfen und deine Liebe nicht für Seligkeit zu halten, sondern deinen Wink und Willen zu mißachten? Sprich nur, mein süßes Kind! Niemand besitzt solch ein diamanthartes Herz, daß er nicht meinem Liebeszauber unterläge. Sprich nur, und deine Sehnsucht soll nicht ungestillt bleiben. Du hast es, denk ich, schon oft durch die Tat erprobt.«

So schwatzte sie zu Füßen ihrer Herrin und suchte durch alle möglichen Schmeichelworte Arsake die Ursache ihres Liebesschmerzes zu entlocken.

»Es hat mich gepackt, Mütterchen«, stieß Arsake nach einer Weile hervor, »wie noch nie. So oft und wirksam du mir bei ähnlichem Kummer beigestanden hast, ich weiß nicht, ob du auch diesmal Glück haben wirst. Der Zusammenstoß vor den Mauern, zu dem es heute beinahe gekommen wäre und der so rasch beigelegt wurde, ist für alle unblutig verlaufen und hat mit einem Friedensschluß geendet. Nur für mich bedeutet er den Anfang eines wirklichen Kampfes, wobei ich nicht irgendwo äußerlich, sondern tief im Herzen verwundet wurde, als ich zu meinem Unglück den fremden jungen Mann sah, der beim Zweikampf neben Thyamis herlief. Du weißt schon, wen ich meine, Mütterchen. Seine Schönheit stach ja so sehr von der der anderen ab, daß sie auch einem einfachen Gemüt ohne Schönheitssinn nicht entgehen konnte, geschweige denn einer Kennerin wie dir. Nun weißt du, meine Liebe, welcher Pfeil mich getroffen hat. Es ist an dir, jedes Mittel, jeden Zauber, jede List zu versuchen, wenn dir daran liegt, daß deine Herrin noch am Leben bleibt. Denn ich kann nicht länger leben, wenn ich ihn nicht ganz bekomme.«

»Ich kenne den jungen Mann«, erwiderte die Alte. »Er ist breit an Brust und Schultern, trägt den Nacken aufrecht und frei und überragt alle andern um Hauptеslänge. Sein Auge ist voll Feuer, blickt anziehend und trotzig zugleich. Der Lokkenkopf jedenfalls, mit dem ersten blonden Flaum auf den Wangen, dem sich das fremde Mädchen, ein nicht unschönes, aber offenbar ziemlich dreistes Geschöpf, so stürmisch an den Hals warf und den sie nicht mehr losließ, den meinst du doch, Herrin?«

»Ja, Mütterchen«, antwortete Arsake. »Gut, daß du mich

an die freche Person erinnerst, an dieses Frauenzimmer, das einem üblen Hause entlaufen ist, sich auf ihr bißchen zurechtgemachte Schönheit gewöhnlichster Art wunder was einbildet und doch im Besitz solch eines Geliebten so viel glücklicher ist als ich.«

Bei diesen Worten mußte die Alte doch ein leicht spöttisches Lächeln unterdrücken.

»Sei unbesorgt, Herrin«, sagte sie. »Bis heute mag sie dem jungen Mann schön vorgekommen sein. Wenn ich ihn erst mit dir und deinen Reizen bekannt gemacht habe, wird er Gold gegen Eisen eintauschen, wie man sagt, und seinem Liebchen, dieser Zierpuppe, die sich umsonst aufspielt, bald den Laufpaß geben.«

»Ach, wenn dir das gelänge, meine liebe Kybele, dann würdest du mich gleich von zwei Krankheiten heilen, von der Liebesleidenschaft, indem du sie befriedigst, und von der Eifersucht, von der du mich befreitest.«

»Ich will mein möglichstes tun«, erwiderte die Alte, »du mußt dich aber zusammenreißen und darfst nicht gleich den Mut verlieren, es wird schon gutgehen!«

Mit diesen Worten nahm sie die Lampe, schloß die Tür des Schlafzimmers und entfernte sich.

Kaum brach der Morgen an, als sie in Begleitung eines königlichen Eunuchen und einer Dienerin, die ihr Opferkuchen und andere Opfergaben nachtrugen, zum Isistempel eilte. Am Eingangstor angekommen, erklärte sie, sie bringe der Göttin ein Opfer im Auftrag ihrer Herrin Arsake, die von Träumen beunruhigt sei und die böse Bedeutung dieser Traumgesichte abwenden wolle. Einer der Tempeldiener wies sie ab und schickte sie mit dem Bemerken fort, im Heiligtum herrsche tiefe Trauer. Kalasiris, der Oberpriester, habe am vergangenen Abend anläßlich seiner Rückkehr in die Heimat nach langer Abwesenheit mit seinen Freunden ein festliches Mahl gehalten und sich ganz heiter und aufgeräumt gezeigt. Nach dem Essen habe er der Göttin ein Opfer gebracht und lange zu ihr gebetet. Dann habe er seinen Söhnen gesagt, sie würden ihren Vater nicht mehr lange sehen, und habe ihnen ans Herz gelegt, für die beiden jungen Griechen, die mit ihm gekommen seien, aufs beste zu sorgen und ihnen bei der Erreichung ihrer Wünsche alle mögliche Hilfe zu leisten. Dann habe er sich zur Ruhe begeben. Sei es nun, daß das Übermaß der Freude die Atmungswege in ungewöhnlichem Maße erweitert und erschlafft und dadurch die Lebenskraft des alten Körpers in kurzer Zeit gebrochen habe, oder, daß die Götter seinem Gebete willfahrt hätten, jedenfalls hätten seine Söhne, die wegen seiner Vorhersage die ganze Nacht bei ihm geblieben waren, zur Stunde des Hahnenschreies seinen Tod festgestellt.

»Und jetzt haben wir herumgeschickt«, fuhr er fort, »um alle Priester und Gottesdiener der Stadt zusammenzuholen, damit sie nach altem, geheiligtem Brauch die Bestattung vollziehen. Ihr müßt euch also entfernen. Denn während der nächsten sieben Tage ist es nur Angehörigen des Priesterstandes erlaubt, Opfer zu bringen oder das Heiligtum auch nur zu betreten.«

»Wo werden die Fremden denn wohnen?« fragte Kybele.

»Thyamis, der neue Oberpriester«, erwiderte er, »hat angeordnet, daß ihnen in der Nähe außerhalb des Tempelbezirks eine Unterkunft beschafft wird. Siehst du, da kommen sie selbst schon, um den Vorschriften zu entsprechen und sich vorerst aus dem Tempel zu entfernen.«

Kybele benutzte den glücklichen Zufall, um sozusagen das Wild zu stellen.

»Würdiger Tempeldiener«, sagte sie, »da bietet sich eine Gelegenheit, den Fremden eine große Gefälligkeit zu erweisen, gleichzeitig aber auch uns und besonders der Schwester des Großkönigs, Arsake. Du weißt ja, wie griechenfreundlich sie ist und wie gastlich sie Ausländer bei sich aufnimmt. Sag ihnen also, daß sie gemäß der Anordnung des Thyamis in unserem Hause Wohnung nehmen können.«

Der Tempeldiener entsprach dem Wunsch, ohne Ahnung von Kybeles Hintergedanken, vielmehr in der Überzeugung, den Fremden einen guten Dienst zu erweisen, wenn er sie im Hause des Statthalters unterbringe, und gleichzeitig den

Leuten im Palast einen harmlosen Gefallen zu tun, der niemand schaden konnte.

Als er Theagenes und seine Begleiterin mit Tränen in den Augen und niedergeschlagen herankommen sah, sprach er sie an.

»Das ist aber nicht recht von euch«, sagte er, »und entspricht, wie man euch schon gesagt hat, auch nicht unseren Gepflogenheiten, um einen Oberpriester zu weinen und zu trauern, den wir mit Freuden und Glückwünschen von hinnen schicken. Gibt uns doch das heilige Gotteswort die Gewißheit, daß er in eine bessere Welt eingegangen und unter höhere Wesen aufgenommen ist. Doch mag man euch dies verzeihen, da ihr in ihm, wie ihr sagt, einen Vater, euren Beschützer und die einzige Hoffnung verloren habt. Ihr braucht aber nicht ganz zu verzagen. Thyamis ist offenbar nicht nur im Priesteramt, sondern auch in der Gesinnung euch gegenüber sein Nachfolger geworden. Er hat als erstes Anweisung gegeben, für euch zu sorgen. Schon steht euch eine prächtige Wohnung zur Verfügung, wie sie sich wohlhabende Einheimische kaum zu wünschen wagen, geschweige denn Fremde, die sich überdies in nicht eben besonders günstigen Umständen befinden.«

Er wies auf Kybele. »Folgt dieser guten Alten, die ihr als eure Mutter ansehen könnt, und vertraut euch ihrer Fürsorge an.«

Theagenes und Chariklea gehorchten. Einerseits waren sie durch die vielen unerwarteten Schicksalsschläge abgestumpft, andererseits im Augenblick zufrieden, nur irgendwo Zuflucht und Unterkunft zu finden. Sie würden sich natürlich eines anderen bedacht haben, hätten sie alles Traurige und Schwere, alles Unheil, das sie in ihrer Wohnung erwartete, ahnen können. So aber hatte das Schicksal, das feindlich über ihnen waltete, ihnen nur wenige Stunden der Ruhe und flüchtigen Freude zugedacht. Schon wieder verhängte es neues Leid über sie und führte sie gleichsam als Gefesselte aus eignem Entschluß in die Hände ihrer Feindin und machte die nichtsahnenden und landesunkundigen jungen Leute unter dem Vorwand hochherziger Gastfreundschaft zu Gefangenen. So schlägt die Unkenntnis der Verhältnisse die in die Fremde Verschlagenen wie mit Blindheit.

Als sie den Palast betraten, dessen überladene und jedes Privathaus an Prunk überbietende Vorhöfe erfüllt waren von paradierenden Wachen und glänzender Dienerschaft, waren sie erstaunt und betreten, sich in einer Umgebung zu sehen, die so gar nicht zu ihrer gegenwärtigen Lage paßte. Doch folgten sie Kybele, die ihnen freundlich zusprach und sie ermunterte, sie in einem fort ›Kinderchen‹ und meine ›Lieben‹ nannte und ihnen die herzlichste Aufnahme in Aussicht stellte.

Als die Alte sie schließlich in ihre eigenen Wohnräume geführt hatte, ließ sie alle sich entfernen und nahm allein bei ihnen Platz.

»Liebe Kinder«, sagte sie, »ich weiß, weshalb ihr zur Zeit so niedergeschlagen seid. Der Tod des Oberpriesters Kalasiris, der euch wie ein Vater war, hat euch in tiefe Trauer versetzt. Es wäre nun in der Ordnung, wenn ihr mir sagtet, wer und woher ihr seid. Daß ihr Griechen seid, weiß ich schon, und daß ihr aus gutem Hause stammt, sieht man euch auf den ersten Blick an. Die edlen Züge, die stolze und doch liebenswürdige Haltung verraten eure Herkunft. Doch aus welcher Gegend Griechenlands, aus welcher Stadt ihr stammt, wer ihr seid und durch welche Abenteuer ihr hierherkamt, das möchte ich schon in eurem eigenen Interesse wissen, um meine Herrin Arsake, die Schwester des Großkönigs und Gemahlin des Oberstatthalters Oroondates, eine Freundin der Griechen, die feine Lebensart und Gastlichkeit schätzt, über eure Verhältnisse unterrichten zu können. Sie wird euch dann um so größere Achtung erweisen und gebührend ehren. Ihr sprecht übrigens mit einer Frau, die euch nicht ganz fern steht. Ich bin nämlich selbst griechischer Herkunft, aus der Stadt Lesbos. Als Kriegsgefangene bin ich hierhergekommen. Aber es geht mir hier viel besser als zu Hause. Denn ich bin meiner Gebieterin alles. Sie atmet gleichsam und sieht, sie denkt, hört, erlebt alles durch mich.

Ich mache sie mit vortrefflichen Leuten bekannt und bin die Vertraute aller ihrer Herzensgeheimnisse.«

Theagenes brachte die Äußerung Kybeles mit dem gestrigen entsprechenden Verhalten Arsakes gegen ihn in Zusammenhang und dachte an die begehrlichen und vielsagenden Blicke, mit denen sie ihn dreist und unverwandt angestarrt hatte. Von alledem versprach er sich nichts Gutes. Schon war er im Begriff, der Alten zu antworten, als sich Chariklea zu seinem Ohr neigte und ihm zuflüsterte:

»Denk bei dem, was du sagen willst, an deine Schwester!«

Er verstand den Wink und erwiderte:

»Daß wir Griechen sind, Mütterchen, weißt du schon. Als Geschwister, deren Eltern von Räubern entführt waren, machten wir uns auf, sie zu suchen. Wir erlitten aber noch schlimmeres Unglück als sie selbst und fielen noch übleren Räubern in die Hände, verloren alles, was wir hatten – es war nicht wenig –, und kamen gerade noch mit dem Leben davon. Ein glückliches Geschick brachte uns mit dem edlen Kalasiris zusammen. So kamen wir hierher und hofften, unser Leben mit ihm teilen zu dürfen. Nun sind wir, wie du siehst, ganz allein und verlassen, da wir nach allem anderen auch noch den Mann verloren haben, der uns Vater sein sollte und auch war. So ist unsere Lage. Wir sind dir für die freundliche Begrüßung und gastliche Aufnahme herzlich dankbar. Du würdest uns aber noch mehr verpflichten, wolltest du uns allein und abgeschieden wohnen lassen und die in Aussicht gestellte Gunst der Bekanntschaft mit Arsake vorläufig aufschieben, anstatt uns arme, unglückliche Fremdlinge in eine Welt des Glücks und Glanzes einzuführen. Denn Bekanntschaft und Verkehr haben, wie du weißt, nur bei gleichen Voraussetzungen ihren Reiz.«

Bei diesen Worten konnte sich Kybele nicht verstellen, sondern verriet durch ihren heiteren Gesichtsausdruck ihre Freude darüber, daß die beiden Geschwister seien. Dadurch sah sie das Hindernis beseitigt, das in der Person Charikleas den Liebeserwartungen Arsakes im Wege gestanden hatte.

»Schöner junger Mann«, wandte sie sich an Theagenes,

»so wirst du nicht über Arsake sprechen, wenn du diese Frau einmal kennenlernst. Sie gibt sich gleichmäßig freundlich, ohne Rücksicht auf die jeweiligen Verhältnisse. Und zu denen, die sich in ungünstigeren Umständen befinden, als sie es verdienen, pflegt sie ganz besonders liebenswürdig zu sein. Obwohl sie persischen Blutes ist, besitzt sie eine ausgesprochen griechische Gesinnung. Alles, was von Griechenland kommt, ist ihr sympathisch, und sie hat für griechisches Wesen und Lebensart eine wahre Leidenschaft. Seid also guten Mutes! Du wirst alles bekommen, was ein Mann an Annehmlichkeiten und Vorteilen verlangen kann. Und deine Schwester wird ihr eine liebe Freundin und Gesellschafterin sein. Doch welche Namen soll ich ihr melden?«

Als sie die Namen Theagenes und Chariklea gehört hatte, sagte sie: »Wartet hier auf mich« und lief zu Arsake, nachdem sie vorher ihrer Türhüterin – sie war gleichfalls eine alte Frau – eingeschärft hatte, wenn jemand komme, ihn unter keinen Umständen eintreten, aber auch die beiden jungen Leute nicht fortgehen zu lassen.

»Auch nicht, wenn dein Sohn Achämenes zurückkommen sollte?« fragte die Frau. »Gleich nachdem du zum Tempel gegangen warst, hat er das Haus verlassen. Er wollte seine Augen behandeln lassen. Du weißt ja, daß sie noch nicht ganz in Ordnung sind.«

»Auch ihn nicht«, erwiderte sie. »Schließ die Tür ab, steck den Schlüssel ein und sage, ich hätte ihn mitgenommen.«

Kaum war Kybele fort, da bot das Alleinsein Theagenes und Chariklea Gelegenheit, sich ihrem Schmerz zu überlassen und an ihre Lage zu denken, wobei sie ihren gleichen Gefühlen mit fast den gleichen Worten Ausdruck verliehen.

»Ach, Chariklea! Oh, mein Theagenes!« seufzten sie immer wieder. »Welches Schicksal hat uns wieder erfaßt?« rief er. »Was erwartet uns jetzt?« sagte sie. Dabei sanken sie sich an die Brust und küßten sich unter Tränen. Schließlich richteten sie ihre Gedanken wieder auf Kalasiris und weihten ihm ihren Schmerz, namentlich Chariklea, die am längsten seine besondere Liebe und Fürsorge genossen hatte.

»Ach, bester Kalasiris!« schluchzte sie, »denn den teuren Namen Vater kann ich nun nicht mehr aussprechen, da das Schicksal mir offenbar nicht das Glück gönnt, irgendeinen Menschen Vater nennen zu dürfen. Meinen rechten Vater habe ich nie gekannt. Den, der mich aufzog, Charikles, habe ich verraten. Den, der nach ihm Vaterstelle einnahm, mich hegte und pflegte, habe ich jetzt verloren, und wegen seiner Priestereigenschaft darf ich nicht einmal an seiner Leiche schuldige Tränen vergießen. Doch sieh her, mein Beschützer und Retter und – füge ich hinzu – Vater, auch wenn es das Schicksal nicht haben will, ich will dir hier, wo ich es darf und so gut ich es vermag, eine Spende bringen mit meinen Tränen, ein Opfer mit meinen Locken.«

Dabei begann sie, sich Haupthaar auszureißen. Doch Theagenes tat ihr mit Bitten und Gewalt Einhalt.

»Was soll ich noch weiterleben?« fuhr sie fort zu klagen. »Welche Hoffnung bleibt mir noch? Er, der mein Führer in der Fremde war, mein Halt auf der Irrfahrt, der Weggefährte in die Heimat, der mir meine Eltern wiedergab, mein Trost im Unglück, Hilfe und Rettung in der Not, Anker in allen Fährnissen, Kalasiris ist nicht mehr und läßt uns wie ein unglückliches Gespann führerlos und ratlos zurück in dem fremden Land. Jeder Weg, sei es zu Wasser, sei es zu Lande, ist uns nun durch unsere Unkenntnis abgeschnitten. Sein edler und guter Geist, sein kluger, wahrlich vielseitiger Verstand ist uns genommen, den Erfolg seines edlen Wirkens hat er nicht mehr erlebt.«

Während sie so klagte und Theagenes bald in ihren Schmerz einstimmte, bald aus Rücksicht auf sie an sich hielt, kam Achämenes. Da er die Tür verschlossen fand, fragte er die Türhüterin, was das bedeute. Als er erfuhr, seine Mutter habe es getan, trat er neugierig näher heran. Da hörte er Chariklea klagen und sah durch das Schlüsselloch alles, was im Zimmer vorging. Er befragte die Türhüterin weiter, wer die beiden seien. Sie antwortete, sie wisse nur, daß es ein junges Mädchen und ein junger Mann seien, Fremde, wie sie vermute, die vorhin erst von seiner Mutter hergebracht worden seien. Er bückte sich noch einmal, um festzustellen, ob er die beiden erkennen könne. Chariklea war ihm gänzlich unbekannt. Er war hingerissen von ihrer Schönheit und dachte, wie schön sie erst ohne Tränen wirken müsse. So wuchs seine Bewunderung zu leidenschaftlichem Begehren. Theagenes dagegen erweckte in ihm eine dunkle und blasse Erinnerung, daß er ihn kenne.

Während Achämenes seine Beobachtungen anstellte, kam Kybele zurück. Sie hatte Arsake alles von den jungen Leuten erzählt, sie lebhaft zu diesem Zusammentreffen beglückwünscht, das ihr ganz von selbst mehr verschaffe, als sie durch tausend Überlegungen und Listen zu erreichen hätte hoffen dürfen: Sie hatte den Angebeteten bei sich im Hause und konnte ihn in aller Sicherheit sehen und von ihm gesehen werden. So blies sie noch in das Feuer. Nur mit Mühe konnte sie dann Arsake von ihrem Wunsche abbringen, Theagenes gleich jetzt zu sehen. Sie wollte nicht, daß sie sich dem jungen Manne mit blassem Gesicht und den von der schlaflosen Nacht geschwollenen Augen zeige, sondern erst, wenn sie einmal einen Tag geruht und ihre gewöhnliche Schönheit wiedergewonnen habe.

Nachdem sie so Arsake zugeredet und Hoffnung auf die Erfüllung ihrer Wünsche gemacht hatte, gab sie ihr noch gute Ratschläge, was sie am besten tun und wie sie den beiden Fremden begegnen müsse. Zurückgekehrt stieß sie auf ihren Sohn.

»Was hast du hier zu suchen, mein Sohn?« fragte sie.

»Wer sind die Fremden da drin«, erwiderte er, »und woher sind sie?«

»Das geht dich nichts an, mein Kind«, wies ihn Kybele zurecht. »Sei still und behalte, was du gesehen hast, schön für dich. Zu niemand ein Wort davon! Gib dich nicht weiter mit den Fremden ab. Unsere Herrin wünscht es so.«

Er folgte der Aufforderung seiner Mutter und ging. Er vermutete, daß es sich bei Theagenes um eines der üblichen Liebesabenteuer Arsakes handle.

»Ist das nicht der junge Mensch«, sagte er sich im Weggehen, »den mir neulich der Kommandant Mitranes übergab und den ich zu Oroondates bringen sollte, damit er zum Großkönig geschickt werde, den mir dann die Bessäer und Thyamis abnahmen, wobei ich um ein Haar das Leben einbüßte und von den Begleitmannschaften als einziger davonkam? Sollten mich meine Augen so trügen? Aber sie sind doch schon wieder fast heil, und ich sehe beinahe so gut wie vorher. Auch habe ich gehört, daß Thyamis gestern hier war und nach dem Zweikampf mit seinem Bruder das Priesteramt wiederbekommen hat. Also muß er es sein! Aber vorerst will ich nichts davon verlauten lassen, daß ich ihn wiedererkannt habe. Erst heißt es aufpassen, was unsere Gebieterin für Absichten mit den Fremden hat.« So sprach er zu sich.

Als Kybele bei den jungen Leuten eintrat, sah sie, daß sie geweint hatten. Sie nahmen sich zwar zusammen, als sie die Tür gehen hörten, und suchten ihre gewöhnliche Haltung und Miene anzunehmen, doch konnten sie die Tränen, die ihnen noch in den Augen standen, vor der Alten nicht verbergen.

»Liebe Kinder«, rief sie überschwenglich, »weshalb die unangebrachten Tränen, wo ihr allen Anlaß zur Freude habt, wo ihr euch zu eurem großen Glück gratulieren könnt! Bringt doch Arsake euch die herzlichsten Sympathien entgegen, wie ihr sie nur wünschen könnt, geruht euch morgen zu empfangen und hat bestimmt, daß ihr inzwischen aufs beste behandelt und bedient werdet. Laßt also das unnütze und einfach kindische Jammern. Faßt euch und seid vernünftig und fügt euch willig Arsakes Wünschen.«

»Mütterchen«, entgegnete Theagenes, »der Gedanke an Kalasiris' Tod hat uns so traurig gemacht, und der Verlust seines väterlichen Wohlwollens entlockte uns Tränen.«

»Ach, Unsinn«, rief sie. »Euer angeblicher Vater Kalasiris war ein alter Mann und hat dem Gesetz der Natur und Vergänglichkeit seinen Tribut gezahlt. Durch eine einzige Person hast du jetzt alles, Ansehen, Reichtum, Luxus, alles, was man sich in der Jugend wünschen kann, kurz, du kannst

Arsake als dein Glück bezeichnen und anbeten. Nur hört auf mich, wie man vor sie hintreten und sie ansehen muß, wenn sie das gestattet, und wie ihr euch verhalten müßt, wenn sie einen Befehl ausspricht. Denn ihr stolzes und königliches Wesen, mußt du wissen, das durch ihre Jugend und Schönheit noch gesteigert ist, könnte es nicht ertragen, daß ihre Befehle nicht beachtet werden.«

Theagenes schwieg zu diesen Worten und dachte, welch unerfreuliche und bedrohliche Aussichten sie eröffneten.

Wenig später erschienen einige Eunuchen und brachten auf vergoldetem Geschirr angebliche Reste, in Wirklichkeit aber ausgesuchte Leckerbissen und Schlemmergerichte von der Statthaltertafel. Sie setzten sie mit den Worten vor: »Unsere Gebieterin erweist ihren Gästen vorerst zum Empfang eine Aufmerksamkeit«, und verschwanden sofort wieder. Von Kybele genötigt und um nicht unhöflich gegen die Gastgeberin zu erscheinen, kosteten sie etwas von den Speisen.

Am nächsten Tag, schon in früher Morgenstunde, erschienen dieselben Eunuchen bei Theagenes.

»Du bist zur Gebieterin gerufen, Glücklicher«, meldeten sie. »Wir haben den Befehl, dich vor ihre Augen zu führen. Komm also und genieße ein Glück, das sie nur wenigen und auch dann nur selten vergönnt.«

Nach kurzem Schweigen erhob er sich, es war aber, als raffe er sich gewaltsam auf.

»Lautet euer Auftrag dahin«, fragte er, »daß ich allein komme, oder soll meine Schwester mitgehen?«

»Du allein«, erwiderten sie. »Deine Begleiterin will Arsake getrennt empfangen, da gerade einige persische Würdenträger bei ihr sind und es überhaupt üblich ist, Männern und Frauen gesondert Audienz zu gewähren.«

Theagenes beugte sich zu Chariklea und flüsterte ihr zu: »Das ist weder schön noch unverdächtig.«

Sie entgegnete, er dürfe sich Arsakes Wünschen nicht widersetzen, sondern solle erst einmal mitgehen und sich bereit zeigen, auf alle ihre Absichten einzugehen.

Daraufhin folgte er seinen Führern. Auf ihre Belehrungen,

wie er sich bei dem Empfang zu verhalten habe, wie er sie anreden müsse und daß das Zeremoniell verlange, beim Eintritt sich auf die Erde zu werfen, gab er überhaupt keine Antwort.

Beim Eintreten erblickte er sie auf einem erhöhten Sessel sitzend, in einem purpurnen, goldgestickten Kleide, im Glanze der Schmucksachen, das Hoheitszeichen der Tiara auf dem Haupt, mit aller Kunst schön zurechtgemacht. Neben ihr stand die Leibwache. Zu beiden Seiten saßen hohe Würdenträger.

Theagenes zeigte keine Befangenheit. Vielmehr schien er die entgegenkommende Haltung, die er nach der Verabredung mit Chariklea hatte spielen wollen, ganz vergessen zu haben und begegnete dem großtuerischen persischen Schaugepränge mit betontem Stolz. Ohne sich zur Erde zu werfen oder auch die Knie zu beugen, sagte er aufrechten Hauptes: »Sei gegrüßt, Herrin aus königlichem Blut, Arsake.«

Ihre Umgebung war empört, daß Theagenes sich vor ihr nicht niedergeworfen hatte, und äußerte ihren Unwillen über den herausfordernden, frechen Menschen. Doch Arsake sprach lächelnd: »Haltet ihm zugute, daß er Ausländer und mit unseren Sitten nicht vertraut ist und als echter Grieche an der Überheblichkeit seines Volkes uns gegenüber leidet.«

Dabei nahm sie trotz dem Widerspruch ihrer Umgebung die Tiara vom Haupte – denn dies bedeutet die Erwiderung des Grußes bei den Persern – und entgegnete durch den Dolmetscher, da sie die griechische Sprache wohl verstand, aber nicht sprach:

»Sei willkommen, Fremdling, und äußere deine Wünsche. Sie sollen nicht unerfüllt bleiben.«

Dann gab sie den Eunuchen einen Wink und entließ Theagenes wieder. Leute der Leibwache begleiteten ihn. Bei dieser Gelegenheit sah Achämenes ihn erneut und erkannte ihn mit noch größerer Bestimmtheit wieder. Er war erstaunt über die außerordentliche Ehrung, die dem jungen Manne erwiesen wurde. Freilich konnte er sich den Grund zusammenreimen. Er schwieg und beschloß zu tun, was er sich vorgenommen hatte.

Arsake lud die persischen Würdenträger zu Tisch, scheinbar um sie wie üblich auszuzeichnen, in Wirklichkeit um den Tag ihrer Bekanntschaft mit Theagenes festlich zu begehen. Sie ließ den Fremden nicht nur wie gewöhnlich Gerichte von ihrer Tafel bringen, sondern auch einige Teppiche und gestickte Kissen, sidonische und lydische Handarbeiten. Ferner schickte sie für Chariklea ein Mädchen, für Theagenes einen jungen Mann zur Bedienung, beide Ionier in noch ganz jugendlichem Alter. Immer wieder drängte sie Kybele, sich anzustrengen und so schnell wie möglich zum Ziel zu kommen – sie könne ihre Leidenschaft nicht länger zügeln. Dabei war die Alte an sich schon nicht müßig, sondern bearbeitete Theagenes nach allen Regeln der Kunst.

Sie enthüllte ihm die Wünsche Arsakes nicht offen und klar, sondern brachte sie ihm durch Umschreibungen und Andeutungen bei, indem sie das Wohlwollen ihrer Herrin für ihn betonte, ihm ihre Reize, und zwar nicht nur die sichtbaren, sondern bei passender Gelegenheit auch die unter der Hülle verborgenen vor Augen führte. Sie schilderte ihr liebenswürdiges und zugängliches Wesen und ihre Vorliebe für gut aussehende und kräftige junge Männer und beobachtete bei allen diesen Eröffnungen, ob er zur Liebe geneigt sei.

Theagenes zeigte sich über Arsakes Vorliebe für ihn wie über ihre griechenfreundliche Gesinnung gerührt und erkannte das alles dankbar an. Über ihre verführerischen Anträge ging er geflissentlich hinweg, als habe er sie überhaupt nicht verstanden. Die Alte war dem Ersticken nahe. Sie schluchzte, als sei sie ins Herz getroffen.

Dann begriff sie, daß er ihr Werben um ihn wohl verstanden hatte, die Versuchung aber keck zurückwies. Andrerseits konnte sie sich der Zudringlichkeit Arsakes kaum noch erwehren, die erklärte, sie könne es nun nicht mehr ertragen, und von ihr die Einlösung ihrer Versprechen verlangte. Kybele suchte bald mit dem, bald mit jenem Vorwand Zeit zu gewinnen. Das eine Mal sagte sie, der junge Mann habe den besten Willen, es fehle ihm aber an Mut, das andre Mal war eine plötzliche Unpäßlichkeit dazwischengekommen.

So waren schon fünf oder sechs Tage verstrichen. Arsake hatte Chariklea bereits ein oder zweimal empfangen und Theagenes zuliebe besonders aufmerksam und freundlich behandelt. Da sah sich Kybele genötigt, mit dem jungen Manne deutlicher zu sprechen. Sie entdeckte ihm Arsakes Leidenschaft unverblümt und stellte ihm tausend Freuden in Aussicht, wenn er sich willfährig zeige.

»Was ist das für eine Schüchternheit«, bemerkte sie dabei, »was für eine Kälte! Solch ein hübscher und kräftiger junger Mann weist eine Frau zurück, die ebenso reizvoll wie verliebt in ihn ist, statt das einzigartige Glück anzunehmen. Dabei ist die Sache völlig ungefährlich. Der Gatte ist abwesend, und ich, ihre Amme und die Vertraute ihrer Herzensgeheimnisse, tue alles zu eurer Vereinigung. Nichts steht dir hindernd im Wege, keine Braut, keine Ehefrau, abgesehen davon, daß sich die meisten vernünftigen Männer auch darüber hinwegzusetzen pflegen, weil es ihren Frauen keinen Schaden tut und ihnen selbst Vorteil und Genuß verschafft.«

Zum Schluß flocht sie in ihre Rede noch ein paar Drohungen ein. »Zartfühlende, verliebte Frauen werden grausam und rachsüchtig, wenn sie sich verschmäht sehen, und üben, wie man es nicht anders erwarten kann, Vergeltung an denen, die sie verachten und beleidigen. Und dann denke daran, sie ist eine Perserin, sie ist königlichen Blutes – du selbst hast sie so angeredet –, es steht ganz in ihrem Belieben und in ihrer Macht, den Gefügigen auszuzeichnen, den Widerspenstigen zu züchtigen. Du bist ein Fremder, du stehst allein, und niemand ist da, der für dich eintritt. Nimm also Rücksicht auf dich selbst wie auf sie. Sie verdient es, da sie sich aus Liebe zu dir so vergessen hat. Nimm dich in acht vor dem Zorn verschmähter Liebe, hüte dich! Denn Hochmut kommt vor dem Fall. Ich kenne viele, denen es nachher leid getan hat. In Liebesdingen habe ich mehr Erfahrung als du. Dies graue Haar, das du vor dir siehst, hat schon allerlei auf diesem Gebiete erlebt. Aber einen so hartnäckigen und spröden Menschen habe ich noch nicht kennengelernt.«

Dann wandte sie sich an Chariklea, vor deren Ohren sie aus Not die Stirn hatte, so zu sprechen.

»Rede auch du, meine Tochter«, sagte sie, »deinem – wie bezeichne ich ihn am richtigsten – deinem Bruder vernünftig zu. Auch du wirst davon Vorteil haben. Du wirst nichts an Liebe verlieren, dafür an Wertschätzung gewinnen. Man wird dich mit Geld überschütten und dir zu einer glänzenden Heirat verhelfen. Das sind Dinge, um die sich schon Leute in günstigen Verhältnissen bemühen, geschweige denn Fremde, denen es jetzt an allem fehlt.«

Chariklea entgegnete ihr mit einem heißen Blick voll Bitterkeit und Ironie.

»Es wäre allerdings das Wünschenswerteste und Beste, die gute Arsake wäre überhaupt nicht in diese Lage gekommen, und wenn es geschah, sie ertrüge ihren Schmerz mit Fassung. Da sie nun aber eine menschliche Schwachheit ankam und überwältigte, wie du sagst, und sie ihrer Leidenschaft nicht Herr wird, so möchte auch ich Theagenes den Rat geben, sie nicht schroff abzuweisen, wenn er selbst nichts zu befürchten hat. Er darf sie ebensowenig wie sich in Gefahr bringen, wenn etwa die Sache herauskommt und der Statthalter auf irgendeine Weise von den unerlaubten Beziehungen erfährt.«

Kybele sprang auf und umarmte und küßte Chariklea immer wieder.

»Wie schön von dir, mein Kind«, rief sie, »daß du Mitgefühl hast mit einer Unglücklichen, die ein Weib ist wie du selbst, und daß du auch um die Sicherheit deines Bruders besorgt bist. Doch seinetwegen brauchst du dir keine Sorgen zu machen. Selbst die Sonne wird, wie man sagt, nichts davon bemerken.«

»Laß es für jetzt gut sein«, unterbrach sie Theagenes, »und gib uns Zeit, mit uns ins reine zu kommen.«

Kybele entfernte sich unverzüglich.

»Ach, Theagenes«, sagte Chariklea, »das ist nun das

Glück, das uns vom Schicksal zugedacht ist! Es ist mehr Unheil und Leid als das erhoffte Glück! Doch die Klugheit verlangt, auch Widrigkeiten zum Guten zu wenden, soweit es in unsrer Kraft steht. Hältst du es für richtig, bis zum Äußersten zu gehen, so will ich nichts dagegen sagen und würde, wenn unser Leben einzig und allein davon abhinge, keine Schwierigkeiten machen. Lehnst du aber, wie es richtig ist, ihre ungehörigen Zumutungen ab, so tu jedenfalls, als ob du ihr zu Willen sein wolltest. Gib der Leidenschaft der Barbarin durch Versprechungen Nahrung und halte sie hin. Damit nimmst du ihr die Möglichkeit, rücksichtslos mit uns zu verfahren, wie sie es kann. Vielleicht dämpfest und besänftigst du auch die Glut ihrer Leidenschaft durch Hoffnungen, die du ihr machst, und durch gute Worte. Inzwischen kann die Zeit mit dem Willen der Götter eine Wendung zum Guten herbeiführen, wenn dich, Theagenes, das Spiel mit der Sünde nur nicht verführt, sie wirklich zu begehen!«

Theagenes mußte lächeln.

»Also auch du bist, wenn es drauf ankommt«, erwiderte er, »nicht gefeit gegen die angeborene Krankheit der Frau, gegen die Eifersucht. Du sollst wissen, daß ich so etwas nicht einmal vortäuschen kann. Es ist gleich schändlich, das Schlechte zu begehen, wie es auszusprechen. Wenn man Arsake glattweg die Hoffnung nimmt, hat das den Vorteil, daß sie uns nicht mehr belästigt. Muß ich aber dafür büßen, so hat mich das Schicksal und die Erfahrung schon genug darauf vorbereitet, was kommt, zu ertragen.«

»Paß auf«, gab Chariklea zur Antwort, »daß du uns nicht in großes Unglück stürzest.«

Dann schwieg sie.

Während beide noch hin und her überlegten, hatte Kybele der Arsake wieder Mut gemacht und ihr gesagt, sie dürfe sich den schönsten Erwartungen hingeben, Theagenes habe sich in diesem Sinne geäußert.

Sie kehrte in ihre Wohnung zurück. Den Abend ließ sie verstreichen, in der Nacht aber beschwor sie Chariklea, die mit ihr vom ersten Tage an das Schlafzimmer teilte, ihr beizustehen. Am anderen Morgen fragte sie Theagenes, wie er sich entschieden habe. Als er schlankweg ablehnte und keinen Schimmer von Hoffnung ließ, lief Kybele besorgt zu Arsake. Als sie ihr die bittere Nachricht brachte, ließ Arsake die Alte gewaltsam entfernen, rannte in ihr Schlafzimmer und warf sich voll Verzweiflung auf ihr Bett.

Als Kybele aus dem Frauengemach stürzte, begegnete ihr Achämenes. Er sah ihren Kummer und ihre Tränen und fragte: »Ist etwas Besonderes, gar ein Unglück geschehen, Mutter? Hat die Herrin eine schlimme Nachricht erhalten? Etwa aus dem Feld? Machen die Äthiopier unserem Statthalter Oroondates im Kriege zu schaffen?«

Er stellte noch eine Menge ähnlicher Fragen.

»Unsinn«, sagte sie und lief an ihm vorbei. Aber er ließ nicht locker, holte sie ein, faßte ihre Hände, küßte sie und bat, ihn als ihren Sohn doch wissen zu lassen, was sie bedrücke.

Sie nahm ihn mit sich und führte ihn an eine abgelegene Stelle des Gartens.

»Keinem anderen würde ich mein und meiner Herrin Leid anvertrauen«, sagte sie. »Da sie aber ganz außer sich ist und es auch für mich auf Leben und Tod geht – denn sie wird bestimmt ihre Wut und Verzweiflung an mir auslassen –, so muß ich reden. Vielleicht daß du für deine Mutter, die dir das Leben gegeben und dich an dieser Brust genährt hat, Hilfe weißt. Die Herrin liebt den jungen Mann, der bei uns wohnt, aber es ist keine erträgliche Liebe gewöhnlicher Art, sondern hemmungslose Leidenschaft. Ich und sie haben bisher gehofft, ihr Befriedigung zu verschaffen. Alles umsonst. Darum die vielen Freundlichkeiten und Gefälligkeiten für die beiden Fremden. Da nun der junge Mensch aus Dummheit, Eigensinn und Hochmut nein sagt, so wird sie es nicht überleben und auch mich umbringen, weil ich sie mit Versprechungen getröstet und betrogen habe. So stehen die Dinge, mein

Sohn. Wenn du einen Ausweg weißt, hilf mir. Wenn nicht, so mach dich darauf gefaßt, deine Mutter zu beerdigen.«

»Kann ich auf eine Belohnung rechnen, Mutter?« fragte er. »Dir gegenüber brauche ich keine Umstände zu machen. Wenn ich dir Hilfe verspreche, so sind jetzt, wo ich dich so in Angst und Verzweiflung sehe, keine langen Umschweife mit viel Worten am Platz.«

»Erwarte alles, was du wünschest«, erwiderte Kybele. »Zum ersten Mundschenk hat sie dich mir zuliebe schon gemacht. Wenn du eine noch höhere Auszeichnung verlangst, so brauchst du es nur zu sagen. Das Geld wirst du nicht zählen können, das du bekommst, wenn du die Unglückliche rettest.«

»Längst habe ich dies alles vermutet, Mutter«, entgegnete er, »und nur schweigend abgewartet, worauf es hinauslaufen würde. Aber nicht auf Titel und Geld lege ich Wert, sondern auf das Mädchen, die angebliche Schwester des Theagenes. Wenn ich sie zur Frau bekomme, dann sollen alle Wünsche Arsakes erfüllt werden. Ich liebe das Mädchen rasend, liebe Mutter. Da die Herrin ja aus eigener Erfahrung weiß, was es mit dem Liebesschmerz auf sich hat, so wird sie für einen Leidensgefährten, der ihr überdies Erfolg verheißt, das rechte Verständnis haben.«

»Daran brauchst du nicht zu zweifeln!« erwiderte Kybele. »Die Herrin wird dir als ihrem Helfer und Retter unbedingt den Lohn gewähren. Im übrigen werden wir das Mädchen vielleicht schon unter uns überreden. Aber sag mir nur, wie willst du der Herrin helfen?«

»Nicht eher«, antwortete er, »als bis sie mir ein eidliches Versprechen gegeben hat. Vorerst unternimm nichts bei dem Mädchen. Ich sehe, daß auch sie ihren Stolz hat. Sonst verdirbst du die Sache nur.«

»Es soll alles geschehen«, sagte sie, rannte zu Arsake ins Schlafzimmer und warf sich vor ihr nieder.

»Freue dich nur!« rief sie. »Alles wird gut werden mit der Götter Hilfe. Laß nur meinen Sohn Achämenes eintreten.«

»Er soll kommen«, sagte Arsake, »wenn du mich nicht wieder betrügen willst.«

Achämenes trat ein. Nachdem die Alte alles auseinandergesetzt hatte, versprach ihm Arsake unter Eid, seine Heirat mit der Schwester des Theagenes zustande zu bringen.

»Herrin«, erklärte Achämenes, »da Theagenes dein Sklave ist, soll er nicht weiter seiner eignen Herrin gegenüber den Spröden spielen!«

Auf ihre Frage, wie er das meine, erzählte er alles: wie Theagenes durch Kriegsrecht Gefangener wurde, wie Mitranes ihn an Oroondates zwecks Weiterleitung an den Großkönig geschickt habe, wie er selbst die Überführung übernommen, ihn aber durch einen verwegenen Überfall der Bessäer unter Thyamis verloren habe und sich selbst gerade noch habe retten können. Schließlich wies er Arsake noch das bereitgehaltene Schreiben des Mitranes an Oroondates vor, mit dem Bemerken, wenn es noch weiterer Beweise bedürfe, so habe er auch Thyamis zum Zeugen.

Diese Enthüllungen ließen Arsake aufatmen. Ohne lange zu warten, verließ sie das Schlafzimmer, begab sich in ihren Audienzsaal und ließ Theagenes vorführen. Als er erschien, fragte sie ihn, ob er Achämenes kenne. Dabei zeigte sie auf den neben ihr Stehenden. Als er es bejahte, fragte sie weiter:

»Hat er dich nicht als Kriegsgefangenen übernommen, um dich hierher zu bringen?«

Auch das mußte Theagenes bejahen, worauf sie fortfuhr:

»Dann weißt du also auch, daß du mein Sklave bist. Du hast demnach Sklavendienste zu tun und meinen Befehlen zu gehorchen, auch wenn es dir nicht paßt. Deine Schwester bestimme ich dem Achämenes zur Frau. Er nimmt den ersten Rang an meinem Hof ein, einmal seiner Mutter wegen und dann, weil ich ihn für seine eigene Treue gegen mich belohnen will. Mit der Hochzeit soll man so lange warten, bis ein geeigneter Tag bestimmt und ein glanzvolles Fest vorbereitet ist.«

Diese Erklärung traf Theagenes wie ein Dolchstoß. Doch er hielt es für klug, keinen Widerstand zu leisten, sondern sozusagen dem Angriff der wilden Bestie auszuweichen.

»Herrin«, erwiderte er, »den Göttern sei Dank, daß wir,

die wir aus gutem Hause sind, bei all unserem Mißgeschick wenigstens das Glück haben, nicht anderer Leute, sondern deine Sklaven zu sein, die du uns, obwohl wir hier fremd und unbekannt sind, so freundlich und gütig behandelt hast. Was meine Schwester angeht – sie ist übrigens keine Gefangene und kann folglich auch keine Sklavin sein, wird dir aber gerne dienen und die Stellung einnehmen, die du für gut findest –, so überlege und mach mit ihr, was du für richtig hältst.«

»Er soll unter die Tafeldienerschaft eingereiht werden«, bestimmte sie weiter, »und Achämenes soll ihn als Mundschenk unterweisen, damit er sich schon jetzt an den königlichen Dienst gewöhnt.«

Die beiden jungen Männer gingen hinaus. Theagenes, bedrückt und nachdenklich, überlegte, was er tun solle, während Achämenes höhnisch lachte und sich über ihn lustig machte.

»Der eingebildete, hochmütige Jüngling«, sagte er, »der eben noch den Kopf so hoch trug, als wäre nur er ein freier Mann, der es nicht fertigbrachte, ihn zur ehrfurchtsvollen Begrüßung zu beugen! Jetzt wirst du dich wohl dazu herablassen, oder willst du dich lieber durch Schläge dazu erziehen lassen, dich krumm zu machen?«

Arsake entließ inzwischen ihre Umgebung und blieb mit Kybele allein.

»Also, beste Kybele«, sagte sie, »jetzt gibt es keine Ausrede mehr! Geh zu dem Starrkopf und sag ihm, wenn er gehorchen und sich meinen Wünschen fügen will, so soll er die Freiheit erhalten und ein herrliches Leben führen. Beharrt er dagegen auf seinem Eigensinn, so soll er eine verschmähte Liebende und eine aufgebrachte Herrin kennenlernen. Dann wird er die härteste und erniedrigendste Sklaverei und jede Art von Strafen zu kosten haben.«

Kybele richtete den Auftrag Arsakes aus, wobei sie von sich aus noch allerhand Zusätze machte, die ihr zweckmäßig schienen, um ihn zu einem Entschluß zu bringen. Theagenes bat sie, noch etwas zu bleiben, und nahm Chariklea beiseite.

»Es ist zu Ende mit uns, Chariklea«, rief er aus. »Alle Stricke sind gerissen, wie man sagt, jeder Hoffnungsanker ist uns zerschlagen. Nicht einmal dem Namen nach ist uns Unglücklichen die Freiheit geblieben. Wir sind wieder Sklaven geworden.« Er erklärte ihr die näheren Umstände. »Wir sind von nun an der Willkür dieser Barbaren ausgeliefert, wir müssen uns ihrem Willen fügen oder wir gehören zu den Verdammten. Das mag noch zu ertragen sein«, fuhr er fort, »das Bitterste aber ist, daß Arsake dich Achämenes, dem Sohne Kybeles, zur Frau versprochen hat. Daß es dazu nicht kommen wird oder daß ich es nicht erleben werde, wenn es geschieht, ist allerdings sicher, solange noch ein Schwert da ist oder eine andere Waffe, um es zu verhindern. Doch was kann man tun oder was für eine List kann man ausfindig machen, um meine Vereinigung mit Arsake und deine schändliche Verkuppelung an Achämenes zu verhindern?«

»Ich weiß nur ein Mittel«, entgegnete ihm Chariklea, »wenn du zu dem ersten deine Einwilligung gibst, so kannst du verhindern, daß der andere Fall, der mich betrifft, eintritt.«

»Kein Wort darüber!« rief er. »So weit soll die Macht des Dämons, der über uns waltet, nicht reichen, daß ich, der ich Chariklea nicht berührt habe, mich durch sträflichen Umgang mit einer anderen Frau beschmutze. Doch da fällt mir etwas andres ein, was helfen kann. Die Not macht offenbar erfinderisch.«

Er ging wieder zu Kybele. »Teile deiner Herrin mit«, sagte er, »daß ich sie allein und ohne Zeugen sprechen möchte.«

»Jetzt ist es soweit«, dachte die Alte, »jetzt ist er klein geworden.« Sie hinterbrachte es gleich Arsake und erhielt den Auftrag, den jungen Mann nach dem Abendessen zu ihr zu bringen. Das tat sie. Sie befahl der Dienerschaft, die Herrin nicht zu stören und auch in den Nachbarräumen vollkommene Ruhe zu wahren. Dann führte sie Theagenes hin. Alle übrigen Zimmer lagen im Dunkel – niemand konnte sie sehen –, nur in dem Schlafgemach brannte eine

Lampe. Als sie ihn hereingeführt hatte, wollte sie sich zurückziehen, doch Theagenes hielt sie fest.

»Gestatte, Herrin«, bat er, »daß Kybele einen Augenblick dableibt. Ich weiß ja, daß sie eine zuverlässige Hüterin deiner Geheimnisse ist.

Meine Gebieterin«, fuhr er fort, »nicht aus Trotz gegen deinen Willen habe ich es bisher hinausgeschoben, deinen Befehl auszuführen, sondern aus Sorge, auch ganz sicher zu gehen. Jetzt, wo mich das Schicksal zum Glück noch zu deinem Sklaven gemacht hat, bin ich mehr als je bereit, mich ganz deinen Wünschen zu fügen. Nur eine einzige Gnade gewähre mir, nachdem du mir so viel Schönes versprochen hast. Mache die Verlobung des Achämenes mit Chariklea rückgängig! Von allem anderen zu schweigen, widerspricht es allen guten Sitten, ein vornehmes junges Mädchen mit einem gewöhnlichen Sklaven zu verheiraten. Andernfalls – das schwöre ich dir beim herrlichsten aller Götter, Helios, und bei den anderen Göttern – werde ich unter keinen Umständen deinen Wünschen willfahren. Und wenn Chariklea irgendwie Gewalt geschieht, wirst du mich von eigener Hand sterben sehen.«

»Sei versichert«, erwiderte Arsake, »daß ich dir jeden Gefallen tun werde, wo ich doch bereit bin, mich dir selbst zu schenken. Doch bin ich jetzt gebunden, ich habe mich durch einen Eid verpflichtet, deine Schwester dem Achämenes zu geben.«

»Gut, meine Herrin«, entgegnete er. »Gib ihm meine Schwester – wenn ich eine habe! Meine Verlobte, meine Braut, ja ich muß sagen meine Gattin – das wirst du nicht wollen. Ganz gewiß nicht, und auch wenn du wolltest, wirst du sie ihm nicht geben!«

»Was willst du damit sagen?« rief sie.

»Die Wahrheit«, antwortete er. »Chariklea ist nicht meine Schwester, sondern meine Braut. Damit bist du deines Eides entbunden. Wenn du noch einen anderen Beweis haben willst, so steht es dir frei, ihre Verheiratung mit mir anzuordnen.«

Arsake nahm die schmerzliche Eröffnung, daß Chariklea seine Verlobte und nicht seine Schwester sei, nicht ohne leidenschaftliche Eifersucht auf, doch sagte sie nur:

»Also meinetwegen. So wollen wir Achämenes durch eine andere Heirat trösten.«

»Dann bin ich gleichfalls einverstanden«, erwiderte er, »wenn diese Angelegenheit in Ordnung gekommen ist.«

Er trat auf sie zu, um ihre Hände zu küssen. Sie bückte sich, bot ihm statt der Hände die Lippen und küßte ihn auf den Mund.

Theagenes entfernte sich, nachdem er den Kuß empfangen hatte, ohne ihn erwidert zu haben, und erzählte bei der ersten Gelegenheit alles Chariklea. Sie hörte manches nicht ohne Eifersucht. Aber er setzte ihr die Gründe auseinander, aus denen er Arsake seine befremdliche Zusage gemacht habe, und wie auf diese Weise mit einem Schlag allerlei gewonnen sei.

»Achämenes ist ein Strich durch seine Heiratspläne gemacht«, sagte er, »und gegenüber Arsakes Drängen ist fürs erste ein Vorwand gefunden, um sie weiter zu vertrösten. Die Hauptsache ist nach meiner Meinung, daß Achämenes großen Lärm schlagen wird, aus Wut über seine enttäuschten Erwartungen und aus Ärger darüber, daß ich ihn in Arsakes Gunst verdrängt habe. Es wird ihm ja nichts unbekannt bleiben, seine Mutter wird ihm alles erzählen. Auf ihre Anwesenheit bei der Aussprache habe ich absichtlich gedrungen. Denn ich wollte, daß sie ihrem Sohn alles wiedersagt. Auch sollte ein Zeuge dafür vorhanden sein, daß es bei meinem Zusammensein mit Arsake nur bei Worten geblieben ist. Es ist vielleicht schon genug, wenn man sich keiner Schlechtigkeit bewußt ist und auf die Hilfe der höheren Mächte vertraut. Doch ist es ganz gut, wenn man die Menschen, mit denen man zu tun hat, auch davon überzeugt und dieses vergängliche Leben in aller Offenheit lebt.

Man kann wohl damit rechnen«, setzte er hinzu, »daß Achämenes der Arsake einen Streich spielen wird. Schon als Sklave von Geburt – Untergeordnete stehen ja gewöhnlich in Opposition gegen ihren Herrn –, dann, weil er sich mit dem Eid hintergangen und auf die Seite geschoben fühlt. Ferner ist er verliebt und muß nun hören, daß ihm andere vorgezogen werden. Schließlich weiß er genau um alle ihre Sünden und Schandtaten. So hat er es nicht erst nötig, wozu sich sonst manche in ihrer Verbitterung hinreißen lassen, üble Nachreden gegen sie zu erfinden, sondern braucht sich zur Befriedigung seiner Rache nur an die Tatsachen zu halten.«

So brachte er vieles vor und versuchte, Chariklea einigermaßen Mut zu machen. Am anderen Tage wurde er von Achämenes abgeholt, um gemäß Arsakes Befehl sie an der Tafel zu bedienen. Sie hatte ihm eine besonders kostbare persische Bekleidung geschickt. Er zog sie an und ließ sich halb gezwungen die goldenen Ketten und den juwelenbesetzten Halsschmuck umlegen.

Als ihm Achämenes eine seiner Pflichten als Mundschenk erklären und zeigen wollte, ging er rasch zu einem der Anrichtetische, auf denen die Trinkgefäße standen, und nahm eine von den kostbaren Schalen.

»Ich brauche keinen Unterricht«, sagte er, »sondern werde die Herrin auf meine Weise bedienen. Von einer so einfachen Sache braucht man nicht viel Aufhebens zu machen. Dich, mein Lieber, zwingt deine Stellung, diese Dinge zu lernen. Mich lehren Takt und Umstände, was ich zu tun habe.«

Damit reichte er, nachdem er den Wein richtig gemischt hatte, Arsake die Schale, die er gewandt auf den Fingerspitzen darbot.

Der Wein berauschte sie noch stärker; während sie ihn schlürfte, starrte sie Theagenes unverwandt an. Sie trank Wein und Liebe. Sie leerte die Schale nicht ganz, sondern ließ mit Bedacht einen kleinen Rest darin, als wollte sie sagen: Das trinke ich dir zu. Dieser Vorgang versetzte Achämenes einen neuen Stich und steigerte seine Wut und Eifersucht. Auch Arsake konnte es nicht entgehen, wie er den Anwesenden hämische Blicke und Bemerkungen zuwarf.

Als die Tafel aufgehoben wurde, wandte sich Theagenes an Arsake.

»Ich bitte dich um eine erste Gefälligkeit, Herrin«, sagte er. »Erlaube, daß ich diese Kleidung nur tragen muß, wenn ich dich bediene.«

Sie nickte zustimmend, und er entfernte sich, um seine gewöhnliche Kleidung anzuziehen.

Achämenes begleitete ihn, wobei er ihm wegen seiner Aufdringlichkeit Vorwürfe machte und ihm vorstellte, wie töricht diese Dreistigkeit sei. Die Herrin habe dies erste Mal mit Rücksicht auf seine Unerfahrenheit als Ausländer noch ein Auge zugedrückt. Wenn er aber diese Nichtachtung auch weiterhin so offen zeige, werde er es bald bereuen. »Ich gebe dir diesen Rat in aller Freundschaft, um so mehr, als ich demnächst verwandtschaftlich mit dir verbunden bin, als dein Schwager, wie die Herrin mir versprochen hat.«

In dieser Weise schwatzte er noch weiter, während Theagenes, ohne hinzuhören, in Gedanken versunken, neben ihm herging, bis sie Kybele begegneten, die auf dem Wege zu ihrer Herrin war, um sie zur Mittagsruhe zu betten.

Als sie die Verstimmung ihres Sohnes bemerkte, wollte sie den Grund wissen.

»Der junge Ausländer gilt mehr als ich«, sagte er. »Gestern erst hat er sich hier eingedrängt, jetzt ist er schon Mundschenk. Ohne sich um mich als Obertafelmeister und Oberweinschenk zu scheren, reicht er die Trinkschale und pflanzt sich neben ihrer Königlichen Hoheit auf, so daß ich meinen Posten nur noch dem Namen nach einnehme. Aber daß er derart und noch auffallender ausgezeichnet und ins allerintimste Vertrauen gezogen wird, nur weil ich törichterweise schweigend mitmache, das ist, so schlimm es ist, noch nicht das Schlimmste. Das könnte sich wenigstens abspielen, ohne daß unsereiner, der bei diesen schönen Dingen mitmacht und mithilft, vor den Kopf gestoßen wird. Doch davon ein andermal. Jetzt, liebe Mutter, brenne ich darauf, meine Braut zu sehen, meine reizende Chariklea. Vielleicht vertreibt mir ihr Anblick die schlechte Laune.«

»Was für eine Braut, mein Sohn?« fragte Kybele. »Offenbar regst du dich über die unwesentlichen Kränkungen auf und hast keine Ahnung von der größten: An Chariklea brauchst du nicht mehr zu denken.«

»Was soll das heißen?« schrie er. »Bin ich etwa nicht gut genug, eine zu heiraten, die auch nur eine Sklavin ist? Weshalb denn, Mutter?«

»Wir sind selber schuld daran«, erwiderte sie, »unsere strafbare Ergebenheit und Treue gegen Arsake. Ihr zuliebe haben wir uns selbst in Gefahr gebracht. Damit sie ihre Lust befriedigen kann, haben wir unser Leben aufs Spiel gesetzt. Bei jedem süßen Wunsch haben wir ihr geholfen. Und da braucht dieser edle Jüngling, dieser famose Galan bloß einmal in ihrem Schlafzimmer zu erscheinen, sie braucht ihn nur ein einziges Mal zu sehen, und schon hat er sie beredet, den dir geleisteten Eid zu brechen und ihm Chariklea zu versprechen, die angeblich nicht seine Schwester, sondern seine Braut ist.«

»Und das hat sie ihm versprochen, Mutter?«

»Das hat sie, mein Sohn«, erwiderte Kybele. »In meiner Gegenwart und vor meinen Ohren. Und sie wird in wenigen Tagen eine glänzende Hochzeit für sie veranstalten. Dir hat sie eine andere Braut zugedacht.«

Achämenes stöhnte tief und ballte die Fäuste.

»Ich werde ihnen die Hochzeit versalzen«, rief er. »Hilf mir nur, daß die Heirat hinausgeschoben wird. Wenn jemand nach mir fragt, so sage, ich hätte auf dem Lande einen Unfall gehabt. Seine Braut nennt der feine Knabe also seine Schwester! Als ob man nicht merkte, daß er dies nur vorgibt, um mich zu verdrängen. Mag er sie umarmen, mag er sie selbst küssen wie eine Braut oder gar bei ihr schlafen, – ein herrlicher Beweis, daß sie nicht seine Schwester, sondern seine Verlobte ist! Doch ich werde es ihm zeigen! Die Götter, die durch den Eidbruch beleidigt sind, werden mir helfen.«

Rasend vor Zorn und Eifersucht, vor Leidenschaft und Enttäuschung, die schon jeden anderen hätten außer sich bringen können, wieviel mehr noch einen Barbaren, überdachte Achämenes gar nicht den Einfall, der ihm plötzlich gekommen war, sondern folgte ganz dem ersten Impuls. Kaum war es Abend, da holte er ein armenisches Pferd heimlich aus dem Stall, eines von denen, die für festliche Aufzüge und Veranstaltungen des Statthalters bereitstanden, und ritt zu Oroondates, der gerade bei Groß-Theben den Feldzug gegen die Äthiopier vorbereitete, Truppen aller Waffengattungen zusammenzog und eben das Heer zum Abmarsch bereitmachte.

ACHTES BUCH

Der König von Äthiopien hatte nämlich Oroondates überlistet und ihn durch die Erreichung eines der Kriegsziele, die überraschende Einnahme der von jeher umkämpften Stadt Philai, in größte Verlegenheit gebracht. Dadurch war der Statthalter genötigt, überstürzt und im großen und ganzen schlecht gerüstet, seine Streitkräfte in Marsch zu setzen.

Die Stadt Philai liegt am Nil, nur ein Stück oberhalb der kleinen Katarakte zwischen Syene und Elephantine, von beiden Orten etwa hundert Stadien entfernt. Ägyptische Flüchtlinge hatten früher einmal von der Stadt Besitz genommen, sich in ihr niedergelassen und sie damit zum Streitobjekt zwischen Äthiopiern und Ägyptern gemacht. Die einen verwiesen auf die Katarakte als die Grenze Äthiopiens, die Ägypter erhoben Anspruch auf Philai, unter Hinweis auf die Besitznahme durch ihre Flüchtlinge. Die Stadt wechselte also beständig ihren Besitzer, je nachdem, wer sie gerade dem anderen weggenommen hatte und behauptete. Damals war sie von ägyptischen und persischen Truppen besetzt. Der König von Äthiopien schickte eine Gesandtschaft an Oroondates und verlangte nicht bloß Philai, sondern auch die Smaragdgruben zurück. Diese Ansprüche hatte er seit langem geltend gemacht, hatte aber ihre Anerkennung nicht durchsetzen können.

Wenige Tage nach der Abreise seiner Gesandtschaft marschierte er selbst los. Er hatte schon lange Zeit vorher mobil gemacht, als beabsichtige er ein anderes militärisches Unternehmen auszuführen, und den wahren Zweck des Feldzuges niemanden wissen lassen. Als er annehmen konnte, die Gesandtschaft habe Philai hinter sich und Einwohner und Besatzung wiegten sich durch die Verbreitung der Nachricht ihrer Friedens- und Freundschaftsmission in Sicherheit, erschien er plötzlich selbst und warf die Besatzung heraus, die nach zwei- bis dreitägigem Widerstand der gegnerischen Überlegenheit an Truppen und Belagerungsmitteln weichen mußte. Er besetzte die Stadt, ohne auch nur einem Bewohner ein Haar zu krümmen.

Infolgedessen traf Achämenes den Oroondates, der dies alles von Flüchtlingen erfahren hatte, in ziemlicher Aufregung an, die durch sein unvorhergesehenes und unerwartetes Auftauchen noch verstärkt wurde. Auf seine Frage, ob Arsake oder sonst jemandem ein Unglück geschehen sei, erwiderte Achämenes, es sei allerdings etwas vorgefallen, er werde es ihm aber nur unter vier Augen mitteilen.

Als sie sich von der Umgebung getrennt hatten, erzählte er alles: wie Theagenes von Mitranes zum Gefangenen gemacht und an Oroondates als Geschenk geschickt worden sei, damit er ihn, wenn er es richtig finde, an den Großkönig weitersende – der junge Mann verdiene nämlich, am königlichen Hofe und der Tafel aufzuwarten –, wie er von den Bessäern, die dabei den Mitranes erschlagen hätten, erbeutet worden und dann nach Memphis gekommen sei. Dabei erwähnte er die Geschichte mit Thyamis und sprach dann von Arsakes Leidenschaft zu Theagenes, seiner Aufnahme im königlichen Palast, von der Aufmerksamkeit, mit der man ihm begegne, und seinem Dienst als Mundschenk. Noch sei vielleicht nichts Ungehöriges vorgefallen, da der junge Mann sich bisher abweisend und widerspenstig gezeigt habe; es bestehe aber die Gefahr, daß er dem Zwang oder irgendwie mit der Zeit nachgebe, wenn man ihn nicht vorsorglich aus Memphis entferne und damit Arsake den Gegenstand ihrer Leidenschaft entziehe. Deshalb habe er sich heimlich aufgemacht und sei als Angeber hergekommen, aus Ergebenheit gegen seinen Herrn, dem er nicht verschweigen könne, was sich da gegen ihn anspinne.

Als er auf diese Weise Oroondates in Wut versetzt hatte – er überließ sich ganz seiner Erregung und seinem Rachedurst –, entflammte er seine Sinne noch durch die Schilderung Charikleas. Er strich sie so heraus, wie sie es ja auch verdiente, und sang ein begeistertes Loblied der unvergleichlichen jugendlichen Schönheit des Mädchens, dergleichen man noch nicht gesehen habe noch sehen werde.

»Du kannst mir glauben«, sagte er, »gegen sie sind alle deine Geliebten so gut wie nichts, nicht nur die, welche du in Memphis gelassen, sondern auch die, welche du mitgenommen hast.«

So und ähnlich sprach Achämenes auf ihn ein, in der Hoffnung, Oroondates werde, selbst wenn er Beziehungen zu Chariklea anknüpfe, sie nach einiger Zeit ihm zur Frau geben, wenn er sie sich als Belohnung für seine Auskünfte erbitte. Schon war der Statthalter vor Erregung Feuer und Flamme. Er kannte sich nicht vor Zorn und Gier. Ohne jeden Aufschub ließ er Bagoas, einen seiner vertrauten Eunuchen, rufen und schickte ihn mit fünfzig Berittenen nach Memphis ab, mit dem Befehl, Theagenes und Chariklea, wo er ihrer habhaft würde, auf schnellstem Wege zu ihm zu bringen. Er gab ihm zwei Schreiben mit. Das an Arsake hatte folgenden Wortlaut:

»Oroondates an Arsake.

Schicke die gefangenen Geschwister Theagenes und Chariklea, die als königliche Sklaven dem König überliefert werden sollen. Schicke sie gutwillig, sonst werden sie gewaltsam fortgebracht, und man wird Achämenes Glauben schenken.«

An den Obereunuchen Euphrates in Memphis schrieb er:

»Für die nachlässige Betreuung meines Hauses wirst du zu büßen haben. Vorerst übergib die gefangenen Griechen Bagoas, der sie mir bringen soll, ganz gleich ob Arsake will oder nicht. Liefere sie unter allen Umständen aus. Sonst wird man dich auf meinen Befehl in Fesseln herbringen und dir bei lebendigem Leib die Haut abziehen.«

Bagoas brach also in Begleitung seiner Leute auf. Die Befehle waren zur Beglaubigung für die Empfänger in Memphis und zur rascheren Auslieferung der jungen Leute mit dem statthalterlichen Siegel versehen. Dann zog Oroondates gegen die Äthiopier zu Felde. Achämenes befahl er, ihm zu folgen, und ließ ihn, in aller Stille und ohne daß er es merkte, überwachen, bis sich seine Angaben bestätigt hätten.

In Memphis hatte sich inzwischen folgendes abgespielt:

Gerade als Achämenes verschwunden war, hatte Thyamis das Oberpriesteramt in aller Form angetreten und verkörperte dadurch die höchste städtische Würde. Sobald er die Beisetzung des Kalasiris beendet und innerhalb der vorgeschriebenen Tage seinem Vater die gebührenden Ehren erwiesen hatte, richtete er seine Gedanken darauf, Theagenes und seine Schwester zu suchen, zumal die religiösen Vorschriften den Außenstehenden den Zutritt zum Tempelbezirk wieder gestatteten. Als er durch mühsame Umfrage in Erfahrung gebracht hatte, daß sie in der Statthalterei wohnten, begab er sich eilig zu Arsake und bat sich die fremden Gäste aus, weil sie ihm in vielen Beziehungen naheständen und besonders deshalb, weil sein Vater Kalasiris ihm vor seinem Ableben ans Herz gelegt hatte, für die Fremden in jeder Weise zu sorgen und sie in seine Obhut zu nehmen. Er verband damit den Ausdruck des Dankes für die Freundlichkeit, mit der sie in der Zwischenzeit, in der Nichtangehörigen der Priesterschaft der Aufenthalt im Tempel untersagt gewesen war, den jungen griechischen Gästen Aufnahme gewährt hatte. Jetzt aber verlange er die ihm Anvertrauten zurück.

»Ich wundere mich über dich«, entgegnete Arsake. »Auf der einen Seite bezeugst du mir meine Güte und Menschenfreundlichkeit. Andererseits unterstellst du mir Mangel an Gastlichkeit, als wäre ich nicht in der Lage oder willens, für die Fremden zu sorgen und ihnen das zu bieten, was sich gehört.«

»Durchaus nicht«, entgegnete Thyamis. »Ich bin mir bewußt, daß sie hier alles reichlicher haben als bei mir, wenn sie überhaupt bleiben wollen. Da sie aber vornehmer Herkunft sind und nur infolge vieler Schicksalsschläge gegenwärtig in der Fremde umherirren, so liegt ihnen viel mehr daran, ihre Angehörigen wiederzuhaben und in ihre Heimat zurückzukehren. Ihnen dabei behilflich zu sein, ist das mir von meinem Vater aufgetragene Vermächtnis, abgesehen von dem Anrecht, das die Freundschaft mir auf die Fremden gibt.«

»Es ist mir sehr lieb«, erwiderte Arsake, »daß du dich nicht aufs Bitten verlegst, sondern einen Rechtsanspruch vorbringst. Denn das Recht ist mehr auf meiner Seite, hat doch der Eigentümer einen begründeteren Rechtsanspruch auf sie als der, welcher nur die Pflicht der Fürsorge hat.«

»Und womit begründest du diesen Eigentumsanspruch auf sie?« fragte Thyamis erstaunt.

»Mit dem Kriegsrecht«, entgegnete sie ihm, »das Gefangene als Sklaven ansieht.«

Als Thyamis begriff, daß sie auf die Angelegenheit mit Mitranes hinauswollte, wandte er ein:

»Aber, Arsake, jetzt ist nicht Krieg, sondern Frieden. Der Krieg bringt Knechtschaft, der Frieden Freiheit. Die erste ist ein Akt der Tyrannei, die andere ein Ausdruck königlicher Gesinnung. Frieden und Krieg werden nicht durch bloße Worte gekennzeichnet, sondern im tieferen Sinne durch die Haltung, die man einnimmt. An Hand dessen wirst du besser und richtiger entscheiden, was recht ist. Was anständig oder vorteilhaft ist, steht überdies außer Frage. Denn was kannst du dir für eine Ehre oder einen Nutzen davon versprechen, wenn du den Anschein erweckst oder sogar zugibst, daß fremde junge Menschen dich so sehr interessieren?«

Nun konnte Arsake nicht länger an sich halten. Es erging ihr, wie Verliebten im allgemeinen. Solange sie ihre Neigungen noch unentdeckt glauben, bewahren sie schamhafte Scheu. Sehen sie sich aber durchschaut, lassen sie alle Zurückhaltung fallen. Liebe, von der niemand weiß, ist ängstlich; einmal aufgedeckt, wird sie kühn. So wurde auch ihr das Gewissen zum Verräter, und in der Annahme, Thyamis habe einen Verdacht auf sie, nahm sie keinerlei Rücksicht auf seine priesterliche Würde und Stellung und ließ alle weibliche Scham beiseite.

»Freut euch nicht zu sehr«, rief sie, »über das, was ihr Mitranes getan habt! Die Stunde wird kommen, da Oroondates seine und seiner Leute Mörder zur Rechenschaft ziehen wird. Die jungen Leute werde ich nicht freigeben. Zur Zeit sind sie meine Sklaven, und bald werden sie, nach persischem Brauch, meinem Bruder, dem Großkönig, zugeführt werden. Halte darüber große Reden und ergehe dich in Auslassungen über die Begriffe Recht, Moral, Zweckmäßigkeit! Es wird dir nichts nützen gegen den, der die Macht hat. Der hat sie nicht nötig, einzig der eigene Wille ist für ihn maßgebend! Mach, daß du schleunigst von meinem Hofe fortkommst, und zwar freiwillig, damit man dich nicht zwangsweise entfernt.«

Thyamis rief die Götter zu Zeugen an und bemerkte nur, daß die Sache nicht gut enden werde. Dann entfernte er sich, entschlossen, den Vorfall in der Stadt bekanntzumachen und dort Unterstützung zu suchen.

»Deine Prophezeiungen«, rief Arsake noch, »sind mir vollkommen gleichgültig. Die Liebe kennt nur eine Zukunft – ihre Erfüllung.«

Sie zog sich in ihr Schlafgemach zurück und ließ Kybele rufen, um sich mit ihr über die Lage zu beraten. Denn allmählich machte sie das Verschwinden des Achämenes, der nicht mehr wiederkam, mißtrauisch, obwohl Kybele, wenn sie nach ihm fragte, immer wieder einen neuen Grund für seine Abwesenheit erfand und ihr alles mögliche glaubhaft zu machen suchte, nur nicht, daß er zu Oroondates gegangen sei. Schließlich glaubte ihr Arsake gar nichts mehr. Es dauerte schon lange genug, daß sie ihren Argwohn nicht mehr los wurde.

»Was sollen wir tun, Kybele?« fragte sie. »Welchen Ausweg gibt es für mich aus diesem Zwiespalt? Meine Liebe nimmt nicht ab, ja sie greift um sich wie ein Feuer, das von dem jungen Manne geschürt wird. Dabei bleibt er hart und unzugänglich. Anfangs zeigte er sich noch freundlicher und vertröstete mich mit schönen Versprechungen, während er mir jetzt entschiedene und unumwundene Absagen erteilt. Was mich aber noch stärker beunruhigt, ist der Gedanke, er könne seinerseits etwas über Achämenes erfahren haben und dadurch erst recht kopfscheu geworden sein. Zu all dem macht mir Achämenes Sorge, der vielleicht als Angeber zu Oroondates gegangen ist und möglicherweise Glauben findet. Er hat ja auch nicht ganz Unglaubhaftes zu erzählen. Wenn ich bloß Oroondates sehen könnte! Einer einzigen Zärtlichkeit, einer Träne aus Arsakes Auge würde er nicht widerstehen. Denn der gewohnte Anblick einer Frau wirkt auf Männer überzeugend wie ein starker Liebeszauber. Das Allerschlimmste wäre, wenn Oroondates mich beschuldigte, ohne daß ich bei Theagenes etwas erreicht hätte, oder gar bestrafte, ohne mich gesehen zu haben. Setze deshalb alles in Bewegung, Kybele, versuche jedes Mittel! Meine Lage ist, wie du siehst, verzweifelt und wie auf des Messers Schneide. Denke auch daran, Kybele: Wenn es für mich um alles geht, kann ich auf andere keine Rücksicht nehmen, und du zuerst wirst für die Machenschaften deines Sohnes zu büßen haben, von denen du unbegreiflicherweise keine Ahnung hast.«

»Daß du von meinem Sohn eine falsche Vorstellung hast und meiner Treue gegen dich unrecht tust, meine Gebieterin«, erwiderte Kybele, »sollen die Tatsachen beweisen. Doch wenn du selbst deine Liebesangelegenheiten so lässig betreibst und dich dabei so zaghaft anstellst, dann darfst du nicht anderen, die nichts dafür können, die Schuld zuschieben. Du zeigst dem jungen Manne ja nicht die Herrin, sondern behandelst ihn untertänig wie eine Sklavin. Das war vielleicht anfangs ganz angebracht. Du hattest es scheinbar mit einem zarten, leicht lenksamen Herzen zu tun. Da er sich aber gegen deine Liebe wehrt, muß er die Herrin in dir kennenlernen und durch Peitsche und Folter deinen Wünschen gefügig gemacht werden. Das ist so die Art der jungen

Burschen; wenn man freundlich zu ihnen ist, sind sie anmaßend, gebraucht man aber Gewalt, geben sie klein bei. Er ist nicht anders: Wenn er hart angefaßt wird, tut er, was er auf Zärtlichkeiten hin versagte.«

»Du magst recht haben«, erwiderte Arsake, »aber bei den Göttern, wie könnte ich ertragen, mit eigenen Augen seinen Körper geschlagen oder mißhandelt zu sehen?«

»Schon wieder wird dein Herz weich!« rief sie. »Als stünde es nicht in seinem Belieben, sich nach ein paar Schlägen eines Besseren zu besinnen, damit du nach einigem Verdruß ans Ziel deiner Wünsche gelangst. Du brauchst ja deinen Augen nicht damit wehe zu tun, sondern kannst ihn dem Euphrates überlassen und ihm sagen, er solle ihn wegen irgendeines Vergehens züchtigen. Dann schmerzt dich das Zusehen nicht. Das Ohr ist schmerzlichen Eindrücken gegenüber weniger empfindlich als das Auge. Sobald man merkt, daß er sich eines anderen besinnt, soll man ihn als genügend zurechtgewiesen wieder loslassen.«

Arsake gab nach. Denn verschmähte Liebe kennt keine Gnade für den Geliebten und wandelt die Enttäuschung in Rachsucht. Sie ließ den Haupteunuchen rufen und gebot ihm, ihren Befehl auszuführen. Euphrates, welcher an sich schon den krankhaften Hang des Eunuchen zur Eifersucht hatte und außerdem auf Grund seiner Beobachtungen und seines Verdachts längst auf Theagenes wütend war, ließ ihn in Eisen legen, quälte ihn mit Nahrungseinschränkung und Mißhandlungen und sperrte ihn in ein dunkles Gelaß. Wenn der Gefangene sich ahnungslos stellte und, obwohl er ihn kannte, nach dem Grund dieser Behandlung fragte, gab er ihm keine Antwort, sondern steigerte noch die Foltern von Tag zu Tag und übte grausamere Vergeltung, als Arsake wollte und befohlen hatte.

Er ließ niemanden außer Kybele – so war es angeordnet – zu ihm. Diese besuchte ihn regelmäßig und brachte ihm zu essen. Sie tat dies angeblich heimlich aus Mitleid und in einer Regung alter Freundschaft, in Wirklichkeit, um festzustellen, wie er unter diesen Umständen denke und ob die Mißhandlungen ihn gefügig und mürbe machten. Er aber bewies jetzt erst recht seine männliche Stärke und setzte allen Lokkungen entschiedensten Widerstand entgegen. Wiewohl er körperlich litt, blieb seine Seele standhaft in ihrer edlen Haltung. Ja, er war sogar stolz und dankbar gegen das Schicksal, das zwar sonst so viel Schmerzen für ihn hatte, es aber mit seinem eigenen Selbst so gut meinte. Gab es ihm doch Gelegenheit, seine Liebe und Treue zu Chariklea zu beweisen. Er betrachtete es als größtes Glück, wenn sie davon erführe. Immer wieder rief er ihren Namen und nannte sie sein Leben, sein Licht, seine Seele.

Auch Kybele sah das alles und wußte von Arsakes Wunsch, daß Theagenes nur mit Maß gequält werde – nicht ihn selbst, nur seinen Widerstand wollte sie gebrochen sehen –, trotzdem hatte sie Euphrates befohlen, die Foltern zu steigern. Nun mußte sie sich sagen, daß alles nicht half, sondern daß auch dieser Versuch wider Erwarten fehlgeschlagen war. Sie erkannte, in welch einer gefährlichen Lage sie sich befand. Auf der einen Seite hatte sie von Oroondates, sobald er durch Achämenes ins Bild gesetzt war, jeden Augenblick Strafe zu erwarten. Auf der andern mußte sie befürchten, daß Arsake, mit deren Liebeswünschen sie ihr Spiel getrieben hatte, noch vorher kurzen Prozeß mit ihr machen werde. So entschloß sie sich, sich mit einem Schlage aus der Affäre zu ziehen und durch ein Verbrechen entweder Arsake an das Ziel ihrer Wünsche zu bringen und erst einmal der Gefahr, die ihr von da drohte, zu begegnen oder durch den Tod aller Mitwisser die Schuldbeweise gegen sich zu beseitigen.

Sie begab sich zu Arsake.

»Unsere Anstrengungen sind vergeblich, Herrin«, erklärte sie. »Der Unnachgiebige bleibt verstockt. Er wird sogar nur noch frecher. Er führt einzig Charikleas Namen im Munde und findet darin etwas wie Trost und Beruhigung. Wir wollen deshalb, wenn es dir recht ist, wie man sagt, den letzten Anker auswerfen und Chariklea als eigentliches Hindernis beseitigen. Erfährt er, daß sie nicht mehr lebt, so wird er sich schon unserem Willen fügen, da er dann seine Liebe zu ihr aufgeben muß.«

Arsake griff den Vorschlag gierig auf. Zu der alten Eifersucht kam noch der Zorn über das, was sie eben vernommen hatte.

»Du hast recht«, sagte sie, »ich werde dafür sorgen, daß die schändliche Person auf mein Geheiß umgebracht wird.«

»Und wer wird deinem Befehl Folge leisten?« fragte Kybele. »Bei allen deinen Machtbefugnissen ist es dir durch die Gesetze verboten, ohne Urteil des höchsten persischen Gerichtshofes eine Todesstrafe vollziehen zu lassen. Was für Schwierigkeiten und Scherereien wird das geben, wenn du gegen das Mädchen Anklagegründe und Beschuldigungen erfinden mußt. Außerdem ist es nicht sicher, ob man uns Glauben schenkt. Doch wenn es dir recht ist – ich bin bereit, für dich alles zu tun und zu tragen –, so will ich mit Hilfe von Gift deine Absichten fördern und durch einen Zaubertrank deine Nebenbuhlerin beseitigen.«

Arsake gab freudig ihre Zustimmung, und Kybele machte sich unverzüglich ans Werk.

Sie fand Chariklea in Kummer und Tränen, ihrem Leid hingegeben, und einzig mit dem Gedanken beschäftigt, wie sie ihrem Leben ein Ende machen könne. Sie ahnte, was mit Theagenes vor sich ging, als Kybele anfangs ihr alles mögliche vorgelogen und immer neue Gründe erfunden hatte, weshalb er sich nicht blicken ließ und sie nicht wie üblich in ihrem Zimmer besuchte.

»Törichtes Kind«, sagte sie, »willst du dich denn ewig quälen und zwecklos aufreiben? Laß dir sagen, Theagenes ist frei, heute abend wird er zu dir kommen. Die Herrin war auf ihn ärgerlich, weil er im Dienst etwas falsch gemacht hatte, und hatte ihn einsperren lassen. Doch nun hat sie befohlen, ihn wieder freizulassen, anläßlich des althergebrachten Festes, das sie begehen will. Zugleich habe ich mich nachdrücklich für ihn verwandt. Steh also auf und fasse dich etwas! Jetzt wirst du doch mein Mahl mit mir teilen!«

»Wie kann ich dir glauben?« erwiderte Chariklea. »Deine

ständigen Lügen haben mir das Vertrauen in deine Worte genommen.«

»Ich schwöre bei allen Göttern«, sagte Kybele, »heute wirst du frei und aller Sorgen ledig werden. Richte dich nur nicht selber zugrunde! Tagelang hast du nichts gegessen. Sei vernünftig und nimm etwas von den Speisen hier, die gerade zur rechten Zeit kommen.«

Mit Überwindung gab Chariklea nach. Obwohl sie den üblichen Betrug argwöhnte, setzte sie einiges Vertrauen in den Schwur und ließ die schönen Versprechungen gelten. Denn was das Herz wünscht, glaubt es gern.

Sie nahmen also Platz und aßen. Als das Mädchen, das aufwartete, die Becher mit dem gemischten Wein brachte, gab ihr Kybele einen Wink, Chariklea zuerst zu bedienen, nahm dann den anderen Becher und trank.

Kaum hatte die Alte ausgetrunken, als sie zu taumeln begann. Sie goß den kleinen Rest aus, starrte das Mädchen mit einem durchbohrenden Blick an und fiel in heftige Krämpfe und Zuckungen.

Alle Anwesenden waren entsetzt, auch Chariklea, die noch zu helfen suchte. Kein vergiftetes Geschoß hätte so schnell zu wirken vermocht. Stark genug, schon einen jungen, kräftigen Körper zu töten, verbreitete sich das Gift jetzt in einem alten, verbrauchten und welken Leibe und erreichte unglaublich rasch die lebenswichtigen Teile. Die Augen der Alten glühten, ihre Glieder wurden, als die Zuckungen aufhörten, starr und steif, und die Haut nahm eine schwarze Färbung an. Aber noch bösartiger als das Gift, scheint mir, war ihre boshafte Seele. Kybele ließ auch sterbend nicht von ihren Niederträchtigkeiten. Durch Zeichen und abgerissene Worte gab sie zu verstehen, Chariklea habe sie vergiftet. Gleich darauf hauchte sie ihren Geist aus. Chariklea wurde gefesselt und vor Arsake gebracht.

Auf ihre Frage, ob sie selbst den Gifttrank bereitet habe, und auf ihre Drohung mit Marter und Folter, falls sie nicht die Wahrheit bekenne, bereitete Chariklea allen Anwesenden eine lebhafte Überraschung. Ohne ein Zeichen von Niedergeschlagenheit oder Angst behandelte sie die Dinge mit Lächeln und Spott. Einerseits fühlte sie sich mit ihrem guten Gewissen über die Verdächtigung erhaben, andrerseits sah sie, falls Theagenes nicht mehr lebte, dem Tode ruhig ins Auge. Ja, sie fühlte sich glücklich: Wenn andere sie töteten, blieb ihr der letzte Verzweiflungsschritt, zu dem sie entschlossen war, erspart.

»Seltsame Frau«, sagte sie, »lebt Theagenes, so erkläre ich mich für nicht schuldig an diesem Tode. Ist er dagegen ein Opfer deiner bösen Ränke geworden, so kannst du auf meine Folterung verzichten. Dann stehe ich vor dir als die Giftmischerin und Mörderin deiner Vertrauten, die dich mit ihrer Brust genährt und dich zu solchen Verbrechen erzogen hat. Dann laß mich ohne weiteres töten. Denn nichts könnte Theagenes lieber sein, der deine ungehörigen Wünsche mit der verdienten Nichtachtung gestraft hat.«

Arsake geriet durch diese Worte außer sich und befahl, Chariklea zu züchtigen.

»Schafft die Frevlerin weg!« schrie sie. »In Fesseln, wie sie ist! Zeigt ihr den trefflichen Geliebten, der in der gleichen Lage ist, wie er es verdient hat. Fesselt sie zweifach und dreifach und übergebt sie gleichfalls dem Euphrates! Bis morgen soll sie in Gewahrsam bleiben, um dann nach dem Urteil des persischen Gerichtshofes den Tod zu erleiden.«

Während man sie abführte, brach das junge Mädchen, das der Kybele den Wein eingeschenkt hatte, in Tränen aus. Sie war eine von den beiden Ionierinnen, die Arsake zu Anfang den jungen Leuten zur Bedienung gegeben hatte. Ob nun aus Neigung für Chariklea infolge ihrer nahen Bekanntschaft oder durch eine Fügung der Götter, begann sie laut zu jammern und rief:

»Ach, die Unglückliche! Sie ist völlig unschuldig!«

Die Umstehenden wurden stutzig und nötigten sie, ihre Bemerkung zu erklären. Da gestand sie, daß sie der Kybele das Gift gegeben habe. Sie habe es von ihr bekommen, um es Chariklea zu bringen. In ihrer Verwirrung über das furchtbare Verbrechen oder durch Kybele aus der Fassung gebracht, die ihr einen Wink gab, Chariklea zuerst zu bedienen, habe sie die Becher verwechselt und der Alten den gereicht, der das Gift enthielt.

Man brachte sie sofort zu Arsake. Alles freute sich, daß der gegen Chariklea erhobene Verdacht sich als hinfällig erwiesen hatte. Vornehme Gesinnung und gute Haltung machen auch den Barbaren für das Mitleid empfänglich. Doch die Aussage der Dienerin bewirkte nur, daß Arsake erklärte, sie scheine mitschuldig zu sein, sie in Fesseln legen und gefangensetzen ließ. Dann berief sie die Mitglieder des persischen Staatsrates, dem auch die Rechtsprechung und Urteilsfällung oblag, durch Boten für den nächsten Tag zu einer Gerichtssitzung.

Als der persische Staatsrat am anderen Morgen kam und sich versammelt hatte, vertrat Arsake persönlich die Anklage und erhob die Beschuldigung des Giftmordes. Sie gab eine ausführliche Darstellung der Vorgänge, wobei sie immer wieder Tränen über ihre Erzieherin vergoß, in der sie das teuerste und ihr ergebenste Wesen verloren habe. Sie rief die Richter zu Zeugen an, daß die Fremde die gewährte Aufnahme und bewiesene Freundlichkeit ihr derart übel vergolten habe. Kurz, sie vertrat die Anklage mit äußerster Schärfe.

Chariklea verteidigte sich in keinem Punkte, sondern gab ohne weiteres das Verbrechen zu, das man ihr vorhielt: Sie habe das Gift gegeben, und – fügte sie noch hinzu – wäre man ihr nicht zuvorgekommen, so hätte sie mit Vergnügen auch Arsake beseitigt. Durch weitere Bemerkungen dieser Art griff sie Arsake rücksichtslos und ohne Umschweife an und forderte die Richter mit allen Mitteln heraus, sie zu verurteilen.

In der vorangegangenen Nacht hatte sie Theagenes in dem Gefängnis, in dem sie zusammen untergebracht waren, ihre Erlebnisse genau geschildert und ihrerseits die seinen erfahren. Daraufhin hatte sie mit ihm verabredet, wenn es sein müsse, wollten sie freiwillig jeden Tod hinnehmen, der an sie herankomme, nur um endlich von diesem verfehlten Leben, von der sinnlosen Irrfahrt und ihrem unversöhnlichen

Schicksal erlöst zu werden. Zuletzt umarmte sie ihn – sicher zum letzten Male – und verbarg die mit ihr ausgesetzten Schmuckstücke, die sie immer heimlich bei sich trug, unter dem Kleide, um sie als Totenopfer bei sich zu haben. Da stand sie nun vor den Richtern und bekannte sich jedes ihr vorgehaltenen – oder auch nicht vorgehaltenen – Verbrechens schuldig. Unter diesen Umständen gab es für die Richter keinen Zweifel. Es fehlte wenig und sie hätten ohne Zögern die nach persischem Gesetz grausamste Strafe verhängt, doch erkannten sie wahrscheinlich unter dem Eindruck ihrer Jugend und ihrer unwiderstehlichen Schönheit nur auf Feuertod.

Sofort packten sie die Henkersknechte und schleppten sie nicht weit vor die Stadtmauer, wobei der Herold immer wieder verkündete, sie werde wegen Giftmordes zum Scheiterhaufen geführt. Eine große Volksmenge aus der Stadt lief mit. Einige hatten selbst gesehen, daß sie weggebracht wurde, andere waren auf das Gerücht, das sich wie ein Lauffeuer in der Stadt verbreitete, herbeigeeilt. Auch Arsake fand sich als Zuschauerin auf der Mauer ein. Es wäre für sie ein unerträglicher Gedanke gewesen, sich nicht an dem Schauspiel der Hinrichtung Charikleas zu weiden.

Im Augenblick war ein hoher Holzstoß errichtet und in Brand gesetzt. Schon loderten die Flammen empor. Die Henkersknechte ergriffen Chariklea. Da bat sie, ihr eine kleine Frist zu gewähren, unter der Zusicherung, sie werde freiwillig den Scheiterhaufen besteigen. Dann hob sie die Hände zum Himmel empor, nach der leuchtenden Sonne.

»Sonne, Erde und Götter«, rief sie, »die ihr auf Erden und drunten in der Tiefe alles Unrecht seht und rächt, ihr seid Zeugen, daß ich frei bin von der Schuld, die mir vorgeworfen wird, und daß ich unter der Last eines unerträglichen Schicksals freiwillig in den Tod gehe. Nehmt mich gnädig auf! Doch das niederträchtige, schamlose, ehebrecherische Weib, das mir dies antut, um mir meinen Verlobten zu nehmen, Arsake, laßt unverzüglich eure Strafe treffen!«

Ein allgemeines Geschrei erhob sich. Die Forderung nach

Strafaufschub bis zu einem neuen gerichtlichen Verfahren wurde laut. Während einige Anstalten trafen, die Hinrichtung zu verhindern, andere schon davonstürmten, kam sie allen zuvor und bestieg den Scheiterhaufen. In seiner Mitte stehend, blieb sie eine Zeitlang unversehrt, da die Flammen sie mehr umzüngelten als berührten und ihr kein Leid taten und immer da, wohin sie sich wandte, zurückwichen. Sie verbreiteten nur einen Glanz um Chariklea, der ihre Schönheit noch heller erstrahlen und wie eine Braut in einem Flammenbett erscheinen ließ. Voll Staunen über das, was ihr widerfuhr, bewegte sie sich von einer Seite des Scheiterhaufens auf die andere, um sich dem Tod in die Arme zu werfen. Umsonst, das Feuer wich immer wieder zurück, als flüchte es vor ihrer Nähe.

Die Henkersknechte gaben nicht nach, sondern vermehrten, von Arsakes drohenden Gesten angespornt, noch ihre Bemühungen. Sie schleppten Holz herbei, stapelten Rohr vom Flußufer auf, um mit allen Mitteln das Feuer anzufachen. Nichts fruchtete. Die Bevölkerung geriet in immer größere Erregung, und in Ahnung göttlichen Beistandes wurden Rufe laut: »Das Mädchen ist rein! Das Mädchen ist schuldlos!«

Sie drängten nach vorn und stießen die Henker vom Scheiterhaufen fort. Dabei übernahm Thyamis die Führung und ermutigte das Volk mitzuhelfen. Er hatte sich, durch den Lärm auf die Vorgänge aufmerksam geworden, gleichfalls eingefunden. Trotz ihrem guten Willen, Chariklea herunterzuholen, getrauten sie sich doch nicht näher heran, riefen aber dem Mädchen zu, vom Scheiterhaufen herunterzuspringen. Da sie in dem Flammenkreis aushielt, meinten sie, sie brauche auch keine Angst zu haben, ihn zu durchbrechen. Als Chariklea das sah und hörte, glaubte sie selbst an eine Hilfe der Götter und wollte sich nicht undankbar gegen die höheren Mächte zeigen und ihre Gnade ausschlagen. Sie sprang von dem Scheiterhaufen herunter. Das Volk brach, freudig erregt, in lauten Jubel und helle Begeisterung aus und pries die Götter.

Da hielt es Arsake nicht länger auf der Mauer. Sie sprang von ihrem Sitz auf, stürzte durch das Tor nach draußen, gefolgt von ihrer Leibgarde und den persischen Würdenträgern, und packte Chariklea mit eigener Hand.

Mit einem herausfordernden Blick auf die Volksmenge schrie sie: »Schämt ihr euch nicht, daß ihr eine gemeine Person, eine Giftmischerin, eine Mörderin, die man auf frischer Tat gefaßt und die selbst ihren Mord eingestanden hat, der Bestrafung entziehen wollt? Schämt ihr euch nicht, einer Verbrecherin zu helfen und damit der persischen Justiz, der Person des Königs, seinen Statthaltern, Würdenträgern und Richtern in den Arm zu fallen, weil euch vielleicht der Umstand, daß sie nicht verbrannt ist, zum Mitleid verführt und ihr euch einbildet, die Götter hätten dabei die Hand im Spiele? Wollt ihr nicht Vernunft annehmen und euch sagen, daß darin ein noch stärkerer Beweis ihrer Zauberkünste liegt, daß sie selbst über die Macht des Feuers triumphiert? Kommt, wenn ihr wollt, zu der öffentlichen Gerichtsverhandlung, die morgen euretwegen stattfinden soll! Da werdet ihr erleben, wie sie ihr Verbrechen selbst zugeben und von ihren Helfershelfern, die ich in Gewahrsam halte, belastet werden wird!«

Sie packte Chariklea im Nacken und nahm sie mit, indes ihre Leibwache die Menge auseinandertrieb. Manche waren empört und geneigt, Widerstand zu leisten. Auf die andern machte der Vorwurf der Zauberei Eindruck, oder die Furcht vor Arsake und ihrer Macht schreckte sie ab. Sie fügten sich.

So wurde Chariklea erneut dem Euphrates übergeben und in Erwartung einer zweiten Gerichtsverhandlung und Exekution diesmal noch schwerer gefesselt.

Der einzige Lichtblick in ihrer Not war, daß sie mit Theagenes zusammensein und ihm ihre Erlebnisse erzählen konnte. Um die beiden jungen Menschen noch mehr zu quälen und wie zum Hohn hatte sich Arsake als besondere Strafe ausgedacht, sie in die gleiche Gefängniszelle zu sperren, damit sie einander in Ketten erblickten und sähen, wie die Strafe an ihnen vollzogen würde. Sie wußte, daß der Liebende unter den Schmerzen des anderen mehr leidet als unter den eigenen. Doch für die beiden war dies eher eine Erleichterung. Sie empfanden es als Vorzug, die gleichen Leiden durchzumachen. Litt der eine von ihnen weniger, so kam er sich durch den anderen übertroffen vor und glaubte ihm an Kraft der Liebe nachzustehen. Dazu kam noch, daß sie beisammen sein und einander Trost und Mut zusprechen konnten, ihr Los mit Haltung und Tapferkeit zu tragen und die Prüfungen ihrer Standhaftigkeit und Treue zu bestehen.

Nachdem sie bis tief in die Nacht miteinander Zwiesprache gepflogen hatten wie zwei Menschen, die nicht hoffen durften, sich nach dieser Nacht je wiederzusehen, und deshalb soviel wie nur möglich noch voneinander haben wollten, beschäftigten sich ihre Gedanken auch mit den wunderbaren Vorgängen auf dem Scheiterhaufen.

Theagenes sah ihren Grund in der Gnade der Götter, die über Arsakes niederträchtige Verleumdung aufgebracht waren und mit der gänzlich Unschuldigen Mitleid fühlten.

Chariklea schien darüber im Zweifel.

»Die ungewöhnlichen Umstände meiner Rettung deuten freilich auf höhere göttliche Einwirkung hin«, meinte sie. »Doch die Überlegung, daß wir immer wieder von solchem Mißgeschick heimgesucht werden und Qualen aller Art und ohne jedes Maß durchmachen müssen, scheint mir eher für den Fluch der Götter und die Feindschaft der höheren Mächte zu sprechen. Man müßte denn das wunderbare Walten der Götter darin erblicken, daß sie uns ins tiefste Elend stürzen, um uns dann in der hoffnungslosesten Lage zu helfen.«

Theagenes unterbrach sie und riet, sich schweigend zu fügen und lieber am frommen Gottvertrauen festzuhalten.

»Ihr gütigen Götter!« rief sie. »Was kommt mir da für ein Traum in den Sinn, wenn es nicht gar Wirklichkeit war, was ich in der vergangenen Nacht sah, inzwischen aber, ich weiß nicht wodurch, aus dem Gedächtnis verlor und was mir eben wieder einfällt! Mir träumte ein Spruch in Versform. Der verewigte Kalasiris war es, der ihn sprach, mag er mir nun im

Schlaf erschienen sein oder mag ich ihn wirklich gesehen haben. So lautete, glaube ich, der Spruch:

Trägst du Pantarbe bei dir, nicht fürchte fortan das Feuer.
Denn das Schicksal vollbringt selbst das Unglaubliche leicht.«

Da wurde auch Theagenes wie von einem seherischen Schauder gepackt. Er sprang auf, soweit es die Fesseln erlaubten, und rief:

»Ihr Götter, seid uns gnädig! Auch mich macht die Erinnerung zum Dichter. Der gleiche Prophet, mag er nun Kalasiris oder eine Gottheit in seiner Gestalt gewesen sein, ist mir erschienen. Ich glaube, so lauteten seine Worte:

Äthiopiens Land wirst du mit dem Mädchen erreichen.
Morgen schon wirst du frei Arsakes Fesseln entfliehn.

Ich kann mir schon denken, worauf die Prophezeiung hinauswill. Unter ›Äthiopiens Land‹ ist offenbar die Unterwelt zu verstehen, ›mit dem Mädchen‹ heißt, daß ich mit Proserpina zusammen sein werde, und die Befreiung von den Fesseln bedeutet die Loslösung vom irdischen Leib. Was soll aber dein Spruch besagen, der sich aus Widersprüchen zusammensetzt? Das Wort Pantarbe bedeutet ›die alles fürchtet‹, doch erhältst du den Rat, vor dem Scheiterhaufen keine Angst zu haben.«

»Liebster Theagenes«, erwiderte Chariklea, »das Unglück hat es dir zur Gewohnheit werden lassen, alles von der schlimmsten Seite anzusehen und immer gleich das Ärgste anzunehmen, denn der Mensch beurteilt die Dinge nach seiner Lage. Mir scheinen die Prophezeiungen Glücklicheres zu bedeuten, als du annimmst. Das Mädchen könnte vielleicht ich selbst sein, mit der meine äthiopische Heimat zu erreichen dir verheißen wird, nachdem du Arsake und ihren Fesseln entkommen bist. Auf welche Weise, das wissen wir nicht und können es noch nicht glauben. Es liegt aber in der

Macht und im Willen der Götter, die uns das Orakel gegeben haben. Soweit die Voraussagen mich betreffen, sind sie, wie du siehst, nach ihrem Willen in Erfüllung gegangen. Noch bin ich am Leben, obwohl ich schon als verloren galt. Das Mittel zur Rettung trug ich bei mir und wußte nichts davon. Jetzt glaube ich es genau zu kennen. Die mit mir ausgesetzten Erkennungszeichen, die ich schon immer vorsorglicherweise bei mir trug, hatte ich mit besonderem Bedacht wohlversteckt um den Körper gebunden, als ich vor Gericht gestellt werden sollte und damit rechnete, daß mein letzter Tag gekommen sei. Blieb ich am Leben, so hatte ich alles, was zum Leben notwendig ist. Mußte ich den Tod leiden, so sollten sie meinen letzten Schmuck und meine Totengabe bilden. Sie bestehen aus kostbaren Schmuckstücken und wertvollen indischen und äthiopischen Edelsteinen, Theagenes. Dazu gehört auch ein Ring, ein Verlobungsgeschenk meiner Mutter von meinem Vater, dessen Fassung einen Stein umschließt, den man Pantarbe nennt und in den heilige Schriftzeichen eingegraben sind. Dadurch besitzt er offenbar eine geheime und göttliche Kraft, denen, die ihn tragen, das Feuer fernzuhalten und sie für die Flammen unangreifbar zu machen. Er hat auch mich mit dem Willen der Götter gerettet. Diese Annahme entspricht auch den wiederholten Erklärungen des vergöttlichten Kalasiris über die Bedeutung der Inschrift auf der gleichfalls mit mir ausgesetzten Stirnbinde, die ich jetzt um die Brust geschlungen trage.«

»Das ist durchaus wahrscheinlich oder vielmehr richtig und entspricht auch den Tatsachen«, erwiderte Theagenes. »Doch welche neue Pantarbe wird uns aus den Gefahren retten, mit denen wir morgen zu rechnen haben? Denn sie verheißt leider nicht Unsterblichkeit, wie sie Schutz vor dem Feuer gewährt. Und wir müssen damit rechnen, daß die rachsüchtige Arsake sich eine neue Art von Strafe für uns ausdenkt. Ich wünschte, sie ließe uns zur gleichen Stunde den gleichen Tod sterben. Ich würde darin weniger den Tod als eine Erlösung von allem Leid sehen.«

»Sei nur zuversichtlich«, ermutigte ihn Chariklea. »In den Prophezeiungen besitzen wir eine neue Pantarbe. Wenn wir den Göttern vertrauen, wird uns die Rettung um so mehr beglücken und, wenn es sein muß, das Leid von der Vorsehung bestimmt erscheinen.«

Mit solchen Überlegungen verbrachten sie die Zeit. Bald versicherten sie einander schmerzerfüllt, daß jeder mehr für den anderen sich quäle und sorge als für sich selbst, bald gaben sie einander letzte Aufträge und gelobten sich bei den Göttern und ihren Schicksalsmächten Liebe und Treue bis in den Tod.

Inzwischen trafen Bagoas und seine fünfzig Reiter tief in der Nacht, während noch alles im Schlaf lag, in Memphis ein. Nachdem sie die Torposten in aller Stille geweckt und sich zu erkennen gegeben und ausgewiesen hatten, gelangten sie schnell und geräuschlos zum Palast des Statthalters. Bagoas hieß seine Leute den Palast umstellen, um im Falle von Widerstand schlagbereit zu sein, und ließ sie dann zurück. Er sprengte das Schloß einer Seitenpforte, die nur wenigen bekannt war, gab sich auch dem Pförtner zu erkennen, gebot ihm Schweigen und eilte dank seiner genauen Ortskenntnis – auch gab der Mond ein schwaches Licht – zu Euphrates. Er traf ihn zu Bett und weckte ihn. Auf den erschrockenen Ruf »Wer da?« beruhigte er ihn mit der Antwort: »Ich bin es, Bagoas«, und verlangte nach Licht. Euphrates befahl einem in der Nähe befindlichen jungen Sklaven, eine Lampe anzuzünden, die anderen aber schlafen zu lassen. Als der Knabe das Licht gebracht, aufgestellt und sich wieder entfernt hatte, fragte er:

»Was bedeutet das? Was ist vorgefallen? Was besagt dein überraschendes und unerwartetes Erscheinen?«

»Es bedarf nicht vieler Worte«, erwiderte Bagoas. »Nimm diesen Brief und lies. Erst sieh dir genau das Siegel an und überzeuge dich, daß die Anordnung von Oroondates stammt. Dann führe im Schutze der Nacht und schleunigst den Befehl aus, damit niemand etwas merkt. Ob es ratsam ist, Arsake das für sie bestimmte Schreiben vorher auszuhändigen, mußt du selbst entscheiden.«

Euphrates nahm die Briefe und überflog sie.

»Für Arsake wird das ein Schlag sein«, meinte er, »dabei geht es ihr so schon jämmerlich genug. Ein schweres Fieber hat sie gestern wie ein Verhängnis befallen. Eine glühende Hitze trat plötzlich auf und hält noch an. Ihr Zustand läßt wenig Hoffnung, daß sie durchkommt. Aber ich würde ihr, selbst wenn sie wohlauf wäre, diesen Brief nicht geben. Sie würde eher sterben und uns mit ins Verderben reißen als die jungen Leute freiwillig herausgeben. Du bist gerade zur rechten Zeit gekommen. Nimm die beiden Fremden und bringe sie weg. Beeile dich, so sehr du kannst, sie zu retten. Hab Mitleid mit ihnen. Sie sind jammervoll dran, todunglücklich, und haben zahllose Mißhandlungen und Qualen erlitten, nicht nach meinem Willen, sondern auf Befehl Arsakes. Übrigens sind sie offenbar vornehmer Herkunft und, wie die Prüfungen und Umstände gezeigt haben, beherrscht und besonnen.«

Nach dieser Erklärung führte er ihn zum Gefängnis. Beim Anblick der jungen Menschen war Bagoas, trotz der Fesseln und der durch die Folterungen erlittenen Mißhandlungen, über diese stattlichen und schönen Erscheinungen überrascht. Theagenes und Chariklea glaubten, ihr Ende sei da und Bagoas sei zu so früher Stunde gekommen, um sie zum letzten Gang zu führen. Einen Augenblick waren sie bestürzt, dann faßten sie sich und gaben durch heitere und offene Mienen zu erkennen, daß sie unbeschwerten, ja frohen Mutes seien.

Als Euphrates herantrat und sich anschickte, sie von den Holzpflöcken, an denen ihre Fesseln angeschlossen waren, loszumachen, rief Theagenes:

»Recht so! Die niederträchtige Arsake glaubt ihre Verbrechen in Nacht und Dunkel verbergen zu können. Doch das Auge der Gerechtigkeit ist scharf und durchdringend und deckt auch die geheimsten Verbrechen auf. Tut nur, wie man euch befohlen hat. Mag man uns Feuer oder Wasser oder das Schwert zugedacht haben, tut uns den Gefallen und laßt uns beide des gleichen Todes sterben.«

Denselben Wunsch sprach auch Chariklea aus. Den Eunuchen, die sie gefesselt fortführten – sie hatten ihre Worte so ziemlich verstanden–, traten Tränen in die Augen.

Als sie den Statthalterpalast verließen, blieb Euphrates an Ort und Stelle zurück. Bagoas und seine Reiter nahmen den jungen Leuten die Fesseln größtenteils ab und ließen ihnen nur so viel, um ihrer sicher zu sein, ohne ihnen Schmerzen zu bereiten. Sie ließen sie dann aufsitzen, nahmen sie in ihre Mitte und ritten in Richtung Theben eilig davon.

Sie waren den Rest der Nacht und den folgenden Tag bis zur dritten Stunde unterwegs, ohne haltzumachen. Dann erst, als die Strahlen der ägyptischen Sommersonne unbarmherzig niederbrannten, sie den Mangel an Schlaf verspürten und merkten, daß Chariklea von dem ununterbrochenen Ritt erschöpft war, beschlossen sie, irgendwo zu rasten, um sich auszuruhen, die Pferde verschnaufen zu lassen und auch dem jungen Mädchen Erholung zu gönnen.

Es gab da eine Höhe am Nilufer, um die der Fluß, aus seiner geraden Richtung gezwungen, einen halbkreisförmigen Bogen machte, um gegenüber der ersten Krümmung seine ursprüngliche Richtung wieder aufzunehmen. Er umschloß eine Art Halbinsel, die dank der starken Bewässerung reich an Wiesenkräutern war. Gras und Grünfutter boten dem Vieh Weide im Überfluß, die Pfirsich-, Feigen- und anderen Bäume, die gern und häufig am Nil wachsen, Schutz und Schatten. Hier lagerte sich Bagoas mit seinen Leuten unter den Baumkronen. Er hielt eine Mahlzeit und nötigte auch Theagenes und seine Begleiterin, die anfangs ablehnten, etwas zu sich zu nehmen. Auf ihre Äußerung, wer doch bald sterben müsse, brauche nichts mehr zu essen, sprach er ihnen gut zu, versicherte ihnen, davon könne nicht die Rede sein, und teilte ihnen mit, daß er sie nicht zum Tode, sondern zu Oroondates führe.

Schon ließ die größte Mittagshitze nach, die Sonne schoß ihre Strahlen nicht mehr senkrecht, sondern schräg hernieder, und die Truppe des Bagoas machte sich zum Aufbruch fertig, als ein Reiter auftauchte. Er schien von dem scharfen

Ritt außer Atem und konnte sein schweißbedecktes Pferd kaum auf den Beinen halten.

Er wechselte mit Bagoas ein paar vertrauliche Worte und ruhte sich dann aus. Eine Weile blickte Bagoas offenbar betroffen und nachdenklich über die ihm gemachte Meldung vor sich hin.

»Ihr Fremdlinge«, sagte er dann, »seid guten Mutes. Eure Feindin hat ihre Schuld gebüßt. Arsake ist tot. Als sie erfuhr, daß wir euch mitgenommen haben, hat sie sich erhängt. Sie ist freiwillig dem gewaltsamen Tod zuvorgekommen. Denn der Bestrafung durch Oroondates und den Großkönig wäre sie nicht entgangen. Entweder wäre sie hingerichtet oder für den Rest ihres Lebens aller Ehren verlustig erklärt worden. Das ist die Nachricht, die mir Euphrates durch den eben eingetroffenen Boten zukommen ließ. Habt also Zuversicht und seid guten Mutes! Ihr selbst habt keine Schuld, das weiß ich genau, und eure Widersacherin ist euch nicht mehr im Wege.«

Um sie für sich einzunehmen, sagte ihnen dies Bagoas in einem gebrochenen, mit vielen falschen Wendungen durchsetzten Griechisch. Gleichzeitig gab er seiner persönlichen Freude Ausdruck, da ihm das lasterhafte und gewalttätige Treiben Arsakes zuwider gewesen war, und suchte den jungen Leuten Mut und Trost zuzusprechen, in der berechtigten Hoffnung, sich bei Oroondates ein besonders großes Verdienst zu erwerben. Rettete er doch einen jungen Mann, der alle übrigen Untergebenen des Statthalters in den Schatten stellte, und ein Mädchen, das mit seinen unwiderstehlichen Reizen nach dem Ableben Arsakes wohl geeignet schien, ihren Platz einzunehmen.

Auch Theagenes und Chariklea freuten sich über die Nachricht und priesen das Walten der mächtigen Götter und ihre Gerechtigkeit. Jetzt, da ihre schlimmste Feindin tot war, glaubten sie nichts mehr befürchten zu müssen, mochte ihnen auch noch so Schweres bevorstehen. So nimmt man eher selbst gern den Tod auf sich, wenn nur auch der Feind mit zugrunde geht.

Als mit dem Einbruch der Dämmerung ein leichter Wind aufkam und man bei der Abkühlung an die Weiterreise denken konnte, brachen sie auf und ritten den Abend und die ganze Nacht hindurch bis in die Frühe des anderen Tages, um Oroondates möglichst noch in Theben zu erreichen.

Das glückte ihnen freilich nicht. Ein Soldat von der Armee, der ihnen unterwegs begegnete, berichtete ihnen, der Statthalter sei bereits von Theben aufgebrochen; er selbst sei abgeschickt worden, um alle unter Waffen Stehenden, auch wenn sie zur Besatzungstruppe gehörten, schleunigst nach Syene in Marsch zu setzen. Man befinde sich in größter Aufregung und fürchte schon, die Stadt sei eingenommen und der Statthalter komme zu spät. Das äthiopische Heer sei überraschend schnell, bevor man etwas hörte, eingebrochen.

Darauf bog Bagoas von dem Weg nach Theben ab und schlug die Richtung auf Syene ein.

Er war dem Ziel schon nahe, als er auf eine Abteilung Äthiopier stieß, lauter gut bewaffnete junge Soldaten, die als Spähtrupp ausgesandt waren und durch ihre Erkundungen die Marschstraße für die Hauptmacht sichern sollten. Infolge des Einbruchs der Nacht und ihrer Ortsunkenntnis hatten sie sich verirrt und wollten nun nicht noch weiter als ratsam dem Haupttrupp voraus sein. Sie hatten sich in einem Gebüsch am Fluß versteckt, wo sie selbst gesichert und geschützt im Hinterhalt lagen und schlaflos Wache hielten.

Als sie in der Morgenfrühe Bagoas mit seiner berittenen Schar vorüberziehen sahen und feststellten, daß es sich nur um einen kleinen Trupp von Leuten handelte, ließen sie ihnen einen kurzen Vorsprung. Sobald sie sich vergewissert hatten, daß ihnen keine weiteren Streitkräfte folgten, brachen sie mit Geschrei aus der Flußniederung hervor und stürzten ihnen nach. Bagoas und seine Reiter wurden durch den unerwarteten Lärm in nicht geringen Schrecken versetzt. Da sie die Angreifer an ihrer Farbe als Äthiopier erkannten und bei dem Stärkeverhältnis ein Kampf aussichtslos war – die Aufklärungsabteilung bestand aus tausend Leichtbewaffneten –, nahmen sie sich gar nicht erst die Zeit, sie genauer anzusehen, sondern wandten sich zur Flucht. Dabei mäßigten sie anfangs mit Absicht das Tempo, um nicht den Eindruck zu erwecken, als rissen sie Hals über Kopf aus.

Die Äthiopier machten sich an ihre Verfolgung und schickten ihnen erst einmal die Troglodyten nach, deren sie zweihundert bei sich hatten. Die Troglodyten sind ein äthiopischer Stamm, Nomaden und Nachbarn der Araber. Sie sind die geborenen Schnelläufer und bilden diese Veranlagung von Jugend an aus. Mit schweren Waffen wissen sie nicht umzugehen, sondern greifen in einer Schlacht nur als leichte Truppe mit der Schleuder an. Entweder erreichen sie dann etwas durch einen überraschenden Angriff, oder sie ziehen sich fluchtartig zurück, wenn sich der Gegner überlegen zeigt. Dieser verzichtet ohne weiteres auf die Verfolgung, weil er ihre Schnelligkeit kennt und weiß, daß sie sich in Höhlen mit schmalen Eingängen und Felsspalten zu verstecken pflegen.

Die Troglodyten holten also zu Fuß die Reiter ein und konnten einigen von ihnen mittels ihrer Schleudern Verwundungen beibringen. Einen Gegenangriff aber warteten sie gar nicht erst ab, sondern rannten schleunigst zu ihren weit zurückgebliebenen Kameraden zurück. Unter diesen Umständen und bei der geringen Stärke der Gegner entschlossen sich die Perser, sie im Gegenstoß noch ein Stück zu verfolgen und von sich abzuschütteln. Dann setzten sie ihre Flucht fort. Diesmal gaben sie den Pferden die Sporen, ließen ihnen die Zügel schießen und sie hergeben, was sie konnten. Sie entkamen alle, verschwanden bei einer Krümmung des Nils hinter einer der Höhen – das Ufer bildet hier eine Art Vorgebirge – und entzogen sich damit den Augen des Feindes.

Nur Bagoas geriet infolge Sturzes mit dem strauchelnden Pferde und durch eine Beinverletzung, die ihn bewegungsunfähig machte, in Gefangenschaft. Mit ihm auch Theagenes und Charikleia. Sie wollten einerseits Bagoas nicht im Stich lassen, der sich so kameradschaftlich gegen sie verhalten hatte und, wie sie hofften, weiterhin zeigen würde; sie waren deshalb abgestiegen und blieben, obwohl sie wahrscheinlich hätten entkommen können, bei ihm. Andrerseits ergaben sie sich auch gern freiwillig in Anbetracht einer Äußerung, die Theagenes zu Chariklea tat. Das sei ganz der Traum, meinte er, das seien die Äthiopier, in deren Land sie nach dem Willen des Schicksals als Gefangene kommen sollten. Es sei also angebracht, sich zu ergeben und sich lieber einer unbekannten Zukunft anzuvertrauen als der sicheren Gefahr, die ihnen von Oroondates drohe.

Chariklea, überzeugt, daß das Schicksal seine Hand im Spiel habe, war so voll Vertrauen, daß sie in den auf sie zukommenden Männern eher Freunde als Feinde sah. Doch verriet sie Theagenes ihre Gedanken nicht und tat, als ob sie nur seinem Rate folge.

Die Äthiopier waren inzwischen herangekommen. Als sie schon am Äußeren erkannten, daß Bagoas ein Eunuch und kein Soldat war, und daneben die jungen Leute sahen, waffenlos und in Fesseln, von auffallender Schönheit und vornehmer Haltung, fragten sie, wer sie seien, indem sie sich eines bei ihnen befindlichen Ägypters, der auch persisch sprach, als Dolmetscher bedienten. Sie nahmen an, daß sie beide Sprachen oder in jedem Fall doch eine von ihnen verständen. Denn Späher und Kundschafter, die sich umhören müssen, was man sagt oder vorhat, lernen durch Erfahrung, Leute mitzunehmen, die die Sprache der Landesbewohner und Feinde beherrschen oder verstehen. Theagenes, der infolge seines langen Aufenthaltes in Ägypten und dank der Kürze der Fragen zu antworten vermochte, erklärte, Bagoas sei die rechte Hand des persischen Statthalters, er selbst und Chariklea seien Griechen, die vor einiger Zeit in persische Gefangenschaft und jetzt vielleicht zu ihrem Glück in äthiopische Hände gefallen seien. Da beschloß man, sie zu schonen und als Gefangene mitzunehmen, als erste lohnende Beute für den König: den Bagoas als das bevorzugteste Werkzeug, das der Statthalter besaß – bedient man sich doch an persischen Höfen der Gilde der Eunuchen als »Auge und Ohr«, denn sie haben keine Kinder und Angehörige, die sie in ihrer Treue und Anhänglichkeit gegenüber dem Herrn beeinträchtigen könnten, sondern hängen nur an ihrem Gebieter, der ihnen Vertrauen schenkt. In den jungen Leuten sahen sie das schönste Geschenk für den Dienst am königlichen Hofe.

Sie setzten sie also auf Pferde, da der eine infolge seiner Verletzung, die anderen beiden wegen ihrer Fesseln beim schnellen Marsch nicht mit ihnen Schritt halten konnten.

Was da vor sich ging, war so etwas wie bei einem Drama der Prolog oder das Vorspiel: Die beiden, die noch kurz zuvor als Fremde und gefesselt den Tod vor Augen gehabt hatten, wurden nun nicht so sehr wie Gefangene weggeschleppt, als im feierlichen Zuge dahingeführt und von ihren Wächtern, die bald ihre Untertanen sein sollten, wie von einer Leibwache begleitet. Das war jetzt ihre Lage.

NEUNTES BUCH

Indessen war Syene bereits von einer mächtigen Belagerungsarmee eingeschlossen und sozusagen in den Netzen der Äthiopier. Als Oroondates erfahren hatte, daß die Äthiopier unter Umgehung der Katarakte schon ganz nahe an Syene waren, hatte er sich tatsächlich beeilt, ihnen zuvorzukommen, und war in die Stadt eingerückt, hatte die Tore schließen, die Mauern mit Bogenschützen, schweren Waffen und Wurfmaschinen besetzen lassen und harrte der Dinge, die da kommen sollten.

Der König der Äthiopier, Hydaspes, der schon längst durch seine Kundschafter festgestellt hatte, daß die Perser auf dem Marsch nach Syene waren, kam trotz allem Drängen, ihnen zuvorzukommen, zu spät. Daraufhin rückte er an die Stadt heran und schloß sie ringsum mit einer Belagerungsarmee ein, die auf den ersten Blick unüberwindlich schien. Viele Tausende füllten die schmale Ebene von Syene: Männer, Waffen, Zugtiere.

Hier stieß auch die Aufklärungsabteilung wieder zum König. Man führte die Gefangenen vor ihn. Schon der Anblick der jungen Leute machte ihm Freude. Von Anfang an fühlte er sich, ohne etwas zu wissen, aus innerer Ahnung zum eigenen Blut hingezogen. Noch mehr erfreute er sich der guten Vorbedeutung, daß man sie in Fesseln vor ihn brachte.

»Großartig«, rief er, »die Götter übergeben uns diese Feinde gleich als erste Beute gefesselt! Deshalb sollen sie als erste Kriegsgefangene auch für die Siegesfeier am Leben bleiben und, wie es der althergebrachte Brauch will, bei den heiligen Opfern unseren Landesgöttern dargebracht werden.«

Nachdem er die Aufklärer mit Geschenken belohnt hatte, schickte er sie und die Gefangenen zum Troß. Er bestimmte genügend Leute, die ihre Sprache verstanden, zur Bewachung und befahl, sie mit äußerster Rücksicht zu behandeln, für ihre reichliche Beköstigung zu sorgen, sie vor allem Unreinen zu bewahren, mit einem Worte, sie ganz wie eine Art Opfertiere zu behandeln und ihnen anstatt der bisherigen Fesseln goldene anzulegen. Denn Gold dient bei den Äthiopiern denselben Zwecken wie anderen Völkern das Eisen.

Die Leute führten diese Befehle aus. Als sie ihnen die bisherigen Fesseln abnahmen und damit in ihnen die Hoffnung auf Freiheit erweckten, um ihnen schließlich doch nur Fesseln von Gold anzulegen, da kam Theagenes das Lachen an.

»Das nenne ich eine glänzende Veränderung!« rief er. »Das Schicksal zeigt sich geradezu verschwenderisch gegen uns. Wir erhalten Gold für Eisen! Und mit den kostbaren Ketten ist unser Wert als Gefangene gestiegen.«

Auch Chariklea lächelte. Sie bemühte sich, Theagenes umzustimmen, indem sie sich an die Prophezeiungen der Götter hielt und ihn mit freundlicheren Aussichten beruhigte.

Hydaspes hatte bei seinem Unternehmen gegen Syene gehofft, die Mauern der Stadt im ersten Ansturm überrennen zu können. Statt dessen wurde er sehr rasch von den Verteidigern zurückgeschlagen, die sich nicht nur erfolgreich zur Wehr setzten, sondern die Feinde durch höhnische Zurufe noch reizten. In seiner Wut, daß sie überhaupt Widerstand wagten und sich nicht ohne weiteres freiwillig ergaben, beschloß er, die Eingeschlossenen nicht mit einer langen Blokkade mürbe zu machen und sich auch nicht auf die üblichen Belagerungsmaschinen zu verlassen, die gewiß Verluste unter der Besatzung herbeiführen, während viele andre entkommen würden, sondern durch eine großangelegte und umfassende Belagerungsaktion die Stadt schnell und vollkommen zu vernichten.

Er ging folgendermaßen zu Werke: Er teilte den Kreis der Mauer in Abschnitte ein und wies je zehn Mann zehn Klafter zu, mit der Aufgabe, einen möglichst breiten und tiefen Graben zu ziehen. Die einen hoben die Erde aus, die anderen schafften sie weg, die nächsten errichteten aus ihr einen Damm, den sie der belagerten Stadtmauer entgegenstellten. Dabei wurden sie durch niemand gestört; auch wurde nichts gegen die Schanzanlage unternommen, da man gegen einen so starken Feind keinen Ausfall aus der Stadt zu machen wagte und die Erfolglosigkeit einer Beschießung von den Mauern aus einsah. Denn Hydaspes hatte vorsorglich den Abstand zwischen den beiden Mauern so weit bemessen, daß ein Pfeilschuß die Arbeiter nicht treffen konnte. Als diese Anlage dank der Zusammenarbeit vieler tausend Hände in unwahrscheinlich kurzer Zeit fertiggestellt war, nahm man sofort eine weitere in Angriff. Man ließ einen Abschnitt des Kreises von etwa fünfzig Fuß eben und ohne Wall. Von den beiden Enden dieses Ausschnittes zog man zwei Wälle, die man im Anschluß an den Einschließungsdamm gleichmäßig ansteigen ließ und bis zum Nil verlängerte. Der Bau ähnelte langen Mauern, die gleichmäßig im Abstand von fünfzig Fuß sich vom Nil bis nach Syene hinzogen. Als die Verbindung des Dammes mit den Ufern hergestellt war, verschaffte man durch einen Durchstich dem Strom Zufluß und leitete das Wasser in den von den Dämmen gebildeten Kanal. Beim Einströmen aus dem höher liegenden Flußbett in das tiefere, aus der Strombreite in den engen Kanal, wo es von den aufgeworfenen Dämmen noch zusammengepreßt wurde, bewirkte es wie auf dem Weg durch den Kanal ein gewaltiges Getöse, das bis auf weiteste Entfernungen zu hören war.

Kaum hatten die Bewohner von Syene das mit ihren Ohren und dann mit ihren Augen wahrgenommen, da begriffen sie die ihnen drohende Gefahr und den Zweck der Ummauerung, sie zu überschwemmen. Sie begriffen, daß sie weder aus der Stadt zu entfliehen vermochten, da ihnen die Umfassungsmauer wie die sich bereits nähernden Wassermassen den Weg versperrten, noch ungefährdet bleiben konnten. So unternahmen sie zu ihrer Rettung, was ihnen zu tun übrig blieb. Zuerst verstopften sie die Fugen der Bohlen an den Toren mit Werg und Pech, dann suchten sie die Widerstandskraft der Mauer zu verstärken, wozu der eine Erde, der andere Steine, der nächste Holz und was jedem gerade unter die Hände kam, heranschleppte. Niemand blieb untätig, sondern jeder, ob Frau, ob Kind, ob Greis, legte Hand an. Denn in der höchsten Gefahr hört jede Rücksicht auf Alter und Geschlecht auf. Die kräftigeren Leute und die junge bewaffnete Mannschaft erhielten die Aufgabe, einen engen unterirdischen Gang von der Stadt bis zur Wallanlage der Feinde zu graben.

Das wurde folgendermaßen bewerkstelligt: Sie hoben nahe der Mauer einen senkrechten Schacht von fünf Klafter Tiefe aus. Von seinem Boden aus gingen sie bei Fackelschein zuerst unter das Fundament der Stadtmauer und gruben dann, zunächst schräg ansteigend, einen unterirdischen Gang geradeaus auf den gegnerischen Wall zu. In langer Reihe übernahmen die Hintermänner von den Vordermännern die Erde, schafften sie nach einem Stadtteil, der zu Gartenanlagen diente, und häuften sie da zu einem Hügel auf. Die Absicht war dabei, den Wassermassen bei ihrem Andrang einen Abfluß durch den unterirdischen Gang zu verschaffen. Doch die Katastrophe kam ihnen zuvor. Der Nil, der durch den großen Kanal bereits eingedrungen war, strömte ringsum in den kreisförmigen Ring und machte aus dem ganzen Raum zwischen den beiden Mauern einen einzigen See. Dadurch wurde Syene plötzlich zu einer Insel. Das eingeschlossene Festland wurde von den Nilwellen umwogt. Anfangs, während des ersten Tages, leistete die Mauer eine Zeitlang Widerstand. Als aber die andrängende Flut höher stieg und durch die Spalten des Bodens, dessen fette, fruchtbare Erde durch die Sonnenhitze rissig war, in die Tiefe drang und das Fundament der Mauer untergrub, da gab der Untergrund dem Druck nach. Die Mauer geriet an den schwachen Stellen ins Wanken und zeigte dadurch die drohende Gefahr an. Die Mauerkronen begannen hin und her zu schaukeln, und die Verteidiger wurden durch die Erschütterung in Schrecken versetzt.

Gegen Abend stürzte auch bereits ein zwischen zwei Türmen gelegener Teil der Mauer ein. Doch war die Einsturzstelle nicht so tief wie die Wasserhöhe, so daß die Flut noch nicht eindringen konnte, sondern überragte sie etwa um fünf Ellen, bedrohte aber doch die Einwohner mit der Gefahr baldiger Überflutung.

Die Leute in der Stadt brachen in Entsetzensschreie aus, die selbst die Feinde hören konnten. Sie hoben die Hände zum Himmel, baten als letzte Hoffnung die Götter um Rettung und bestürmten Oroondates, mit Hydaspes Verhandlungen anzuknüpfen. Er gab nach, da er sich dem Schicksal unterwerfen mußte. Doch sah er, ganz vom Wasser eingeschlossen, keine Möglichkeit, jemand zu den Gegnern abzuschicken, bis ihn die Zwangslage auf einen Ausweg verfallen ließ. Er setzte sein Angebot schriftlich auf, befestigte den Brief an einen Stein und ließ ihn mittels einer Schleuder zu den Feinden hinüberbefördern.

Aber der Versuch mißglückte, da das Geschoß nicht über die weite Strecke kam und ins Wasser fiel. Darauf versuchte er, ein gleichlautendes Schreiben mit einem Pfeil hinüberschießen zu lassen, hatte aber kein größeres Glück damit. Obwohl sich alle Bogenschützen und Schleuderer die größte Mühe gaben, das Ziel zu erreichen, hing doch das Leben davon ab, das Ergebnis war immer dasselbe.

Schließlich streckten sie die Hände nach den Feinden aus,

die auf den Wällen standen und ihrer Not wie einem Schauspiel zusahen, und suchten ihnen so gut wie möglich durch verzweifelte Gebärden den Sinn der Pfeilschüsse verständlich zu machen. Bald erhoben sie die offenen Hände zum Zeichen ihrer Bitte um Gnade, bald legten sie sie auf den Rücken als Ausdruck der Bereitwilligkeit, sich fesseln zu lassen und der Gefangenschaft zu unterwerfen.

Hydaspes erkannte, daß sie um Rettung baten, und war auch geneigt, sie ihnen zu gewähren. Denn in hochherzigen Menschen erweckt die Unterwürfigkeit des Gegners Mitgefühl. Da er aber seine Absicht nicht ohne weiteres verwirklichen konnte, hielt er es für zweckmäßig, den Feind zuerst einmal auf die Probe zu stellen. Er hatte eine Anzahl von Flußbooten bereit, die er vom Nil mit der Strömung in den Kanal fahren ließ. Als sie an den Damm der Umfassungsmauer gelangt waren, ließ er sie halten, wählte zehn von ihnen, ganz neue, aus, bemannte sie mit Bogenschützen und Schwerbewaffneten, gab ihnen Weisung, was sie sagen sollten, und schickte sie gegen die Perser. Gut gesichert, fuhren sie hinüber, abwehrbereit, falls die Besatzung auf der Mauer wider Erwarten etwas gegen sie unternehmen sollte. Es war ein ganz neuartiges Schauspiel: Schiffe, die von einer Mauer zur anderen manövrierten, Seeleute, die über das Festland fuhren, Fährboote, die über Ackerboden glitten. Der Krieg, der immer wieder Neues erfindet, bot auch bei dieser Gelegenheit ganz ungewohnte, erstaunliche Erscheinungen. Er führte Seesoldaten und Festungskrieger gegeneinander und ließ Landtruppen gegen Marineeinheiten vorgehen. Denn als die Stadtbewohner die Boote mit der bewaffneten Besatzung auf die Stelle zuhalten sahen, an der die Mauer eingestürzt war, betrachteten sie in ihrer Bestürzung und Verwirrung über die von allen Seiten drohenden Gefahren die zu ihrer Rettung Ausgesandten als Feinde und beschossen sie von der Mauer herab mit Bogen und Schleudern. In höchster Gefahr erweckt eben alles Mißtrauen und Furcht. Verzweifelte Menschen sehen in jeder Stunde, die ihren Tod hinausschiebt, immer noch einen Gewinn. Sie schossen aber nicht in der Absicht, dem Gegner Verwundungen beizubringen, sondern wollten nur die Landung verhindern.

Die Äthiopier erwiderten die Schüsse und durchbohrten, da sie die Absicht der Perser mißverstanden und genauer zielten, zwei oder drei Gegner. Andere, mehr durch Zufall schwer getroffen, stürzten kopfüber von der Mauer ins Wasser.

Der Kampf hätte noch heftigere Formen angenommen, da zwar die einen immer noch mit Schonung des Gegners nur Abwehr, die anderen aber wütenden Widerstand leisteten, wäre nicht ein angesehener älterer Bewohner von Syene den Leuten auf der Mauer entgegengetreten.

»Ihr Wahnsinnigen«, rief er, »hat euch das Unglück ganz um den Verstand gebracht? Erst rufen wir sie um Hilfe und bitten sie um Gnade, und wenn sie dann unverhofft kommen, suchen wir sie zurückzuschlagen! Wenn sie in freundlicher Absicht kommen und uns Friedensvorschläge bringen, so werden sie unsere Retter sein. Haben sie feindliche Absichten, so können wir sie nach der Landung mühelos unschädlich machen. Was nützt es auch, wenn wir die paar Leute hier umbringen, wo eine solche Gewitterwolke vom Lande und Wasser her sich rings um die Stadt zusammenballt? Lassen wir sie also herankommen und hören wir, was sie wollen.«

Allen schien dieser Vorschlag richtig, auch der Statthalter stimmte zu. Sie traten nach beiden Seiten von der Mauerbresche zurück und verhielten sich friedlich, ohne die Waffen anzurühren.

Als der Platz zwischen den beiden Türmen von der Besatzung geräumt war und die Bevölkerung durch Tücherschwenken wissen ließ, daß sie die Landung gestattete, kamen die Äthiopier nahe heran und hielten von den Booten aus wie von einer Rednertribüne an die Versammlung der Belagerten folgende Ansprache:

»Versammelte Perser und Bewohner von Syene! Hydaspes, der Herrscher über die Äthiopier in Ost und West und jetzt auch über euch, weiß seine Feinde zu vernichten. Er versteht es aber auch, Bitten zu erhören. Denn das eine betrachtet er als Sache der Tapferkeit, das andere als Zeichen der Menschlichkeit. Das eine entspricht der militärischen Notwendigkeit, das andere seiner persönlichen Gesinnung. Obwohl ihr ihm auf Sein und Nichtsein ausgeliefert seid, erlöst er euch angesichts eurer Bitte um Gnade aus der allen offenkundigen und unbestreitbar gefährlichen Lage. Die Bedingungen, unter denen ihr ihren Schrecken mit heiler Haut entgehen werdet, schreibt er euch nicht vor, sondern überläßt ihre Festsetzung eurer Entscheidung. Denn er richtet nicht wie ein Tyrann, der seinen Sieg ausnützt, sondern waltet ohne den Gedanken an Vergeltung über Menschenschicksale.«

Darauf erwiderten die Bewohner von Syene, sie seien bereit, sich mit Frauen und Kindern auf Gnade oder Ungnade Hydaspes zu ergeben und, wenn er ihnen das Leben schenke, auch die Stadt auszuliefern, falls sie erhalten bleibe. Vorläufig sei sie dem sicheren Untergange geweiht, wenn ihr nicht durch die Götter und Hydaspes irgendwie Rettung komme.

Oroondates erklärte: Auf das, was zu diesem Krieg geführt habe und was der Einsatz dabei gewesen sei, die Stadt Philai und die Smaragdminen, wolle er verzichten. Er selbst aber werde sich keinem Zwange unterwerfen und weder sich noch seine Soldaten übergeben. Vielmehr solle Hydaspes, wenn er seine ganze Menschenfreundlichkeit beweisen wolle, ihnen unter der Bedingung, daß sie keinen Schaden anrichten und nicht mehr die Waffen gegen ihn erheben wollten, Abzug nach Elephantine gewähren. Für ihn persönlich sei es gleich, ob er jetzt umkomme oder nach scheinbarer Rettung vom Perserkönig wegen Verrates am Heer verurteilt werde. Letzteres sei sogar noch härter. Hier werde er einfach nach Kriegsbrauch eines gewöhnlichen Todes sterben, dort müsse er die grausamsten und raffiniertesten Folterstrafen über sich ergehen lassen.

Zugleich bat er, daß zwei Perser auf die Boote genommen würden, mit dem Vorwand, sie müßten nach Elephantine.

Falls die dortige Besatzung zur Übergabe bereit sei, so wolle auch er keine Schwierigkeiten machen.

Mit diesen Vorschlägen kehrte die Abordnung, mit den beiden Persern an Bord, zurück und erstattete Hydaspes ausführlich Bericht. Der lachte laut auf und äußerte sich spöttisch über diese Torheit. Wie könne ein Mensch, der auf Gnade oder Ungnade eines andern angewiesen sei, als Gleichberechtigter verhandeln wollen.

»Doch wäre es töricht«, bemerkte er, »die Dummheit eines einzelnen so viele Menschen entgelten zu lassen.«

Er ließ die Boten des Oroondates nach Elephantine gehen, da es ihm gleichgültig war, ob man auch dort vielleicht an Widerstand denke. Einem Teil seiner Leute befahl er, den künstlichen Abfluß des Nils zu verstopfen, die andern sollten einen neuen durch Durchstechen des Dammes schaffen, damit durch die Unterbindung des Zuflusses und durch den Abfluß des angestauten Wassers die Umgebung von Syene möglichst schnell wieder trocken und zu Fuß passierbar würde.

Die dafür bestimmten Leute mußten aber bald die Arbeit einstellen und auf den nächsten Tag verschieben, da sie den Auftrag erst gegen Abend erhalten hatten und die Nacht hereinbrach.

Inzwischen legten die Leute in der Stadt die Hände nicht in den Schoß, da sie an der Möglichkeit einer Rettung, so unwahrscheinlich sie war, nicht zweifelten. Einige gruben den unterirdischen Gang weiter und glaubten schon, dem Gegenwall nahe zu sein, wenn sie den Abstand zwischen Mauer und Wall mit den Augen abschätzten und mit der Länge des Stollens an Hand eines Bandmaßes verglichen. Andere stellten den eingefallenen Teil der Mauer bei Fackelbeleuchtung wieder her. Die Bauarbeit war leicht, da die Steine beim Einsturz nach der Innenseite gerollt waren. Sie glaubten sich schon fürs erste gesichert – wenn sie auch noch nicht ganz beruhigt waren –, als eine neue Katastrophe eintrat und gegen Mitternacht ein Teil des Dammes an der Stelle, an der am Abend die Äthiopier mit dem Durchstich begonnen hatten, unvermutet einstürzte. Vielleicht war an dieser Stelle die aufgehäufte Erde zu locker und nicht genug festgestampft, und der Untergrund gab unter der Wirkung des einströmenden Wassers nach. Vielleicht auch hatte er sich gesenkt, weil durch den Stollenbau ein Hohlraum darunter entstanden war, oder durch die Bresche, die zwar nicht sehr tief war, aber doch unter dem Niveau der Dammanlage lag, war das im Laufe der Nacht angestaute Wasser übergetreten und hatte, nachdem es sich einmal einen Weg gebahnt hatte, den Durchstich erweitert. Man konnte schließlich auch das Ergebnis auf göttliche Einwirkung zurückführen – jedenfalls stürzte der Damm unerwartet ein.

Der Krach und das Getöse, die dabei entstanden, waren derart, daß die Äthiopier und Syener von einem panischen Schrecken erfaßt wurden und, da sie nicht wußten, was wirklich geschehen war, annahmen, der größte Teil der Mauern und der Stadt sei zusammengebrochen. Die ersteren, die sich in Sicherheit befanden, blieben ruhig in ihrem Lager und warteten ab, was sich am Morgen herausstellen würde; die Stadtleute dagegen liefen die ganze Mauer ringsum ab, wobei jeder den Abschnitt, der ihm zunächst war, unbeschädigt fand und vermutete, das Unglück müsse sich irgendwo an einer anderen Stelle ereignet haben, bis der Tagesanbruch das Dunkel über der vermeintlichen Katastrophe lichtete und man den Durchbruch und das Zurückfluten der Wassermassen deutlich sehen konnte.

Die Äthiopier waren auch bald dabei, den Zustrom zu verstopfen, indem sie Schleusen aus zusammengefügten Bohlen niederließen und sie von außen mit Holzbalken abstützten und mittels Erde und Reisig dicht machten. Zu vielen Tausenden brachten sie diese Dinge mit vereinter Kraft heran, teils vom Ufer her, teils mit Hilfe von Fahrzeugen.

So ging das Wasser wieder zurück. Doch konnten die beiden Parteien auch so nicht zueinander gelangen. Denn der Boden war mit einer tiefen Schlammschicht bedeckt, und wo deren Oberfläche trocken schien, lag darunter ein feuchter Morast, bei dessen Betreten Pferd wie Mensch tief einsanken.

Damit brachten sie zwei bis drei Tage zu, in denen die Syener durch das Offenhalten der Tore, die Äthiopier durch das Ablegen der Waffen ihren friedlichen Absichten Ausdruck verliehen. Es war eine Waffenruhe ohne gegenseitige Absprache, doch auch ohne besondere Vorsichtsmaßnahmen beim Wachdienst. Die Stadtbewohner waren jetzt auch mehr von Festfreuden in Anspruch genommen, denn es war gerade um die Zeit des Nilfestes, der höchsten ägyptischen Feiertage, die um die Sommersonnenwende mit dem Steigen des Nils begangen und aus folgendem Grunde von den Ägyptern über alle anderen Feste gestellt werden:

Die Ägypter machen den Nil zu einer Gottheit und halten ihn für das höchste überirdische Wesen. Sie bezeichnen den Fluß stolz als den Gegenspieler des Himmels, weil er ohne Wolken und Regen ihr Ackerland bewässert und es alljährlich zu bestimmten Zeiten überschwemmt. Das ist allgemeiner Volksglaube. Daß sie ihn aber zum Gott machen, hängt damit zusammen, daß die Entstehung und das Leben der Menschen von der Vereinigung des feuchten mit dem trokkenen Element herrühre. Alle übrigen Elemente sind nach ihrer Meinung mit diesen verbunden und entstehen durch sie. Das feuchte Element stelle der Nil, das andere ihr Land dar. Für das Volk genügt diese Erklärung. Für die Eingeweihten aber lehren sie, die Erde sei Isis und der Nil Osiris, und geben damit den realen Dingen Götternamen. Isis sehnt sich nach dem Abwesenden und freut sich über die Vereinigung mit ihm. Sein Verschwinden betrauert sie wieder und haßt den Typhon als seinen Feind. Ägyptische Weise, die in den Wissenschaften von der Natur und von Gott bewandert sind, werden wohl kaum einem die tiefere Bedeutung dieser Dinge enthüllen, sondern nur in Gestalt eines Mythos mitteilen, während sie den in die göttlichen Mysterien Eingeweihten die Geheimnisse im hellen Licht der Wahrheit offenbaren.

Möge das, was darüber gesagt ist, gnädig aufgenommen

werden. Die tieferen Geheimnisse hüte man mit ehrfurchtsvollem Schweigen. Setzen wir die Erzählung der Ereignisse von Syene fort.

Als also das Fest des Nils gekommen war, widmete sich die Einwohnerschaft ganz den Opfern und Zeremonien. So sehr sie durch die herrschende Not körperlich mitgenommen war, versäumte sie, soweit es die Umstände erlaubten, doch nicht die Erfüllung der religiösen Pflichten.

Oroondates aber wartete die Mitternacht ab, bis die Syener nach dem Festmahl in tiefem Schlafe lagen, und ließ dann sein Heer heimlich aufbrechen, nachdem er den Persern zuvor die Zeit und das Tor zum Abrücken bekanntgegeben hatte. Den Unterführern hatte er befohlen, Pferde und Zugtiere an Ort und Stelle zu lassen, teils um Schwierigkeiten zu vermeiden, teils um nicht durch den Lärm aufzufallen. Sie sollten nur die Waffen mit sich führen und jeder ein Brett oder einen Balken mitnehmen.

Als sie sich an dem verabredeten Tor gesammelt hatten, ließ er die von jeder Zehnermannschaft mitgebrachte Holzlast Brett an Brett quer über den Morast legen, so daß die hinten Stehenden sie den Vordermännern reichten, und brachte auf diese Weise seine ganze Streitmacht schnell und sicher wie über eine Brücke hinüber. Als er festen Boden unter sich hatte, führte er, von den Äthiopiern, die nichts gewahrt und auch keine Wachen aufgestellt hatten, sondern nichtsahnend schliefen, unbemerkt die gesamte Armee, was Beine und Lungen hergaben, in einem Gewaltmarsch nach Elephantine und rückte ohne Widerstand in die Stadt ein, weil die beiden aus Syene vorausgeschickten Perser, die befehlsgemäß Nacht für Nacht auf seine Ankunft gewartet hatten, auf die verabredete Parole sofort die Tore öffneten.

Erst bei Tagesanbruch bemerkten die Syener ihre Flucht. Zuerst vermißte jeder einzelne die im eigenen Hause einquartierten Perser, dann tauschten sie in Zusammenkünften mit den Nachbarn ihre Feststellungen aus und schließlich entdeckten sie den Knüppeldamm. Das weckte neue Befürchtungen, und sie machten sich auf den Vorwurf eines zweiten Vergehens gefaßt, das schwerer war als das erste, weil sie gegen so viel Freundlichkeit sich undankbar erwiesen und die Flucht der Perser begünstigt hätten. Sie beschlossen daher, in geschlossenem Zuge die Stadt zu verlassen, sich in die Hände der Äthiopier zu geben und ihre Unschuld eidlich zu bekräftigen, um vielleicht ihr Mitleid zu erregen. Sie bildeten einen Zug dem Alter nach, nahmen Zweige als Zeichen der Bitte um Gnade in die Hände, steckten Lichter und Fackeln an und setzten sich unter Führung und Schutz der Priesterschaft und der Götterbilder, die die Priester vor sich her trugen, über den Knüppeldamm in Richtung auf die Äthiopier in Bewegung. In einiger Entfernung warfen sie sich auf die Knie und ließen als Ausdruck ihrer Bitte um Gnade auf einen verabredeten Klageruf allgemeines Wehklagen erschallen. Um das Mitgefühl noch zu steigern, setzten sie die kleinen Kinder vor sich auf die Erde und ließen sie sich bewegen, wohin sie wollten, um durch die arglosen und unschuldigen Wesen den Zorn der Äthiopier zu mildern. Das kleine Volk lief aufgeregt und nicht ahnend, was sich abspielte, den Eltern und Wärtern davon, wahrscheinlich auch geängstigt durch das maßlose Geschrei. Ein Teil bewegte sich kriechend auf die Feinde zu, ein anderer legte den Weg stolpernden Fußes unter mitleiderregendem Jammer zurück, als habe das Schicksal sich diese ungewohnte Art zu bitten aus dem Stegreif erdacht.

Bei diesem Anblick glaubte Hydaspes, sie wollten ihre früheren Bitten bekräftigen und ihre völlige Unterwürfigkeit zum Ausdruck bringen. Er schickte zu ihnen und ließ fragen, was sie wünschten und weshalb sie allein und nicht zusammen mit den Persern kämen.

Da gaben sie eine ausführliche Darstellung von der Flucht der Perser, von ihrer Schuldlosigkeit, von dem heimischen Fest und erzählten, sie hätten infolge der Beanspruchung durch die religiöse Feier und wegen ihres Schlafes nach dem Festmahl nichts gemerkt. Aber selbst wenn sie es gesehen hätten, wäre es ihnen als Waffenlosen unmöglich gewesen, sich den Bewaffneten entgegenzustellen.

Bei diesen Nachrichten vermutete Hydaspes, was auch der Fall war, irgendeine Hinterlist oder Falle von seiten des Oroondates. Er ließ die Priester allein zu sich rufen, verneigte sich vor den Götterbildern, die sie, um mehr Eindruck zu machen, mitbrachten, und erkundigte sich, ob sie ihm genaue Auskunft geben könnten, wohin sich die Perser gewandt hätten, auf wen sie zählten oder was sie im Schilde führten.

Die Priester erklärten, sie wüßten nichts Genaues, vermuteten aber, Oroondates sei nach Elephantine marschiert, wo er seine Hauptmacht zusammengezogen habe, und rechne neben den übrigen Truppen besonders mit seinen schweren Reitern. Obwohl sie ihn noch baten, ihre Stadt zu betreten, sie als seine eigene zu betrachten und den Zorn auf sie zu vergessen, hielt es Hydaspes vorläufig nicht für ratsam, sich persönlich in die Stadt zu begeben, sondern schickte nur zwei Abteilungen schwerer Fußtruppen hinein, die das Vorhandensein eines Hinterhaltes auskundschaften und, falls sich nichts Derartiges fände, die Stadt besetzen sollten.

Dann entließ er die Syener unter freundlichen Zusicherungen und formierte selbst seine Armee zur Schlacht, um einem Anrücken der Perser zu begegnen oder im Falle ihres Zögerns selbst zum Angriff überzugehen.

Noch war die Aufstellung nicht beendet, als Späher angeritten kamen und meldeten, daß die Perser zur Schlacht geordnet heranrückten.

Oroondates hatte seiner gesamten Streitmacht den Befehl erteilt, sich in Elephantine zusammenzuziehen. Auf die Nachricht von dem unerwarteten Anrücken der Äthiopier war er genötigt gewesen, mit einer schwachen Truppe Syene zu besetzen. Nach der Einschließung durch die Dämme hatte er um Gnade gebeten und von Hydaspes die gewünschte Zusicherung erhalten. Da zeigte er seine ganze Hinterhältigkeit. Er schickte die beiden Perser, die er mit den Äthiopiern hatte übersetzen lassen, angeblich fort, um die Stellungnahme der Elephantiner zu den Friedensbedingungen des Hydaspes zu ermitteln, in Wirklichkeit aber, um ihre Kampfbereitschaft festzustellen, falls es ihm gelänge zu entkommen.

Diesen hinterhältigen Plan setzte er in die Tat um und marschierte, als er die Truppen angriffsbereit fand, unverzüglich los, um ohne den geringsten Aufschub zum Angriff überzugehen und, wie er hoffte, dem Gegner durch Schnelligkeit die Vorbereitung auf den Kampf unmöglich zu machen.

Schon entfaltete er sein in Schlachtordnung aufgestelltes Heer, dessen echt persischer Prunk die Augen blendete und dessen silberne und vergoldete Waffen über das Schlachtfeld leuchteten. Denn da eben die Sonne aufging und ihre Strahlen die Perser trafen, verbreitete ihr Widerschein auf den Rüstungen einen unbeschreiblichen Glanz.

Auf dem rechten Flügel standen die eigentlichen Perser und Meder, vorn die Schwerbewaffneten, dahinter die Bogenschützen, damit sie, durch die ersten gedeckt, auch ohne schwere Rüstung sicher schießen konnten. Die ägyptische und lydische Mannschaft und alle Söldnertruppen stellte er auf den linken Flügel, verstärkt durch Speerwerfer und Schleuderer, die rasche Vorstöße und Umfassungsangriffe auf den Gegner machen sollten.

Er persönlich nahm, nachdem er einen prachtvollen Sichelwagen bestiegen hatte, seinen Platz in der Mitte ein, zu beiden Seiten von der Schlachtreihe gedeckt, und stellte vor sich seine Panzerreiter auf, auf die er besonders zählte, wenn er die Schlacht wagte. Denn diese Truppe ist von jeher die Elite des Perserheeres und wird deshalb als unerschütterliche Mauer in vorderste Linie gestellt.

Sie besteht aus ausgesuchten Leuten von besonderer Körperkraft und ist folgendermaßen ausgerüstet: Jeder Mann trägt einen aus einem Stück gemachten und eigens für ihn passenden Helm, der seinem Gesicht wie eine Maske genau nachgebildet ist und seinen Kopf vom Scheitel bis zum Nacken vollkommen bedeckt, mit Ausnahme einer Öffnung für die Augen. Seine Rechte hält eine Lanze, die länger ist als der gewöhnliche Speer. Die Linke ist frei für den Zügel. An der Seite hängt das Krummschwert. Nicht nur die Brust, sondern auch alle übrigen Körperteile sind durch den Panzer geschützt. Er besteht aus viereckigen Bronze- und Eisenplättchen von der Größe einer Spanne in jeder Richtung. Diese sind so zusammengefügt, daß eins mit dem Rand über das andere greift, das obere über das untere und ebenso ununterbrochen nach der Seite. Die einzelnen Glieder sind da, wo sie zusammentreffen, unterwärts mit Bändern ineinandergehakt und bilden ein Schuppenkleid, das sich ungezwungen um den Körper legt, jedem Glied anschmiegt und durch Dehnen und Zusammenziehen leicht jeder Bewegung nachgibt. Es ist auch mit Ärmeln versehen, reicht vom Nakken zum Knie und geht nur an den Schenkeln auseinander, um das Besteigen des Pferdes zu gestatten. Dieser Panzer schützt gegen jede Art von Geschossen und macht eine Verwundung unmöglich. Der Beinschutz reicht von der Fußsohle bis zum Knie und schließt sich an das Panzerkleid an. Durch eine ähnliche Rüstung schützt man auch das Pferd. Man bindet ihm Schienen um die Beine, schützt den Kopf durch Stirnplatten und hängt ihm eine vom Rücken bis zum Bauch herabfallende Decke aus Eisengeflecht über, die es schützt und dank ihrer Schmiegsamkeit im Laufe nicht behindert.

So gepanzert und gleichsam eingeschachtelt, besteigt der Reiter das Pferd. Er springt nicht selbst auf, sondern muß wegen seiner Belastung von anderen hinaufgehoben werden. Kommt es zum Kampfe, läßt er dem Pferde die Zügel frei, gibt ihm die Sporen und braust wie ein Mann aus Eisen oder eine lebende eherne Statue klirrend gegen den Feind.

Die Lanze ragt, waagerecht eingelegt, mit ihrer Spitze weit voraus und wird von einer Schlaufe am Pferdehals gehalten. Das Schaftende hängt in einer Schlinge am Schenkel des Pferdes und gibt dadurch beim Anprall nicht nach, sondern unterstützt die Hand des Reiters, der den Stoß nur zu lenken braucht. Wenn er sich in die Lanze legt und mit der ganzen Wucht seines Ansturms einstemmt, durchbohrt er alles, was ihm in den Weg kommt, und hebt mit einem Stoß bisweilen zwei Leute empor.

Derart war die Reiterei des Statthalters. So hatte er die

persische Armee formiert, als er zum Frontalangriff vorging. Dabei behielt er immer den Fluß im Rücken und suchte sich so, weil er den Äthiopiern zahlenmäßig unterlegen war, durch das Wasser gegen eine Umfassung zu sichern.

Auch Hydaspes setzte sich in Bewegung. Den Persern und Medern auf der Rechten stellte er die Leute von Meroë gegenüber, die schwer bewaffnet und im Nahkampf erfahren waren. Den Troglodyten und den Bewohnern des Zimtlandes, leichten Truppen von großer Beweglichkeit und ausgezeichneten Bogenschützen, stellte er die Aufgabe, die Schleuderer und Speerwerfer auf der Linken zu beunruhigen. Dem persischen Zentrum, das auf seine Panzerreiter, wie er wußte, besonders stolz war, trat er mit seinen turmtragenden Elefanten selbst entgegen. Ihnen ließ er die schwerbewaffneten Blemmyer und Serer vorausgehen, denen er besondere Anweisungen für ihr Verhalten im Kampf gegeben hatte.

Als man beiderseits die Standarten aufgesteckt und bei den Persern mit Trompeten, bei den Äthiopiern mit Schlagzeug und Pauken das Angriffssignal gegeben hatte, führte Oroondates seine Schlachtreihen im Laufschritt unter Geschrei heran, während Hydaspes befahl, anfangs langsam in aller Ruhe und Schritt für Schritt vorzurücken, um die Elefanten nicht hinter der ersten Sturmlinie zurückbleiben zu lassen und den Anprall der Reiter durch den größeren Abstand abzuschwächen. Als diese in Schußweite gekommen waren und die Blemmyer merkten, daß die Panzerreiter ihre Pferde zum Angriff anspornten, befolgten sie die ihnen von Hydaspes gegebenen Anweisungen. Sie ließen, zur Deckung und Verteidigung der Elefanten, die Serer zurück, stürmten, so schnell sie konnten, aus der ersten Linie vor und stürzten sich auf die Panzerreiter. Wer sie sah, mußte glauben, sie seien wahnsinnig geworden, weil sie trotz ihrer zahlenmäßigen Schwäche eine solche Übermacht schwerbewaffneter Truppen angriffen. Die Perser trieben daraufhin ihre Pferde noch schärfer an, da sie in dem tollkühnen Verhalten der Gegner eine einzigartige Gelegenheit sahen, sie gleich beim ersten Zusammenstoß mit der Lanze aufzuspießen.

Kaum waren die Blemmyer am Feinde und fast schon in Berührung mit seinen Lanzen, als sie sich auf ein Kommando hin plötzlich duckten und unter die Pferde beugten. Ein Knie auf die Erde gestemmt, achteten sie nur darauf, am Kopf oder Rücken nicht von den Hufen getreten zu werden. Nun taten sie etwas ganz Unerwartetes: sie schlitzten den über sie hinwegsetzenden Pferden mit den Schwertern die Bäuche auf. So kamen viele Berittene zu Fall, weil die Pferde vor Schmerz den Zügeln nicht mehr gehorchten und ihre Reiter abwarfen. Die Blemmyer brachten ihnen, als sie wie gefällte Baumstämme dalagen, Verwundungen an den Schenkeln bei. Denn der persische Panzerreiter ist ohne fremde Hilfe unbeweglich.

Wer mit unverletztem Pferde davongekommen war, sprengte auf die Serer los. Diese zogen sich hinter die Elefanten zurück und benutzten die Tiere wie Hügel oder wie Befestigungen zu ihrer Deckung.

An dieser Stelle fand nun ein furchtbares Blutbad unter den Reitern bis zu ihrer fast völligen Vernichtung statt. Denn der ungewohnte Anblick der Elefanten, die plötzlich auftauchten und durch ihre ungeheure Erscheinung Schrekken verursachten, ließ die Pferde teils kehrtmachen, teils brachte er sie in ein derartiges Durcheinander, daß der Reiterverband sich alsbald auflöste. Die Besatzung der Elefantentürme, die je sechs Mann betrug, von denen je zwei nach drei Seiten herabschossen, während die Rückfront unbesetzt blieb, ließ von ihren Festungstürmen die Pfeile so ununterbrochen und zielsicher niedersausen, daß ihre Dichte den Persern wie eine Geschoßwolke vorkam. Die Äthiopier nahmen vornehmlich die Augen der Gegner zum Ziel, als ob es sich nicht um einen Kampf Mann gegen Mann, sondern um ein Wettschießen handle, und trafen so sicher, daß die Getroffenen, die Pfeile in den Augen – es sah aus, als seien es die zwei Röhren einer Doppelflöte –, wirr und verstört durcheinanderrannten. Andere gerieten mit den Pferden, die sich in ihrem rasenden Lauf nicht halten ließen und mit ihnen durchgingen, mitten unter die Elefanten. Dort wurden sie teils von den Tieren zu Boden gerissen und zertrampelt, teils von den Serern und Blemmyern getötet, die aus ihrer Deckung hinter den Elefanten vorsprangen und sie mit wohlgezieltem Stoß oder Hieb verwundeten oder im Nahkampf von ihren Pferden herunterrissen. Auch wer durchkam, konnte gegen die Elefanten nichts ausrichten. Das Tier geht gleichfalls eisengepanzert in die Schlacht und besitzt obendrein eine so harte Lederhaut, daß jede Geschoßspitze wirkungslos daran abprallt.

Als auch die letzten, die noch standgehalten hatten, die Flucht ergriffen, verließ der Statthalter Oroondates seinen Wagen, bestieg eines von den nisäischen Pferden und riß feige aus. Die Ägypter und Libyer auf dem linken Flügel merkten nichts davon, setzten mit großer Erbitterung den Kampf fort und hielten, obwohl sie mehr Verluste hatten als sie dem Feind beibrachten, alle Schrecken mit zäher Tapferkeit aus. Die Männer aus dem Zimtlande, die ihnen gegenüberstanden, setzten ihnen heftig zu und machten ihnen durch ihre Kampfweise schwer zu schaffen. Sie zogen sich vor den gegnerischen Angriffen zurück und schossen dabei aus größeren Abständen, aber noch im Fliehen rückwärtsgewandt, mit ihren Bogen. Sobald die Gegner dann selbst zurückwichen, folgten sie ihnen und beschossen sie von der Seite teils mit Schleudern, teils mit kleinen Pfeilen, die mit einem Schlangengift bestrichen waren, das sofort tödlich wirkte.

Die Zimtlandbewohner handhaben das Pfeilschießen anscheinend mehr spielerisch als im Ernst. Sie tragen um den Kopf einen geflochtenen Gurt, in den sie rings die Pfeile stecken, das gefiederte Ende nach dem Kopf zu, die Spitzen strahlenförmig nach außen gekehrt. Wenn es zum Kampf kommt, zieht jeder daraus wie aus einem Köcher seinen Pfeil. Dann macht er, nackt bis auf den Pfeilkranz um den Kopf, unter grotesken Windungen tanzende Sprünge wie ein Satyr und schießt den Pfeil ab. Eisen für die Spitze haben sie nicht nötig. Sie nehmen den Rückenknochen eines Drachens, biegen ein Stück davon in der Länge eines Pfeilschaftes ganz gerade und spitzen es an einem Ende so scharf wie möglich zu. So haben sie einen Pfeil mit einer natürlichen Spitze. Zweifellos hat der Gebrauch solcher Knochen den Pfeilen im Griechischen den Namen gegeben.

Eine Zeitlang hielten sich die Ägypter in geschlossener Ordnung und setzten den Pfeilschüssen eine Wand von Schilden entgegen. Tapferkeit ist ihnen angeboren, und sie sehen dem Tod weniger um äußerer Vorteile willen als aus Ehrgeiz ins Auge. Vielleicht hält sie auch die Furcht vor der Strafe davon zurück, ihren Posten zu verlassen. Als sie aber erfuhren, daß die Panzerreiter, die für die stärkste Waffe galten und auf die man die größte Hoffnung setzte, vernichtet waren, daß der Statthalter geflohen war und die berühmten medischen und persischen Schwerbewaffneten keine Heldentaten vollbrachten, sondern nach einigen Erfolgen gegen die ihnen gegenüberstehenden Abteilungen von Meroë geschlagen und den übrigen gefolgt waren, gaben sie ebenfalls den Widerstand auf und flohen Hals über Kopf.

Hydaspes, der von seinem Beobachtungsturm aus den glänzenden Sieg miterlebt hatte, schickte Beauftragte an die verfolgenden Truppen, mit dem Befehl, im Morden einzuhalten, aber möglichst viele Gefangene zu machen und abzuführen, in erster Linie den Oroondates.

Das geschah auch. Die Äthiopier verlängerten ihre Front nach links, indem sie die tiefgegliederten Formationen beiderseits in der Länge auseinanderzogen, kreisten durch Einschwenken der Flügel die persische Armee ein und ließen ihr keinen Ausweg, außer in Richtung des Flusses, in den die meisten stürzten, da sie von den Pferden, den Sichelwagen, dem Menschenstrom und dem allgemeinen Durcheinander mitgerissen wurden. Zu spät begriffen sie, daß die vermeintlich überlegene Taktik des Statthalters für sie selbst nachteilig und unüberlegt war. Denn dadurch, daß er von vornherein aus Besorgnis vor einer Umfassung den Nil als Rückendeckung gewählt hatte, hatte er sich, ohne sich darüber klar zu sein, den Rückzug versperrt.

So geriet er auch selbst in Gefangenschaft. Achämenes, der

Sohn Kybeles, hatte alles, was sich in Memphis ereignet hatte, bereits erfahren und daraufhin den Entschluß gefaßt, Oroondates im Fluchtgedränge umzubringen – jetzt, wo der Arsake nichts mehr zu beweisen war, bereute er, gegen sie ausgesagt zu haben –, doch gelang es ihm nicht, Oroondates tödlich zu treffen. Vielmehr erreichte ihn selbst gleich die Strafe durch den tödlichen Pfeilschuß eines Äthiopiers. Dieser hatte den Statthalter erkannt und wollte ihn befehlsgemäß lebend gefangennehmen. Auch war er über den niederträchtigen Mordanschlag empört. Wie war das nur möglich? Auf der Flucht vor dem Feind erhob sich hier eine Hand gegen den eigenen Befehlshaber, offenbar, um unter Ausnützung der Katastrophe ein persönliches Rachebedürfnis zu befriedigen.

Der Mann, der Oroondates gefangengenommen hatte, brachte den mit dem Tode ringenden und aus seinen Wunden blutenden Statthalter vor Hydaspes, der das Blut durch Leute mittels Besprechung stillen ließ. Da er ihn, wenn möglich, am Leben zu erhalten wünschte, sprach er ihm Mut zu.

»Mein Freund«, sagte er, »soweit es auf meinen Willen ankommt, sollst du leben bleiben. Denn man soll seine Feinde, solange sie noch aufrecht stehen, im Kampfe, sobald sie niedergeworfen sind, durch Großmut bezwingen. Aber warum hast du dich eigentlich so treulos benommen?«

»Treulos gegen dich«, erwiderte Oroondates, »aber treu gegen meinen Herrn.«

»Was für eine Strafe würdest du dir als Unterlegener zusprechen?« fragte Hydaspes weiter.

»Genau die«, antwortete der Statthalter, »welche mein königlicher Herr einem deiner Heerführer gegenüber für angemessen halten würde, der sich dir treu erwiesen und den er gefangengenommen hätte.«

»Das soll also heißen«, entgegnete Hydaspes, »er würde ihm seine Anerkennung aussprechen, ihn beschenken und dann freilassen, wenn er ein wahrer König und kein Despot ist und ihm daran liegt, durch Auszeichnung anderer seine eigenen Leute zu gleich vorbildlichem Verhalten anzuspornen. Also gut, merkwürdiger Mann, du bist deiner Ansicht nach treu. Aber das wirst selbst du nicht bestreiten wollen, daß es unklug von dir war, dich mehr als tollkühn so vielen Zehntausenden entgegenzustellen?«

»Vielleicht war es gar nicht so unklug«, erwiderte Oroondates, »mich nach der Auffassung meines Königs zu richten, derzufolge er die, welche sich im Kriege feige zeigen, höher bestraft, als er die Tapferen auszeichnet. Deshalb entschloß ich mich, der Gefahr ins Auge zu sehen, um entweder einen, wenn auch unerwarteten Sieg zu erringen – Wunder sind im Kriege nicht so selten – oder im gegenteiligen Fall, wenn ich selbst am Leben bliebe, mich damit rechtfertigen zu können, daß ich alles, was in meinen Kräften stand, versucht habe.«

Hydaspes zollte dieser Auffassung seine Anerkennung und ließ ihn nach Syene bringen, mit dem Auftrag, ihm sorgfältige ärztliche Hilfe angedeihen zu lassen.

Dann hielt er selbst mit den Kerntruppen seines Heeres seinen Einzug. Die ganze Stadt, jung und alt, strömte ihm entgegen, überschüttete die Soldaten mit Kränzen und Nilblumen und jubelte dem siegreichen König zu. Sobald er auf einem Elefanten wie auf einem Wagen innerhalb der Mauern angelangt war, widmete er sich gleich den religiösen Zeremonien und bezeigte den höheren Mächten seine Dankbarkeit. Dann erkundigte er sich bei den Priestern nach der Entstehung des Nilfestes und den Wundern und Sehenswürdigkeiten ihrer Stadt. Sie zeigten ihm den als Nilmesser dienenden Brunnen, der dem von Memphis ähnelt. Er ist aus polierten Quadersteinen gebaut und in Abständen von je einer Elle mit Strichen markiert. Das durch den Erdboden sickernde Flußwasser gibt den Einwohnern das Steigen und Fallen des Nils an diesen Linien an, deren bedeckte oder sichtbare Zahl den zu- oder abnehmenden Wasserstand ablesen läßt. Ferner erklärten sie ihm die Sonnenuhren, deren Zeiger am Mittag keinen Schatten werfen, weil die Sonne in der Gegend von Syene zur Sommersonnenwende genau im Scheitelpunkt steht und die Gegenstände von allen Seiten bescheint, so daß sie keinen Schatten werfen können. Aus dem gleichen Grunde wird das Wasser in der Tiefe der Brunnen von den Sonnenstrahlen getroffen.

Diese Dinge machten auf Hydaspes keinen außergewöhnlichen Eindruck, da Meroë in Äthiopien Gleiches aufzuweisen hat.

Dann machten sie viel Aufhebens von dem Fest, hoben den Nil in den Himmel, nannten ihn Horos, den Getreidespender des ganzen Landes, den Retter von Ober- und den Stammvater und Erhalter von Unterägypten. Denn er trage jedes Jahr neuen Schlamm heran und habe daher seinen Namen Neilos (Neuschlamm). Er zeige auch, wie sie behaupteten, die Jahreszeiten an, den Sommer durch sein Anschwellen, den Herbst durch sein Fallen und den Frühling durch die an seinen Ufern wachsenden Blumen und die von den Krokodilen gelegten Eier. Überhaupt versinnbildliche er nichts anderes als das Jahr, was schon aus seiner Benennung hervorgehe, denn wenn man die Buchstaben des Namens Neilos in Zahlen ausdrücke, so ergäben sich zusammen 365 Einheiten, also so viele Tage, als das Jahr hat. Als sie noch die Eigenart der Pflanzen-, Blumen- und Tierwelt und weitere Dinge priesen, sagte Hydaspes:

»Dieses Lob kommt nicht Ägypten, sondern Äthiopien zu. Da Äthiopien diesen Strom – oder Gott, wie ihr zu sagen liebt –, mit all seinen Lebewesen schickt, gebührt ihm gerechterweise eure Verehrung als der Stammutter eurer Götter.«

»Diese Verehrung lassen wir Äthiopien auch zuteil werden«, erklärten die Priester, »außer anderen Gründen schon deshalb, weil es uns dich als rettenden Gott sandte.«

»Schweig still!« entgegnete darauf Hydaspes, »solches Lob will ich nicht hören«, und ging in sein Zelt, um sich für den Rest des Tages auszuruhen. Dann gab er den angesehenen Äthiopiern und den Priestern von Syene ein Gastmahl, und auch alle andern sollten feiern. Zu diesem Zweck lieferte die Bürgerschaft von Syene für die Truppen ganze Rinder- und Schafherden und eine stattliche Zahl Ziegen und

Schweine, dazu Wein im Überfluß, teils als Geschenk, teils gegen Bezahlung.

Am anderen Tage nahm Hydaspes auf einem erhöhten Sitze Platz und leitete die Verteilung der Zugtiere und Reitpferde und der übrigen Beute, die in der Stadt wie in der Schlacht gemacht worden war, an seine Krieger, wobei er jeden nach Verdienst und Leistung bedachte.

Als der Mann, der den Oroondates lebend gefangengenommen hatte, vortrat, sagte Hydaspes: »Fordere, was du willst.«

»Ich habe nichts zu fordern, mein König«, erwiderte der Mann. »Doch wenn du mir das zusprichst, was ich Oroondates abgenommen habe, als ich ihn deinem Befehl folgend am Leben ließ, bin ich zufrieden.«

Dabei brachte er die Schwertscheide des Statthalters zum Vorschein, die über und über mit Edelsteinen verziert und ein Vermögen wert war. Darauf äußerten sich viele Anwesende laut dahin, eine solche Kostbarkeit sei zu viel für einen einfachen Soldaten und gebühre zum mindesten einem König.

»Was gebührt einem König wohl mehr«, fragte Hydaspes mit einem Lächeln, »als daß ich mich nicht weniger großmütig zeige als dieser Mann habgierig ist? Auch steht ihm nach dem Kriegsrecht das Eigentum seines Gefangenen als Beute zu. Der Mann mag also gehen und mit meiner Erlaubnis mitnehmen, was er leicht hätte unterschlagen und ohne meine Zustimmung behalten können.«

Dann traten die Leute vor, die Theagenes und Chariklea gefangengenommen hatten.

»Großer König«, sprachen sie, »nicht aus Gold oder Edelsteinen besteht unsere Beute, Dingen also, die in Äthiopien wohlfeil und im königlichen Palast in Masse vorhanden sind. Wir bringen dir ein Mädchen und einen jungen Mann, Geschwister und Griechen, die an Gestalt und Schönheit – abgesehen von dir – nicht ihresgleichen haben. Deshalb hoffen wir auf deine großmütige Gesinnung.«

»Gut, daß ihr mich erinnert«, sagte Hydaspes. »Damals,

als sie mir gebracht wurden, habe ich sie bei dem allgemeinen Tumult nur flüchtig gesehen. Man soll sie mit den übrigen Gefangenen hierher bringen.«

Sie wurden sogleich geholt. Ein Bote eilte aus der Stadt zu dem Troß und befahl den Wachen, sie schnellstens zum König zu schaffen. Die Gefangenen erkundigten sich bei einem der Wachmänner, einem Halbgriechen, wohin man sie führe. Als er erwiderte, zu König Hydaspes, der sich die Gefangenen ansehe, riefen die beiden jungen Leute gleichzeitig: »Die Götter helfen!« Sie entsannen sich sofort des Namens Hydaspes. Bisher waren sie im Zweifel gewesen, ob nicht ein anderer jetzt König wäre.

Theagenes sprach leise mit Chariklea.

»Liebste«, sagte er, »du wirst bestimmt dem König unsere Geschichte erzählen. Es ist ja Hydaspes, von dem du häufig zu mir als deinem Vater gesprochen hast.«

»Geliebter«, erwiderte Chariklea, »große Dinge bedürfen großer Vorbereitungen. Wir müssen mit weiteren Rückschlägen rechnen, ehe das, was das Schicksal so verwickelt eingeleitet hat, zu Ende kommt. Außerdem ist es nicht ratsam, Dinge, über die eine lange Zeit vergangen ist, mit einem Male aufzudecken, zumal da die Hauptperson unseres Dramas, in dem wir spielen, von der seine Verwicklung und Aufklärung abhängt, meine Mutter Persinna, nicht da ist. Daß sie dank der göttlichen Vorsehung noch am Leben ist, wissen wir ja bereits.«

»Wenn man uns aber vorher opfert«, wandte Theagenes ein, »oder als Gefangene verschenkt und uns damit jede Aussicht nimmt, nach Äthiopien zu kommen?«

»Im Gegenteil! Das ist am wenigsten zu befürchten«, erwiderte Chariklea. »Du hast oft genug von unseren Wächtern gehört, daß wir als Opfer für die Götter von Meroë ausersehen sind. Da ist keine Gefahr, daß wir verschenkt oder vorher getötet werden. Wir sind den Göttern durch ein feierliches Gelübde zugesagt. Gottesfürchtige Leute pflegen solch einen Eid nicht zu brechen. Ließen wir uns vom Überschwang unserer Freude verleiten und verrieten voreilig unser Geheimnis, bevor noch die Perser da sind, welche die Wahrheit festzustellen und zu bezeugen vermögen, so könnten wir leicht Entrüstung und berechtigten Zorn gegen uns erregen. Man würde es vielleicht als Hohn und Unverfrorenheit ansehen, wenn zur Sklaverei bestimmte Gefangene mittels einer unglaubhaften Erzählung, sozusagen mit einem Theaterstreich, sich als Königskinder aufspielen wollten.«

»Aber die Erkennungszeichen, die du doch aufbewahrt hast und bei dir trägst, wie ich weiß«, wandte Theagenes ein, »werden beweisen, daß es sich um keinen Betrug und keine Erfindung von uns handelt.«

»Die Erkennungszeichen«, erwiderte Chariklea, »sind nur für die von Beweiskraft, die sie kennen und mit ausgesetzt haben. Für die, welche sie nicht kennen oder die Zusammenhänge nicht wissen, stellen sie bloße Wertgegenstände und Schmucksachen dar, die möglicherweise ihren Träger noch in den Verdacht des Diebstahls oder Raubes bringen können.

Selbst wenn Hydaspes davon etwas wiedererkennt, wer kann ihn überzeugen, daß es Persinna war, die es gegeben hat, und daß es seine Tochter ist, die es erhielt? Das untrüglichste Erkennungsmittel, lieber Theagenes, ist das Mutterherz, das auf den ersten Blick eine geheimnisvolle Zuneigung und zärtliche Liebe für ihr Kind fühlt. Wir wollen auf diese Wirkung nicht verzichten, durch welche die Erkennungszeichen erst ihre volle Glaubwürdigkeit erhalten.«

Während dieses Gesprächs hatten sie sich dem König genähert. Mit ihnen brachte man auch Bagoas. Als Hydaspes sie vor sich stehen sah, sprang er für einen Augenblick vom Sitz auf und rief: »Götter, steht mir bei!«

Dann setzte er sich wieder und versank in Nachdenken. Als die ihn umgebenden Würdenträger fragten, was ihm sei, antwortete er:

»Mir hat heute nacht geträumt, daß mir eine Tochter wie diese geboren und zu solcher Schönheit herangereift sei. Der Traum, dem ich keine Beachtung geschenkt hatte, fällt mir jetzt beim Anblick dieses Mädchens infolge ihrer Ähnlichkeit ein.«

Als seine Umgebung äußerte, die menschliche Seele besitze bisweilen die Gabe, sich kommende Ereignisse greifbar vorzustellen, maß er der Sache vorerst keinen Wert bei und fragte die beiden, wer und woher sie seien.

Während Chariklea schwieg, antwortete Theagenes, sie seien Geschwister und Griechen.

»Gesegnetes Griechenland«, rief Hydaspes, »das Menschen von solch vollkommener Schönheit hervorbringt und uns zur Siegesfeier als glückverheißende Opfer schenkt. Doch warum ist mir im Traum nicht auch ein Sohn geboren worden«, wandte er sich lachend an seine Umgebung, »wenn mir nach eurem Glauben dieser junge Mann vorher als Traumvorstellung hätte erscheinen müssen, da ich ihn jetzt als Bruder des Mädchens zu sehen bekomme?«

Er wandte sich an Chariklea und sprach sie griechisch an. Denn die Gelehrten und Fürsten von Äthiopien beherrschen diese Sprache.

»Warum schweigst du, Mädchen, und antwortest nicht auf meine Frage?«

»An den Altären der Götter«, erwiderte Chariklea, »für die wir, wie wir hörten, zum Opfer vorgesehen sind, werdet ihr mich und meine Eltern kennenlernen.«

»Und wo sind sie?« fragte sie Hydaspes.

»Sie leben hierzulande«, gab sie zur Antwort, »und werden auf jeden Fall bei meiner Opferung zugegen sein.«

Hydaspes lächelte wieder.

»Sie träumt tatsächlich, diese meine Traumtochter«, sagte er, »wenn sie sich einbildet, ihre Eltern würden aus Griechenland bis nach Meroë kommen. Bringt sie jetzt fort und laßt ihnen die übliche sorgfältige Behandlung und Pflege angedeihen, damit sie dem Opferfest zur Ehre gereichen. Doch wer ist der daneben, der wie ein Eunuch aussieht?«

»Es ist wirklich ein Eunuch«, sagte einer aus der Umgebung. »Er heißt Bagoas und ist die rechte Hand des Oroondates.«

»Auch er soll mitgehen«, befahl Hydaspes, »nicht als Opfer, sondern als Wächter über das eine der beiden Opfer, über das junge Mädchen, das wegen seiner Reize sorgfältiger Bewachung bedarf, damit es uns bis zur Stunde der Opferung rein bleibt. Eunuchen sind von Natur eifersüchtig. Denn was ihnen selbst versagt ist, suchen sie auch anderen vorzuenthalten.«

Danach musterte er die übrigen Gefangenen, die geordnet an ihm vorbeizogen, und sonderte sie aus. Die das Schicksal von jeher zu Sklaven bestimmt hatte, verschenkte er. Den Gefangenen von vornehmer Abkunft gab er die Freiheit. Zehn junge Männer und eine gleiche Zahl junger Mädchen, die sich durch besondere Schönheit auszeichneten, wählte er aus und ließ sie mit Theagenes und Chariklea mit der gleichen Bestimmung wegbringen. Allen anderen erfüllte er die von ihnen ausgesprochenen Wünsche. Zum Schluß wandte er sich an Oroondates, den er in einer Sänfte hatte herbeitragen lassen.

»Da ich die Kriegsziele erreicht und Philai und die Smaragdminen an mich gebracht habe«, sprach er, »so will ich nicht wie die meisten in den Fehler verfallen, mich vom Glück zur Machtgier verleiten zu lassen und im Gefühl des Sieges meine Macht maßlos zu erweitern. Ich begnüge mich vielmehr mit den ursprünglichen Grenzen, die die Natur durch die Katarakte Ägyptens gezogen hat. Damit halte ich den Besitz, dessentwegen ich den Feldzug unternommen habe, und ziehe mich aus Achtung vor dem Recht wieder zurück. Wenn du mit dem Leben davonkommst, so regiere weiter als Statthalter und überbringe dem Perserkönig folgende Botschaft: Dein königlicher Bruder Hydaspes ist im Feld Sieger geblieben, läßt dir aber in seiner Weisheit deinen ganzen Besitz. Er ist bereit, wenn du willst, mit dir Freundschaft zu halten, die schönste Tugend, die Menschen üben können. Wenn du jedoch wieder anfangen solltest, verweigert er auch nicht den Kampf. Den Syenern erlasse ich für den Zeitraum von zehn Jahren die Leistung ihrer Abgaben und gebiete dir, das gleiche zu tun.«

Diese Erklärung wurde von den anwesenden Städtern

und den Soldaten mit Begeisterung und einem weithin hörbaren Jubelruf aufgenommen.

Oroondates streckte die Arme aus, kreuzte die Hände und verneigte sich ehrerbietig, eine Huldigung, die die Perser fremden Fürsten sonst nicht erweisen.

»Anwesende«, rief er, »ich glaube nicht, gegen die Sitten meines Landes zu verstoßen, wenn ich den als König anerkenne, der mir die Statthalterschaft von Ägypten überläßt. Ich glaube nicht, pflichtvergessen zu handeln, wenn ich mich vor dem gerechten Herrscher verneige, der die Macht hat, mich zu töten und mir großmütig das Leben schenkt, der mir als Herr befehlen kann und mich als Statthalter beläßt. Ich gelobe, wenn ich am Leben bleibe, sicheren Frieden und ewige Freundschaft zwischen Äthiopiern und Persern und verpflichte mich zur Einhaltung der den Syenern gegebenen Zusagen. Sollte ich sterben, so mögen die Götter die mir bewiesene Großmut Hydaspes, seinem Hause und seinem Geschlechte vergelten!«

ZEHNTES BUCH

Soviel von den Ereignissen bei Syene, das in größter Gefahr gewesen war und unverhofft durch die Hochherzigkeit und Milde eines einzigen Mannes solches Glück erlebte.

Hydaspes schickte die Hauptmasse seines Heeres voraus und brach dann selbst nach Äthiopien auf, wobei er eine große Strecke Weges von dem Jubel aller Syener und Perser begleitet wurde. Anfangs zog er am Nil entlang und hielt sich immer in der Nähe des Flusses. Als er aber die Katarakte erreicht und dem Nilgott und den Grenzgöttern Opfer gebracht hatte, änderte er die Marschrichtung und nahm seinen Weg durch das Landesinnere.

In Philai angekommen, gönnte er dem Heer zwei Ruhetage. Darauf schickte er die Hauptmasse wieder voraus und gab auch die Gefangenen mit. Er selbst blieb zurück, ließ die Mauern befestigen, legte eine Besatzung in die Stadt und setzte erst dann seinen Weg fort. Zwei Berittene, die unterwegs in Städten und Dörfern die Pferde wechseln mußten, um so rasch wie möglich ihren Auftrag auszuführen, schickte er als Eilboten voraus nach Meroë, die Siegesnachricht zu verkünden.

An die Weisen, die sogenannten Gymnosophisten, Mitglieder des Staatsrates und nächsten Berater des Königs, richtete er folgendes Schreiben:

»An den hochwürdigen Großen Rat des Königs Hydaspes.

Ich melde euch den Sieg über die Perser. Nicht um mich des Erfolges zu rühmen – denn ich will mir das rasch wechselnde Glück geneigt erhalten –, sondern um eurer weisen Voraussicht, die sich wie stets auch diesmal bewährt hat, mit diesem Schreiben schon im voraus meine Achtung zu erweisen. Ich bitte und ersuche euch, an den gewohnten Ort zu kommen, um durch eure Anwesenheit den Dankopfern zur Feier des Sieges in den Augen des Volkes größeren Glanz zu verleihen.«

Seiner Gemahlin Persinna sandte er folgenden Brief:

»Ich lasse Dich wissen, daß wir gesiegt haben und, was Dir noch wichtiger sein wird, daß ich wohlauf bin. Triff also Vorbereitungen für ein glänzendes Dankfest, für die Umzüge und die Opferfeier, richte Einladungen an die Weisen, entsprechend meinem Schreiben an sie, und begib Dich auf die unseren heimischen Göttern, dem Helios, der Selene und dem Dionysos geweihte Ebene vor der Stadt.«

Als Persinna diesen Brief erhielt, sagte sie:

»Dies also bedeutet der Traum, den ich in der letzten Nacht hatte. Ich glaubte schwanger zu sein und unmittelbar darauf niederzukommen. Das Kind war eine bereits ganz erwachsene Tochter. Offenbar hat mir der Traum durch die Wehen die Kriegsaufregungen und durch die Tochter den Sieg angedeutet. Geht nun und erfüllt die Stadt mit der Freudenbotschaft.«

Die Eilboten führten den erhaltenen Auftrag aus. Das Haupt mit Lotosblumen vom Nil bekränzt und Palmzweige in den Händen, ritten sie durch die Hauptstraßen der Stadt und verbreiteten schon durch ihren Aufzug die Siegesnachricht.

Im Augenblick war ganz Meroë im Freudentaumel. Tag und Nacht veranstaltete man in den Familien, in den Stadtvierteln und Brüderschaften Tanz- und Opferfeiern für die Götter und schmückte die Kultstätten. Dabei galt der Jubel nicht so sehr dem errungenen Sieg als der Freude über die glückliche Erhaltung des Hydaspes, der wegen seiner Gerechtigkeit, Güte und Milde gegen seine Untertanen vom Volk wie ein Vater geliebt wurde.

Persinna ließ Herden von Rindern, Pferden und Schafen sowie Gazellen, Greifen und anderen Tieren nach der Kultstätte hinausbringen, damit von jeder Gattung eine Hekatombe teils für die Opferhandlung, teils für die Volksspeisung verwendet werden konnte. Schließlich begab sie sich zu den Gymnosophisten, die im Pantempel ihre Wohnung hatten, und übergab ihnen das Schreiben des Hydaspes, mit der Bitte, dem Wunsch des Königs zu entsprechen und auch ihr zuliebe dem Fest durch ihr Erscheinen Glanz zu verleihen.

Sie baten sie, etwas zu warten, und zogen sich in das Tempelinnere zurück, um gewohnheitsgemäß im Gebet von den Göttern zu erfahren, was sie tun sollten.

Nach einer kleinen Weile kehrten sie zurück. Unter allgemeinem Schweigen ergriff der Oberste des Großen Rates, Sisimithres, das Wort:

»Wir werden kommen, Persinna«, sprach er, »denn die Götter gestatten es. Doch zeigt die Gottheit an, es werde bei der Opferung Aufregung und Unruhe geben. Schließlich werde sich aber alles zum Guten wenden. Es ist, als wäre ein Teil eures Körpers oder ein Stück des Reiches verloren gewesen und das Schicksal bringe es nun wieder.«

»Alles, und wäre es noch so schrecklich«, erwiderte Persinna, »wird sich dank eurer Gegenwart zum Guten wenden. Sobald ich das Nahen des Königs erfahre, werde ich euch benachrichtigen.«

»Es bedarf keiner Benachrichtigung«, entgegnete Sisimithres. »Er wird morgen früh eintreffen. Ein Brief wird dich in Kürze davon unterrichten.«

So geschah es tatsächlich. Noch war Persinna auf dem Heimwege und näherte sich dem königlichen Palast, als ein berittener Bote ihr ein Schreiben des Königs überbrachte, das ihr seine Ankunft für den folgenden Tag anzeigte.

Gleich darauf verkündeten Herolde den Inhalt des Briefes mit der Mitteilung, die Teilnahme am Empfang sei nur der männlichen Bevölkerung, nicht der weiblichen, gestattet. Denn da das Opferfest den reinsten und glänzendsten Gottheiten, Helios und Selene, gewidmet sei, so sei eine Beteiligung von Frauen unstatthaft, um eine unbeabsichtigte Befleckung der Opfertiere zu vermeiden.

Nur einer Frau war die Teilnahme erlaubt, der Priesterin der Selene. Das war Persinna, da nach Gesetz und Überlieferung König und Königin im Dienste des Helios und der Selene stehen. Auch Chariklea sollte bei der Veranstaltung zugegen sein, freilich nicht als Zuschauerin, sondern um Selene geopfert zu werden.

Der Stadt bemächtigte sich eine nicht mehr zurückzuhaltende Erregung. Ohne den festgesetzten Tag abzuwarten, setzte man schon von den Abendstunden an über den Fluß Astaborras, zum Teil über die Brücke, andere auf Booten aus Rohr, die in großer Zahl an vielen Stellen des Ufers lagen und den von der Brücke entfernter Wohnenden ein kürzeres und schnelleres Übersetzen ermöglichten. Das geschieht dank der Leichtigkeit des Baumaterials und der geringen Belastung sehr rasch, da die Boote nicht mehr als je zwei bis drei Mann tragen. Man spaltet den Stamm eines Bambusrohres in zwei Hälften, von denen jede ein Fahrzeug bildet.

Meroë, die äthiopische Hauptstadt, liegt auf einem Inseldreieck, das von drei schiffbaren Strömen, dem Nil, dem Astaborras und dem Asasobas, umflossen wird. Der Nil trifft auf die Spitze des Dreiecks und spaltet sich nach beiden Seiten. Die anderen beiden Flüsse fließen an den Längsseiten vorüber, um sich dann im Nil zu vereinigen und ihr Wasser und ihre Namen an ihn abzugeben.

Die Insel ist von außerordentlicher Größe und besitzt Festlandcharakter. Ihre Länge beträgt dreitausend, ihre Breite eintausend Stadien. Große Tiere leben darauf, unter anderem Elefanten, und Bäume gedeihen hier, wie man sie anderwärts nicht kennt. Abgesehen davon, daß die Palmen eine ungewöhnliche Höhe erreichen und sehr große süße Datteln tragen, erreichen Weizen und Gerste eine Höhe, daß ein Mann zu Pferde, stellenweise selbst ein Kamelreiter, sich darin verstecken könnte. Die Ernte ergibt das Dreihundertfache der Aussaat. Von dem Wuchs des Bambusrohrs wurde schon berichtet.

Die ganze Nacht hindurch setzte man also, die einen hier, andere dort, über den Fluß, zog Hydaspes entgegen und begrüßte ihn jubelnd wie einen Gott. Das geschah weit draußen vor der Stadt. Ein Stück vor dem heiligen Feld begrüßten ihn die Weisheitslehrer mit Händeschütteln und Umarmungen, später Persinna in der Vorhalle des Tempels.

Nachdem sie hier niedergefallen waren und den Göttern für Sieg und Rettung im Gebet gedankt hatten, traten sie aus dem Vorraum und begaben sich an die öffentliche Opferhandlung. Sie nahmen in dem Zelte Platz, das auf freiem Felde aufgestellt war. Es war aus frisch geschnittenen Rohrbündeln errichtet, die wie Säulen an den vier Ecken den ganzen Bau trugen und, oben herumgeführt, eines mit dem andern Rundbogen bildeten, auf denen das aus Palmzweigen geflochtene Dach ruhte. In einem anderen Zelt in der Nähe standen auf je einem Sockel die Statuen der heimischen Götter und Heroen, des Memnon, des Perseus und der Andromeda, in welchen die äthiopischen Könige ihre Ahnen sehen. Darunter, gleichsam zu Füßen der Götter, saßen auf einer niedrigeren Balustrade die Gymnosophisten. Vor ihnen bildete eine Abteilung schwerbewaffneter Krieger mit dicht aneinandergereihten, erhobenen Schilden einen Kreis, um das Volk zurückzuhalten und den Raum in der Mitte für die Opfertiere frei zu machen.

Nachdem Hydaspes kurz zum Volk gesprochen und ihm den Sieg und die zum allgemeinen Wohl errungenen Erfolge verkündet hatte, befahl er den Priestern, mit dem Opfer zu beginnen.

Es waren im ganzen drei Altäre errichtet, zwei zusammenhängende für Helios und Selene, ein dritter etwas abgesondert für Dionysos. Auf diesem schlachtete man Tiere jeder Gattung, um ihn durch jede Art von Opfer zu versöhnen, vermutlich weil er ein allgemein verehrter Gott ist, der allen wohlwill. An den beiden Altären brachte man dem Helios ein Viergespann von weißen Pferden dar, um dem schnellsten der Götter das schnellste Tier zu opfern. Der Selene weihte man zwei Stiere, also der erdnahen Göttin das der Feldbestellung dienende Tier.

Während man damit noch beschäftigt war, erhob sich mit einem Male ein verworrenes, dumpfes Geschrei, wie es eine große Menschenansammlung zu erregen pflegt. Von den Nächststehenden wurde der Ruf laut:

»Der althergebrachte Brauch muß gewahrt werden! Man soll nunmehr dem Volk das vorschriftsmäßige Opfer bieten! Die Erstlinge der Kriegsbeute müssen den Göttern dargebracht werden!«

Hydaspes begriff, daß sie das Menschenopfer forderten, das nur nach Siegen über fremde Völker aus der Reihe der Gefangenen genommen zu werden pflegte. Durch eine Handbewegung beruhigte er das Volk und bedeutete zugleich durch ein Zeichen, daß die Forderung erfüllt werden würde. Dann befahl er, die längst bereitgehaltenen Gefangenen vorzuführen. Man brachte sie ungefesselt und bekränzt, unter ihnen Theagenes und Chariklea. Alle machten natürlich einen niedergeschlagenen Eindruck, am wenigsten noch Theagenes. Nur Chariklea sah mit heiterem Lächeln unverwandt und fest auf Persinna und rührte durch ihren Anblick das Herz der Königin.

»Mein Gatte«, wandte sie sich mit einem tiefen Seufzer an Hydaspes, »was für ein Mädchen hast du da zum Opfer bestimmt! Ich kann mich nicht entsinnen, je so viel Schönheit gesehen zu haben. Wie edel ist ihr Blick! Wie stolz trägt sie ihr Schicksal! Wie bedauernswert ist sie in der Blüte ihrer

Jugend! Lebte meine einzige Tochter noch, die wir leider verloren haben, so müßte sie etwa im gleichen Alter sein. Wenn es dir doch möglich wäre, lieber Mann, das junge Mädchen zu retten! Es wäre mir ein großer Trost, solch ein Mädchen zur Dienerin zu haben. Vielleicht ist das arme Geschöpf eine Griechin. Sie sieht jedenfalls nicht wie eine Ägypterin aus.«

»Sie ist auch eine Griechin«, erwiderte Hydaspes, »und wird gleich erzählen, wer ihre Eltern sind. Freilich, sie uns zu zeigen, wird sie nicht in der Lage sein, wie sie in Aussicht gestellt hat. Sie vor der Opferung zu retten, ist ausgeschlossen, so sehr ich es wünschte. Denn ich selbst bin bewegt und, ich weiß nicht warum, empfinde so etwas wie Mitleid für sie. Du weißt ja, das Gesetz schreibt vor, dem Helios ein männliches, der Selene ein weibliches Menschenopfer zu bringen. Weil sie mir als erste Gefangene vorgeführt wurden und daraufhin zum Opfer bestimmt sind, wird das Volk keine Ausnahme dulden. Das einzige, was sie retten könnte, wäre, es stellte sich beim Besteigen des Opferherdes heraus, daß sie keine reine Jungfrau mehr ist. Die Vorschrift verlangt ja, daß das Opfer, das der Göttin gebracht wird, genau so wie das für den Gott bestimmte, rein ist. Bei dem Opfer für Dionysos spielt dies keine Rolle. Sollte andrerseits die Feuerprobe ergeben, daß sie jemals mit einem Mann verkehrt hat, so mußt du bedenken, daß es nicht schicklich wäre, eine solche Person in dein Haus zu nehmen.«

»Ach«, rief Persinna, »möge sie die Probe nicht bestehen und ihr Leben gerettet werden! Gefangenschaft, Krieg und weit von der Heimat verschlagen zu werden – das alles macht einen Fehltritt schon verzeihlich, besonders noch bei diesem Mädchen, dessen Schönheit zu einer Gewalttat, falls ihr etwas Derartiges geschehen sein sollte, geradezu herausfordert.«

Während sie so sprach und Tränen vergoß, die sie der Umgebung zu verbergen suchte, gab Hydaspes den Befehl, den Herd herbeizuschaffen. Die Tempeldiener wählten sofort aus der Menge einige Knaben aus – nur solche dürfen den Herd berühren –, ließen ihn aus dem Tempel mitten auf den freien Platz tragen und forderten die Gefangenen auf, ihn zu besteigen. Da war keiner, der sich beim Darauftreten nicht die Fußsohlen verbrannt hätte. Einige hielten nicht einmal die erste leichte Berührung aus. Der Herdrost besteht aus goldenen Stäben und hat die Wirkung, jeden Unreinen oder auch Meineidigen zu versengen. Die aber, die frei sind von Schuld, können sich daraufstellen, ohne daß ihnen irgend etwas geschieht.

Sie wurden also dem Dionysos und anderen Göttern zugeteilt, außer zwei oder drei jungen Mädchen, die sich beim Besteigen des Herdes als jungfräulich erwiesen.

Als auch Theagenes unberührt befunden wurde, erregte seine schöne Erscheinung ebenso allgemeine Bewunderung wie die Tatsache, daß ein Mann in der Vollkraft der Jugend sich bisher des Liebesgenusses enthalten hatte.

So wurden die Vorbereitungen getroffen, um ihn dem Helios zu opfern.

»Das ist ja herrlich, wie bei den Äthiopiern die Tugend belohnt wird«, sagte er leise zu Chariklea, »der Opferaltar: das ist hier der Kampfpreis für die Keuschheit. Doch weshalb gibst du dich nicht zu erkennen, Liebste? Wie lange willst du noch warten? Etwa bis dir der Hals abgeschnitten wird? So sprich doch und sage ihnen, wer du bist! Vielleicht wirst du auch mich retten, wenn man weiß, wer du bist, und wenn du für mich bittest. Aber du wenigstens wirst sicher der Todesgefahr entgehen. Wenn ich das erlebe, will ich gerne sterben.«

»Nun ist es soweit«, rief Chariklea. »Unser Schicksal entscheidet sich!«

Ohne die Aufforderung des Opferdieners abzuwarten, nahm sie aus der Tasche, die sie bei sich trug, das delphische Priesterinnengewand, das mit Gold durchwirkt und mit Purpurstreifen besetzt war, und legte es um. Sie löste ihr Haar und, wie von göttlicher Eingebung getrieben, sprang sie auf den Herd und stand eine Weile auf ihm, ohne daß ihr irgend etwas geschah. Ihre Schönheit trat noch blendender in Erscheinung, da sie auf dem erhöhten Platz allen sichtbar war und in ihrem Gewand eher einer Göttin als einer Sterblichen glich.

Das Staunen, das alle ergriff, löste sich schließlich in einem einzigen, undeutlichen und verworrenen Ausruf der Bewunderung, die namentlich dem Umstand galt, daß ein so überirdisch schönes Mädchen, mit allem jugendlichen Liebreiz, seine Reinheit bewahrt hatte und daß es dieser Reinheit mehr noch als seiner Jugend die Schönheit verdankte.

Vielen tat es leid, daß sie ihre Eignung für das Opfer bewiesen hatte. Trotz ihrer abergläubischen Furcht hätten sie es gern gesehen, wenn sie auf irgendeine Weise gerettet worden wäre. Den größten Schmerz aber empfand Persinna.

»Welch ein Jammer«, rief sie, zu Hydaspes gewandt, »daß das Mädchen zur Unzeit und zu ihrem eigenen Verderben sich der Unschuld rühmen darf und als Lohn den Tod empfängt? Was kann man nur tun, lieber Gatte?«

»Deine Bitten«, erwiderte Hydaspes, »und dein Mitleid sind umsonst. Ich kann nicht helfen. Ja, gerade ihre ungewöhnlichen Vorzüge machen es ersichtlich, daß sie von je den Göttern bestimmt war.«

Er wandte sich an die Gymnosophisten: »Nun, weise Männer«, sagte er, »warum beginnt ihr nicht mit dem Opfer, wo alles bereit ist?«

»Sei still«, erwiderte Sisimithres in griechischer Sprache, damit das Volk seine Worte nicht verstand. »Unsere Augen und Ohren sind bisher schon hinreichend beleidigt worden. Wir werden uns jetzt in den Tempel zurückziehen. Denn dieses frevelhafte Menschenopfer können wir weder selbst gutheißen, noch glauben wir, daß es der Gottheit genehm ist – man sollte die Opferung auch anderer Lebewesen unterbinden. Unserer Meinung nach genügen Gebete und Weihrauchspenden den Göttern vollkommen. Bleib hier – ein König ist bisweilen genötigt, wider seine bessere Einsicht den Wünschen der Masse nachzugeben – und vollziehe diesen keineswegs geheiligten, aber durch alte äthiopische Überlieferung unumgänglichen Opferakt. Du wirst danach eine Entsühnung nötig haben, vielleicht auch nicht. Denn nach meiner Ansicht wird diese Opferhandlung nicht zur Ausführung kommen. Ich schließe dies auch aus anderen Anzeichen, die uns die Gottheit gibt, ganz besonders aber aus dem Licht, das die beiden Fremden umstrahlt und erkennen läßt, daß irgendein höheres Wesen für sie eintritt.«

Er erhob sich mit den übrigen Mitgliedern des Rates und war im Begriff sich zu entfernen, als Chariklea vom Herde herabsprang, auf Sisimithres zustürzte und sich ihm zu Füßen warf.

Die Diener suchten sie zurückzuhalten, in der Annahme, sie wolle um Rettung vor dem Tode bitten.

»Weise Männer«, rief sie, »wartet einen Augenblick! Ich habe mit dem Herrscherpaar einen Rechtsfall zu bereinigen und höre, daß ihr allein diesen entscheiden könnt. Richtet also in einer Sache, bei der es für mich um das Leben geht. Ihr werdet erkennen, daß es weder notwendig noch gerecht ist, mich den Göttern zu opfern.«

Die Weisen hörten sie freundlich an. »König«, sagten sie, »du hast den von der Fremden gestellten Antrag gehört.«

Hydaspes brach in ein Lachen aus. »Was kann es zwischen ihr und mir für einen Rechtshandel geben? Aus welchem Vorwand oder gar aus welchen Rechten soll er sich ergeben?«

»Das werden ihre Ausführungen zeigen«, erwiderte Sisimithres.

»Es wird wohl eher auf eine Majestätsbeleidigung als auf eine Rechtsentscheidung herauskommen«, meinte Hydaspes, »wenn ich als König mich mit einer Gefangenen auseinandersetze.«

»Das Recht kennt keinen Standesunterschied«, entgegnete Sisimithres. »Vor Gericht ist nur der König, der durch die besseren Gründe siegt.«

»Aber nur Einheimischen, nicht Ausländern, sind nach dem Gesetz Rechtshändel mit dem Königshause gestattet.«

»Für rechtlich denkende Menschen gilt in Fragen des

Rechtes nicht das Ansehen der Person«, sagte Sisimithres, »sondern die Stärke der Sache.«

»Es ist klar«, meinte der König, »daß sie nichts von Belang vorbringen wird, sondern, wie gewöhnlich Leute in verzweifelter Lage, erfundenes Geschwätz, um Zeit zu gewinnen. Aber da Sisimithres es wünscht, mag sie reden.«

Chariklea war an sich schon zuversichtlich in der Erwartung, daß sich nun ihr Schicksal klären werde. Sie wurde noch froher, als sie den Namen des Sisimithres hörte. Denn er war es gewesen, der sie gleich nach ihrer Aussetzung zu sich genommen und vor zehn Jahren dem Charikles anvertraut hatte, als er als Gesandter in der Angelegenheit der Smaragdminen nach Katadupi zu Oroondates geschickt worden war. Damals war er noch einer aus der großen Zahl der Gymnosophisten gewesen. Jetzt war er ihr Oberhaupt. An sein Aussehen vermochte sie sich natürlich nicht mehr zu erinnern, da sie als kleines Mädchen von sieben Jahren von ihm weggekommen war, wohl aber erkannte sie ihn am Namen wieder, und ihre Freude war um so größer, da sie zuversichtlich hoffte, er werde sich ihrer annehmen und zu ihrer Erkennung beitragen.

Sie erhob die Hände zum Himmel und rief mit lauter Stimme:

»Helios, du ältester meiner Ahnen, und ihr anderen Götter und Heroen, ihr Stammväter unseres Geschlechts, euch rufe ich zu Zeugen an, daß ich keine Unwahrheit sage. Steht mir auch bei in dem Verfahren, das jetzt hier durchgeführt wird! Das Recht ist auf meiner Seite, wie gleich dieser erste Punkt ergeben wird: Befiehlt das Gesetz, o König, Ausländer oder Einheimische zu opfern?«

Als Hydaspes erwiderte: »Ausländer«, sagte sie: »Dann mußt du dir andere für das Opfer aussuchen. Denn du wirst finden, daß ich zu euch gehöre und eine Einheimische bin.«

Hydaspes war erstaunt und erklärte, sie lüge.

»Das, worüber du dich jetzt wunderst, ist noch das wenigste«, fuhr sie fort. »Das Folgende ist bedeutsamer. Ich bin nicht nur eine Einheimische, sondern sogar die nächste Angehörige der königlichen Familie.«

Als Hydaspes auch diese Erklärung als leeres Gerede abtat, sagte sie:

»Wie lange noch, lieber Vater, willst du deine Tochter so behandeln?«

Diese Äußerung nahm der König nicht mit bloßer Verachtung auf. Sie erregte seinen offenen Unwillen, da er sie als frechen Hohn empfand.

»Da seht ihr es, Sisimithres und ihr anderen«, rief er, »wohin die Nachsicht führt! Ist das Mädchen nicht geradezu verrückt, daß sie versucht, durch derartig unverschämte Lügen dem Tod zu entgehen? Da spielt sie sich wie in einer Theaterszene, wo auf der Höhe der Verwicklung die wunderbare Wendung eintritt, als meine Tochter auf! Dabei hatte ich, wie ihr wißt, nie das Glück, Kinder zu haben, außer einem einzigen Mal, wo mir ein Kind geboren und gleich wieder durch den Tod genommen wurde. Führt sie weg! Sie soll die Opferhandlung nicht länger verzögern!«

»Niemand wird mich wegbringen«, rief Chariklea, »bis es die Richter gebieten. Du hast jetzt ein Urteil abzuwarten und nicht zu fällen. Vielleicht erlaubt dir, mein König, das Gesetz, Fremde zu töten. Aber dein Kind zu töten, gestattet dir, mein Vater, weder ein Gesetz noch die Natur. Denn heute noch werden dich die Götter als meinen Vater ausweisen, magst du es auch leugnen. Jedes gerichtliche Verfahren kennt vor allem zwei Arten von Beweisführung: den schriftlichen Beweis und die Zeugenaussage. Beide werde ich dafür beibringen, daß ich deine Tochter bin. Als Zeugen benenne ich nicht irgendeinen Beliebigen, sondern den Richter selbst – und einen stärkeren Beweis für meine Behauptung kann ich wohl kaum erbringen als die Tatsache, daß der Richter mich kennt. Als schriftliches Beweisstück lege ich diese Darlegung meines und eures Schicksals vor.«

Mit diesen Worten brachte sie die mit ihr ausgesetzte Stirnbinde, die sie bei sich trug, zum Vorschein, rollte sie auf und überreichte sie Persinna. Als diese das Tuch sah, war sie wie erstarrt und brachte kein Wort über die Lippen. Lange Zeit blickte sie bald auf die Schriftzeichen, bald auf das Mädchen. Sie begann zu zittern und zu beben. Schweiß brach ihr aus. Freude ergriff sie über das Wiedersehen, jähe Angst vor dem Mißtrauen und Argwohn des Hydaspes, ja vielleicht vor seinem Zorn und seiner Rache.

Hydaspes, der ihre Bestürzung und leidenschaftliche Bewegung bemerkte, fragte:

»Was hast du, liebe Frau? Weshalb regt dich diese Schrift so auf?«

»Mein König«, rief sie, »mein Herr und Gebieter, ich vermag dir nicht zu antworten. Nimm und lies. Dieses Band wird dir alles sagen.«

Damit reichte sie es ihm, stumm und mit niedergeschlagenen Augen.

Hydaspes nahm die Binde und ließ die Gymnosophisten herantreten, damit sie mit ihm zusammen lesen könnten. Dann durchflog er das Schriftstück mit wachsendem Staunen. Gleichzeitig verriet Sisimithres durch sein Mienenspiel seine Überraschung und den Sturm seiner Gedanken, wobei er unablässig bald das Schriftband, bald Chariklea anstarrte.

Schließlich hatte Hydaspes die Geschichte der Kindesaussetzung und ihren Anlaß begriffen.

»Daß mir einst eine Tochter geboren wurde, wußte ich ja«, sprach er. »Man sagte mir, sie sei gestorben, wie Persinna selbst behauptete. Nun erfahre ich, sie sei ausgesetzt worden. Wer hat sie dann aufgenommen? Wer sie gerettet und erzogen? Wer hat sie nach Ägypten gebracht, wo sie auch gefangengenommen wurde? Was beweist, daß dieses Mädchen hier dasselbe ist, daß das ausgesetzte Kind nicht ums Leben kam, daß nicht irgendwer sich die Erkennungszeichen aneignete und mit dem Fund Mißbrauch treibt, daß uns nicht ein Dämon narrt und in der angenommenen Gestalt dieses Mädchens mit unserer Sehnsucht nach einem Kinde sein Spiel treibt, uns eine untergeschobene Person als Erbin anhängt und uns mit dieser Binde die Wahrheit verhüllt und verdunkelt?«

»Auf die ersten Fragen kann ich Aufklärung geben«, erwiderte Sisimithres. »Denn der, welcher das ausgesetzte Kind an sich genommen, heimlich aufgezogen und nach Ägypten gebracht hat, als du mich als Gesandten dorthin schicktest, bin ich selbst. Daß einem Mann meines Standes verboten ist, die Unwahrheit zu sagen, weißt du. Auch die Stirnbinde erkenne ich wieder. Wie du siehst, ist sie mit königlich-äthiopischen Schriftzeichen bestickt. Das schließt jeden Zweifel aus, sie könne etwa anderswo beschriftet worden sein. Daß die Schriftzeichen von Persinnas eigener Hand stammen, wirst du selbst am besten erkennen. Man hatte aber noch weitere Erkennungszeichen ausgesetzt. Diese habe ich dem Manne gegeben, der das Kind von mir angenommen hat. Es war ein Grieche, allem Anschein nach ein Mann von tadellosem Charakter.«

»Sie sind gleichfalls gerettet«, rief Chariklea und brachte die Schmuckstücke zum Vorschein. Bei ihrem Anblick konnte sich Persinna vor innerer Bewegung kaum fassen. Als Hydaspes sie fragte, was damit sei und ob sie nähere Aufschlüsse geben könne, antwortete sie nur, sie erkenne die Juwelen, halte es aber für angebracht, sie zu Hause einer genaueren Prüfung zu unterziehen.

Hydaspes kamen offensichtlich erneut Bedenken. Chariklea wandte sich an ihn.

»Diese Erkennungszeichen mögen meiner Mutter gehören«, sagte sie, »doch der Ring hier ist dein Eigentum.«

Damit zeigte sie ihm den Pantarbering. Hydaspes erkannte ihn sofort, hatte er ihn doch Persinna zur Verlobung geschenkt.

»Der gehört mir schon, liebes Kind«, sprach er. »Daß aber du mir gehörst, weil du ihn besitzest, und daß du nicht auf andere Weise zu dem Ring gekommen bist, steht für mich noch keineswegs fest. Von allem anderen abgesehen, ist deine helle Hautfarbe alles andere als äthiopisch.«

»Weißhäutig war auch das Kind«, warf Sisimithres ein, »das ich seinerzeit an mich nahm. Übrigens stimmt auch die Zeit. Das junge Mädchen mag jetzt siebzehn Jahre alt sein, soviel Jahre etwa sind auch seit der Kindesaussetzung vergangen. Auch ist mir der Ausdruck ihrer Augen noch gegenwärtig, ich entsinne mich ihrer Züge und der ungewöhnlichen Schönheit. Die heutige Erscheinung des Mädchens stimmt mit all dem überein.«

»Das ist recht schön, Sisimithres«, entgegnete Hydaspes, »obschon du mehr wie ein Anwalt sprichst denn als Richter. Doch gib acht! Zum Teil hast du jetzt das Dunkel aufgeklärt, damit aber einen anderen furchtbaren Verdacht erregt, den zu zerstreuen meiner Gattin wohl nicht leichtfallen wird. Wir sind beide Äthiopier. Wie ist es denkbar, daß wir entgegen jeder Wahrscheinlichkeit miteinander ein weißes Kind gezeugt haben sollen?«

Sisimithres blickte ihn etwas von der Seite an und sagte mit einem ironischen Lächeln:

»Ich weiß nicht, was dich so aufbringt, daß du mir – ganz gegen deine Art – meine gegenwärtige Anwaltsrolle zum Vorwurf machst, deren ich mich durchaus nicht zu schämen habe. Ich erkenne den echten Richter daran, daß er sich zum Anwalt der Gerechtigkeit macht. Bin ich übrigens nicht mehr dein Anwalt als der des Mädchens? Mit der Hilfe der Götter erbringe ich dir den Beweis, daß du der Vater bist, und deine Tochter, die ich euch schon in den Windeln gerettet habe, überlasse ich jetzt, da sie groß ist, nicht einfach ihrem Schicksal. Doch denke über uns, wie du willst. Wir können darauf keine Rücksicht nehmen. Denn wir führen unser Leben nicht anderen zu Gefallen, unser einziger Ehrgeiz ist das Gute an sich. Uns selbst so weit zu bringen, genügt uns. Deine Zweifel wegen der Hautfarbe finden ihre Erklärung durch die Stirnbinde mit Persinnas Bekenntnis. Während du sie umarmtest, sah sie das Bild der Andromeda. Deren Züge prägten sich ihr ein, und sie übertrug sie auf das Kind, das sie empfangen hatte. Wenn du dich noch weiter überzeugen willst – das Bild ist hier in der Nähe. Sieh dir Andromeda an, du wirst keinen Unterschied zwischen ihr und diesem Mädchen feststellen können.«

Einige Beauftragte gingen und holten das Gemälde herbei.

Als sie es neben Chariklea stellten, entstand eine allgemeine Bewegung. Beifall wurde laut, und einer machte den anderen, soweit man die Auseinandersetzungen einigermaßen begriffen hatte, in heller Begeisterung und zugleich Verblüffung auf die vollkommene Ähnlichkeit aufmerksam.

Unter diesen Umständen konnte auch Hydaspes seinen Zweifel nicht mehr aufrechthalten. Lange Zeit stand er in beglücktem Staunen da.

»Eines bleibt nur noch festzustellen«, sagte Sisimithres. »Denn es geht hier um die Königswürde und die Berechtigung des Erbanspruchs und, was noch wesentlicher ist, um die Wahrheit selbst. Entblöße deinen Arm, mein Kind. Er war über dem Ellenbogen mit einem schwarzen Mal gezeichnet. Es ist nichts Unschickliches dabei, wenn du es zum Beweise deiner Abstammung zeigst.«

Chariklea entblößte ohne weiteres den linken Arm und ließ einen schwarzen Fleck sehen, der wie Ebenholz von Elfenbein umgeben war.

Da konnte Persinna nicht mehr an sich halten. Sie sprang auf, lief auf Chariklea zu und schloß sie in ihre Arme. An ihrem Halse hängend, brach sie vor übergroßer Freude in lautes Schluchzen aus, das sich fast wie ein Ausbruch von Schmerz anhörte. Weckt doch ein Übermaß von Glück häufig genug auch Tränen und Klagen.

Der Anblick seiner tiefbewegten Gattin griff Hydaspes ans Herz und stimmte ihn weich. Gebannt starrten seine Augen auf das Schauspiel, doch blieben sie hart wie Horn oder Eisen. So stand er und kämpfte gegen die aufsteigenden Tränen an. In seiner Brust tobte ein Aufruhr von Empfindungen. Seine Seele war zwischen väterlicher Weichheit und männlicher Beherrschung geteilt und wurde wie von einem Sturm hin und her gerissen. Schließlich siegte die Natur. Nicht nur die Gewißheit, daß er Vater sei, brach in ihm durch, sondern auch das Gefühl väterlicher Liebe. Er zog Persinna, die mit der engumschlungenen Tochter niedergesunken war, zu sich empor, schloß

Chariklea in seine Arme und brachte mit einem Strom von Tränen seine Spende als Vater dar.

Doch vergaß er dabei durchaus nicht, was die Umstände erforderten. Eine Zeitlang stand er so. Dann, als er bemerkte, daß das Volk, von gleichen Empfindungen überwältigt, vor Rührung und Freude über dieses Spiel des Schicksals in Tränen ausbrach und, ohne auf die Aufforderung der Herolde zur Ruhe zu hören, ein Geschrei erhob, das bis zum Himmel drang – wobei die Bedeutung des Tumultes nicht ganz klar zu erkennen war –, gebot er mit einer Handbewegung Stillschweigen und brachte die lärmende Menge zum Schweigen.

»Versammelte Äthiopier!« rief er. »Die Götter haben mich, wie ihr seht und hört, wider jedes Erwarten zum Vater werden lassen, und dieses junge Mädchen hier hat sich durch zahlreiche Beweise als meine Tochter erwiesen. Aber meine Liebe zu euch und zu meinem Lande ist so groß, daß ich auf die Erhaltung meines Geschlechts und auf das Glück, Vater genannt zu werden, das mir durch sie geschenkt wird, verzichten will und bereit bin, sie euretwegen den Göttern zu opfern. Ich sehe zwar, daß euch die Tränen kommen und menschliches Mitgefühl euch erfüllt und daß euch das Schicksal des jungen Mädchens ebenso nahegeht wie meine vernichtete Hoffnung auf eine Leibeserbin. Gleichwohl bin ich gezwungen, mag es vielleicht auch gegen euren Willen sein, mich dem Väterbrauch zu fügen und das Wohl der Allgemeinheit über den persönlichen Vorteil zu stellen. Ob es in der Absicht der Götter liegt zu geben und gleich wieder zu nehmen – wie es ja seinerzeit bei ihrer Geburt geschah und ich es jetzt bei ihrem Wiederfinden erneut erfahre –, will ich nicht behaupten, sondern überlasse es eurem Ermessen. Auch weiß ich nicht, ob die Götter die, welche sie erst aus ihrer Heimat in die weite Welt geführt und dann durch wunderbare Fügung mir als Gefangene in die Hände gegeben haben, nun wieder zum Opfer haben wollen. Wenn ihr verlangt, daß ich sie, nachdem ich sie als Feindin nicht getötet noch als Gefangene mißhandelt habe, jetzt, da ich sie als

Tochter erkannt habe, opfern soll, will ich mich dagegen nicht auflehnen. Ich will auch nicht tun, was man jedem anderen Vater im gleichen Falle zubilligte: Ich will mich nicht auf die Knie werfen und bitten, Nachsicht zu üben und euch dies eine Mal nicht an das überlieferte Gesetz zu halten und den natürlichen Empfindungen den Vorrang zu lassen, da man ja den Göttern auf andere Weise Genüge tun könne. Je mehr ihr mir euer Mitgefühl zeigt, je mehr ihr meinen Schmerz sozusagen zu eurem macht, desto mehr muß ich an euch denken und darf weder auf mein Unglück noch auf den Schmerz der unglücklichen Persinna achten, der man ihr einziges Kind schenkt, um es gleich wieder zu nehmen. Spart euch also die Tränen und eine nutzlose Teilnahme! Laßt uns mit dem Opfer beginnen! Doch du, meine Tochter – zum ersten und zum letzten Male nenne ich dich mit diesem teuren Namen –, was nützt dir deine blühende Jugend, was hilft es, daß du deine Eltern gefunden hast, wo die Heimat sich grausamer gegen dich zeigt als die Fremde, die dir das Leben erhielt, während dir das Vaterland den Tod gibt! Bringe mich nicht durch Klagen außer Fassung, sondern zeige jetzt mehr denn zuvor deine tapfere königliche Haltung und folge deinem Vater, der dich nicht zur Hochzeit führen, nicht zum bräutlichen Lager geleiten darf, sondern zum Opfer schmückt, der nicht die Hochzeits-, sondern die Todesfackeln auf dem Altar anzündet, auf dem er deine einzigartige Schönheit opfern muß. Ihr Götter aber vergebt mir, wenn ich, von meinen Schmerzen überwältigt, ruchlose Worte gesprochen habe. Nehmt Rücksicht darauf, daß ich dieses Kind im gleichen Augenblick mein nennen darf und ihm den Tod geben muß!«

Mit diesen Worten nahm er Chariklea bei der Hand, in der offenkundigen Absicht, sie zum Altar zu führen und den Flammen zu übergeben. Ein stärkeres Feuer noch brannte in seinem Herzen, der glühende Wunsch, das Volk werde das arglistige Angebot zurückweisen.

Das äthiopische Volk, erschüttert durch seine Worte, duldete nicht, daß er Chariklea auch nur einen Schritt weit führte. Ein plötzliches lautes Geschrei erhob sich.

»Rette das Mädchen!« schrien sie. »Rette das königliche Blut! Rette die, welche die Götter gerettet haben! Wir haben deine Opferbereitschaft gesehen. Damit ist dem Gesetz Genüge getan. Wir haben deine königliche Gesinnung kennengelernt, zeige dich nun auch als Vater! Die Götter mögen die scheinbare Verletzung des Gesetzes vergeben. Wir würden uns mehr versündigen, wollten wir ihrem Willen entgegenhandeln. Niemand darf sie töten, da ihr die Götter das Leben retteten. Du, Vater deines Volkes, sei auch Vater deines eigenen Hauses!«

So und ähnlicher Art erschollen tausend Rufe aus der Menge. Schließlich machten sie Miene, die Opferhandlung mit Gewalt zu verhindern. Sie nahmen eine entschlossene und widerstandsbereite Haltung ein und verlangten, man solle die Götter durch andere Opfer begütigen.

Mit freudiger Bereitwilligkeit gab sich Hydaspes besiegt. Nur zu gern ließ er sich zu etwas nötigen, was er selbst gewünscht hatte. Da er sah, daß das Volk immer wieder in Zurufe ausbrach und in ausgelassenem Jubel seine Freude äußerte, ließ er es austoben und wartete, bis es von selbst wieder Ruhe gab.

Dann trat er auf Chariklea zu.

»Liebes Kind«, sprach er zu ihr, »daß du meine Tochter bist, haben die Erkennungszeichen bewiesen. Auch der weise Sisimithres hat es bezeugt, und vor allem hat es die Gnade der Götter an den Tag gebracht. Doch wer ist dieser junge Mann, der mit dir zusammen gefangengenommen und für die Götter als Siegesopfer aufgehoben wurde, der, der dort am Altar sitzt und der Opferung harrt? Wie kommt es, daß du ihn als deinen Bruder bezeichnet hast, als ihr bei Syene zum ersten Male vor mich geführt wurdet? Es wird sich ja wohl nicht herausstellen, daß auch er unser Kind ist. Denn Persinna ist nur einmal Mutter geworden, mit dir.«

Chariklea errötete und schlug die Augen nieder.

»Ich habe ihn als meinen Bruder ausgegeben«, erwiderte sie, »weil mich die Umstände zu dieser Lüge zwangen. Wer er in Wahrheit ist, wird er am besten selbst sagen. Er ist ja ein Mann und wird sich nicht scheuen, mit mehr Freimut zu sprechen, als ich es als Frau vermag.«

»Verzeih, liebe Tochter«, antwortete Hydaspes, der den tieferen Sinn ihrer Worte nicht begriff, »wenn ich dir durch meine Frage nach dem jungen Mann zu nahe getreten bin und dich erröten gemacht habe. Setz dich ins Zelt zu deiner Mutter und erfreue sie durch deine Gegenwart, die ihr jetzt noch mehr Schmerzen gemacht hat als bei deiner Geburt. Unterhalte sie durch die Erzählung deiner Erlebnisse. Inzwischen will ich für das Opfer sorgen und an deiner Stelle ein anderes Mädchen aussuchen, falls sich ein ebenbürtiges findet, das zusammen mit dem jungen Manne geopfert werden soll.«

Bei dieser grausamen Eröffnung der bevorstehenden Opferung des Theagenes hätte Chariklea beinahe laut aufgeschrien. Sie war kaum imstande, sich zu ruhiger Überlegung zu zwingen und um des Zweckes willen den Ausbruch ihres Schmerzes mit Gewalt zu unterdrücken.

»Mein Gebieter«, entgegnete sie, »vielleicht brauchst du gar kein anderes Mädchen zu suchen, da das Volk durch meine Freigabe auf das Opfer endgültig verzichtet hat. Sollte man aber doch auf der vollständigen, beide Geschlechter umfassenden Opferung bestehen, so mußt du nicht nur ein Mädchen, sondern auch einen anderen jungen Mann suchen oder, wenn du kein anderes Mädchen findest, wieder auf mich als Schlachtopfer zurückgreifen.«

»Schweige!« rief Hydaspes und fragte, wie sie so etwas sagen könne.

»Weil es der Wille der Vorsehung ist«, erwiderte sie, »daß ich am Leben bleibe, wenn er lebt, und mit ihm sterbe, wenn er sterben muß.«

Hydaspes, der den wahren Zweck ihrer Worte noch nicht begriff, gab zur Antwort:

»Dein gutes Herz in Ehren, liebe Tochter, daß du dich eines Ausländers, eines Griechen, deines Jugendfreundes und Mitgefangenen, mit dem dich gemeinsames Schicksal und Kameradschaft verbindet, voll Mitgefühl annimmst und für seine Rettung eintrittst. Doch es ist unmöglich, ihn dem Opfer zu entziehen. Erstens wäre es frevelhaft, sich über den Brauch der Siegesopfer ganz hinwegzusetzen, dann aber würde sich auch das Volk dagegen wehren, das dank der göttlichen Hilfe sich eben erst widerstrebend bereit fand, dir Gnade zu gewähren.«

»Mein König«, erwiderte Chariklea, »denn Vater darf ich dich wohl noch nicht nennen, wenn durch die Gnade der Götter mein Leib gerettet wurde, so müßte dieselbe Gnade doch wohl auch meine Seele retten – ja, meine Seele, die Götter wissen es, die mein Schicksal bestimmen. Sollte es sich aber erweisen, daß dies nicht der Wille des Schicksals ist und daß der Fremde hier unbedingt dem Opfertod geweiht werden muß, so gewähre mir wenigstens die eine Gunst: Laß mich selbst das Opfer vollziehen und mich das Schlachtmesser dann als einen kostbaren Besitz behalten, bewundert von den Äthiopiern wegen meines männlichen Mutes.«

»Ich begreife nicht«, sagte, durch diese Bemerkung stark beunruhigt, Hydaspes, »wie du deine Meinung so rasch ins Gegenteil verkehren kannst. Erst suchst du den Fremden zu schützen, jetzt willst du ihn, als wäre er dein Todfeind, eigenhändig töten, ein Vorhaben, in dem ich, jedenfalls für ein junges Mädchen wie dich, nichts Ehrenvolles oder Rühmliches sehen kann. Es ist aber auch undurchführbar. Denn nach altem Brauch steht der Vollzug dieser Handlung nur den dem Helios und der Selene Geweihten zu, und auch da nicht dem erstbesten, sondern nur einem verheirateten Manne oder Weibe. Deshalb verbietet schon deine Jungfräulichkeit die Erfüllung deines mir an sich schon unverständlichen Wunsches.«

»Darin liegt kein Hindernis«, sagte Chariklea leise, indem sie sich zu Persinnas Ohr hinabbeugte. »Ich habe einen, der bereit ist, mich zu einer verheirateten Frau zu machen, wenn ihr einverstanden seid.«

»Wir sind einverstanden«, entgegnete Persinna lächelnd, »und wollen dich sogleich mit der Götter Willen verloben, sobald wir einen Mann gefunden haben, der deiner und unserer würdig ist.«

»Es ist nicht nötig, ihn erst zu suchen«, sprach Chariklea wieder lauter, »da er schon gefunden ist.«

Sie wollte noch deutlicher reden, denn die Zwangslage machte sie kühn, und die ihr vor Augen stehende Gefahr für Theagenes nötigte sie, alle Rücksicht und mädchenhafte Scheu fallen zu lassen.

Da konnte Hydaspes sich nicht länger halten.

»Ihr Götter«, rief er aus, »wie vereinigt ihr doch Böses mit Gutem und zerstört das mir unerwartet geschenkte Glück zum Teil gleich wieder, indem ihr mir unverhofft eine Tochter gebt und sie dann wahnsinnig werden laßt! Denn muß ihr Verstand nicht verwirrt sein, wo sie so sinnlose Reden führt? Sie nennt den Fremden ihren Bruder, dann erklärt sie, er sei es nicht. Auf die Frage, wer er denn sei, behauptet sie, ihn nicht zu kennen. Dann sucht sie, als sei er – der Unbekannte! – ihr Freund, ihm das Leben zu retten. Da sie nun einsieht, daß die Erfüllung dieses Wunsches unmöglich ist, bittet sie, als wäre er ihr Todfeind, ihn eigenhändig umbringen zu dürfen. Man sagt ihr, das sei unstatthaft, da nur eine einzige, und zwar verheiratete Frau diese Opferhandlung vollziehen dürfe. Darauf behauptet sie, einen Gatten zu haben, sagt aber nicht, wer es ist. Wie könnte sie das auch, da die Feuerprobe erwiesen hat, daß sie einen Mann weder hat noch früher gehabt hat. Es müßte gerade diese bei den Äthiopiern nie versagende Unschuldsprobe bei ihr allein versagen, ihr allein müßte der Herd, auf den sie sich gestellt hat, das gestatten, ohne sich zu verbrennen, und sie zu Unrecht als jungfräulich gelten lassen! Ihr allein müßte es vorbehalten sein, dieselben Menschen in einem Atemzug als Freunde und Feinde zu bezeichnen und sich Brüder und Ehemänner anzudichten, die gar nicht vorhanden sind. Geh also mit ihr ins Zelt, liebe Frau, und bringe sie wieder zur Vernunft! Denn entweder ist sie noch von einem Gott, der bei den Opfern zugegen war, besessen, oder die übergroße Freude über das unverhoffte Glück hat ihr den Verstand getrübt. Ich habe schon befohlen, statt ihrer ein anderes Opfer zu ermitteln, das wir den Göttern schuldig sind. Bis dahin will ich die Gesandten empfangen, die von den verschiedenen Völkerschaften gekommen sind, und ihre Geschenke zur Siegesfeier entgegennehmen.«

Mit diesen Worten nahm er auf einem erhöhten Sitz nahe den Zelten Platz und befahl, die Gesandten mit den Geschenken, soweit sie solche mitgebracht hätten, kommen zu lassen. Der einführende Hofbeamte Hermonias fragte, ob er befehle, daß alle zusammen oder in Gruppen nach Ländern und einzeln vorgestellt werden sollten.

Auf den Bescheid, der Reihe nach und einzeln, damit jedem die gebührende Ehre erwiesen werde, entgegnete der Marschall:

»Mein König, dann muß zuerst Meroebos, der Sohn deines Bruders, vorgelassen werden, der vor einer Weile eingetroffen ist und außerhalb der Absperrung darauf wartet, dir gemeldet zu werden.«

»Du Narr«, herrschte ihn Hydaspes an, »warum hast du ihn nicht gleich gemeldet? Du weißt doch, daß er nicht irgendein Gesandter, sondern ein König und außerdem der Sohn meines Bruders ist, den ich nach dessen Tod auf den Thron erhoben und an Sohnes Statt angenommen habe?«

»Ich wußte es, mein Gebieter«, erwiderte Hermonias. »Aber ich hielt es vor allem für angebracht, den geeigneten Zeitpunkt abzuwarten, worauf der Einführende beim Empfangszeremoniell in erster Linie zu achten hat. Vergib also, wenn ich Bedenken trug, dich in der angenehmsten Beschäftigung, das heißt in deiner Unterhaltung mit den königlichen Frauen, zu stören.«

»Gut, dann soll er wenigstens jetzt kommen«, entgegnete der König.

Hermonias entfernte sich eilig und kehrte bald in Begleitung dessen, den er holen sollte, zurück.

Meroebos trat ein, ein junger Mann, der eben – mit seinen siebzehn Jahren – das Knabenalter hinter sich hatte. Er war von stattlicher Gestalt und überragte alle Anwesenden an Körpergröße. Eine glänzende Leibgarde zog vor ihm her.

Die äthiopischen Soldaten öffneten bewundernd und respektvoll die Absperrung, um ihn durchzulassen.

Hydaspes blieb nicht sitzen, sondern kam ihm entgegen, schloß ihn in väterlicher Herzlichkeit in die Arme und ließ ihn dann neben sich Platz nehmen.

»Du kommst wie gerufen, mein Sohn«, sagte er und nahm seine Hand, »um mit uns gleichzeitig Sieg und Hochzeit zu feiern. Denn die Götter und Heroen unsrer Väter, unsre Stammesgötter, haben uns eine Tochter und dir, wie mir scheint, eine Braut auserkoren. Doch davon wirst du nachher mehr erfahren. Jetzt laß hören, ob du für deine Untertanen einen besonderen Wunsch hast.«

Als Meroebos das Wort Braut hörte, konnte er seine Freude und Scheu nicht verbergen und errötete unter der dunklen Haut, so daß es aussah, als laufe Feuer über Ruß.

»Die anderen Gesandten, lieber Vater«, sagte er nach einer Weile, »werden dir, jeder mit den ausgesuchtesten Gaben seines Landes, zur Verherrlichung deines Sieges aufwarten. Ich will dir als dem hervorragenden Führer und Kriegshelden ein deiner würdiges und passendes Geschenk machen mit einem Mann, der in Krieg und Schlachten nicht seinesgleichen hat und außerdem im Ring- und Faustkampf im Staub der Arena unüberwindlich ist.«

Damit gab er dem Manne einen Wink näherzutreten und sich zu zeigen.

Als er vortrat und sich vor Hydaspes niederwarf, erwies er sich als Kerl von so riesenhafter Größe, daß er noch beim Kniefall vor dem König den erhöht Sitzenden fast gleichkam. Ohne erst einen Befehl abzuwarten, zog er seine Kleider aus, stellte sich nackt hin und forderte jeden, der Lust hatte, zum Kampf mit oder ohne Waffen heraus. Da sich niemand meldete, obwohl der König wiederholt durch den Herold dazu aufforderte, sagte Hydaspes:

»Dann sollst du trotzdem von uns einen dir angemessenen Kampfpreis erhalten.«

Er gab Befehl, einen uralten riesigen Elefanten für ihn herzuholen.

Das Tier wurde gebracht und von dem Beschenkten freudig in Empfang genommen. Das Volk aber brach in lautes Gelächter aus, belustigt über den witzigen Einfall des Königs und durch den Spott über das großspurige Auftreten des Mannes, das es als Demütigung empfunden hatte, einigermaßen wieder besänftigt.

Danach erschienen die Gesandten der Serer und brachten zwei Kleider aus spinnwebenfeinem, einheimischem Stoff, ein purpurfarbenes und ein reinweißes. Ihre Geschenke wurden entgegengenommen und ihrer Bitte um Freilassung einiger ihrer vor längerer Zeit zu Gefängnis verurteilten Landsleute vom König entsprochen.

Dann kamen die Gesandten des Glücklichen Arabien mit ihren Gaben: wohlriechendem Blattwerk, Kaneel, Zimt und anderen Gewürzen, an denen Arabiens Erde so reich ist, von jeder Sorte für viele Talente, so daß sie die ganze Umgebung mit ihrem köstlichen Duft erfüllten.

Nach ihnen erschien die Abordnung der Troglodyten und brachte Ameisengold und ein Greifengespann in einem goldenen Geschirr.

Darauf kam die Gesandtschaft der Blemmyer mit einem Kranze, der aus Bogen und Pfeilen von Drachenknochen geflochten war.

»Dies ist unser Geschenk für dich, König«, sagten sie. »An Geldwert steht es hinter den Gaben der anderen zurück, aber gegen die Perser hat es am Flusse vor deinen Augen seinen Wert bewiesen.«

»Es ist mir wertvoller«, erwiderte Hydaspes, »als die kostbareren Geschenke. Denn ihm verdanke ich, daß ich jetzt auch die anderen bekomme.«

Gleichzeitig forderte er sie auf, ihre Wünsche vorzutragen, und da sie daraufhin um Verminderung ihrer Abgaben baten, erließ er sie ihnen auf die Dauer von zehn Jahren ganz.

Als fast alle Gesandtschaften empfangen und vom König mit gleich wertvollen oder meist noch reicheren Geschenken verabschiedet worden waren, erschien als letzte die Abordnung der Auxomiten, die nicht abgabenpflichtig waren, aber in einem Freundschafts- und Bündnisverhältnis zum König standen. Als Ausdruck ihrer Freude über den errungenen Sieg brachten auch sie Geschenke, unter anderem ein Tier von merkwürdigem Aussehen und wunderbarem Wesen. Es hatte etwa die Größe eines Kamels. Sein bunt geflecktes Fell glich in Farbe und Zeichnung dem des Panthers. Der Hinterkörper war von den Weichen an niedrig und hatte den Bau eines Löwen, der Vorderkörper, Schultern, Vorderfüße und Brust hatten eine Größe, die zu den übrigen Gliedmaßen in keinem Verhältnis stand. Der Hals war schlank und erhob sich wie bei einem Schwane hoch über den übrigen Körper. Der Kopf ähnelte der Form nach dem des Kamels und hatte mehr als die doppelte Größe des Kopfes des libyschen Straußes. Die buntgezeichneten Augen blickten wild umher. Auch der Gang war seltsam und ganz verschieden von dem aller Land- und Wassertiere. Es bewegte die Beine nicht wechselweise und eins nach dem anderen vorwärts, sondern trat immer gleichzeitig mit dem rechten und dann mit dem linken Paar auf, so daß sich bei jedem Schritt die eine Seite über die andere erhob. Schleppend in der Bewegung, war es so zahm, daß der Wärter es an einem ganz dünnen Strick, den er ihm um den Kopf geschlungen hatte, nach seinem Willen lenkte. Es ging in der gleichen Folgsamkeit hinter ihm her, wie wenn es von unzerreißbaren Fesseln gehalten wäre. Dieses Tier setzte das ganze Volk in Erstaunen und erhielt nach seinen auffallendsten körperlichen Eigenschaften sofort den Namen Kamelpanther. Unmittelbar darauf rief es große Aufregung hervor. Es geschah folgendes:

Vor dem Altar der Selene standen zwei Stiere, vor dem des Helios ein Gespann von vier Schimmeln, bereit für die Opferung. Der Anblick des seltsamen fremden Tieres, das sie nie zuvor gesehen hatten, erschreckte sie wie eine Gespenstererscheinung. In der Angst zerrissen sie die Stricke, an denen die Wärter sie festhielten. Einer der Stiere – anscheinend hatte er allein das Tier bemerkt – und zwei von den

Pferden rasten in unaufhaltsamer Flucht davon. Da sie den bewaffneten Ring, den die Mauer der Soldaten mit Schilden bildete, nicht zu durchbrechen vermochten, rannten sie ziellos und wild mitten auf dem Platze herum und warfen alles, was ihnen in den Weg kam, Gegenstände wie Lebewesen, über den Haufen. Darüber erhob sich ein gewaltiges Geschrei. Die einen schrien vor Angst, wenn die Tiere ihnen nahe kamen, die anderen brüllten vor Vergnügen, wenn sie auf jene losrasten und die Leute übereinanderfielen.

Auch Persinna und Chariklea konnten nicht ruhig im Zelte bleiben. Sie schoben den Vorhang etwas zurück, um zu sehen, was vorging.

Da bemerkte Theagenes, daß seine Wächter in der allgemeinen Unruhe sich entfernt hatten, und – mochte ihn nun sein Mut hinreißen oder ein Gott ihn anspornen – er erhob sich von dem Altar, vor dem er in unmittelbarer Erwartung der Opferung gekniet hatte, ergriff ein auf dem Altar liegendes Holzscheit, packte eines der Pferde, das nicht davongelaufen war, sprang auf seinen Rücken, hielt es fest an der Mähne wie an einem Zügel, spornte es mit den Fersen an, schlug es mit dem Holzstück statt der Peitsche und jagte es hinter dem flüchtenden Stier her.

Anfangs glaubten die Leute, Theagenes wolle fliehen, und einer rief dem andern zu, ihn nicht die militärische Absperrung durchbrechen zu lassen. Im weiteren Verlauf sahen sie aber, daß ihre Vermutung falsch war und er weder Fluchtabsichten noch Angst um sein Leben hatte. Denn als er den Stier rasch eingeholt hatte, trieb er ihn eine Weile vor sich her, indem er ihn durch Schläge reizte und zu größerer Schnelligkeit antrieb, jeder seiner Bewegungen folgte und seinen Wendungen und Angriffen geschickt auswich. Als er ihn an seinen Anblick und seine Begleitung gewöhnt hatte, ritt er neben ihm her, Seite an Seite, so daß Schweiß und Atem der Tiere sich mischten.

Er stimmte das Tempo so ab, daß die Köpfe beider Tiere den Zuschauern aus der Ferne wie zusammengewachsen erschienen. Nun war alles voll Begeisterung über die Geschicklichkeit des Theagenes, der mit dieser seltsamen Koppelung von Pferd und Stier fertig wurde.

So hingerissen war die Menge von ihm. Chariklea verfolgte ihn zitternd und bebend mit den Augen. Sie konnte sich nicht erklären, worauf das hinaus wollte, und fürchtete einen Sturz. Es war nicht auszudenken: Ihn verletzt zu sehen, das war ihr, als gehe es um das eigne Leben.

»Was hast du nur, mein Kind?« fragte Persinna, der ihre Angst nicht entging. »Du scheinst an der gefährlichen Lage des Fremden starken Anteil zu nehmen. Auch ich bin besorgt und habe Mitleid mit seiner Jugend. Ich möchte wünschen, daß er der Gefahr entgeht und für das Opfer erhalten bleibt, damit wir unsere Pflicht gegen die Götter nicht ganz vergessen.«

»Wie kannst du nur so etwas wünschen, liebe Mutter«, erwiderte Chariklea, »daß er nicht sterbe, um ihn dann doch sterben zu sehen! Wenn es dir möglich ist, rette den jungen Menschen mir zuliebe!«

»Das ist unmöglich«, antwortete Persinna, die nicht den wahren Grund, sondern eine verliebte Laune ihrer Tochter vermutete. »Was verbindet dich denn mit dem jungen Mann, daß du dich so um ihn sorgst? Vertraue dich nur deiner Mutter an, auch wenn es sich um eine jugendliche Verirrung handelt und um etwas, das sich für ein junges Mädchen eigentlich nicht schickt. Eine Mutter hat Verständnis für so etwas, und eine Frau besitzt Gefühl für weibliche Schwächen.«

Da brach Chariklea in Tränen aus.

»Auch das noch zu allem Unheil«, rief sie, »daß ich selbst von den Verständigen nicht verstanden werde, und wenn ich mein Leid klage, kein Gehör finde! So bin ich gezwungen, ein offenes und unverhülltes Geständnis abzulegen.«

So sprach sie und war entschlossen, die Wahrheit zu sagen, als ein erneutes Geschrei der Menge sie daran hinderte.

Theagenes hatte sein Pferd zu äußerster Schnelligkeit angespornt, so daß es mit der Brust ein Stück vor dem Kopf des Stieres lag. Dann ließ er das Pferd los, schwang sich hinüber und sprang dem Stier in den Nacken. Das Gesicht zwischen die Hörner gelegt, umschlang er den Kopf fest mit den Armen, indem er die Finger über der Stirn zu einem Knoten verschlang. Seinen Körper ließ er an der rechten Seite des Tieres schwebend herabhängen und mitschleppen, wobei er von den Sprüngen eine Zeitlang immer wieder emporgeschwungen wurde. Als er merkte, wie dem Tier unter der Last der Atem ausging und seine Kräfte vor Überanstrengung nachließen, schwang er, als er an der Stelle vorbeikam, an der Hydaspes saß, seine Beine nach vorn vor die Schenkel des Tieres und trat ihm unaufhörlich gegen die Klauen, um es im Lauf zu hemmen. So in der Bewegung behindert und von der Kraft des jungen Mannes niedergezwungen, brach der Stier in die Knie, und, mit dem Kopf heftig auf den Boden aufschlagend, überschlug er sich und lag der Länge nach auf Schultern und Rücken. Dabei bohrten sich seine Hörner in die Erde, daß er wie festgewurzelt den Kopf nicht zu bewegen vermochte und wirkungslos mit den Beinen in die Luft schlug, voll Wut über die Niederlage. Theagenes lag auf ihm und benutzte die linke Hand, um ihn niederzudrücken, während er die Rechte emporhob und lebhaft winkte. Mit frohem Gesicht sah er auf Hydaspes und die Menge, als wolle er sie durch sein Lachen auffordern, sich mit ihm zu freuen, während das Brüllen des Stieres wie eine Trompete seinen Sieg verkündete.

Das Volk antwortete ihm mit einem Geschrei, in dem nicht etwa einzelne verständliche Beifallsrufe zu unterscheiden waren. Es war wie ein einziger Schrei der Tausende, aus einer einzigen Kehle, der lang gehalten zum Himmel emporstieg.

Auf Geheiß des Königs liefen Diener herbei, von denen die einen Theagenes aufrichteten und vor Hydaspes führten, die anderen dem Stier Stricke um die Hörner schlangen, ihn erschöpft und widerstandslos wegschleppten und mit dem gleichfalls eingefangenen Pferd wieder neben dem Altar festmachten.

Hydaspes wollte gerade das Wort an Theagenes richten

und sich mit ihm befassen, als das Volk erneut seine Stimme erhob, sowohl aus Begeisterung für den jungen Mann, für den es von Anfang an Sympathie empfunden hatte, wie in Bewunderung seiner Kräfte. Namentlich aber war es gegen den äthiopischen Kraftkerl des Meroebos gereizt.

»Der soll es mit dem Mann des Meroebos aufnehmen!« riefen alle einmütig. »Der den Elefanten bekommen hat, soll mit dem Bezwinger des Stiers kämpfen!«

Sie ließen keine Ruhe, bis Hydaspes seine Einwilligung gab und der Äthiopier in die Mitte des Platzes gebracht wurde. Er blickte anmaßend und überlegen um sich, schritt langsam und gemessen einher und stellte sich breit mit gekreuzten Armen in Positur und blieb bei dem königlichen Zelte stehen. Hydaspes wandte sich an Theagenes und sagte zu ihm in griechischer Sprache:

»Fremder, du mußt mit diesem Manne kämpfen, das Volk verlangt es.«

»Was du willst, soll geschehen«, antwortete Theagenes. »Doch auf welche Art soll der Kampf ausgetragen werden?«

»Durch Ringkampf«, antwortete Hydaspes.

»Warum nicht lieber mit Schwert und in voller Rüstung«, erwiderte er, »um Chariklea, die für mich kein Wort mehr übrig oder mich vielleicht bereits aufgegeben hat, durch meinen Sieg oder meine Niederlage zu rühren?«

»Was hat der Name Chariklea mit der Angelegenheit zu tun?« fragte Hydaspes. »Doch wirst du das selbst wissen. Jedenfalls kommt jetzt nur ein Ringkampf und nicht ein Kampf mit der Waffe in Frage. Denn es geht nicht an, daß vor dem Opfer Blut vergossen wird.«

Theagenes begriff Hydaspes' Befürchtungen, er könne vor der Opferung getötet werden.

»Du tust gut daran«, erwiderte er, »mich den Göttern aufzusparen, die schon für mich sorgen werden.«

Er nahm Staub von der Erde auf, streute ihn über Schultern und Arme, die von dem Stierkampf schweißnaß waren, schüttelte ab, was nicht haften blieb, stemmte mit vorgestreckten Armen die Füße fest auf den Boden und erwartete mit eingebogenen Kniekehlen, gekrümmten Schultern und Rücken, den Kopf etwas zur Seite geneigt, den Leib eingezogen, gespannt den Angriff des Gegners.

Der Äthiopier maß ihn mit ironischem Lächeln und gab durch höhnische Blicke seiner Geringschätzung des Gegners Ausdruck. Plötzlich sprang er auf ihn los und versetzte Theagenes mit dem Arm wie mit einem Hebel einen Schlag in den Nacken, daß es weithin zu hören war. Er war sehr stolz darauf und lachte blöde.

Theagenes, von Jugend auf in der Ringschule trainiert und mit allen Feinheiten der Kunst des Hermes vertraut, nahm sich vor, sich anfangs zurückzuhalten, und – um die Stärke des Gegners auszuprobieren – sich nicht sofort auf einen Kampf mit dem überlegenen tierischen Koloß einzulassen, sondern die plumpe Gwalt durch überlegenes Können zu überlisten. Obwohl ihn der Schlag kaum erschüttert hatte, tat er, als ob die Schmerzen heftiger wären, als er sie tatsächlich verspürte, und gab auch die andere Seite des Nackens frei. Als der Äthiopier sofort erneut zuschlug, sackte er absichtlich zusammen, und es hatte fast den Anschein, als falle er aufs Gesicht. Der Äthiopier hielt ihn für erledigt. Voll Selbstbewußtsein, ohne jede Vorsicht, näherte er sich ihm zum drittenmal und wollte eben mit dem erhobenen Arm zum Schlag ausholen, da bückte sich Theagenes blitzschnell, um dem Hieb auszuweichen, unterlief ihn unerwartet, schlug mit der Rechten die Linke des Gegners zur Seite und riß ihn, da der ins Leere geführte Schlag ihn schwanken machte, zu Boden. Gleichzeitig schlüpfte er unter seiner Achsel hindurch, preßte den Leib gegen seinen Rücken, schlang die Hände fest um seinen dicken Bauch, trat ihm unausgesetzt mit den Fersen gegen die Fußknöchel und zwang ihn mit aller Gewalt auf die Knie. Mit den Beinen seine Füße festhaltend, preßte er ihm die Schenkel in die Weichen, riß ihm die Hände weg, auf die er seinen Oberkörper stützte, bog sie über die Schultern auf den Rücken und zwang ihn der Länge nach platt auf den Bauch.

Da brüllte ihm das Volk wie aus einem Munde Beifall,

tosender noch als vorher. Auch der König konnte sich nicht mehr halten. Er sprang von seinem Thronsessel auf.

»Unseliger Zwang«, rief er, »was ist das für ein Mann, den das Gesetz als Opfer fordert!«

Er rief ihn zu sich heran.

»Junger Mann«, sprach er, »nach dem Brauch steht dir auch für die Opferung ein Kranz zu. Nun sollst du ihn für den glänzenden, wenn auch zwecklos errungenen Sieg erhalten. Da ich dich, so gern ich es möchte, vor dem drohenden Schicksal nicht retten kann, so will ich dir wenigstens das gewähren, was in meiner Macht steht. Wenn es also etwas gibt, womit ich dir einen Gefallen tun kann, solange du noch lebst, so fordere es von mir.«

Damit setzte er Theagenes sein goldenes, edelsteingeschmücktes Diadem auf. Es blieb nicht unbemerkt, daß ihm dabei Tränen in die Augen traten.

»Dann will ich eine Bitte aussprechen«, erwiderte Theagenes, »und hoffe, du wirst dein Versprechen halten. Wenn es gar keine Möglichkeit für mich gibt, der Opferung zu entgehen, so befiehl wenigstens, daß ich durch die Hand deiner wiedergefundenen Tochter geopfert werde.«

Diese Forderung überraschte Hydaspes, der sich an das gleiche Verlangen Charikleas erinnerte. Doch da die Zeit drängte, kam er nicht dazu, weiter darüber nachzudenken.

»Fremder«, erwiderte er, »was in meiner Macht steht, durftest du erbitten, und die Erfüllung dieser Bitte habe ich dir zugesagt. Das Gesetz verlangt aber ausdrücklich, daß eine verheiratete Frau, nicht eine Jungfrau, das Opfer vollzieht.«

»Aber sie hat ja einen Mann!« rief Theagenes.

»Das ist das Gerede eines Geistesgestörten«, sagte Hydaspes, »eines Menschen, der sich dem Tode gegenübersieht. Daß das Mädchen noch nichts von Ehe und einem Manne weiß, hat die Feuerprobe bewiesen. Du müßtest gerade auf Meroebos anspielen, obwohl ich nicht weiß, woher du ihn kennst. Übrigens ist er noch nicht ihr Mann, ich habe ihn erst zu ihrem Verlobten bestimmt.«

»Und wird auch nicht – kannst du hinzufügen – ihr Mann

werden«, erwiderte Theagenes, »soweit ich Charikleas Gefühle kenne und meine Voraussage als die eines weissagenden Opfers Glauben verdient.«

»Aber, mein Lieber«, mischte sich Meroebos ein, »nicht die lebenden, sondern erst die geschlachteten und aufgeschnittenen Opfertiere ermöglichen durch die Eingeweide den Priestern einen Blick in die Zukunft. Du hast ganz recht, lieber Vater, dieser Mann redet angesichts des Todes irre. Man führe ihn also jetzt, wie du befiehlst, zum Altar, und, wenn du alles Notwendige angeordnet hast, laß mit der Opferung anfangen!«

Als Theagenes an den Bestimmungsort gebracht wurde, befiel Chariklea, die bei seinem Siege etwas aufgeatmet und auf eine Wendung zum Guten gehofft hatte, von neuem tiefe Verzweiflung.

Persinna sprach ihr Trost zu.

»Vielleicht kann man dem jungen Manne noch das Leben retten«, sagte sie, »wenn du dich entschließest, mir nur in aller Offenheit alles zu sagen.«

Chariklea sah, daß die Zeit keinen längeren Aufschub gestattete, und war gezwungen, nunmehr auf das zu kommen, was jetzt die Umstände erforderten.

Inzwischen fragte Hydaspes den Zeremonienmeister, ob noch weitere Gesandte zu empfangen wären.

»Nur noch die von Syene, mein König«, meldete Hermonias. »Sie bringen Geschenke und einen Brief des Oroondates und sind eben eingetroffen.«

»Laß sie kommen«, befahl Hydaspes.

Die Gesandten traten vor und überreichten das Schreiben. Der König entrollte es und las.

Es hatte folgenden Wortlaut:

»An Hydaspes, den gütigen und glücklichen König der Äthiopier, Oroondates, Statthalter des Großkönigs.

Da du mich mit den Waffen und noch mehr durch Großmut besiegt und mir die ganze Statthalterschaft aus freien Stücken überlassen hast, würde es mich nicht wundern, wenn du mir noch eine kleine Bitte erfülltest.

Ein junges Mädchen, das von Memphis zu mir geschickt wurde, ist ein Opfer der Kriegsereignisse geworden. Sie ist auf deinen Befehl als Gefangene nach Äthiopien gebracht worden, wie ich von ihren Begleitern erfahren habe, die damals der Gefahr entronnen sind. Ich bitte, sie freizugeben und mir als Geschenk zu überlassen, erstens weil ich ihr selbst wohlwill, noch mehr aber, weil ich sie ihrem Vater zuzuführen wünsche, der auf der Suche nach seiner Tochter durch die ganze Welt geirrt ist und in Elephantine durch die Kriegsereignisse überrascht wurde. Dort fiel er mir auf, als ich mir die Überlebenden ansah und er mich bat, ihn zu dir, dem großmütigen Herrscher, zu schicken. Er befindet sich unter den Mitgliedern der Gesandtschaft und ist ein Mann, der durch seine ganze Art seine vornehme Herkunft beweist und schon durch seine Erscheinung Achtung einflößt.

Schicke, mein König, ihn guter Dinge wieder zurück, da er ihr Vater nicht nur dem Namen nach, sondern auch in Wirklichkeit ist.«

Als Hydaspes das gelesen hatte, fragte er, wer von den Erschienenen der Mann sei, der seine Tochter suche. Als man auf einen Greis wies, redete er ihn an:

»Ich bin bereit, Fremder, jedem Wunsch des Oroondates zu entsprechen. Aber ich ließ nur zehn gefangene Mädchen hierherbringen. Da sich von einer bereits herausgestellt hat, daß sie deine Tochter nicht sein kann, so sieh dir die anderen an und nimm die richtige, wenn du sie findest, mit dir.«

Der alte Mann fiel auf die Knie und küßte die Füße des Königs.

Die Mädchen wurden herbeigebracht. Er sah sie alle an, die Gesuchte war nicht darunter. Tieftraurig sagte er:

»Mein König, es ist keine von ihnen.«

»Meinen guten Willen hast du gesehen«, erwiderte Hydaspes, »du mußt also das Schicksal anklagen, wenn du die nicht finden kannst, die du suchst. Denn daß keine andere außer diesen hergebracht wurde noch sich hier im Lager befindet, davon kannst du dich durch Augenschein überzeugen.«

Der alte Mann schlug die Hände vors Gesicht und brach in Tränen aus.

Als er wieder aufsah und die Menge im Umkreis musterte, stürzte er plötzlich wie wahnsinnig davon. Bei den Altären angelangt, rollte er den Gurt des abgetragenen Mantels, den er trug, zu einem Strick zusammen, schlang ihn dem Theagenes um den Hals und schleppte ihn mit sich fort.

»Habe ich dich, du Schuft!« schrie er mit lauter Stimme. »Habe ich dich, du Mörder und Verbrecher!«

Obwohl die Wachen ihn aufzuhalten und Theagenes wegzureißen suchten, hielt er ihn fest, als wären sie zusammengewachsen, und schleppte ihn bis vor die Augen des Hydaspes und der Mitglieder seines Rates.

»König«, rief er, »das ist der Schurke, der meine Tochter entführt hat! Der Mensch, der mein Haus kinderlos und einsam gemacht, der mein Ein und Alles mitten aus dem pythischen Heiligtum geraubt hat und jetzt wie ein Unschuldiger an den Altären eurer Götter hockt.«

Der Auftritt erregte ungeheures Aufsehen: Die einen verstanden seine Worte, die anderen konnten sich das alles gar nicht erklären.

Als Hydaspes den Alten aufforderte, deutlicher zu sagen, was er eigentlich wolle, verschwieg er – es war natürlich Charikles – die wahre Herkunft Charikleas, denn er fürchtete, mit ihren richtigen Eltern in Ungelegenheiten zu geraten, falls sie sich auf der Flucht etwas habe zuschulden kommen lassen. Er gab eine kurze Darstellung der Dinge, die ihm nicht zum Nachteil gereichen konnten.

»Ich hatte eine Tochter, mein König«, sagte er, »von einem Charakter, von einer Schönheit – nur wenn ihr sie selbst gesehen hättet, würdet ihr es mir glauben: Kein Wort, das ich darüber sage, ist zuviel. Sie war noch Jungfrau und Priesterin der Artemis von Delphi. Sie hat dieser feine junge Mann, ein Thessalier, der als Führer einer Festgesandtschaft, um einem alten Brauch Genüge zu tun, in meine Vaterstadt

Delphi gekommen war, aus dem heiligen Innenbezirk, dem Apollotempel, selbst entführt. Ein Verbrechen, das auch euch trifft. Hat er doch damit euren eigenen Stammesgott Apollo – es ist ja der gleiche Gott wie Helios – und sein Heiligtum entweiht. Als Helfershelfer bei diesem Verbrechen hat ihm ein angeblicher Priester aus Memphis beigestanden. Als ich nach Thessalien kam und von seinen Landsleuten, den Oitäern, seine Auslieferung verlangte, konnte ich ihn nirgends ausfindig machen, obwohl sie mir ihn, wenn ich seiner habhaft würde, als gottlosen Verbrecher zum Vollzug der Todesstrafe freigaben. Ich vermutete also, daß er mit jenem Kalasiris nach Memphis geflüchtet sei. Dort angekommen, fand ich Kalasiris, wie er es verdiente, bereits tot. Von seinem Sohne Thyamis erfuhr ich alle Einzelheiten über das Schicksal meiner Tochter, unter anderem, daß man sie zu Oroondates nach Syene geschickt hatte. In Syene – auch dahin bin ich gekommen – erreichte ich Oroondates nicht, in Elephantine aber wurde ich dann vom Kriege überrascht. Nun bin ich hierhergekommen, als Bittsteller, wie du es in dem Schreiben gelesen hast. Den Entführer hast du in deiner Hand, laß meine Tochter suchen! Du würdest einem Unglücklichen eine Gnade erweisen, und für dich selbst wäre es kein Nachteil, wenn der Statthalter sieht, welche Bedeutung du seiner Fürsprache beilegst.«

Er schwieg. Tränen standen ihm in den Augen.

Hydaspes wandte sich an Theagenes.

»Was hast du darauf zu entgegnen?« fragte er.

»Seine Anklage ist berechtigt«, antwortete dieser. »Ich habe an ihm wie ein Dieb und Räuber, gewalttätig und ungerecht gehandelt, aber euch habe ich nur Gutes getan.«

»Gib also heraus, was dir nicht gehört«, befahl Hydaspes, »und weil du schon den Göttern versprochen bist, wirst du einen ehrenhaften Opfertod und nicht die schmachvolle Todesstrafe eines Verbrechers erleiden.«

»Nicht wer den Raub begangen hat«, erwiderte Theagenes, »sondern wer das geraubte Gut besitzt, ist zur Herausgabe verpflichtet. Der Besitzer bist du. Liefere ihm also, wenn er nicht selbst zugibt, daß sie deine Tochter ist, Chariklea aus!«

Jetzt konnte niemand mehr ruhig bleiben. Ein allgemeiner Tumult brach los.

Da stürzte Sisimithres, der sich bis dahin beherrscht hatte – er hatte längst die Reden und Vorgänge in ihrer Bedeutung begriffen, aber noch gewartet, bis die volle Wahrheit sich siegreich durchsetzte –, auf Charikles zu und schloß ihn in seine Arme.

»Sie ist gerettet, deine vorgebliche, dir damals von mir anvertraute Tochter, jetzt die richtige, wiedergefundene Tochter der dir bekannten Eltern!«

Auch Chariklea stürzte aus dem Zelt, und alle mädchenhafte Scheu vergessend, warf sie sich Charikles leidenschaftlich zu Füßen.

»Väterchen«, rief sie, »du, den ich nicht weniger verehre als meine richtigen Eltern, bestrafe mich, wie du willst, als unfolgsames Kind, das seinen Vater auf dem Gewissen hat! Und wenn einer sagt, daß es Wille und Fügung der Götter gewesen sei, was ich getan habe, so höre nicht darauf!«

Persinna ihrerseits umarmte Hydaspes.

»Glaube mir, mein Gatte«, rief sie, »daß sich alles so verhält! Sei versichert, dieser junge Mann, dieser Grieche, ist wahrhaftig der Verlobte unserer Tochter! Sie hat es mir soeben, wenn auch mit Überwindung, gestanden.«

Das Volk seinerseits sprang jubelnd und vor Freude tanzend umher. Ganz gleich welchen Alters und Standes, alle waren glücklich über die Wendung der Ereignisse. Obwohl sie das meiste von dem, was gesprochen wurde, nicht verstanden hatten, errieten sie die Zusammenhänge aus dem, was ihnen schon von Chariklea bekannt war, oder der Wille der Götter, der so wunderbar den Knoten gelöst, ließ sie die Wahrheit erkennen. Hatte er doch die stärksten Gegensätze miteinander ausgesöhnt, Freude und Leid vereint, Lachen und Weinen vermischt und tiefstes Unglück in ausgelassenen Jubel verwandelt. Man lachte unter Tränen, freute sich unter Bekümmerten, fand, was man nicht gesucht, und verlor, was man gefunden zu haben glaubte. Schließlich verwandelte sich auch das erwartete Blutvergießen in fromme Opferhandlung.

Denn als sich Hydaspes an Sisimithres mit der Frage wandte: »Was sollen wir tun, weiser Mann? Den Göttern das Opfer vorzuenthalten, wäre unfromm. Die zu töten, welche sie uns geschenkt haben, wäre Sünde. Wir müssen nachdenken, was man tun soll«, da erwiderte Sisimithres nicht in griechischer, sondern, damit ihn alle verständen, in äthiopischer Sprache:

»Mein König, übergroße Freude scheint auch den klügsten Menschen die klare Vernunft zu trüben. Sonst hättest du schon längst begreifen müssen, daß den Göttern das angebotene Schlachtopfer unerwünscht ist. Haben sie dich doch die überglückliche Chariklea unmittelbar vor dem Altar als deine Tochter erkennen lassen, ihren Pflegevater wie durch ein Wunder mitten aus Griechenland hierhergeschickt, ferner Unruhe und Durcheinander unter die Pferde und Stiere vor den Altären gebracht und damit zu verstehen gegeben, daß sie diese für so heilig gehaltenen Opferbräuche ablehnen. Als Krönung des Glücks, sozusagen als Höhepunkt des Schauspiels, lassen sie jetzt in diesem jungen Mann den Verlobten deiner Tochter erkennen. So laß uns das wunderbare Walten der Götter verstehen und das Unsrige zur Erfüllung ihres Willens beitragen! Laßt uns reinere Opfer darbringen und die Menschenopfer für alle Zukunft beseitigen!«

Nachdem Sisimithres mit klarer Stimme und allen vernehmlich gesprochen hatte, faßte Hydaspes Chariklea und Theagenes bei der Hand.

»Anwesende«, sagte er und bediente sich gleichfalls der Landessprache, »da nach dem göttlichen Willen sich alles so vollzogen hat, wäre es ein schweres Unrecht, sich zu widersetzen. So erkläre ich angesichts derer, die dies so gefügt haben, und vor euch, die ihr ihnen zu gehorchen bereit scheint, dieses Paar durch gesetzliche Ehe verbunden und gestatte ihnen, in ehelicher Gemeinschaft zu leben und Kinder zu zeugen. Wenn es euch recht ist, soll ein Opfer den Beschluß bekräftigen. Laßt uns die heilige Handlung beginnen!«

Dieser Erklärung jubelte das Heer zu und klatschte in die Hände, als wäre die Ehe schon vollzogen.

Hydaspes trat vor den Altar und rief zum Beginn der heiligen Handlung:

»Helios und Selene, die ihr über uns herrscht, wenn es euer Wille ist, daß Theagenes und Chariklea einander als Mann und Frau angehören, so ist ihnen auch erlaubt, sich eurem Dienste zu weihen.«

Damit nahm er sich und Persinna die Stirnbinde, das Zeichen priesterlicher Würde, ab und band die seine Theagenes, die Persinnas Chariklea um.

Charikles fiel in diesem Augenblick der delphische Orakelspruch ein, und er erkannte, daß sich durch die Tat verwirklichte, was die Götter lange vorher mit den Worten prophezeit hatten, die jungen Leute würden nach ihrer Flucht aus Delphi einst

»erreichen das dunkle Land, das die Sonne durchglüht.
Dort dann finden sie reichlichen Lohn für ihr rechtliches Leben,
Ein weißleuchtendes Band um die schwärzliche Stirn.«

Als das junge Paar mit den weißen Stirnbinden geschmückt und in das Priesteramt eingesetzt worden war, vollzogen sie selbst das Opfer unter günstigen Vorzeichen.

Dann fuhren sie im Schein der Fackeln, beim Klang der Flöten und Pfeifen nach Meroë, Theagenes und Hydaspes auf einem mit Pferden bespannten Wagen, Sisimithres und Charikles auf einem zweiten gleicher Art, Chariklea und Persinna auf einem mit weißen Rindern bespannten, begleitet von Jubelrufen, Händeklatschen und Tänzen. Die eigentliche Hochzeit sollte mit noch weit größerem Aufwand in der Stadt gefeiert werden.

Damit ist die Geschichte von Theagenes und Chariklea,

die ein Mann aus Emesa in Phönizien, aus dem Geschlecht des Helios, der Sohn des Theodosios, Heliodoros, verfaßt hat, zu Ende.

ANHANG

ERLÄUTERUNGEN

19 *wie es in den Tragödien heißt:* Euripides, ›Medea‹, Vers 1317.

25 *wie Hesiod sagt:* ›Werke und Tage‹, 197ff.

26 *wie der Dichter sagt:* Homer, ›Ilias‹, 6, 202.

59 *um Schwerter und Kessel bitten:* Homer, ›Odyssee‹ 17, 222. Metallene Gegenstände besaßen hohen Wert.

62 *Gleich mit Ilion:* Anspielung auf die sprichwörtliche Wendung »eine Ilias an Übeln«, zur Bezeichnung einer endlos erscheinenden Unglückskette. – *wie in der Sage:* Anspielung auf die Sage von König Midas, der von Apoll mit Eselsohren bestraft wurde; das Geheimnis vertraute sein Barbier der Erde an, und das Schilf wisperte es den Menschen zu.

64 *den Magen ... den Homer:* ›Odyssee‹ 17, 286/7; ›Ilias‹ 24, 601ff.

66 *Proteus* (s. Namensverzeichnis) von Pharos: also ägyptisches Pendant zu jener wandelbaren Gottheit.

77 *Hypate:* die Oberste.

78 *der ägyptische Dichter Homer:* Die Heimat Homers war heftig umstritten. Ein Distichon nennt sieben Städte, die seine Herkunft für sich beanspruchten (Smyrna, Rhodos, Kolophon, Salamis, Chios, Argos, Athen); eine andere, hier vertretene Überlieferung reklamierte ihn als »weisen Ägypter«.

83 *rosenfingrige:* formelhaftes, verschiedentlich verwendetes *Epitheton ornans* in den homerischen Epen.

92 *der weise Homer:* ›Ilias‹ 13, 71/72.

93 *Furchtbar strahlten:* ›Ilias‹ 1, 200. – *hunderttorig:* ›Ilias‹ 9, 383. – *Schenkel:* ὁ μηρός *(ho meros)* bedeutet im Griechischen »der Schenkel«.

94 *Flut von Sorgen:* nach Aischylos, ›Perser‹ 599, und Sophokles, ›König Ödipus‹ 1527.

101 *der Liebe überdrüssig:* ›Ilias‹ 13, 637f.

106 *homerischen Vers:* ›Ilias‹ 16, 21.

108 *profanen ... heiligen Zeichen:* Herodot (2,36) berichtet über die beiden Schriftformen, deren eine für das Volk und den Alltag bestimmt ist, die andere hingegen religiösen Texten vorbehalten bleibt (vgl. S. 282).

110 *Pantarbestein:* Von Ktesias (bei Photius, p. 45a 28 Bekker) und Philostrat (›Leben des Apollonius‹ 3, 46) hören wir, dieser Stein vermöge, ins Wasser geworfen, alle anderen Steine anzuziehen (vgl. S. 232).

117 *heiligen Salz:* Auch Homer (›Ilias‹ 9, 214) nennt das Salz so, während uns die genauere Bedeutung ungewiß bleibt.

136 *Amethyst ... Namen: amethystos* bedeutet »nicht trunken«, »dem Rausch widerstehend«.

138 *wie euer Dichter sagt:* Homer, ›Ilias‹ 3, 65.

140 *Spitzen Inseln:* Inselgruppe an der Mündung des Acheloos, heute Oxiä. – *Untergang der Plejaden:* Während des Winters – dessen Zeit durch Verschwinden und Wiedererscheinen des Siebengestirns auf die Monate vom 11. 11. bis zum 10. 3. festgelegt war – galt das Meer als »geschlossen«; die Schiffahrt mußte wegen der Gefährlichkeit der Winterstürme ruhen.

143 *wie man sagt:* Euripides, ›Ion‹ 927ff.

145 *ein Greis:* Das Traumbild von Odysseus (s. Namensverzeichnis) ist gestaltet nach Zügen der ›Odyssee‹ (18, 74; 13, 332; 19. 47–49).

190 *wie man sagt:* Homer, ›Ilias‹ 6, 235/6.

203 *wie man sagt:* Die Sonne trug das Beiwort »allsehend«, z.B. Aischylos, ›Prometheus‹ 91.

232 *Pantarbe:* s. zu S. 110.

259 *Zimtland:* Da die Händler die Herkunft des Zimtes aus Süd- und Südostasien geheimhielten, bildete sich die Ansicht, er stamme aus dem Südwesten der arabischen Halbinsel und dem als »Zimtland« bezeichneten Gebiet im gegenüberliegenden Ostafrika.

260 *den Pfeilen ... den Namen gegeben:* Das griechische Wort für Pfeil, ὀϊστός (oistos), wird hier irrtümlich mit ὀστοῦν *(ostoun)* = »Knochen« in Verbindung gebracht.

263 *Namen Neilos in Zahlen:* Die griechischen Buchstaben wurden auch als Zahlzeichen verwendet, so daß sich ganze Wörter spielerisch in die Zahlenwerte ihrer einzelnen Buchstaben auflösen ließen.

282 *königlich – äthiopische Schrift:* vgl. zu S. 108.

298 *nahm Staub:* Antike Ringkämpfer ölten vor dem Kampf ihren Körper ein und bestreuten ihn dann mit Sand, so daß er zugleich geschmeidig und griffig wurde.

VERZEICHNIS DER WICHTIGSTEN NAMEN UND BEGRIFFE

Achäer: die Griechen

Achilleus, Achill: Sohn des Peleus und der Thetis; in Homers ›Ilias‹ der herrlichste Held der vor Troja kämpfenden Griechen

Aeakides: Nachkomme des Aiakos, des Großvaters von Achill

Ätolisch: am Nordufer des Golfes von Korinth gelegen

Agamemnon: der Führer der Griechen vor Troja

Aigina: Insel im Saronischen Golf, südwestlich von Athen

Akademie: Hain in einem Vorort Athens, dem Heros Akademos geweiht, in dem Platon seine Schule (»Akademie«) gründete

Andromeda: Tochter des Äthioperkönigs Kepheus. Ihre Mutter Kassiopeia prahlte, sie und ihre Tochter seien schöner als die Nereiden, was von Poseidon durch die Entsendung eines Ungeheuers bestraft wurde, dem Andromeda geopfert werden sollte. Doch Perseus rettete sie

Aphrodite: Gattin des Feuer- und Schmiedegottes Hephaistos, die Liebesgöttin, von der die Sage ein erotisches Abenteuer mit dem Kriegsgott Ares berichtet; zugleich metonymisch für erotischen und sexuellen Genuß

Apoll, Apollon: Sohn des Zeus und der Leto, Zwillingsbruder der Artemis, Orakel-, Heils- und Musengott

Areopag: der »Hügel des Ares« westlich der Akropolis in Athen, auf dem der wichtigste Gerichtshof der Stadt tagte

Artemis: jungfräuliche Tochter des Zeus, oft als Jägerin (oder »Herrin der Tiere«) dargestellt

Athene: Tochter des Zeus, Göttin der Weisheit und der Künste

Auxomiten: Volk in Äthiopien

Bacchantin: Anhängerin des Bakchos, als Teilnehmerin ekstatischer orgiastischer Kulte vorgestellt (s. u. Mänaden)

Bacchisch: von Bakchos/Bacchus, dem Gott des Weines, besessen

Bessa: Stadt in Mittelägypten

Blemmyer: Volk in Äthiopien

Dämon: meist als Mittelwesen zwischen Göttern und Menschen aufgefaßte gelegentlich gute, oft auch böse numinose Macht

Delos: kleine Insel in der Ägäis, Kultmittelpunkt

Demeter: griechische Göttin des Getreidebaus, deren Mysterien in Eleusis gefeiert wurden

Deukalion: Mit seiner Frau Pyrrha baute er sich auf Rat des Prometheus eine Arche; so überlebten beide die von Zeus verhängte schwere Sintflut

Dionysos: der Gott des Weines; der Name wird metonymisch auch für das Getränk gebraucht

Elephantine: Ort in Oberägypten, südlich von Syene (Assuan)

Emesa: Stadt in Syrien, am Orontes

Epheben: Um das 20. Lebensjahr dienten die jungen Griechen als Epheben in einer militärischen Formation, bevor sie das volle Bürgerrecht erlangten

Epikureer: Anhänger der von Epikur (342/1–271/0 v. Chr.) gegründeten philosophischen Schule; ihr erstes Zentrum lag in einem Garten *(kepos)* in Athen, von dem sie nachmals ihren Namen erhielt

Erinnyen, Erinyen: Geister der Rache, wie sie z.B. Orest wegen seines Muttermordes in den Wahnsinn trieben

Eros: Sohn der Aphrodite, Liebesgott, meist als geflügelter Knabe dargestellt

Furien: Rachegeister, Erinnyen

Gorgo: auch Medusa, ein Ungeheuer mit Schlangenhaaren und gräßlichen Zähnen, dessen Anblick jeden versteinerte, von Perseus – der es nur in einer Spiegelung ansah – getötet

Großkönig: der König der Perser

Großtheben: Theben, Stadt in Oberägypten, beim heutigen Karnak und Luxor

Gymnosophist: (indischer) Weiser

Hekatombe: Opfer von hundert Stieren

Helios: der Sonnengott

Hellen: Stammvater der Hellenen, Sohn des Deukalion (s.d.) und der Pyrrha

Herakles: Sohn der Alkmene und des Zeus, großer Heros, berühmt insbesondere durch seine zwölf »Arbeiten«

Heraklesmündung: der westlichste Nilarm, benannt nach einem nahe gelegenen Heraklestempel

Hermes: der Götterbote, Führer der Seelen in die Unterwelt, Gott der Kaufleute, der Beredsamkeit und des Ringkampfs

Heroen: halbgöttliche Wesen der Vorzeit, die übermenschliche Leistungen vollbracht haben und kultische Verehrung genießen

Hesiod: der berühmte böotische Dichter u.a. der ›Werke und Tage‹ und der ›Theogonie‹ aus dem 8. (?) vorchristlichen Jahrhundert

Hippolytos: die Zentralfigur der griechischen Fassung der Josephs-Legende: Seine Stiefmutter Phaidra, die ihn wegen seiner besonderen Schönheit begehrte, wurde von ihm abgewiesen und verleumdete ihn bei seinem Vater Theseus, durch dessen Fluch er elend umkam

Homer: Der Mann, der dem Altertum als der Dichter der ›Ilias‹ und der ›Odyssee‹ galt, ist als historische Person kaum zu erfassen; auch seine Herkunft – um die sich, wie ein Distichon sagt, sieben Städte stritten – ist ungewiß

Horos: Horus, Sohn des Osiris und der Isis, der ägyptische Himmelsgott

Hypate, Hypata: Stadt der Änianer im südlichen Thessalien

Ionien: das westliche Küstengebiet Kleinasiens, um Ephesos und Milet

Ionisches Meer: Teil des Mittelmeers, zwischen Griechenland und Süditalien

Isis: ägyptische Göttin, Gattin des Osiris, Mutter des Horus, im Hellenismus und in der Kaiserzeit im ganzen Mittelmeerraum als große Gottheit kultisch verehrt

Ithaka: Insel vor der Westküste Griechenlands, die Heimat des Odysseus

Kalydon: ätolische Stadt am Ausgang des Golfes von Korinth

Kastalische Quelle: Quelle in Delphi, später Wahrzeichen der Dichtung

Katadupi: Katadupa, Nilkatarakt bei Elephantine

Kephallenia: große westgriechische Insel, neben Ithaka gelegen

Kirrha, Krisa: Stadt am Golf von Korinth, unterhalb von Delphi

Kithara: Saiteninstrument

Kronos: lateinisch Saturnus, der früheste Gott, als Gestirnaspekt von unheilvollem Einfluß

Lokrische Berge: in der Lokris, einer mittelgriechischen Landschaft, nördlich von Delphi

Lydien: Landschaft um Sardes im mittleren Westkleinasien

Lykurgos: der sagenhafte Gesetzgeber Spartas

Malea: das stürmische und gefährliche Südost-Kap der Peloponnes

Malischer Golf, Golf von Malis: tiefer Einschnitt der Ägäis in Mittelgriechenland, westlich von Euböa

Meder: Volk im nordwestlichen Iran

Memnon: Sohn der »Morgenröte« (Eos) und des Aithioperkönigs Tithonos, vor Troja gefallen

Memphis: Stadt in Unterägypten, Residenz der Pharaonen

Menesthios: Myrmidone, Sohn des Spercheios, Unterführer Achills

Meroë: die Hauptstadt Äthiopiens (Nubiens)

Moiren (Parzen): Gottheiten, die dem Menschen sein Lebensmaß zuteilten

Myrmidonen: thessalischer Volksstamm, die Truppen Achills

Naukratis: Stadt am westlichsten Arm des Nildeltas

Nereus: Meergott

Nisäisch: berühmte Pferde kamen aus der Ebene von Nisaia bei Ekbatana in Medien

Nymphen: niedere weibliche Gottheiten der Natur

Odysseus: der homerische Heros. Später wurde er auf Ithaka kultisch verehrt

Oita: Gebirge in Mittelgriechenland, westlich des Golfes von Malis

Orestes: Sohn und Rächer des Agamemnon; er tötete Neoptolemos wegen der Hermione, seiner Braut, die dieser geheiratet hatte

Osiris: ägyptische Gottheit, schon früh den Griechen bekannt und auch mit Dionysos gleichgesetzt; im Kult der Isis hat er die Rolle des zerstückelten, verstreuten, aufgesammelten und neubelebten Gottes

Pan: arkadischer Hirtengott, vorgestellt als Mischwesen mit Bocksfüßen und -hörnern, lüstern den Nymphen nachjagend, die Pan-Flöte spielend, bisweilen unerwartet ›panischen‹ Schrecken verbreitend

Panathenäen: athenisches Fest zu Ehren der Athena, an dem man der Göttin ein neues Gewand *(Peplos)* darbrachte, das an einem Schiffsmast der Prozession vorangetragen wurde

Parnaß: das Bergmassiv nördlich von Delphi, der Berg der Dichtkunst

Peleus: Heros, Gatte der Nereide Thetis, Vater des Achilleus

Perseus: Heros, Sohn des Zeus und der Danaë, Überwinder der Gorgo, Retter der Andromeda

Pharos: Insel vor Alexandria, von Alexander dem Großen durch einen Damm mit dem Festland verbunden, berühmt durch den dort errichteten riesigen Leuchtturm (italienisch: *faro*)

Philai: Insel in Oberägypten, südlich von Syene und Elephantine

Phthia: Phthiotis, Landschaft in Thessalien, nördlich des Golfes von Malis

Piräus: Hafen von Athen
Polydora: Tochter des Peleus, Mutter des Menesthios
Poseidon: Bruder des Zeus und des Hades, göttlicher Herrscher des Meeres, lateinisch Neptun
Proserpina: griechisch Persephone, die Herrin der Unterwelt
Proteus: Meeresgottheit mit Weissagungskraft, vorgestellt mit der Fähigkeit, sich in unterschiedliche Gestalten zu verwandeln und dadurch dem Orakelsuchenden zu entgehen
Pyrrha: Mutter des Neoptolemos
Pythia, pythisch: Apoll tötete in Delphi den Drachen Python und gewann durch diesen Sieg den Beinamen »Pythios«, der von ihm u.a. auf seine dort weissagende Orakelpriesterin überging
Pythische Wettkämpfe: Spiele zu Ehren des Apoll, die alle vier Jahre bei Delphi stattfanden
Pytho = Delphi

Satyrn: ausgelassene Begleiter des Dionysos, mit Pferdeschwanz und Hufen
Selene: die Mondgöttin
Serer: die Seidenleute, die Chinesen
Sidon: hiervon sidonisch, Stadt an der Küste Phöniziens, nördlich von Tyros
Spercheios: in den Golf von Malis mündender Fluß Mittelgriechenlands sowie der zugehörige Flußgott
Stadion: die Länge der Laufbahn eines Stadions und so ein Längenmaß; das von Olympia maß ca. 192 m (= 600 Fuß)
Stratege: Heerführer, Oberbefehlshaber
Syene: Stadt in Oberägypten, heute Assuan
Syrinx: Panflöte, Flöte

Theben: Stadt in Oberägypten, beim heutigen Karnak und Luxor
Theseus: Athens Nationalheros, der (wie Herakles) das Land von zahlreichen Ungeheuern und Räubern reinigte, Vater des Hippolytos
Thetis: Nereide, um die Zeus und Poseidon warben, jedoch Abstand nahmen wegen der Verheißung, ihr Sohn werde stärker sein als sein Vater; sie wurde Gattin des Peleus und Mutter des Achilleus
Thrakierin: aus Thrakien, dem Gebiet zwischen Makedonien, der Donau und dem Schwarzen Meer
Troglodyten: »Höhlenbewohner«, äthiopisches Volk am Roten Meer
Troja: Stadt in Nordwestkleinasien, der Sage nach von den Griechen nach den zehnjährigen Kämpfen des »Trojanischen Krieges« erobert

Typhon: Ungeheuer der griechischen Mythologie, gelegentlich mit dem ägyptischen Seth gleichgesetzt, der den Osiris tötete, zerstückelte und in den Nil warf

Tyros: Stadt der Phöniker, 75 km südwestlich von Beirut gelegen, ursprünglich auf einer Insel, durch Alexander den Großen mittels eines Dammes 322 v. Chr. mit dem Festland verbunden

Zakynthos: Insel vor der Westküste der Peloponnes

Zeus: der oberste Gott des Olymp, u. a. Schirmherr der Gastfreundschaft

LITERATURHINWEISE

Abhandlungen

1. Zum Roman insgesamt

H. Gärtner, Der antike Roman – Bestand und Möglichkeiten, in: Vorschläge und Anregungen, hrsg. von P. Neukam, München 1980, S. 24–56.

T. Hägg, The Novel in Antiquity, Oxford 1983.

N. Holzberg, Der antike Roman, München–Zürich 1986.

2. Zum griechischen Roman

Beiträge zum griechischen Liebesroman, hrsg. von H. Gärtner, Hildesheim-Zürich-New York 1984.

C. W. Müller, Der griechische Roman, in: Griechische Literatur (Neues Handbuch der Literaturwissenschaft 2), hrsg. von E. Vogt, Wiesbaden 1981, S. 377–412.

E. Rohde, Der griechische Roman und seine Vorläufer (1876), Darmstadt 1974[5].

O. Weinreich, Der griechische Liebesroman, Zürich 1962.

3. Zum römischen Roman

P. G. Walsh, The Roman Novel – The ›Satyricon‹ of Petronius and the ›Metamorphoses‹ of Apuleius, Cambridge 1970.

4. Zur Entstehung des Romans

G. Anderson, Ancient fiction – The novel in the Graeco-Roman world, Totowa (New Jersey) 1984.

K. Kerényi, Die griechisch-orientalische Romanliteratur in religions-geschichtlicher Beleuchtung, Darmstadt 1973[3].

H. Kuch, Gattungstheoretische Überlegungen zum antiken Roman, Philologus 129, 1985, S. 3–19.

E. Schwartz, Fünf Vorträge über den griechischen Roman, Berlin 1943[2].

5. Zur Erzähltechnik

B. Effe, Entstehung und Funktion ›personaler‹ Erzählweisen in der Erzählliteratur der Antike, Poetica 7, 1975, S. 135–157.
T. Hägg, Narrative technique in ancient Greek romances, Stockholm 1971.

Zu Heliodor

Ausgabe

Héliodore, Les Éthiopiques (Théagène et Chariclée), hrsg. von R. M. Rattenbury – T. W. Lumb – J. Maillon, 3 Bde. (Collection Budé), Paris 1960² (mit französischer Übersetzung).

Übersetzung

Heliodor, Die äthiopischen Abenteuer von Theagenes und Charikleia, übersetzt von H. Gasse, Stuttgart 1972.

Abhandlungen

E. Feuillatre, Etudes sur les Éthiopiques d'Héliodore, Paris 1966.
V. Hefti, Zur Erzählungstechnik in Heliodors Aethiopica, Wien 1950.
J. R. Morgan, History, romance and realism in the Aithiopika of Heliodoros, Classical Antiquity 1, 1982, 221–265.
G. N. Sandy, Heliodorus, Boston 1982.
J. J. Winkler, The mendacity of Kalasiris and the narrative strategy of Heliodoros' Aithiopika, Yale Classical Studies 27, 1982, 93–158.

INHALT

Anhang

Bibliothek der Antike

Herausgegeben von Manfred Fuhrmann

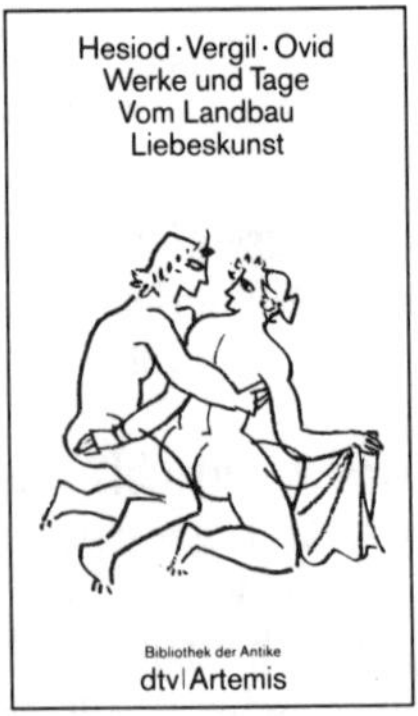

Die erste Taschenbuch-›Gesamtausgabe‹ der antiken Literatur in fünf Kassetten mit insgesamt 33 Bänden. Jede Kassette enthält den Grundbestand der wichtigsten, epochemachenden Werke einer Gattung. Alle Bände sind auch einzeln erhältlich. Einführungen, Erläuterungen und Register bieten jeweils in knapper Form den aktuellen Kenntnisstand der Wissenschaft. Die ersten drei Kassetten erscheinen im Oktober 1990:

Epos der Antike
Kassette mit 5 Bänden
dtv 59011

Homer: Ilias
dtv 2241

Homer: Odyssee und Homerische Hymnen
dtv 2242

Vergil: Aeneis
dtv 2243

Ovid: Metamorphosen
dtv 2244

Hesiod/Vergil/Ovid:
Werke und Tage
Vom Landbau
Liebeskunst
dtv 2245

Erzählkunst der Antike
Kassette 5 Bänden
dtv 59012

Longos/
Achilleus Tatios:
Daphnis und Chloe
Leukippe und Kleitophon
dtv 2246

Helidor: Die Abenteuer der schönen Chariklea
dtv 2247

Lukian:
Der Lügenfreund und andere Erzählungen
dtv 2248

Petron: Satyrikon
dtv 2249

Apuleius:
Der goldene Esel
dtv 2250

Drama der Antike
Kassette mit 5 Bänden
dtv 59013

Aischylos: Tragödien
dtv 2251

Sophokles: Tragödien
dtv 2252

Euripides: Tragödien
dtv 2253

Aristophanes:
Komödien
dtv 2254

Plautus, Terenz:
Die römische Komödie
dtv 2255

Klassische Breviere und Lesebücher

Vom Magus im Norden
und der Verwegenheit
des Geistes
Ein Hamann-Brevier
Mit einem Nachwort,
einer Zeittafel und
einer Bibliographie
herausgegeben von
Stefan Majatschak
Originalausgabe
dtv 2196

Vom Nutzen der
Nachdenklichkeit
Ein Schopenhauer-
Brevier
Mit einem Nachwort
herausgegeben von
Otto A. Böhmer
Originalausgabe
dtv 2188

Von versunknen
schönen Tagen
Ein Eichendorff-
Lesebuch
Mit einem Nachwort
herausgegeben von
Otto A. Böhmer
Originalausgabe
dtv 2189

Leben ist immer –
lebensgefährlich
Heitere Sinngedichte
aus fünf Jahrhunderten
Mit einem Nachwort
herausgegeben von
Otto A. Böhmer
Originalausgabe
dtv 2237

Der Weisheit eine Gasse
Klassische Aphorismen
gesammelt
von Friedrich Prinz
Originalausgabe
dtv 2214

Es gibt was Bessres
in der Welt
Ein Matthias-Claudius-
Buch
von Hans Jürgen Schultz
dtv 2218

Klassische Autoren in dtv-Gesamtausgaben

Georg Büchner:
Werke und Briefe
Neuausgabe
Hrsg. und kommentiert
von Karl Pörnbacher,
Gerhard Schaub,
Hans-Joachim Simm
und Edda Ziegler
dtv 2202

Johann Wolfgang von Goethe:
Werke
Hamburger Ausgabe
in 14 Bänden
Herausgegeben von
Erich Trunz
dtv 5986

Goethes Briefe und
Briefe an Goethe
Hamburger Ausgabe
in 6 Bänden
Herausgegeben von
Karl Robert Mandelkow
unter Mitarbeit von
Bodo Morawe
dtv 5917

Ferdinand Gregorovius:
Geschichte der Stadt
Rom im Mittelalter
Vom V. bis
XVI. Jahrhundert
Vollständige Ausgabe
in 7 Bänden
Herausgegeben von
Waldemar Kampf
Mit 234 Abbildungen
dtv 5960

Sören Kierkegaard:
Entweder – Oder
Deutsche Übersetzung
von Heinrich Fauteck
Unter Mitwirkung von
Nils Thulstrup und
der Kopenhagener
Kierkegaard-Gesell-
schaft herausgegeben
von Hermann Diem
und Walter Rest
Zwei Bände
dtv 2194

Heinrich von Kleist:
Sämtliche Werke und
Briefe in zwei Bänden
Herausgegeben von
Helmuth Sembdner
dtv 5925

Theodor Mommsen:
Römische Geschichte
Vollständige Ausgabe
8 Bände in Kassette
dtv 5955

Friedrich Nietzsche:
Sämtliche Werke
Kritische Studien-
ausgabe in 15 Bänden
Hrsg. v. Giorgio Colli
und Mazzino Montinari
dtv/de Gruyter 5977

Sämtliche Briefe
Kritische Studien-
ausgabe in 8 Bänden
Hrsg. v. Giorgio Colli
und Mazzino Montinari
dtv/de Gruyter 5922

Antoine de Saint-Exupéry:
Gesammelte Schriften
Dünndruck-Ausgabe
3 Bände in Kassette
dtv 5959

Georg Trakl:
Das dichterische Werk
Hrsg. von Walther Killy
und Hans Szklenar
dtv 2163